페러그린과
Miss Peregrine's Home for
Peculiar Children
이상한
아이들의 집

랜섬 릭스 지음 | 이진 옮김

폴라북스

잠은 잠이 아니고
죽음도 죽음이 아니다.
죽은 것 같은 사람도
살아 있으니.
네가 태어난 집과
소꿉친구들, 노인들, 아가씨들,
하루의 수고와 그 보상마저도,
언젠가 사라지는
허망한 이야기일 뿐,
그 어느 것도
머물지 않으리.

랠프 월도 에머슨

프롤로그
prologue

내 인생이 지극히 평범할 거란 사실을 받아들이기 시작할 무렵부터 아주 이상한 일들이 일어나기 시작했다. 첫 번째 사건은 나에게 끔찍한 충격으로 다가왔다. 인생을 영원히 뒤바꿔 놓는 사건들이 대개 그러하듯 그 사건도 내 삶을 사건 이전과 이후로 두 동강 냈다. 그 이후로 일어날 수많은 이상한 일들처럼 그 사건도 우리 할아버지 에이브러햄 포트먼과 관련된 일이었다.

할아버지는 내가 만난 사람 중에서 가장 신비로운 인물이었다. 고아원에서 자랐고, 전쟁에 참전했으며, 증기선을 타고 바다를 항해하고, 말을 타고 사막을 가로질렀다. 서커스단에서 활약했고, 총과 자기방어와 야외 생존에 관한 모든 것을 알고 있었으며, 영어 외에도 세가지 언어를 구사했다. 플로리다를 한 번도 떠나본 적 없는 꼬마에게 할아버지가 들려주는 이야기는 너무도 매혹적이고 신비로웠다. 나는 할아버지를 만날 때마다 이야기를 들려달라고 졸랐다. 그럴 때면 할아버지는 오직 나에게만 털어놓는 비밀이라는 듯 이야기를 들려주었다.

여섯 살 때 나는 할아버지의 반만큼이라도 신나는 인생을 살려면 탐험가가 되는 게 유일한 길이라는 결론에 도달했다. 할아버지는 바닥에 지도를 펼쳐놓고 빨간 핀으로 표시해가면서 언젠가 내가 발견할 환상적인 나라들에 대해 설명해주었다. 부모님이 그만 나가서 놀라고 쫓아낼 때까지 나는 마분지로 만든 망원경을 눈에 대고 "육지가 보인다! 상륙 팀은 준비하라!"라고 소리를 지르며 내 야망을 가족들에게 알렸다. 부모님은 할아버지가 내게 헛된 망상을 주입할까봐, 내가 영원히 그 망상에서 깨어나지 못할까봐, 그리고 그 망상 때문에 내가 현실의 야망에는 초연해질까봐 걱정했다. 어느 날 엄마가 나를 앉혀놓고 이 세상의 모든 것은 이미 다 발견되었기 때문에 탐험가는 될 수 없다고 말했다. 나는 시대를 잘못 타고났다는 생각에 왠지 속은 것 같은 기분이 들었다.

할아버지의 재미있는 이야기들이 사실일 리가 없다는 것을 깨달았을 때에는 그보다 더 큰 배신감을 느꼈다. 가장 황당한 것은 할아버지의 어린 시절 이야기였다. 폴란드에서 태어나 열두 살 때 부모님이 영국 웨일스 지방의 어린이집으로 배를 태워 보냈다는 이야기만 해도 그랬다. 왜 부모를 떠나야만 했느냐는 물음에 할아버지의 대답은 한결같았다. 괴물들이 쫓아왔기 때문이라고. 폴란드에는 괴물이 우글거렸다고.

"어떤 괴물요?" 눈이 휘둥그레져서 내가 물었다. 내 질문은 언젠가부터 하나의 의식이 되었다. "등이 구부정한 데다 살갗이 썩어가고 눈이 시커먼 놈들이지!" 할아버지가 말했다. "놈들은 이렇게 걷는단다." 내가 웃으며 달아날 때까지 할아버지는 옛날 영화에 나오는 괴물처럼 비틀거리며 나를 쫓아왔다.

괴물 이야기를 할 때마다 할아버지는 매번 좀 더 상세한 설명을 보태었다. 그 괴물들한테서는 썩어가는 쓰레기처럼 고약한 냄새가 난다는 것, 사람들 눈에는 그림자밖에 보이지 않는다는 것, 입안에 꿈틀거리는 촉수들을 숨기고 있어서 눈 깜짝할 사이 사람 하나를 집어삼킬 수 있다는 것 등등. 그 이야기를 듣고 나서 나는 잠을 이루지 못했고, 젖은 도로를 스치는 자동차 타이어 소리에도 무한한 상상력을 발휘하여 그 소리를 창밖이나 문 뒤에 숨은 괴물의 숨소리나 시커먼 촉수를 널름거리는 소리로 둔갑시키곤 했다. 괴물은 무서웠지만 놈들을 물리치고 살아남아 내게 무용담을 들려주는 할아버지의 모습은 상상만으로도 가슴이 벅찼다.

그러나 더 재미있는 대목은 웨일스의 어린이집에 살던 시절 이야기였다. 괴물들로부터 아이들을 보호하기 위해 세운 아주 근사한 어린이집인데, 항상 햇살이 눈부신 어느 섬에 자리 잡고 있었고 그곳에서는 아픈 사람도 죽는 사람도 없었으며 지혜롭고 나이 많은 새 한 마리가 지키는 커다란 집에 모두 함께 모여 살았다는 이야기였다. 그러나 자라면서 할아버지의 이야기에 의심이 들기 시작했다.

"어떤 새요?"

일곱 살의 어느 날 오후, 탁자 맞은편에 앉아 미심쩍은 표정으로 내가 물었다. 할아버지는 모노폴리 게임을 져주는 중이었다.

"파이프 담배를 피우는 커다란 송골매." 할아버지가 말했다.

"할아버진 제가 바본 줄 아세요?"

할아버지는 줄어가는 오렌지색과 파란색 돈을 엄지손가락으로 세어보았다. "할아버진 절대 네가 바보라고 생각하지 않는단다. 제이콥." 좀처럼 떨쳐버리지 못했던 폴란드 악센트가 튀어나와서 절대가 '철대', 생각이 '챙각'으로 나오는 것으로 보아 할아버지가 조금 기분이 상했음을 알 수 있었다. 문득 죄책감을 느낀 나는 할아버지의 이야기를 믿어주기로 했다.

"왜 괴물들이 할아버지를 해치려고 했는데요?" 내가 물었다.

"왜냐하면 우린 다른 사람들하고 달랐거든. 우린 좀 이상했어."

"이상하다니요? 어떻게요?"

"제각기 여러 방식으로 이상했지. 날 수 있는 여자아이도 있었고, 몸속에 벌이 사는 남자아이에다 바위를 너끈히 들 수 있는 남매도 있었지."

할아버지가 사실을 말하고 있는 건지 분간하기가 어려웠다. 그러나 할아버지는 농담을 즐기는 분은 아니었다. 내 표정을 보고 할아버지가 얼굴을 찌푸렸다.

"못 믿겠으면 관둬라. 하지만 사진도 있단다." 할아버지가 의자를 뒤로 밀고 일어서서 방충 문을 두른 베란다에 나를 홀로 남겨놓고 집 안으로 들어갔다. 잠시 후 할아버지는 낡은 담배상자를 손에 들고 나왔다. 내가 상자 안을 들여다보는 동안 할아버지가 누렇게 바랜 낡은 사진 넉 장을 꺼냈다.

첫 번째 사진은 사람 없이 옷 한 벌을 찍어놓은 것 같았다. 옷 한 벌이거나 아니면 머리 없는 사람이거나.

"머리는 물론 있어! 보이지 않아서 그렇지." 할아버지가 웃으며 말했다.

"왜 안 보여요? 혹시 투명인간이에요?"

"녀석, 아주 제법이구나!" 내 추리력이 놀랍다는 듯 할아버지가 눈썹을 올렸다. "이 친구 이름은 밀라드야. 아주 재미있는 친구지. 툭 하면 '에이브, 네가 오늘 뭘 했는지 내가 한번 맞혀볼까?' 하고는 내가 뭘 했는지, 뭘 먹었는지 줄줄이 말한단다. 아무도 안 볼 때 코를 후빈 것까지. 밀라드는 옷을 안 입고 생쥐처럼 돌아다니면서 아이들을 가만히 지켜보길 좋아하거든! 그러니 별꼴을 다 볼 수밖에!"

할아버지가 내게 다른 사진을 한 장 내밀었다.

"네 눈엔 뭐가 보이니?"

잠자코 사진을 바라보는 내게 할아버지가 물었다.

"여자애요."

"그리고?"

"왕관을 쓰고 있어요."

할아버지가 사진 아래쪽을 손끝으로 두드렸다. "발은?"

나는 사진을 가까이 들여다보았다.

여자애의 발이 땅에 닿아 있지 않았다. 뛰어오른 것은 아니었다. 공중에 떠 있는 것 같았다. 내가 입을 쩍 벌렸다.

"날고 있네!"

"비슷해." 할아버지가 말했다. "공중에 떠 있는 거란다. 힘 조절을 잘 못해서 멀리 날아가버리지 않도록 우리가 밧줄로 묶어놓곤 했지."

나는 유령 같기도 하고 인형 같기도 한 소녀의 얼굴에 시선을 못 박았다. "이거 진짜예요?"

"진짜라니까 그러네." 퉁명스레 대꾸하며 할아버지는 다른 사진을 내밀었다. 체구가 앙상한 남자가 커다란 바위를 들고 있는 사진이었다. "빅터하고 여동생은 영리한 편은 아니지만 힘이 굉장히 셌지!"

"힘이 세 보이진 않는데요." 소년의 가냘픈 팔을 바라보며 내가 말했다.

"정말로, 힘이 엄청나게 셌어. 그 친구하고 팔씨름을 한 적이 있는데, 손이 떨어져나가는 줄 알았다니까."

가장 이상한 사진은 마지막 사진이었다. 어떤 사람의 뒤통수에 얼굴 그림이 그려져 있었다.

사진을 들여다보는 동안 할아버지가 설명했다. "입이 두 개인 거보이지? 하나는 앞에, 하나는 뒤에. 그래서 그렇게 뚱뚱해졌지 뭐냐!"

"에이, 이건 가짜잖아요! 얼굴을 그림으로 그린 거잖아요!"

"그림이야 물론 가짜지. 서커스 공연 때문에 그린 거란다. 하지만 내가 말했잖니, 입이 두 개라고. 할아버지 말 못 믿겠니?"

나는 할아버지의 말을 생각하며 사진들을 보다가 다시 할아버지의 표정을 살폈다. 진지하고 솔직한 표정이었다. 하긴, 할아버지가 무슨 이유로 내게 거짓말을 하겠는가.

"믿어요." 내가 말했다.

나는 정말 할아버지 말을 믿었다. 적어도 몇 년 동안은. 내 또래 아이들이 산타클로스를 믿는 것처럼 할아버지의 이야기를 믿고 싶어서 믿었다. 사람은 누구나 환상을 좇게 마련이다. 그로 인해 치러야 할 대가가 너무 커지기 전까지는. 나는 그 대가를 2학년 때 로비 젠슨이란 아이가 점심식사 중인 여자애들 앞에 나를 세우고 내가 동화를 그대로 믿는다고 떠벌린 사건으로 치렀다. 할아버지 이야기를 학교에서 떠벌리고 다녔으니 어찌 보면 내가 화를 자초한 꼴이었다. 그 뒤로 몇 년 동안 나에겐 '동화 소년'이라는 꼬리표가 붙었고 그러는 게 옳든 그르든 나는 로비 젠슨을 싫어하게 되었다.

그날 오후 할아버지가 학교로 나를 데리러 왔다. 부모님이 둘 다 바쁘실 때면 할아버지가 데리러 오곤 했다. 낡은 폰티악 승용차 조수석에 올라타면서 나는 더 이상 할아버지가 들려주는 동화를 믿지 않겠다고 선언했다.

"동화라니?" 안경 너머로 나를 쳐다보며 할아버지가 물었다.

"왜, 있잖아요. 그 지어낸 얘기들. 어린애들하고 괴물이 나오는."

할아버지는 혼란스러운 표정이었다. "동화라고 누가 그러던?"

나는 할아버지에게 지어낸 이야기나 동화나 결국 마찬가지고, 그런 것들은 오줌싸개들이나 믿는 것이고, 이젠 할아버지가 보여준 사진이나 이야기들이 다 가짜라는 걸 안다고 말했다. 화를 내거나 나를 설득하려 애쓸 거라 생각했지만 뜻밖에도 할아버지는 "알았다."라고만 말하고 차에 시동을 걸었다. 할아버지가 액셀러레이터를 힘껏 밟았고 차가 대로로 빠져나갔다. 그 이야기는 그걸로 끝이었다.

할아버지는 올 것이 왔다고, 이제는 나도 그런 동화에서 벗어날 때가 되었다고 생각하는 것 같았다. 할아버지가 너무 쉽게 포기했기 때문에 나는 더더욱 그동안 속았다는 생각이 들었다. 도대체 왜 그런 터무니없는 이야기들을 꾸며냈을까. 왜 그런 황당한 이야기들이 실제 있었던 얘기라고 믿게 만들었을까. 할아버지를 이해할 수 없었다. 몇 년 뒤 아버지의 설명을 듣고 나서야 할아버지를 이해할 수 있었다. 아버지도 어렸을 때부터 그런 이야기들을 듣고 자랐지만 그 얘기들은 거짓말이라기보다는 과장이라고 했다. 할아버지의 어린 시절 이야기는 동화라기보다는 괴담에 가까웠다고.

할아버지의 가족 중 제2차 세계대전이 일어나기 직전 폴란드를 떠난 사람은 할아버지가 유일했다. 부모를 떠나 낯선 곳으로 보내진 것이 할아버지가 열두 살 때의 일이었다. 할아버지는 여행가방 하나와 옷가지가 든 배낭 하나 달랑 들고 영국행 기차를 탔다. 돌아오는 기차표는 없었다. 할아버지는 그 후로 아버지도, 어머니도 만나지 못했다. 형과 사촌, 고모, 삼촌들까지 전부. 모두 할아버지가 열여섯 번째 생일을 맞기 직전에 그가 가까스로 피했던 괴물들에게 살해당했다. 그러나 할아버지가 묘사한 것처럼 촉수가 달리고 살갗이 썩어가는 그런 괴물은 아니었다. 그것은 일곱 살 소년의 마음이 만들어낸 것일 뿐 실제로는 인간의 얼굴을 한 괴물들, 빳빳한 제복을 입고 줄 맞춰 행진하는 괴물들이었다. 너무도 평범해서 그들이 괴물이라는 사실을 깨달았을 때는 이미 모든 것이 끝난 뒤였다.

괴물들처럼 환상의 섬 이야기도 과장된 진실이었다. 유럽 대륙의 공포와 비교했을 때 섬의 어린이집은 지상 낙원이었을 것이고 아마도 그래서 할아버지의 이야기 속에서 그 섬이 낙원으로 둔갑했을 것이다. 언제나 화창한 여름날이 이어지고 집을 지켜주는 수호천사들과 신기한 능력을 지닌 아이들이 사는 안식처. 그러나 사실 그 아이들은 날아다닐 수도 없었고 투명인간도 아니었으며 바위를 던질 수도 없었다. 남들과 달라서 괴물에 쫓겼다는 생각 역시 순전히 유대주의의 산물이라고 했다. 그 아이들은 단지 전쟁고아였을 뿐이고 피비린내 나는 전쟁의 소용돌이 속에 우연히 조그만 섬에 흘러든 아이들일 뿐이었다. 그 아이들에게 남다른 점이 있다면, 그것은 이상한 능력을 지닌 것이 아니라 유대인 강제거주지역과 가스실을 용케 탈출한 것이었다.

나는 더 이상 할아버지에게 이야기를 들려달라고 조르지 않았다. 아마 할아버지도 내심 마음이 놓였을 것이다. 할아버지의 어린 시절을 둘러싼 미스터리는 그렇게 끝났다. 나도 더 이상은 캐묻지 않았다. 할아버지는 지옥 같은 시간을 보냈고 자기만의 비밀을 가질 권리가 있었다. 그동안 할아버지가 치러야 했던 대가도 알지 못한 채 할아버지의 삶을 질투했던 것이 부끄러웠다. 그래서 아무런 대가도 치를 필요 없는, 지극히 안전하고 특별할 것 없는 내 삶에 감사하려 애썼다.

그런데 그로부터 몇 년 뒤, 내가 열다섯 살이 되던 해에 아주 놀랍고 끔찍한 사건이 일어났다. 내 삶에는 오직 '그날 이전'과 '그날 이후'만 있을 뿐이다.

제 1 장
chapter one

'그 날 이전'의 마지막 오후였다. 나는 성인용 기저귀 상자로 엠파이어스테이트 빌딩의 1000분의 1 축소 모형을 제작하고 있었다. 내 작품은 실로 아름다웠다. 1.5미터 폭에 화장품 코너 위로 솟아오를 정도의 높이에다, 대형으로 토대를 쌓고 소형으로 전망대를 쌓은 다음 최소형으로 건물의 상징인 뾰족탑을 섬세하게 표현한 작품이었다. 거의 완벽했다. 한 가지 사소한 문제만 빼고.

"'네버릭'으로 했네. '스테이타잇'이 세일이라고 했잖아." 셸리가 못마땅하다는 듯 얼굴을 찌푸리며 말했다. 매장 책임자인 셸리는 축 늘어진 어깨와 뚱한 표정까지도 전 직원이 의무적으로 입는 파란 폴로셔츠 유니폼의 일부 같은 사람이다.

"'네버릭'이라고 했잖아요." 내가 말했다. 분명히 '네버릭'이라고 했으므로.

"'스테이타잇'이라고 했어." 셸리가 한심하다는 듯 고개를 저으며 우겼다. 마치 내가 만든 기저귀 탑이 다리를 저는 경주마이고 자기는 손잡이를 자개로 장식한 권총을 들고 있단 듯이. 셸리가 고개를 절레절레 저으며 나와 내 탑을 번갈아 쳐다보는 동안 잠시 어색한 침묵이 흘렀다. 나는 소극적이면서도 공격적인 그녀의 암시를 전혀 알아듣지 못했다는 듯 천연덕스럽게 그녀를 바라보았다.

"그러니까…… 지금 절 보고 이걸 다시 쌓으란 거예요?"

"그냥 '네버릭'으로 했다고 말했을 뿐이야." 그녀가 말했다.

"좋아요. 다시 하죠, 뭐." 규정에 따라 신은 검은색 단화 앞코로 탑의 바닥에 있는 기저귀 상자 하나를 살짝 밀었다. 눈 깜짝할 사이에 웅장한 빌딩이 와르르 무너져 내리면서 매장에 기저귀 파도가 휘몰아쳤다. 기저귀 상자가 손님들 다리에 맞고 구르다가 자동 출입문까지 밀려가 문이 열렸고, 그 바람에 후끈한 8월의 바람이 들어왔다.

셸리의 얼굴이 잘 익은 석류 빛깔로 물들었다. 그 자리에서 해고 당해야 옳았겠지만 내게 그런 행운이 따를 리 없었다. 여름 내내 '스마트 에이드'에서 해고당하려고 그토록 노력했건만 이 도전은 불가능에 가까웠다. 나는 허접한 이유들을 대며 상습적으로 지각했다. 거스름돈 계산도 형편없이 틀렸다. 때로는 고의로 물건을 잘못 진열해서 로션을 변비약 틈에, 피임약을 아기 샴푸 사이에 놓았다. 무슨 일이건 열심히 해본 적이 없지만 아무리 무능한 척해도 셸리는 집요하게 내게 임금을 지불했다.

조금 부연 설명을 하겠다. 마트 체인 '스마트 에이드'에서 해고당하는 것이 불가능하다는 말은 오직 나에게만 해당한다. 다른 직원 같았으면 쫓겨나도 한참 전에 쫓겨났을 것이다. 그것이 내가 처음으로 터득한 정치학이었다. 따분한 해안 도시 잉글우드에는 스마트에이드 지점이 세 개 있었다. 새러소타 카운티에는 스물일곱 개, 플로리다 전역에는 백열다섯 개 지점이 마치 걷잡을 수 없이 번져가는 두드러기처럼 퍼져 있었다. 내가 해고당할 수 없는 이유는 그 모든 체인을 소유하고 있는 것이 우리 외삼촌들이기 때문이었다. 내가 그만둘 수 없는 이유는 첫 직장을 스마트 에이드에서 시작하는 것이 우리 집안의 오랜 전통이기 때문이었다. 나의 근무태만은 영원히 이길 수 없는 셸리와의 전쟁으로 발전했고 동료 직원들의 뿌리 깊은 증오로 이어졌다. 사실 직원들은 나를 미워할 수밖에 없었다. 아무리 진열품을 넘어뜨리고 거스름돈을 잘못 계산해도 나는 언젠가 회사의 일부를 물려받을 것이고 그들은 그렇지 않을 테니까.

ʃ

셸리가 기저귀들 틈을 비집고 다가와 손가락을 내 가슴에 대고 엄포를 놓으려던 순간 안내방송이 흘러나왔다.

"제이콥, 2번에 전화 왔어요. 2번에 전화 왔어요."

내가 제작한 고층건물의 잔해 속에 석류 빛깔 얼굴의 셸리를 남겨두고 돌아설 때 그녀가 나를 쏘아보았다.

ʃ

직원 휴게실은 창문도 없는 눅눅한 방이었다. 제약 코너 판매원 린다가 음료수 자판기의 불빛 속에서 샌드위치를 먹다가 벽에 달린 전화를 턱으로 가리켰다.

"2번 전화야. 누군지 몰라도 잔뜩 겁에 질린 목소리던데?"

나는 대롱거리는 수화기를 집어 들었다.

"제이콥? 너냐?"

"할아버지!"

"제이콥, 아아, 다행이구나. 열쇠가 필요해. 내 열쇠 어딨니?" 할아버지는 몹시 흥분한 상태였고 숨이 가빴다.

"무슨 열쇠요?"

"시치미 떼지 마라. 무슨 열쇠인지 너도 알잖아."

"할아버지가 어디 잘못 두셨겠죠."

"네 애비가 시켜서 그러는 거 다 안다. 제발 말해다오. 네 애비한 텐 말하지 말고."

"시킨 사람 아무도 없어요. 아침에 약 드셨어요?" 나는 화제를 바꾸려 애썼다.

"놈들이 오고 있어. 내 말 알겠니? 이렇게 오랜 세월이 지났는데 어떻게 알고 찾아왔는지 모르겠지만 어쨌든 놈들이 날 찾아냈어. 그런데 뭘 들고 싸운단 말이냐? 빌어먹을 빵칼을 들고 싸우랴?"

처음 듣는 얘기는 아니었다. 할아버지는 늙어가고 있었고 정신도 흐려지고 있었다. 정신적 쇠퇴는 아주 사소한 것들에서 나타나기 시작했다. 가게에서 사야 할 물건을 잊어버린다든가, 우리 엄마를 고모 이름으로 부른다든가 하는 식이었다. 그러나 올여름부터 할아버지의 치매는 잔인한 반전을 맞았다. 전쟁을 겪으면서 할아버지가 꾸며낸 신비로운 이야기 속의 괴물과 환상의 섬 이야기가 갑자기 생생한 현실로 느껴지기 시작한 모양이었다. 지난 몇 주 동안 할아버지는 유난히 불안해했다. 부모님은 할아버지가 혹여 스스로를 해칠까봐 양로

원으로 보내는 것까지 진지하게 고려하고 있었다. 이유는 모르겠지만 할아버지의 불길한 전화를 받는 사람은 오직 나뿐이었다.

언제나처럼 나는 할아버지를 진정시키려고 애썼다. "할아버진 안전해요. 아무 일 없을 거예요. 이따가 비디오 빌려서 같이 볼까요? 어떠세요?"

"아니! 오지 마라. 여긴 안전하지 않아!"

"할아버지, 괴물들은 없어요. 할아버지가 전쟁 때 다 죽였잖아요. 기억 안 나세요?" 해괴망측한 대화를 린다에게 들키고 싶지 않아 벽 쪽으로 돌아섰다. 린다는 패션 잡지를 읽는 척하면서 호기심 어린 표정으로 나를 쳐다보고 있었다.

"다 죽이진 못했어. 많이 죽이긴 했지만 아직도 드글드글하단 말이야." 할아버지는 미친 듯이 집 안을 돌아다니면서 서랍을 열어보는 것 같았다. 제정신이 아니었다. "넌 얼씬도 하지 마라. 알았지? 내가 놈들의 혀를 잘라버리고 눈을 파버릴 테니까. 그 빌어먹을 열쇠가 어디 있는지만 알면 좋겠는데, 젠장!"

문제의 열쇠는 할아버지의 지하실에 있는 거대한 캐비닛의 열쇠였다. 그 안에는 일개 소대를 무장시키고도 남을 총과 칼이 보관되어 있었다. 할아버지는 그 무기들을 모으면서 일생의 반을 보냈다. 다른 주에서 열리는 총기 전시회나 사냥 여행까지 찾아다녔고 내키지 않아 하는 가족들을 끌고 화창한 봄날에 총 쏘는 법을 익히게 했다. 얼마나 총을 사랑했는지 총을 들고 잠이 든 적도 있다. 그 사실을 증명하는 사진을 아빠가 갖고 있었다. 할아버지가 한 손에 총을 들고 낮잠을 자는 사진이었다.

할아버지가 왜 그토록 총에 집착하는지 아빠에게 물어보았더니

한때 군인이었거나 충격적인 경험을 한 사람들에게는 종종 일어나는 일이라고 했다. 험한 일을 많이 겪어서 어디에서도, 심지어는 자기 집에서조차 마음을 놓지 못하는 거라고. 망상과 편집증은 이제 할아버지를 갉아먹기 시작했고 어떻게 보면 총을 쌓아놓고 있었기 때문에 할아버지는 더욱 안전에서 멀어진 셈이었다. 그래서 아빠가 열쇠를 숨겼다.

나는 총이 어디 있는지 모른다는 거짓말을 반복했고 할아버지는 욕을 내뱉으면서 요란하게 집 안을 돌아다니며 열쇠를 찾았다.

"네 애비한테 전해라. 그 열쇠가 그렇게 중요하다면 가지라고! 대신 내 송장도 가지라고 해!"

나는 최대한 예의를 갖추어 전화를 끊고 아빠에게 전화했다.

"할아버지가 제정신이 아니에요."

"오늘 아침 약은 드셨다니?"

"말씀 안 하세요. 안 드신 거 같아요."

아빠의 한숨소리가 들렸다. "네가 좀 들러봐줄 수 있겠니? 아빠 지금 자릴 비울 수가 없어서." 아빠는 새 구조단에서 자원봉사를 하고 있었다. 차에 치인 흰 따오기나 낚싯바늘을 삼킨 펠리컨을 구조하는 일이었다. 아빠는 아마추어 조류학자이자 자연주의 작가 지망생이었다. 출판되지 않은 원고 더미가 그 사실을 입증했다. 마트 체인을 백열다섯 개 소유한 집안의 여자와 결혼했기 때문에 그나마 직업이라고 봐줄 수 있는 두 가지 일이랄까.

물론 내 직업도 허접하긴 마찬가지였고 유사시에 내빼기도 쉬웠다. 그래서 내가 할아버지에게 가보겠다고 했다.

"고맙다, 제이콥. 할아버지 문제는 곧 정리하마, 약속할게."

할아버지 문제라니. "할아버지를 양로원에 보내서 다른 사람 문제로 만드는 거 말인가요?"

"아직 결정된 건 없어."

"벌써 결정하셨잖아요."

"제이콥……."

"할아버진 제가 책임질게요. 진심이에요."

"지금은 그럴 수 있을지도 모르지. 하지만 갈수록 악화될 거야."

"알았어요. 아빠 맘대로 하세요!"

나는 전화를 끊고 리키에게 차를 좀 태워달라고 부탁했다. 10분 뒤 낡은 크라운 빅(포드의 승용차 모델-옮긴이)이 주차장에서 절대 혼동할 수 없는 거친 경적을 울렸다. 주차장으로 향하면서 나는 셸리에게 나쁜 소식을 전했다. 시키신 '스테이타잇' 타워의 건축은 내일로 미루어야겠다고.

"집안에 급한 일이 생겼어요." 내가 설명했다.

"아무렴요." 그녀가 말했다.

눅눅하고 후텁지근한 저녁 거리로 나서자 낡은 차 후드에 앉아 담배를 피우는 리키의 모습이 보였다. 진흙투성이 부츠며 입술 사이로 곡선을 그리며 흘러나오는 담배 연기, 저물어 가는 햇살에 빛나는 초록색 머리카락까지, 리키는 남부의 가난한 백인 불량청년 제임스 딘을 연상시켰다. 리키는 오직 플로리다 남부에서만 가능한 온갖 하위문화들의 희한한 집합체라고 할 만한 녀석이었다.

나를 보고 그가 후드에서 뛰어내렸다. "드디어 잘렸냐?" 그가 소리쳤다.

"쉿! 아직 아무도 내 작전 눈치 못 챘단 말이야!" 나는 리키 쪽으로 뛰어가며 소리 질렀다.

마치 격려하는 듯, 그러나 거의 뼈를 부러뜨릴 정도로 세게, 리키가 내 어깨를 툭 쳤다. "걱정 마, 특별한 에드! 우리에겐 언제나 내일이 있으니까!"

리키가 나를 '특별한special 에드'라고 부르는 이유는, 내가 영재 수업을 몇 과목 듣고 있고 영재 수업은 우리 학교의 특수교육Special Education 과정의 일부였기 때문이었다. 리키는 내 이름 앞에 '특별한' 자를 붙이는 것을 무척이나 재미있어했다. 그게 우리 둘 사이의 우정이었다. 짜증과 협력의 적절한 조합이라고나 할까. 그 조합은 두뇌와 근육의 거래를 의미했다. 나는 리키가 영어 과목에 낙제하지 않도록 도와주었고 리키는 내가 복도에서 서성거리는 과격한 사이코패스들에게 살해당하지 않도록 도와주었다. 리키가 우리 부모님의 심기를 몹시 불편하게 한다는 것은 내겐 어디까지나 덤이었다. 리키는 나의 가장 좋은 친구였다. 그렇게 말하는 편이 나의 유일한 친구라고 말하는 것보다는 덜 측은하게 들리겠지.

리키가 크라운 빅의 조수석을 발로 찼다. 리키의 차는 발로 차야만 문이 열렸다. 나는 리키의 차에 올라탔다. 한 마디로 놀라운 차였다. 우연히 만들어진 공예품으로 박물관에 전시해도 손색이 없을 것이다. 리키는 그 차를 25센트 동전이 잔뜩 든 유리병을 주고 동네 고물 처리장에서 샀다. 아니, 샀다고 주장했다. 숲을 통째로 옮겨놓은 것 같은 강력한 탈취제를 매달아놓아도 차에서 나는 악취를 잠재울 수 없었다. 시트에서 빠져나온 스프링에 엉덩이가 찔리지 않도록 곳곳에 테이프를 덕지덕지 붙여놓았다. 가장 놀라운 것은 차의 외관이었다. 녹슨 달 표면처럼 여기저기 구멍이 뚫리고 찌그러졌다. 기름값을 벌기 위해 술 취한 파티꾼들에게 1달러씩 받고 골프채로 차를 때리게 해 주었기 때문이었다. 그 게임에 한 가지 규칙이 있다면, 그나마 강력하게 시행되지도 못했지만, 유리 부분을 겨냥해서는 안 된다는 것 정도였다.

파란 연기를 일으키며 차에 시동이 걸렸다. 마침내 주차장에서 빠져나와 상가들을 지나 할아버지의 집으로 향하면서 혹시 무슨 일이 생긴 건 아닐까 슬슬 걱정이 되기 시작했다. 최악의 시나리오는 할아버지가 사냥총을 꺼내들고 발가벗은 채 입에 거품을 물고 잔디밭을 돌아다니거나 아니면 뭔가 그보다 더 묵직한 흉기를 들고 잠복하고 있는 것이었다. 무슨 일이든 일어날 수 있었다. 그게 리키에게 늘 내가 존경한다고 말해왔던 할아버지를 처음 선보일 장면일지 모른다고 생각하니 특히 걱정이 되었다.

할아버지가 사는 동네로 접어들 무렵 하늘이 새로 든 멍의 빛깔을 띠기 시작했다. '서클 빌리지'로 알려진 할아버지의 동네는 꼬불꼬불한 막다른 골목길이 미로처럼 뒤엉켜 있었다. 마을 입구의 경비실에 신원을 알리려 했지만 늙은 경비가 문을 열어둔 채 코를 골고 있었다. 늘 겪는 일이어서 그대로 정문을 통과했다. 할아버지는 어떠시냐는 아빠의 문자가 왔다. 내가 문자에 답하는 그 짧은 시간 동안 리키는 기가 막히도록 완벽하게 길을 잃고 말았다. 내가 여기가 어디인지 모르겠다고 말하자 그는 욕을 내뱉으며 창밖으로 담배 즙을 연거푸 내뱉고 골목을 뺑뺑 돌았다. 그러는 동안 나는 익숙한 지표가 눈에 띄는지 살펴보았다. 어렸을 때부터 할아버지 집을 수도 없이 드나들었지만 쉽게 찾을 수가 없었다. 이 동네의 집이 모두 똑같이 생겼기 때문이었다. 작은 차이만 있을 뿐 대체로 알루미늄 마감재나 70년대

풍의 짙은 색 목재, 눈속임에 가까운 웅장한 석고 기둥으로 꾸민 집들이었다. 햇볕에 탈색되고 페인트가 들뜬 표지판도 거의 도움이 안 됐다. 유일하게 지표로 삼을 만한 것은 기괴하고 현란한 빛깔의 잔디 조형물들이었다. 그들이야말로 서클 빌리지를 진정한 의미의 열린 박물관으로 만드는 공로자였다.

마침내 나는 우편함을 높이 쳐들고 있는 철제 집사 인형을 알아보았다. 등을 꼿꼿하게 펴고 오만한 표정을 짓고 있어도 집사는 녹슨 눈물을 흘리는 것처럼 보였다. 나는 리키에게 좌회전하라고 소리쳤다. 타이어가 미끄러지는 소리와 동시에 나는 조수석 문에 날아가 부딪혔다. 그 충격에 내 뇌 속의 무언가가 살아났는지 방향감각이 돌아왔다. "홍학 난교 파티에서 우회전! 지붕 위의 다인종 산타들에서 좌회전! 오줌 누는 천사들에서 직진!"

천사들을 지나치면서 리키가 속력을 늦추고 할아버지 동네의 집들을 수상쩍은 눈초리로 쳐다보았다. 불 켜진 현관 하나 없었고, 텔레비전 불빛이 새어 나오는 창문 하나 없었으며 주차장에는 마을버스 하나 보이지 않았다. 사람들이 폭염을 피해 북쪽으로 휴가를 떠났기 때문에 정원마다 잡초가 무성히 자라고 허리케인 셔터가 내려진 집들이 마치 조그만 파스텔색 방공호들 같았다.

"왼쪽 제일 끝 집!" 내가 말했다. 리키가 속도를 내어 골목길을 달렸다. 골목에서 네 번째인가 다섯 번째 집 정원에서 노인이 잔디에 물을 주고 있었다. 머리가 달걀처럼 동그란 대머리 노인은 욕실 가운을 걸치고 슬리퍼를 신은 채 무릎까지 자란 풀에 물을 주었다. 그 집도 다른 집들처럼 어두웠고 셔터가 내려져 있었다. 내가 노인을 쳐다보자 노인도 나를 보았다. 그러나 노인은 나를 볼 수가 없음을 작은 충격과 함께 깨달았다. 눈이 완전히 우윳빛이었다. 이상하다, 이웃에 장님이 있단 얘긴 들은 적이 없는데.

정면에 관목 숲이 우거진 막다른 길이 보이자 리키가 급격히 방향을 틀어 할아버지의 집 진입로로 들어갔다. 리키는 시동을 끄고 차에서 내린 다음 조수석 문을 발로 찼다. 현관으로 이어진 길의 마른 풀숲에 신발이 서걱거렸다.

나는 벨을 누르고 기다렸다. 어디선가 개 짖는 소리가 들렸다. 후텁지근한 저녁 바람에 실려온 외로운 소리였다. 어쩐 일인지 초인종을 눌러도 인기척이 없었다. 나는 문을 두드리면서 아마 초인종이 고장 난 모양이라고 생각했다. 리키는 우리를 둘러싸기 시작한 모기들을 손으로 쫓았다.

"어디 나가셨나 보네. 화끈한 데이트를 즐기러 가셨나?" 리키가 싱글거리며 말했다.

"마음껏 비웃어. 솔직히 데이트라면 할아버지가 우리보다 성공률이 높을걸. 이 동네는 온통 과부들 천지니까." 마음을 진정시키려고 던진 농담이었다. 집 안의 정적이 왠지 불길했다.

나는 수풀 속에 숨겨두는 비상 열쇠를 찾고 말했다. "넌 여기서 기다려."

"알았어. 근데 왜?"

"넌 키가 195센티미터에 머리카락이 초록색이고, 우리 할아버지는 널 모르시고 총을 여러 개 갖고 있으니까."

리키는 어깨를 으쓱한 뒤 담배 한 개비를 입에 물었다. 나는 현관문을 열고 안으로 들어섰고 리키는 잔디 위 의자에 앉으며 기지개를 켰다.

집 안이 난장판이라는 것을 어둠 속에서도 직감으로 알 수 있었다. 도둑이 집 안을 홀랑 털었는지 책장과 캐비닛은 텅 비었고 장식품들과 《리더스 다이제스트》 대형판이 바닥에 나뒹굴었다. 소파의 쿠션과 의자들은 뒤집혔고 냉장고와 냉동고 문이 열려 있어서 리놀륨 바닥에 끈끈한 액체들이 녹아내렸다.

가슴이 철렁했다. 할아버지가 급기야 미쳐버린 것일까. 할아버지를 불러보았지만…… 대답이 없었다.

나는 방마다 불을 켜고 괴물이 올까봐 겁에 질린 채 숨어 있을지도 모를 노인네를 찾아보았다. 가구 뒤도 보았고 다락의 비좁은 구석도 보았고 지하실의 작업대 밑도 보았다. 할아버지가 무기를 보관했던 캐비닛도 확인해보았다. 물론 캐비닛은 잠겨 있었지만 할아버지가 열어보려 애를 썼는지 손잡이에 긁힌 자국이 있었다. 베란다로 나가보니 교수대처럼 늘어진 메마른 양치식물이 바람에 흔들리고 있었다. 나는 인공잔디를 깐 바닥에 무릎을 꿇고 앉아 등나무 벤치 밑을 확인해보았다. 그 속에서 무얼 보게 될지 두려워하면서.

그때 정원 쪽에서 한 줄기 빛이 새어 들어왔다.

베란다 방충 문을 열고 뛰어나가 보니 풀밭에 손전등 하나가 뒹굴고 있었다. 손전등은 할아버지의 정원 가장자리 숲 쪽을 가리키고 있었다. 서클 빌리지와 그 옆 동네인 센트리 우즈 사이 1.5킬로미터 구간의 숲에는 들쭉날쭉한 팔메토(미국 동남부산 작은 야자나무-옮긴이)와 야자수가 우거져 있었다. 이 동네 전설에 의하면, 그 숲에는 뱀과 너구리, 야생 곰이 우글거렸다. 할아버지가 욕실 가운만 걸치고 그 숲 속에서 길을 잃고 헤맬지도 모른다고 생각하니 겁이 더럭 났다. 2주에 한 번꼴로 정신이 흐릿한 노인이 그 숲에 들어갔다가 길을 잃고 접근이 금지된 연못에 빠져 악어 밥이 되었다는 소식이 들려오곤 했다. 최악의 시나리오를 상상하기란 어렵지 않았다.

리키를 부르자 잠시 후 그가 잔뜩 흥분한 얼굴로 달려왔다. 리키는 내가 미처 보지 못한 것을 보았다. 방충 문이 길고 날카롭게 찢겨 있었다. 리키가 낮은 휘파람을 불었다. "엄청난데! 아마 멧돼지 짓일 거야. 아니면 살쾡이 짓이거나. 발톱이 날카로운 짐승이 분명해."

멀지 않은 곳에서 개 짖는 소리가 한 차례 들렸다. 둘 다 깜짝 놀라 긴장한 눈빛을 주고받았다. "개일 수도 있어." 내가 말했다. 마을 전체에서 개들이 연달아 대답을 했고 이제 개 짖는 소리는 사방에서 들려왔다.

"그럴 수도 있지. 트렁크에 22구경 있거든. 잠깐 기다려." 리키가 말하고 총을 가지러 갔다.

개 짖는 소리가 잦아들어 밤 곤충들의 합창이 그 자리를 채웠다. 단조롭고도 낯선 소리였다. 얼굴에서 식은땀이 흘렀다. 어두웠지만 바람이 잦아들어 어쩐 일인지 낮보다 훨씬 더 후텁지근했다.

나는 손전등을 집어 들고 숲으로 향했다. 할아버지가 저 숲 어딘가에 있다는 확신이 들었다. 그러나 도대체 어디 있을까. 나는 추적 전문가가 아니었고 리키도 마찬가지였다. 그러나 무언가가 나를 이끌었다. 두근거리는 가슴. 후텁지근한 바람에 실려오는 속삭임. 문득 더는 잠시도 지체할 수가 없었다. 보이지 않는 흔적을 감지한 경찰견처럼 나는 숲 속으로 달리기 시작했다.

플로리다의 숲에서 뛴다는 것은 결코 쉬운 일이 아니었다. 키 큰 나무가 없는 곳은 허벅지 높이의 뻣뻣한 팔메토 가지와 야생 덩굴이 뒤덮고 있었다. 나는 할아버지를 부르고 손전등으로 사방을 비추면서 있는 힘을 다해 달렸다. 흰색 물체를 발견하고선 전속력으로 질주했지만 다가가서 보니 작년에 잃어버린, 바람 빠지고 색이 바랜 축구공이었다.

포기하고 리키가 있는 곳으로 돌아갈까 생각하는 순간, 그리 멀지 않은 곳에 방금 짓밟힌 것 같은 팔메토 가지 사이로 좁은 길이 난 것이 눈에 들어왔다. 나는 손전등을 비추며 그쪽으로 걸었다. 짙은 빛깔의 무언가와 함께 나뭇잎이 사방에 흩어져 있었다. 입안이 바짝 말랐다. 나는 애써 마음을 다잡고 자국을 따라갔다. 내가 보게 될 것을 내 몸이 먼저 알고 경고하는 듯 가슴이 조여왔다. 짓밟힌 덤불숲 길이 점점 넓어졌고 마침내 나는 보았다.

할아버지는 마치 높은 곳에서 떨어진 듯 양다리를 벌리고 한쪽 팔을 몸 밑에 비틀어 깐 상태로 얼굴을 땅에 박고 쓰러져 있었다. 죽었다고 생각했다. 내의는 피로 흠뻑 젖었고 바지는 찢겨 나갔고 한쪽 신발은 달아나고 없었다. 나는 멍하니 할아버지를 보았다. 손전등 불빛이 할아버지 몸 위에서 흔들렸다. 다시 숨을 쉴 수 있게 되었을 때 할아버지를 불러보았다. 전혀 반응이 없었다.

나는 무릎을 꿇고 손바닥을 할아버지의 등에 대었다. 흥건한 피가 아직 따뜻했고 비록 얕은 숨이긴 했지만 아직 숨을 쉬고 있었다.

한 팔을 밑으로 넣어서 할아버지를 바로 눕혔다. 숨이 겨우 붙어 있었고 눈동자는 흐릿했고 얼굴은 핼쑥하고 창백했다. 할아버지의 배에 난 칼자국을 보고 나는 하마터면 기절할 뻔했다. 상처가 크고 깊었고 흙이 엉겨 붙어 있었다. 할아버지가 누웠던 자리는 피로 진흙탕이 되었다. 나는 상처를 보지 않고 셔츠 자락으로 상처를 덮으려 애썼다.

리키가 날 부르는 소리가 들렸다. "여기야!" 나는 소리쳤다. 더 많은 말을 했어야 하는 건 아닐까, '위험'이라든가 '피'라든가, 하는 생각이 떠올랐지만 무슨 말을 해야 할지 알 수 없었다. 그 순간 내가 떠올릴 수 있었던 건 할아버지들은 기계들을 주렁주렁 달고 조용한 병실 침대에서 눈을 감아야 한다는 것뿐이었다. 개미들이 기어 다니는 축축하고 냄새나는 땅바닥에 누워 떨리는 손에 편지칼을 든 채 죽어선 안 되는 거였다.

편지칼. 할아버지가 자신을 방어할 무기는 그것뿐이었다. 할아버지의 손에서 편지칼을 빼자 할아버지의 손이 힘없이 허공을 더듬었고 내가 그 손을 잡았다. 손톱을 물어뜯은 내 손이 자주색 혈관이 불거진 할아버지의 창백한 손을 맞잡았다.

"다른 곳으로 옮겨야겠어요." 한 팔로 등을 받치고 다른 한 팔을 다리 밑에 넣으며 내가 말했다. 그러나 안아 들려는 순간 할아버지가 신음 소리를 내며 몸이 뻣뻣하게 굳어지는 바람에 멈추었다. 할아버지를 아프게 할 순 없었다. 그렇다고 홀로 남겨둘 수도 없었다. 그렇다면 기다리는 수밖에 없었다. 나는 조심스럽게 할아버지의 팔과 얼굴과 희끗희끗한 머리카락에 묻은 흙을 털어냈다. 그 순간 할아버지의 입술이 들썩이고 있음을 깨달았다.

나는 속삭임보다 더 작은 할아버지의 목소리를 겨우 들었다. 몸을 숙이고 귀를 할아버지의 입에 대었다. 할아버지는 영어와 폴란드어를 오가며, 의식과 무의식을 넘나들며, 무언가를 중얼거렸다.

"무슨 말씀이신지 모르겠어요." 내가 속삭였다. 눈동자 초점이 나에게 맞추어질 때까지 나는 반복해서 할아버지를 불렀다. 마침내 할아버지가 가냘픈 숨을 내쉬며 조용히, 그러나 사뭇 분명한 목소리로 말했다. "섬으로 가거라, 제이콥. 여긴 안전하지 않아."

오랜 망상이 도진 모양이었다. 나는 할아버지의 손을 꽉 움켜쥐면서 우린 괜찮을 거라고, 할아버지는 괜찮을 거라고 말했다. 할아버지에게 두 번째로 거짓말을 하고 있었다.

도대체 어떻게 된 거냐고, 어떤 짐승에게 당했냐고 물었지만 할아버지는 내 말을 듣지 않았다. "섬으로 가. 거긴 안전할 거야. 약속해다오."

"약속할게요." 달리 무슨 말을 하겠는가!

"내가 널 보호할 수 있을 거라고 생각했어. 너한테 진작 말해주었어야 했는데……." 생명이 빠져나가고 있었다.

"무얼요?" 눈물을 참으며 내가 말했다.

"시간이 없어." 할아버지는 땅에서 고개를 가까스로 들고 힘에 겨워 부르르 떨며 내 귀에 속삭였다. "그 새를 찾아. 루프 안에서. 노인의 무덤 건너편. 1940년 9월 3일." 고개를 끄덕였지만 내가 전혀 이해하지 못하고 있다는 것을 할아버지도 알고 있었다. 할아버지는 마지막 힘을 끌어 모아 한 마디를 덧붙였다.

"에머슨…… 그 편지. 그들한테 소식을 전해라, 제이콥."

그 말과 함께 할아버지의 몸이 축 늘어졌다. 의식이 꺼져가고 있었다. 나는 할아버지에게 사랑한다고 말했다. 그리고 마치 그 자신 속으로 사라져버리듯 할아버지의 시선이 나를 지나 별들이 가득한 하늘로 향했다.

잠시 후 리키가 수풀을 헤치고 나왔다. 내 품에 안긴 할아버지를 보고 그가 뒷걸음쳤다. "이런 젠장! 맙소사! 젠장!" 그가 양손으로 얼굴을 문지르며 말했다. 리키가 맥을 짚어봤느냐고, 경찰을 불러야 하는 거 아니냐고, 숲에서 무얼 봤느냐고 떠들어댈 때 묘한 느낌이 밀려들었다. 나는 할아버지의 시신을 내려놓고 일어섰다. 온 신경이 내가 알지 못했던 이상한 본능으로 꿈틀거렸다. 숲 속에 무언가가 있었고 나는 그것을 느낄 수 있었다.

달도 없었고 숲 속에 우리 외에 누군가가 있다는 기척은 없었지만 손전등으로 어디를 비추어야 할지 나는 본능적으로 알았다. 그리고 가느다란 손전등 불빛 속에서 내 어린 시절의 악몽에서 곧장 튀어나온 것 같은 그것의 얼굴을 보았다. 그것 역시 나를 보았다. 어두운 액체 속에서 유영하는 눈동자, 구부정한 골격에 시커멓고 쭈글쭈글하고 축 늘어진 살갗, 이상하게 벌어진 입 밖으로 널름거리는 뱀 같은 혀들. 내가 비명을 지르자 그것이 꿈틀거리며 어디론가 사라졌고 그 바람에 수풀이 부스럭거리는 소리가 리키의 주의를 끌었다. 리키가 총을 들고 탕탕탕탕 네 번을 쏘았다. "뭐였어? 도대체 뭐였냐고!" 리키가 물었다. 리키는 보지 못했고 나는 그에게 설명할 수 없었다. 나는 그 자리에 얼어붙어서 꺼져가는 손전등 불빛으로 텅 빈 숲을 비추었다. 리키가 "제이콥! 제이콥! 야, 너 괜찮아?"라고 묻는 것으로 보아 내가 기절을 한 모양이다. 그것이 그날 밤 내 마지막 기억이었다.

제 2 장

chapter two

할아버지의 죽음 이후 몇 달 동안 나는 베이지색 대기실들
과 정체불명의 사무실들의 연옥에서 분석당하고, 취조당
하고, 수군거림의 대상이 되고, 물음에 고개를 끄덕이고, 똑같은 말을
되풀이하고, 수많은 동정 어린 시선들과 찌푸린 이맛살을 감당해야만
했다. 부모님은 나를 깨질 위험이 있는 귀중품 다루듯 했고 혹여 내
가 깨질까봐 결코 내 앞에서 싸우거나 안달하지 않았다.

　밤마다 끔찍한 악몽에 시달리다 비명을 지르며 깨어나곤 했기
때문에 자는 동안 이를 악물어서 치아가 망가지지 않도록 마우스피
스를 끼고 자야 했다. 눈만 감으면 괴물이 보였다. 숲에서 목격한, 촉
수들이 널름거리는 그 입이 보였다. 바로 그 괴물이 할아버지를 죽였
고 곧 나를 죽이러 올 거라는 확신이 들었다. 때로는 그날 밤처럼 섬
뜩한 느낌이 밀려왔고 그럴 때면 왠지 그 괴물이 나무 뒤에, 아니면
주차장의 내 옆 차 뒤에, 자전거를 세워둔 창고 구석에 숨어서 날 기

다리는 것만 같았다.

집 밖으로 나가지 않는 수밖에 없었다. 몇 주 동안은 신문을 가지러 자동차 진입로까지 나가는 것도 그만두었다. 나는 세탁실 바닥에서 담요를 뒤집어쓰고 잤다. 세탁실은 우리 집에서 유일하게 창문이 없고 안에서 문을 잠글 수 있는 곳이었다. 할아버지의 장례식을 치르던 날도 그곳에서 밤을 보냈다. 노트북 컴퓨터를 건조기 위에 올려놓고 온라인 게임을 하면서 현실을 잊어보려 애썼다.

할아버지가 당한 일은 내 탓이었다. '내가 할아버지 말을 믿기만 했어도…….'를 후렴구처럼 끝없이 되뇌었다. 나는 할아버지를 믿지 않았다. 사실 아무도 믿지 않았다. 아무도 믿어주지 않았을 때 할아버지가 어떤 기분이었을지 이제야 알 것 같았다. 그날의 사건에 관한 내 진술은 입 밖에 내기 전까지는 완벽하게 논리적이었다. 그러나 말을 하기 시작한 순간부터, 특히 집으로 찾아온 경찰에게 진술하기 시작했을 때부터 미친 소리처럼 들리기 시작했다. 나는 경찰에게 그날 있었던 일을 전부 다 얘기했다. 그 괴물에 대해서도. 경찰은 탁자 맞은편에 앉아 스프링 달린 수첩에 내 말을 받아 적었다. 내 말을 듣고 나서 그가 한 말은, "알았다. 진술해줘서 고맙다."가 전부였다. 경찰이 부모님에게 그동안 내가 '도움'을 받은 적이 있느냐고 물었다. 쳇, 그 말이 무슨 뜻인지 내가 모를까봐서? 나는 한 마디만 더 하겠다고 한 뒤 그에게 가운뎃손가락을 들어 보이고 밖으로 나갔다.

부모님이 몇 주 만에 처음으로 내게 소리를 질렀다. 익숙한 고함 소리가 차라리 마음 편했다. 나는 끔찍한 말들을 내뱉었다. 할아버지가 돌아가셔서 이제 속이 후련하냐고. 할아버지를 진심으로 사랑했던 사람은 나밖에 없었다고.

경찰과 부모님이 진입로에서 잠시 이야기를 나누었고 경찰이 차를 몰고 갔다가 한 시간 뒤 몽타주 화가를 데리고 나타났다. 그는 커다란 스케치북을 들고 와서 괴물의 모습을 설명해보라고 했다. 내 설명을 듣고 그가 그림을 그렸다. 이따금 내가 한 말을 확인하는 질문을 던지면서.

"눈이 몇 개라고?"

"두 개요."

"좋아."

그가 대답했다. 괴물 하나 그리는 것쯤이야 우습다는 듯이.

나를 적당히 달래려는 시도라는 것이 너무도 분명했다. 가장 확실한 증거는 그가 완성된 그림을 내게 주려고 했다는 사실이었다.

"자료로 필요하신 거 아닌가요?" 내가 물었다.

그가 경찰관을 바라보더니 눈썹을 올렸다. "참, 그렇지. 내 정신 좀 봐."

너무도 모욕적인 일이었다.

가장 친한 친구 리키조차도 내 말을 믿어주지 않았다. 현장에 있었던 리키조차도. 리키는 그날 밤 숲 속에서 그 어떤 짐승도 보지 못했다고 진술했다. 내가 손전등을 비추었을 때도 아무것도 보지 못했다고, 그러나 개 짖는 소리는 분명히 들었다고 했다. 우리 둘 다 개 짖는 소리를 들었기 때문에 경찰이 들개 떼가 할아버지를 물어 죽였다는 결론을 내린 것도 놀라운 일은 아니었다. 다른 곳에서도 들개 떼가 목격되었고 지난주에도 녀석들이 센트리 우즈를 산책하던 여자를 물어 죽인 사건이 있었다. 역시 한밤중이었다. "밤이니까 어떤 짐승인지 분간하기가 힘들 수도 있잖아요!" 내가 말했다. 그러나 리키는 고

개를 저으며 내가 '뇌 상담'을 받아야 한다고 지껄였다.

"정신 상담이겠지! 어쨌든 정말 고맙다. 너처럼 날 이해해주는 친구를 두어서 정말 기뻐." 내가 말했다. 우리는 옥상에 나란히 앉아 해가 저물어가는 만灣의 풍경을 바라보고 있었다. 리키는 부모님이 아미시 지방을 여행할 때 구입한 터무니없이 비싼 아디론댁 의자(옥외용 안락의자의 일종-옮긴이)에 책상다리를 하고 팔짱을 끼고 앉아 비장한 표정으로 줄담배를 피웠다. 우리 집에 올 때면 리키는 늘 조금 불편해 보였지만 나를 흘금거리며 쳐다보는 것으로 보아 지금 그의 심기가 불편한 것은 내 부모님의 부유함 때문이 아니라 나 때문임을 알수 있었다.

"어쨌든, 난 솔직하게 말하는 거야. 너 자꾸 그 괴물 얘기 떠들고 다니다간 정신병원에 갇혀. 그렇게 되면 진짜 특별한 에드가 될걸."

"그렇게 부르지 마."

리키는 담배를 끈 다음 난간에 거대하고 반짝거리는 가래를 뱉었다.

"넌 담배를 피우는 거냐, 씹는 거냐?"

"네가 우리 엄마냐!"

"내가 식권 받으려고 트럭 운전사들 거시기 빨아주냐?"

엄마에 관한 욕이라면 도가 튼 리키였지만 내 말은 그런 그조차도 감당하기 벅찬 수준이었다. 리키가 의자를 박차고 일어서서 힘껏 밀어젖히는 바람에 나는 하마터면 옥상에서 떨어질 뻔했다. 당장 꺼지라고 내가 소리쳤을 때 리키는 이미 꺼지고 있었다.

나는 그로부터 몇 달 동안 그를 보지 않았다. 즉 몇 달 동안 내겐 친구가 없었다.

결국 부모님이 나를 '뇌 상담가'에게로 데리고 갔다. 올리브색 피부에 말수가 적은 골란이라는 의사였다. 그 문제로 부모님과 다투지는 않았다. 도움이 필요하다는 것을 나 자신도 알았다.

내가 까다로운 환자일 거라고 생각했지만 골란 박사는 내 문제를 놀라울 정도로 신속하게 정리했다. 침착하고도 간단한 그의 설명은 최면에 가까웠고 두 번의 상담을 통해 그는 내가 보았던 괴물이 지나친 상상력의 산물이라고 나를 거의 설득했다. 할아버지의 죽음으로 인한 충격 때문에 존재하지도 않는 것을 보았다고 믿은 거라고. 처음부터 그런 괴물의 이미지를 내 마음속에 심어준 사람은 할아버지였다고 골란 박사는 설명했다. 그래서 할아버지의 시신을 품에 안고 그곳에 무릎 꿇고 앉아 있는 동안 어린 시절에 가장 끔찍했던 충격의 기억을 떠올리면서 할아버지가 만들어낸 괴물을 보았다고 믿었을 거라고.

심지어는 병명도 있었다. 급성 스트레스 반응. "그게 무슨 자랑이라고!" 그럴싸한 나의 병명을 듣고 엄마가 말했다. 엄마의 핀잔이 하나도 불쾌하지 않았다. 그 어떤 말도 미쳤다는 말보단 나았으니까.

그러나 괴물의 존재를 믿지 않는다고 해서 내 상태가 나아진 것은 아니었다. 나는 여전히 악몽에 시달렸다. 늘 불안했고 편집증 증세를 보였으며 인간관계에서 문제를 일으켰다. 결국 부모님은 가정교사를 붙여서 내가 가고 싶은 날만 학교에 갈 수 있도록 해주었다. 그리고 마침내, 스마트 에이드에도 나갈 필요가 없게 되었다. '좀 더 나아지는 것'이 새 직장이 된 셈이었다.

머지않아 나는 그 직장에서도 해고되기로 결심했다. 정신착란 증세가 호전된 뒤 골란 박사의 주된 역할은 처방전을 쓰는 것이 되었다. 아직도 악몽을 꾸니? 거기 필요한 약을 처방해주마. 스쿨버스를 탈 때 갑자기 두렵단 생각이 들어? 이 약이 해결해줄 거다. 잠을 못 자니? 수면제 양을 늘리자꾸나. 온갖 종류의 약들로 뚱보 머저리가 됐지만 나는 여전히 비참했고 하루에 서너 시간밖에 못 잤다. 그래서 골란 박사에게 거짓말을 하기 시작했다. 누가 봐도 눈 밑이 시커멓고 작은 소리에도 소스라치게 놀라면서도 멀쩡한 척했다. 한 주 내내 꿈 이야기를 지어내기도 했다. 정상인들의 꿈처럼 지극히 평범하고 단조로운 꿈을. 치과에 가는 꿈. 날아다니는 꿈. 그리고 이틀을 연달아 발가벗고 학교를 돌아다니는 꿈을 꾸었다고 했다.

마침내 의사가 내 말을 잘랐다. "괴물들은?"

나는 어깨를 으쓱했다. "그림자도 못 봤어요. 슬슬 좋아지고 있는 거 맞죠?"

골란 박사는 펜 끝으로 책상을 두드리다가 무언가를 썼다. "내가 듣고 싶은 말을 해주는 게 아니길 바란다."

"절대 아니에요." 상담실 벽에 붙어 있는 그의 학위 액자들을 바라보며 내가 대답했다. 액자마다 심리학의 각 분야에서 그가 얼마나 유능한 사람인지 증명하고 있었다. 급성 스트레스 반응을 보이는 십 대 소년의 거짓말을 감지해내는 방법도 포함되어 있으리라.

"자, 우리 솔직하게 터놓고 얘기해보자꾸나." 그가 펜을 내려놓고 말했다. "이번 주엔 괴물 꿈을 한 번도 안 꾸었다고?"

거짓말에 서툰 나는 망신을 당하는 대신 한 걸음 물러났다. "글쎄요. 한 번쯤은 꾼 것 같기도 하고요."

사실 한 주 내내 괴물 꿈을 꾸었다. 매번 조금씩 차이가 있긴 했지만 대체로 이런 식이었다. 호박 빛깔 황혼의 햇살이 창가에서 서서히 물러날 무렵, 나는 할아버지의 침실 한구석에 웅크리고 앉아 분홍색 플라스틱 BB탄 총을 들고 있다. 침대가 있어야 할 자리엔 크고 으리으리한 자판기가 놓였고 그 안에는 사탕 대신 전투용 칼과 방패를 뚫는 권총들이 진열되어 있다. 할아버지가 낡은 영국 군복 차림으로 자판기 앞에 서서 지폐를 기계에 넣고 있지만 총 한 자루를 사려면 돈을 엄청 많이 넣어야 하고 우리에겐 시간이 없다. 마침내 반짝이는 45구경 한 자루가 유리 쪽으로 굴러 나오다가 무언가에 걸린다. 할아버지가 이디시 말(독일어·히브리어 등의 혼성 언어로 유럽, 미국 등의 유대인이 쓴다–옮긴이)로 욕을 내뱉으며 자판기를 걷어차고는 무릎을 꿇고 앉아 총을 꺼내려고 자판기 안에 손을 넣지만 할아버지의 팔마저도 자판기에 끼어버린다. 그때 놈들이 나타난다. 놈들의 시커멓고 긴 혓바닥이 유리창 밖에서 안으로 들어오려고 널름거린다. 나는 BB탄 총을 놈들에게 겨누고 방아쇠를 당기지만 아무 일도 일어나지 않는다. 그동안 할아버지는 미친 사람처럼 소리를 지른다. 새를 찾아! 루프를 찾으라고, 제이콥! 이 멍청한 녀석아! 도대체 왜 말귀를 못 알아듣는 거야! 그때 유리창이 깨어지면서 유리 조각이 날아들고 검은 혀들이 우리를 에워싼다. 바로 그 순간 나는 땀에 흠뻑 젖은 채로 잠에서 깨어난다. 내 심장은 장애물 넘기를 하고 내 위는 밧줄에 꽁꽁 묶인다.

내 꿈은 늘 똑같았고 꿈 얘기를 백 번도 더 했지만 골란 박사는 매번 그 꿈을 자세히 설명하라고 했다. 마치 내 무의식을 교차점검하면서 아흔아홉 번째 상담에서 놓쳤던 단서를 찾으려는 듯이.

"꿈속에서 할아버지가 뭐라고 했다고?"

"매번 똑같아요. 새하고 루프하고 무덤." 내가 대답했다.

"돌아가실 때 하셨던 말씀이구나."

내가 고개를 끄덕였다.

골란 박사는 손가락으로 지붕을 만들어서 턱을 눌렀다. 사려 깊은 뇌 상담가의 모습이었다. "그 말의 의미에 대해서 새로 깨닫게 된 게 있니?"

"네. 순 헛소리란 거요."

"괜히 맘에 없는 소리 하지 말고."

할아버지의 유언에 신경을 쓰지 않는 척했지만 실은 그렇지 않았다. 그 유언은 어쩌면 악몽만큼이나 나를 갉아먹었다. 할아버지의 유언을 다른 사람에게 정신 나간 노인네의 헛소리인 양 떠벌려서는 안 될 것 같았지만 골란 박사는 할아버지의 유언을 이해하면 악몽을 잠재울 수 있을 거라고 나를 설득했다. 그래서 나는 골란 박사에게 유언의 내용을 털어놓았다.

할아버지가 한 말 중 몇 가지는 꽤 그럴듯했다. 이를테면, 섬으로 가라는 것도 그랬다. 할아버지는 괴물이 나를 쫓아올까봐 걱정했고 내가 피신할 수 있는 유일한 장소가 섬이라고 믿었다. 할아버지가 어렸을 때 그랬던 것처럼. "진작 말해주었어야 했는데."라고 했지만 무얼 말해주었어야 했는지 설명할 시간은 없었고 그래서 그 비밀을 말해줄 수 있는 사람을 찾아가도록 내게 빵 부스러기를 남겨놓는 차선을 선택한 것 같았다. 그래서 루프니, 섬이니, 편지니 하는 이상한 얘기를 했을 것이다.

한동안은 '루프'가 서클 빌리지의 어느 거리 이름일 수도 있다고 생각했다. 서클 빌리지는 온통 루프(올가미나 동그라미 모양의 고리-옮긴이) 같은 막다른 골목들밖에 없는 동네였다. '에머슨'은 할아버지가 편지를 보냈던 사람일 거라고 생각했다. 이를테면 오랫동안 연락을 하고 지낸 전우라든가. 에머슨이라는 사람이 서클 빌리지 '루프'들 중 한 곳, 어쩌면 무덤가에 살고 있고, 그가 보관하고 있는 편지 중 하나가 1940년 9월 3일에 보낸 것일 수도 있었다. 어떻게든 그 편지를 읽어야만 했다. 미친 소리처럼 들리는 것이 사실이지만 그보다 더 미친 소리가 진실로 밝혀진 적도 있지 않은가. 인터넷에서 막다른 골목에 이르자 나는 서클 빌리지의 마을 회관을 찾아갔다. 노인들이 모여서 카드 게임을 하면서 최근에 받은 수술 이야기를 주고받는 곳이었다. 나는 그곳 노인들에게 무덤과 에머슨에 대해 들어본 사람이 있는지 물었다. 노인들은 마치 목에서 머리가 또 하나 자라고 있는 사람 보듯이 나를 바라보았다. 10대 소년이 말을 걸어주었다는 사실 자체가 놀라웠던 모양이다. 하지만 서클 빌리지에는 묘지가 없고, 이 동네에 사는 사람 중에 에머슨이라는 이름을 가진 사람은 없고, 루프로 시작되는 거리나 도로 이름도 들어본 적이 없다고 했다. 한 마디로 완전히 꽝이었다.

그러나 골란 박사는 내가 포기하는 것을 용납하지 않았다. 나에게 랠프 월도 에머슨을 조사해보라고 했다. 오래전에 살았던 유명한 시인이라면서. "에머슨은 편지를 많이 썼거든. 어쩌면 할아버지가 얘기한 건 그 편지들인지도 몰라." 막연하기 짝이 없는 추측이었지만 골란 박사에게 추궁받는 게 귀찮아서 어느 날 오후 사실을 확인해보기 위해 아빠에게 도서관에 데려다달라고 했다. 랠프 월도 에머슨이라는 사람은 실제로 수많은 편지들을 썼고 또 출간했다. 그 사실을 깨닫고 나서 처음 3분 동안은 무척 흥분했다. 금방이라도 이 수수께끼를 풀어낼 수 있을 것 같았다. 그러고 나서 두 가지 사실을 확인했다. 첫째, 랠프 월도 에머슨은 1800년도에 태어나서 죽었기 때문에 1940년 9월 3일에 편지를 쓸 수는 없었다는 것. 둘째, 그의 편지는 너무 난해하고 비밀스러운 내용들이라 그다지 열렬한 독서 애호가도 아니었던 할아버지의 관심을 끌 가능성이 거의 없었다는 것. 그 외에도 에머슨의 글에 수면제가 들어 있다는 것도 알게 되었다. 『자기신뢰』라는 제목의 에세이 위에 머리를 파묻고 잠들었다가 그 주 들어 여섯 번째로 자판기 꿈을 꾸면서 어렵사리 깨달은 사실이었다. 비명을 지르며 잠에서 깨어나 골란 박사와 그의 한심한 이론들에 욕을 퍼부어대는 바람에 도서관에서 인정사정없이 쫓겨나고 말았다.

우리 가족이 할아버지의 집을 팔기로 결정했을 때 마지막 지푸라기가 나타났다. 사람들이 집을 보러 오기 전에 집 안을 정리해야 했던 때였다. '충격을 받았던 장소에 직접 가보는 것'도 좋을 거라는 골란 박사의 충고에 따라 나는 할아버지의 물건을 정리하는 아빠와 고모를 돕기로 했다. 할아버지의 집에 도착해서 처음 몇 분 동안 아빠가 자꾸만 나를 한쪽으로 데리고 가서 괜찮으냐고 물었다. 놀랍게도 나는 괜찮았다. 덤불숲에 경찰이 두른 테이프 조각이 남아 있고 베란다의 방충 문은 찢긴 채로 바람에 너덜거렸지만 나는 괜찮았다. 그 모든 것들이, 할아버지의 삶을 집어삼키려고 집 앞에 준비해놓은 대형 쓰레기 수거함처럼, 무섭다기보다는 서글프게 느껴졌다.

내가 게거품을 물고 쓰러지지 않으리란 게 분명해지자 우리는 바로 작업에 착수했다. 쓰레기봉투를 들고 집 안을 돌아다니며 선반과 캐비닛, 후미진 장소들을 비웠고 그 과정에서 몇 년 동안 움직이지 않았던 물건 밑에 쌓인 기하학적인 모양의 먼지 덩어리들을 발견했다. 우리는 쓸 만한 물건들과 버릴 물건들을 피라미드로 쌓았다. 아버지와 고모는 그다지 감상적인 사람들이 아니었기 때문에 두 사람이 쌓은 피라미드는 항상 높았다. 나는 몇 가지 물건들은 버리지 말자고 그들을 설득했다. 이를테면, 창고 한구석에 5미터 높이로 쌓여 있는 물에 젖어 훼손된 《내셔널 지오그래픽》 같은 것들이었다. 그 잡지를 보면서 얼마나 여러 번 뉴기니의 진흙 인간(적을 위협하려고 온몸에 진흙을 바르고 진흙으로 만든 가면을 쓰는 파푸아뉴기니의 원주민-옮긴이)들 사이에 서 있거나 부탄 왕국의 절벽 위에서 고성을 발견한 내 모습을 상상했던가. 그러나 아빠는 내 요구를 매번 묵살했다. 할아버지가 모은 빈티지 볼링 셔츠도("넌 창피하지도 않니?"), 재즈 앨범들도("수집가한테 팔면 돈이 좀 될 거다."), 엄청난 양의 무기가 들어 있는 잠긴 캐비닛도("지금 너 농담하는 거지? 제발 농담이길 바란다.") 다 안 된다고 했다.

아빠는 너무 냉정하다고 내가 말했다. 고모는 우리를 서재에 남겨두고 자리를 피했다. 아빠와 나는 서재에서 할아버지의 오래된 회계 장부를 정리하고 있었다.

"현실적인 것뿐이란다. 사람이 죽으면 어쩔 수 없이 치러야 하는 일이야, 제이콥."

"그래요? 그럼 아빠가 돌아가시면 아빠 원고는 다 불태우면 되겠네요?"

아빠의 얼굴이 벌겋게 달아올랐다. 아직 끝내지 못한 집필 작업을 언급한 것은 분명 반칙이었다. 하지만 아빠는 내게 소리 지르는 대신 조용히 말했다. "네가 이 정도는 감당할 수 있을 만큼 컸다고 생각해서 오늘 데리고 온 건데, 아무래도 내가 잘못 생각한 것 같구나."

"잘못 생각하셨어요. 할아버지 유품들을 없애버리면 제가 할아버지를 잊을 수 있을 거라고 생각하시죠? 절대 그렇지 않다고요!"

아빠가 두 손을 번쩍 들었다. "그래? 이 문제로 너하고 싸우는 것도 지겹다. 갖고 싶은 건 다 가지렴!" 그리고 내 발치에 노랗게 탈색된 서류뭉치를 던졌다.

"케네디가 암살되던 해부터 정리해놓은 항목별 세금 공제 명세서야. 가져다 액자라도 하지그래!"

나는 서류들을 발로 걷어차고 문을 쾅 닫고 방을 나온 뒤 거실에서 아빠가 사과하러 오기를 기다렸다. 분쇄기가 돌아가는 소리가 들렸고 아빠가 나오지 않으리라는 사실이 분명해지자 나는 할아버지의 침실로 가서 방문을 잠갔다. 곰팡내와 신발 가죽 냄새와 조금 독한 할아버지의 화장품 냄새가 났다. 나는 벽에 기대선 채 방문과 침대 사이의 카펫 위에 난 눌린 자국을 눈으로 따라가보았다. 엷은 햇살이 만든 직사각형 속에 침대 커버 밑으로 비죽이 나온 상자 하나가 보였다. 먼지가 소복이 앉은 낡은 담배상자였다. 마치 내가 찾아주기를 기다리고 있었던 것 같았다.

그 안에 든 사진들을 너무도 잘 알고 있었다. 투명인간 소년, 공중부양 소녀, 바위를 들고 있는 소년, 뒤통수에 얼굴을 그린 남자. 사진들은 너덜너덜했고 가장자리가 닳아 있었다. 내가 생각하던 것보다 크기도 작았다. 거의 성인이 되어 사진들을 보고 있자니 조작된 사진들이라는 것이 너무도 뻔했다. 투명인간 소년의 머리를 없애는 것은 조금만 조작해도 얼마든지 가능했을 것이다. 이상할 정도로 비쩍 마른 소년이 들고 있는 바위는 아마 스티로폼 같은 것으로 만들었을 것이다. 그러나 여섯 살 소년이 알아차리기에는 너무 섬세한 속임수였다. 그 이야기를 믿고 싶었던 소년에게는 더더욱.

그 사진들 속에 할아버지가 내게 한 번도 보여주지 않은 사진들이 다섯 장 더 있었다. 왜 그랬을까. 사진을 하나씩 들여다보고 나서야 그 이유를 알 수 있었다. 석 장의 사진은 어린아이가 보아도 알 수 있을 정도로 가짜임이 노골적으로 드러났다. 한 장은 이중노출 기법으로 찍은 유리병 속에 갇힌 소녀의 사진이었고 한 장은 뒤쪽 어두운 문 어딘가에 숨겨진 장치로 매달려 있는 것이 분명한 공중에 떠 있는 아기의 사진이었다. 또 한 장은 소년의 얼굴을 개의 몸에 허접하게 갖다 붙인 사진이었다. 그것도 모자라서, 마지막 사진 두 장은 데이비드 린치(미국의 컬트영화 감독-옮긴이)의 영화에나 등장할 법한 사진들이었다. 몸을 희한하게 뒤로 구부리고 있는 기분 나쁜 표정의 소녀 곡예사와 내가 본 옷 중에서 가장 괴상한 옷을 입고 있는 이상한 쌍둥이 사진이었다. 아무리 혀를 널름거리는 괴물 이야기로 내 머릿속을 채워주었던 할아버지라도 이 사진들을 보고 내가 악몽을 꿀까봐 걱정이 되었을 것이다.

먼지 수북한 할아버지의 침실 바닥에 무릎을 꿇고 앉아 사진들을 뒤적이면서 할아버지의 이야기가 사실이 아님을 처음 깨달았을 때 얼마나 배신감을 느꼈는지를 생각했다. 이제야 진실을 알 것 같았다. 할아버지의 유언도 또 하나의 속임수일 뿐이었다. 할아버지의 마지막 연기는 온갖 악몽과 편집증적 망상을 내 머릿속에 주입하기 위한 것이었고 나는 앞으로 몇 년 동안 신체기능을 떨어뜨리는 온갖 치료와 약물에서 헤어나지 못할 것이다.

나는 상자를 닫고 거실로 가져갔다. 아빠와 수지 고모는 할아버지가 모아둔 쿠폰이 잔뜩 든 상자를 커다란 쓰레기봉투에 쏟아붓는

중이었다.

　내가 상자를 내밀자 두 사람이 안에 뭐가 들었는지 묻지도 않고 그걸 쓰레기봉투에 던졌다.

🜚

　"결국 그렇게 결론을 내렸니? 할아버지의 죽음은 아무 의미가 없었다고?" 골란 박사가 물었다.

　나는 상담실 한구석에 놓인 소파에 누워 어항 속의 황금빛 죄수가 나른하게 원을 그리며 유영하는 것을 바라보고 있었다. "우리 할아버지의 죽음이 저에게 어떤 의미가 있는지, 혹시 아직 저한테 말씀 안 하신 훌륭한 이론이라도 있으세요?"

　"뭐?"

　"그런 거 없으시면, 이건 시간낭비예요."

　그가 한숨을 쉬며 두통을 떨쳐내려는 듯 콧등을 꼬집었다. "네 할아버지의 유언이 어떤 의미인지 알아내야 하는 사람은 내가 아니야. 중요한 건 네가 어떻게 생각하느냐지."

　"다 헛소리라고 생각해요. 제가 어떻게 생각하느냐가 중요한 게 아니에요, 진실이 무엇이냐가 중요한 거죠. 그 진실을 우린 결코 알아내지 못할 거고요. 그렇다면 어떻게 되든 무슨 상관이죠? 박사님은 그냥 절 약물 중독자로 만들면서 돈이나 받으시면 되잖아요."

　골란 박사가 화를 내기를, 나와 말다툼을 하기를, 내가 틀렸다고 말해주기를 바랐다. 그러나 그는 무표정한 얼굴로 의자 팔걸이를 펜으로 두드릴 뿐이었다. 그리고 좀 있다 말했다. "결국 포기하겠단 거구

나. 실망이다. 그렇게 금방 포기할 애라고는 생각하지 않았는데."

"저를 잘못 보셨네요." 내가 말했다.

❧

파티를 하고 싶은 기분은 털끝만치도 없었다. 내 열여섯 번째 생일이라는 것을 뻔히 알고 있는데도 이번 주말이 아주 따분할 거라고 부모님이 서툴게 힌트를 줄 때부터 생일파티가 열릴 계획이라는 것을 알 수 있었다. 나는 올해는 제발 파티 없이 넘어가게 해달라고 부모님께 부탁했다. 무엇보다도 초대하고 싶은 사람이 단 한 명도 떠오르지 않았다. 친구들과 어울리는 것이 치료 효과 같은 것이 있다고 믿는 부모님은 내가 혼자서 너무 많은 시간을 보낸다며 걱정했다. 나는 치료 효과를 기대한다면 전기 충격도 한 방법일 수 있다고 대답했다. 하지만 엄마는 아주 하찮은 일이라도 축하할 일이 있으면 그냥 지나치지 못하는 성격이었다. 심지어는 우리 집 왕관앵무의 생일이라며 친구들을 초대하기도 했다. 집 자랑을 하고 싶은 마음도 섞여 있는 것 같았다. 엄마는 포도주 잔을 들고 지나치게 화려하게 치장한 방으로 손님들을 데리고 다니면서 천재적인 건축가를 칭찬하거나 인테리어 공사 과정의 고생담을 늘어놓았다. (이탈리아에서 이 촛대를 들여오는 데만 몇 달이 걸렸지 뭐야!)

골란 박사와 끔찍한 상담을 마치고 집으로 돌아와서 아빠를 따라 수상할 정도로 어둠침침한 거실로 들어서자 아빠가 "오늘이 네 생일인데 아무것도 준비하지 못해서 미안하다. 하지만 항상 내년이 있으니까."라고 중얼거렸다. 그때 갑자기 불이 켜지면서 장식 리본들과 풍선들과 내가 거의 얘기도 해본 적 없는 이모들, 삼촌들, 사촌들, 우리 엄마가 오라고 부추길 수 있는 모든 사람의 모습이 한눈에 들어왔다. 놀랍게도 리키가 펀치 볼 옆에서 코믹할 정도로 장소에 어울리지 않는 징 박힌 가죽 재킷을 입고 어슬렁거리고 있었다. 모두 함께 건배를 하고 내가 놀란 척하는 연기를 끝낸 뒤, 엄마가 내게 팔짱을 끼면서, "괜찮니?"라고 물었다. 나는 화가 났고 피곤했으며 컴퓨터 게임이나 하다가 텔레비전을 켜놓고 잠들고 싶었다. 하지만 어쩌겠는가? 이 많은 사람들을 전부 다 집으로 돌려보낼 수도 없고. 내가 괜찮다고 대답하자 엄마는 고맙다는 듯 내게 미소를 지었다.

"새로 들여놓은 가구 보고 싶은 사람!" 엄마가 샤르도네를 한 잔 따른 다음 한 무리의 사람들을 이끌고 계단으로 향했다.

리키와 나는 맞은편에서 서로 고갯짓을 주고받으며 한두 시간 정도 다른 사람들과 함께 있는 것을 견뎌보자는 데 합의했다. 옥상에서 녀석에게 밀려 떨어질 뻔했던 이후 한 번도 말을 하지 않았지만 아직도 친구인 척 연기하는 것이 이 시점에서 얼마나 중요한지는 우리 둘 다 알고 있었다. 리키에게 막 말을 건네려는 순간 바비 삼촌이 내 팔을 잡고 한구석으로 끌었다. 바비 삼촌은 거대한 차를 몰고 거대한 집에 사는 거대한 남자였다. 오랜 세월 동안 그의 뱃속에 우겨넣은 푸아그라(특별히 살찌운 집오리의 간 요리-옮긴이)와 거대한 햄버거 때문에 거대한 심장마비에 굴복한 뒤로는 모든 것을 마약에 찌든 아들과 아담하고 조용한 아내에게 넘긴 위인이었다. 바비 삼촌과 레스 삼촌은 스마트 에이드 체인의 공동사장으로, 늘 이런 식으로 사람을 한구석으로 끌고 가서 무언가를 쑥덕거리고 싶어 했다. 안주인이 내놓은 과카몰리(아보카도를 으깬 것에 양파, 토마토, 고추 등을 섞어 만든 멕시코 요리-

옮긴이)를 칭찬한다기보다는 마피아 암살 계획이라도 공모하는 듯한 인상을 풍기면서 말이다.

"네 엄마가 그러는데, 네가 마침내 그…… 거시기 뭐냐…… 네 할아버지 사건 말이야."

내 병. 그걸 어떻게 불러야 할지 아무도 알지 못했다.

"급성 스트레스 반응이에요."

"뭐?"

"제가 그 병이었대요. 아니, 그 병이래요."

"다행이다. 정말 다행이야." 모든 불미스러운 일이 다 지나갔다는 듯 삼촌이 손을 내저었다. "그래서 네 엄마하고 내가 생각해봤는데 말이다, 올여름에 탬파(플로리다 주 서부의 도시-옮긴이)에 와서 우리 집안 사업이 어떻게 돌아가는지 한번 둘러보지 않을래? 당분간 너하고 나하고 본사 쪽에서 좀 뭉쳐보잔 거지. 물론 네가 스태킹 매장 쪽을 선호한다면 할 수 없지만 말이야!" 삼촌이 너무 큰 소리로 웃는 바람에 나는 뒤로 한 발짝 물러섰다. "그냥 집에서 놀아도 돼. 나하고 네 사촌들하고 타폰(플로리다 반도·서인도 제도 주변의 큰 물고기-옮긴이) 낚시나 다녀도 되고." 삼촌은 장장 5분에 걸쳐서 새로 산 요트에 대해 설명했다. 포르노 수준으로 상세한 묘사였다. 마치 요트 하나만으로도 내가 결단을 내리기에 충분할 거란 듯이. 삼촌은 말을 끝내고 나서 악수를 하기 위해 손을 내밀었다. "어떠냐, 제이콥?"

각본이 짜인 제안인 것 같았지만 나로서는 삼촌과 삼촌의 버르장머리 없는 자식들과 여름을 보내느니 차라리 시베리아 노동 캠프에서 여름을 보내는 편이 나을 것 같았다. 더구나 스마트 에이드 본사에서 일하는 것으로 말하자면, 그것이 피할 수 없는 내 미래라곤

해도 앞으로 적어도 몇 번의 여름과 4년간의 대학 시절을 즐긴 다음에나 회사의 새장에 갇힐 계획이었다. 나는 품위 있는 탈출방법을 생각하며 망설였다. 마침내 내가 내뱉은 말은, "제 정신과 의사가 좋다고 할지 당장 말씀드릴 수가 없네요"였다.

삼촌의 덥수룩한 눈썹이 가운데에서 붙었다. "그렇구나. 그럼 상황을 좀 보고 결정하렴. 알았지?" 삼촌은 애매하게 고개를 끄덕이며 말한 뒤 대답을 기다리지도 않고 거실 맞은편에 또다시 팔꿈치를 잡아끌 사람을 발견한 척하며 돌아섰다.

엄마가 선물을 풀어볼 시간이라고 선언했다. 엄마는 선물은 사람들 앞에서 열어보아야 한다고 믿는 사람이었다. 그런데 바로 그게 문제였다. 왜냐하면, 앞서도 언급했듯이 나는 거짓말에는 젬병이기 때문이었다. 선물 받은 것을 그대로 들고 온 크리스마스 CD나《필드 앤 드 스트림》(스포츠 전문잡지-옮긴이) 정기구독권 같은 선물을 받고 기쁜 척 연기를 할 줄 몰랐다. 레스 삼촌은 나를 스포츠광으로 착각하고 몇 년째 그 선물을 주고 있었다. 그러나 나는 억지로 미소를 지으면서 시시하기 짝이 없는 선물들을 모두가 감상할 수 있도록 높이 들어 보였고 마침내 탁자 위의 선물 꾸러미는 세 개만 남았다.

나는 그중 가장 작은 것부터 집어 들었다. 구입한 지 4년 된 고급 승용차의 열쇠가 들어 있었다. 부모님은 새 차를 구입할 예정이라 쓰던 차를 내게 주겠다고 했다. 내 첫 번째 차. 사람들이 환호와 야유를 보냈지만 나는 얼굴이 후끈 달아올랐다. 열두 살 때의 내 용돈보다도 값이 덜 나가는 차를 몰고 다니는 리키 앞에서 그런 선물을 받는 것이 창피했다. 부모님은 내가 돈에 관심을 갖게 하려고 애썼지만 사실 나는 돈에 관심이 없었다. 그러나 돈이 엄청 많은 집안에서 태어나 돈에 관심이 없다고 말하기는 얼마나 쉬운가.

다음 선물은 지난여름 내내 사달라고 졸랐던 디지털 카메라였다. "와! 이거 근사하네요!" 내가 손으로 무게를 가늠해보며 말했다.

"조류 관찰에 관한 새 책을 집필 중인데, 네가 사진을 찍어주면 어떨까 해서."

"새 책이라! 정말 멋진 생각이네요, 프랭크. 책 얘기가 나와서 말인데, 지난번에 쓰다 만 책은 어떻게 됐죠?"

엄마가 말했다. 포도주를 한 잔 더 마신 모양이었다.

"아직 마무리 작업 중이야." 아빠가 나지막이 말했다.

"아, 그러시군요!" 바비 삼촌이 키득거리는 소리가 들렸다.

"이건 수지 고모 선물이네!" 내가 마지막 선물을 집어 들며 큰 소리로 말했다.

"실은 그건 네 할아버지가 주시는 선물이야." 포장지를 찢는 나를 보며 고모가 말했다.

나는 포장지를 뜯다가 멈추었다. 방 안이 쥐 죽은 듯이 고요해졌다. 사람들이 악마의 이름이라도 내뱉은 사람처럼 수지 고모를 쳐다보았다. 아빠는 표정이 굳었고 엄마는 남은 포도주를 비웠다.

"열어보면 알 거야." 수지 고모가 말했다.

포장지를 마저 뜯어보니 가장자리가 닳고 책 커버도 없는 낡은 책 한 권이 나왔다. 『랠프 월도 에머슨 시선집』이었다. 이 책이 어쩌다가 내 손에 들어오게 되었을까. 나는 표지를 뚫고 내용을 읽으려는 듯 책을 바라보았다. 할아버지의 유언에 대해 알고 있는 사람은 골란 박사 말고는 아무도 없었다. 골란 박사는 하수구 뚫는 용액을 들이켜라고 협박을 당하거나 선샤인 스카이웨이 다리에서 거꾸로 공중제비를 하며 뛰어내리라는 협박을 당하지 않는 한 상담 중 나눈 대화는 비밀에 부치기로 나와 몇 번이나 약속했다.

고모를 쳐다보았다. 어떻게 물어야 할지 알 수 없는 질문을 얼굴에 드리운 채로. "네 할아버지 책상을 정리하다가 발견한 거야. 앞에 네 이름을 써두었더라고. 너한테 주려고 했던 것 같아." 고모가 멋쩍게 웃으며 말했다.

수지 고모에게 축복이 있기를! 그러니까 고모에게도 심장이라는 것이 있긴 한 것이었다.

"잘됐네! 네 할아버지가 시집을 읽는 분인 줄은 몰랐는걸! 네 고모가 참 생각이 깊구나." 분위기를 가볍게 하려 애쓰며 엄마가 말했다.

"그러게 말이야. 고맙다, 수지." 이를 악물며 아빠가 말했다.

나는 책장을 펼쳐보았다. 첫 페이지에 할아버지가 떨리는 손으로 쓴 글씨가 있었다.

제이콥 마젤란 포트먼과 아직 그가 발견하지 못한 세계를 위하여.

사람들 앞에서 울음을 터뜨릴지도 모른다는 생각에 자리에서 일어서는데 책장 사이에서 무언가가 바닥에 떨어졌다.

떨어진 것을 집어보니 편지였다.

에머슨. 편지.

내 얼굴에서 핏기가 사라지는 것을 느낄 수 있었다. 엄마가 내 쪽으로 몸을 숙이면서 물을 마시겠느냐고 다급하게 물었다. 그것은

THE SELECTED WORKS OF RALPH WALDO EMERSON

Edited and with an introduction

BY CLIFTON DURRELL, PH. D.

*To Jacob Magellan Portman,
and the worlds he has
yet to discover—*

'정신 차려! 사람들이 보고 있잖아!'라는 말의 엄마식 표현이었다. "제가 지금 좀……." 나는 우물거리다가 가슴에 한 손을 얹은 채 방으로 달려갔다.

🎵

줄이 없는 깨끗한 종이에 손으로 쓴 편지였다. 글씨체가 너무도 화려해서 거의 장식용 서체 수준이었고 낡은 만년필로 썼는지 글자마다 잉크의 명도가 달랐다.

편지에 쓴 대로 낡은 사진이 한 장 들어 있었다.

친애하는 에이브.

부디 당신이 무사하고 건강할 때 이 편지를 받기를 바랍니다.

소식을 들은 지가 너무 오래되었네요.

하지만 야단치려고 편지를 쓰는 건 결코 아닙니다.

단지 우리가 지금도 당신을 자주 생각하고 있고 당신의 안전을 기도하고 있다는 걸 알려드리고 싶었어요.

우리의 용감하고 멋진 에이브를!

섬 생활은 거의 달라진 게 없지만 어떻게 보면

이런 조용하고 정돈된 삶이 바로 우리가 원하는 것이죠.

오랜 세월이 흘렀는데 지금도 당신을 알아볼 수 있을지 모르겠군요.

하지만 당신은 이곳에 남아 있는 사람들을 분명히 알아보겠죠.

당신의 최근 사진을 볼 수 있으면 좋겠네요.

있으면 한 장 보내주세요. 저의 오래된 사진을 한 장 동봉합니다.

E가 당신을 무척 그리워해요.

E에게 편지 한 장 써주지 않겠어요?

존경과 찬사를 담아,
알마 르페이 페러그린 원장 씀

나는 탁상 램프의 불빛에 사진을 비추어보았다. 여자의 실루엣에서 특징을 찾아보려 했지만 아무것도 찾을 수가 없었다. 이상한 사진이었다. 그러나 할아버지가 갖고 있던 다른 사진들과는 달랐다. 전혀 속임수가 없었다. 그저 파이프 담배를 피우고 있는 여자의 사진일 뿐이었다. 셜록 홈스의 것처럼 둥그렇게 꼬부라진 파이프였다. 나는 사진에서 눈을 뗄 수가 없었다.

할아버지는 내가 이 편지를 찾기를 바랐던 것일까? 아마 그럴 것이다. 에머슨의 편지들이 아닌, 에머슨 시집의 책갈피에 끼워져 있던 편지를. 페러그린 원장이라는 사람은 도대체 누굴까? 보낸 사람 주소를 확인해보았더니 우체국 소인이 'UK. 컴리. 케르놈 섬'으로 찍혀 있었다.

'UK'라면 영국을 뜻했다. 학교에서 지도를 공부할 때 '컴리'가 웨일스어로 '웨일스'를 뜻한다고 배웠다. 케르놈은 페러그린이라는 사람이 편지에서 언급했던 섬일 것이다. 혹시 그 섬이 할아버지가 어렸을 때 살았던 바로 그 섬일까?

9개월 전 할아버지는 내게 새를 찾으라고 말했다. 9년 전, 할아버지는 당신이 살았던 섬의 어린이집을 파이프 담배를 피우는 새가 지키고 있다고 했다. 내가 일곱 살 땐 할아버지의 말을 곧이곧대로만

Dearest Abe,

I hope this note finds you safe & in the best of health. It's been such a long time since we last received word from you! But I write not to admonish, only to let you know that we still think of you often & pray for your well-being. Our brave, handsome Abe!

As for life on the island, little has changed. But quiet & orderly is the way we prefer things! I wonder if we would recognize you after so many years, though I'm certain you'd recognize us — those few who remain, that is. It would mean a great deal to have a recent picture of you, if you've one to send. I've included a positively ancient snap of myself.

I missed you terribly. Won't you write to her?

With respect & admiration,

Headmistress Alma LeFay Peregrine

받아들였지만 사진 속에서 파이프를 피우는 원장 '페러그린'(송골매-옮긴이)도 새의 이름을 갖고 있었다. 할아버지가 내게 찾아보라고 했던 새가 바로 할아버지를 구해주었던 어린이집의 원장은 아니었을까? 어쩌면 오랜 세월이 흐른 지금도 그 원장이 그 섬에 살고 있는 것은 아닐까? 오랜 세월이 지났지만 여전히 그 집을 떠나지 못한 아이들 때문에 꼬부랑 할머니가 되어서도 여전히 그 집을 지키고 있는 것은 아닐까?

처음으로 할아버지의 유언이 신기하게도 앞뒤가 맞는다는 생각이 들었다. 할아버지는 내가 섬으로 가서 이 원장을 만나길 바랐던 것이다. 만약 할아버지의 어린 시절 비밀을 알고 있는 사람이 한 사람이라도 있다면 그것은 바로 그 원장일 테니까. 그러나 우체국 소인은 15년 전에 찍혀 있었다. 아직도 살아 있을까? 나는 머릿속으로 얼른 계산해보았다. 만약 1939년에 어린이집을 운영하고 있었고 그때 스물다섯 살 정도였을 거라고 어림잡으면 지금은 90대 후반일 것이다.

우리 동네만 해도 그보다 더 나이 많은 할머니가 운전을 하고 다녔다. 설령 페러그린이라는 여자가 이 편지를 보낸 뒤 세상을 떠났다고 해도 할아버지를 어렸을 때 알던 사람, 나를 도와줄 사람은 남아 있을 것이다. 할아버지의 비밀을 알고 있는 사람이 분명히 있을 것이다.

페러그린 원장이 편지에 '남아 있는 사람들'이라고 썼으니까.

γ

예상대로 올여름을 웨일스 지방의 작은 섬에서 보내겠다고 부모님을 설득하기란 결코 쉽지 않았다. 특히 엄마는 말도 안 되는 소리라 며 온갖 이유들을 열거했다. 바비 삼촌에게 마트 체인을 운영하는 방 법을 전수받기로 되어 있다는 것, 나와 함께 가줄 사람이 없다는 것, 그런 데 혼자 가서는 안 된다는 것 등등. 나에겐 그 주장에 반박할 설 득력 있는 이유가 없었다. 내가 그곳에 가고 싶은 이유를 사실대로 말 하면, 그러니까 왠지 그곳에 가야 할 것 같아서 가겠다고 말하면 안 그래도 내가 미쳤을까봐 걱정하는 부모님에게 완전히 미친 소리로 들 릴 것이 뻔했다. 할아버지의 유언이나 편지, 사진에 대해서는 말하지 않을 생각이었다. 그랬다가는 정신병원에 입원시킬 것이다. 그나마 내 가 생각해낼 수 있는 가장 그럴듯한 변명은, '우리 가족의 역사에 대 해 좀 더 배우고 싶다'였지만 그것 역시 설득력이 없었다. 결국 나는 "채드 크레이머하고 조시 벨도 이번 여름에 유럽에 가는데, 저는 왜 못 가요?"라고, 그다지 간절한 내색 없이 최대한 자주 물었고 한 번은 "혹시 돈이 없으신 거예요?"라고 떠보기도 했다. 그 말을 뱉자마자 바 로 후회하긴 했지만. 그러나 별 짓을 다 해도 도무지 그 섬에 갈 수 있 을 것 같지가 않았다.

　그러던 중 결정적으로 나를 도운 몇 가지 사건이 일어났다. 첫째 로 바비 삼촌이 나와 함께 여름을 보내는 데 뜨악해진 것이었다. 하 긴 미친놈하고 한집에 살고 싶은 사람이 어디 있겠는가. 덕분에 내 여 름 일정이 텅 비어버렸다. 그다음으로 아빠가 케르놈 섬이 중요한 조 류 서식지라는 사실을 알게 되었다. 어떤 새들은 개체수의 반 이상이 그곳에 서식하고 있어서 그 새들만 잘 관찰하면 조류학자로서 확실 히 입지를 굳힐 수 있을 정도였다. 아빠는 있지도 않은 자신의 저서 에 대해 자주 얘기하기 시작했고 그 얘기가 나올 때마다 나는 아빠를 격려하면서 관심이 있는 척하려 애썼다. 그러나 가장 결정적인 도움을 준 사람은 골란 박사였다. 아주 조금만 설득했는데도 골란 박사는 내 계획을 저지하기는커녕 날 보내주라고 부모님까지 설득했다.

"본인에겐 중요한 문제일 수도 있어요." 나와 상담을 마친 뒤 그가 엄마에게 말했다. "할아버지가 환상의 섬으로 묘사했던 장소에 직접 가보면 그 환상이 깨어질 테니까요. 그곳이 다른 곳과 마찬가지로 평범하고 신비로울 것 없는 곳이란 사실을 깨닫게 되겠죠. 그 순간 할아버지에 대한 환상도 힘을 잃을 거고요. 다시 말해서 환상을 현실로 물리치는 아주 효과적인 방법이 될 수도 있습니다."

"하지만 이미 환상은 믿지 않는 걸로 알았는데요. 안 그러니, 제이콥?" 엄마가 물었다.

"안 믿어요." 나는 엄마를 안심시켰다.

"의식적으로는 믿지 않겠지요." 골란 박사가 말했다. "하지만 중요한 건 이 아이의 무의식이에요. 악몽과 불안감이 문제란 말입니다."

"얘가 거길 가보는 게 정말 도움이 될까요?" 마치 있는 그대로의 진실을 받아들일 채비가 되었다는 듯 엄마가 미간을 찌푸리며 그를 바라보았다. 내가 무얼 해야 하는지, 하지 말아야 하는지에 관한 한 골란 박사의 말이 곧 법이었다.

"그럼요." 그가 대답했다.

그것으로 얘기는 끝났다.

꿈

그날 이후로 일이 놀라운 속도로 진행되었다. 비행기 티켓을 사고 일정이 잡히고 계획이 세워졌다. 아빠와 나는 7월에 3주간의 여행을 떠나게 되었다. 너무 길지 않을까 생각했지만 그 섬의 새를 철저히 조사하려면 그 정도 시간은 필요하다는 게 아빠의 주장이었다. 나는 엄마가 허락하지 않을 거라고 생각했다. 3주라니. 그러나 출발 날짜가 가까워질수록 엄마는 오히려 점점 더 들뜨는 것 같았다.

"내 남자 둘이서 드디어 모험을 떠나는구나!" 엄마가 환하게 웃으며 말하곤 했다.

엄마가 진심으로 기뻐해준다는 게 왠지 가슴이 찡했지만, 어느 날 오후 엄마가 친구하고 통화를 하는 중에 뒤치다꺼리할 어린애 둘이 마침내 없어져서 너무 행복하다고 말하는 것을 엿듣고 말았다.

그 순간 엄마에게 다가가서 '저도 엄마를 사랑해요'라고 비꼬아주고 싶었지만 엄마가 나를 보지 못했기 때문에 입을 다물었다. 물론 나는 엄마를 사랑하지만 그건 그저 하나의 의무일 뿐이지, 길에서 만나도 바로 마음에 들 것 같은 사람이어서는 아니기 때문이다. 하긴 엄마는 길에서 만날 일도 없는 사람이지만. 엄마는 걸어 다니는 것은 가난한 사람들이나 하는 짓이라고 믿었다.

학기가 끝나고 여행을 떠나기 전에 나는 알마 르페이 페러그린이라는 여자의 생사를 확인하고 싶었다. 인터넷에서 검색해봐도 아무것도 나오지 않았다. 살아 있다면 내 방문 계획을 미리 알려주고 싶었지만 그 섬 주민 중에는 전화기를 가진 사람이 한 명도 없었다. 나는 그 섬에 있는 딱 한 개의 전화번호로 전화를 걸었다.

연결이 되기까지 거의 1분이 걸렸다. 전화선에서 잡음이 들리다가 잠잠하다가 다시 잡음이 들려서 내가 전화하는 곳이 얼마나 먼 곳인지 새삼 실감했다. 마침내 이상한 유럽식 신호음이 들렸다. 왑

왑……왑왑……. 그리고 술에 진탕 취한 것 같은 남자가 전화를 받았다.

"피스 홀(piss hole, 요도-옮긴이)입니다!" 그가 소리쳤다. 엄청난 소음이 배경으로 깔려 있었다. 프랫 파티(대학 캠퍼스 내의 남학생 파티-옮긴이) 수준의 낮고 거친 소음이었다. 내 소개를 하려 했지만 들릴 것 같지 않았다.

"피스 홀입니다! 거기 누구요!" 그가 다시 소리쳤다. 그러나 내가 미처 대답을 하기도 전에 그가 수화기를 입에서 멀리 떼고 누군가에게 소리를 질렀다. "입 닥쳐. 이 개 같은 자식! 지금 전화받고 있잖……."

그리고 전화가 끊겼다. 너무 어이가 없어서 한동안 수화기를 귀에 대고 있다가 내려놓았다. 전화를 다시 걸지도 않았다. 케르놈 섬의 유일한 전화가 이름이 '피스 홀'이라는 미치광이 소굴로 연결된다면 그 섬의 다른 곳은 과연 어떤 상태일까. 나의 첫 유럽여행은 술 취한 미치광이들을 피해 다니며 바위로 뒤덮인 해변에 창자를 비워대는 새들이나 바라보는 시간이 될 것인가? 그럴 수도 있겠지. 그러나 그렇게 해서라도 마침내 할아버지의 미스터리를 잊고 특별할 것 없는 일상으로 돌아갈 수만 있다면 내가 견뎌야 할 시간은 결코 헛되지 않을 것이다.

제3장
chapter three

마치 눈가리개처럼 안개가 우리를 감쌌다. 곧 도착할 거라고 선장이 말했을 때 나는 그게 농담인 줄 알았다. 흔들리는 연락선 갑판 위에서 내 눈에 보이는 것은 끝없는 회색 안개뿐이었다. 나는 난간에 기대어 초록빛 파도를 바라보았다. 아침식사에 오를 물고기는 어떤 녀석일까. 아빠는 소매 없는 셔츠를 입고 내 옆에서 떨고 있었다. 7월치고는 춥고 습했다. 아빠와 나의 여행이, 장장 서른여섯 시간에 걸친 이 진 빠지는 여행이 부디 헛되지 않아야 할 텐데. 우리는 비행기를 세 번 갈아탔고 시간이 어정쩡해서 중간에 두 번은 허름한 기차역에서 토막잠을 잤고 속이 메슥거리는 긴 항해를 했다. "저길 좀 봐라!" 아빠가 소리쳤고 나는 고개를 들고 우리 앞에 펼쳐진 텅 빈 캔버스 위로 높이 솟아오른 바위산을 쳐다보았다.

할아버지의 섬이었다. 안개에 휩싸인 채 어렴풋이, 쓸쓸히 솟아오른 섬을 수백 마리의 새들이 노래하며 호위하고 있었다. 마치 거인들이 만든 오래된 요새 같았다. 깎아지른 듯 가파른 절벽, 산봉우리마다 걸려 있는 유령 같은 구름들을 바라보자니 이 섬이 환상의 섬이라는 생각도 그다지 황당하게 느껴지지 않았다.

어느덧 뱃멀미도 잦아든 듯했다. 아빠는 마치 크리스마스를 만난 아이처럼 머리 위를 날아다니는 새들을 바라보며 뛰어다녔다. "제이콥! 저 새 좀 봐! 흰배슴새야!"

하늘을 수놓은 점들을 가리키며 아빠가 소리쳤다.

절벽이 가까워지자 물밑에 잠겨 있는 이상한 물체들이 눈에 들어오기 시작했다. 지나가던 선원이 난간에 기대어 물속을 바라보는 나를 보고, "난파선 처음 봤지?"라고 물었다.

내가 돌아보았다. "정말 난파선이에요?"

"이 일대는 완전히 해상 무덤이야. 옛날에 선장들이 하던 얘기가 있지. 트웍스트 하틀랜드 곶하고 케르놈 만은 밤이나 낮이나 선원들의 무덤이라고."

바로 그 순간 우리가 탄 배가 수면에 굉장히 가까이 떠 있는 난파선을 지나쳤다. 초록색으로 변한 선체가 너무도 또렷해서 유령처럼 얕은 무덤에서 금방이라도 솟아오를 것만 같았다. "저거 보이지? 유보트(제1차, 제2차 세계대전에서 사용된 독일의 대형 잠수함을 가리키는 말-옮긴이)에 당해서 침몰한 거야."

"이 근처에 유보트가 있었어요?"

"엄청 많았지. 아일랜드해(아일랜드와 잉글랜드 사이의 바다-옮긴이) 전체에 독일 잠수함들이 득시글득시글했어. 어뢰를 맞고 침몰한 배를 전부 건져내면 아마 영국 해군 반은 나올걸." 그가 과장스럽게 한쪽 눈썹을 치켜 올리고 웃으며 돌아섰다.

나는 고물 쪽으로 가서 우리 배가 일으키는 파도 밑으로 사라져 가는 난파선을 바라보았다. 섬에 들어가려면 등반장비가 필요하지 않을까 생각하는 순간 가파른 낭떠러지들이 우리를 마중 나왔다. 우리가 탄 배는 바위로 뒤덮인 반달 모양 만으로 들어가기 위해 곶을 빙 돌았다. 저만치에 색색의 조그만 고깃배들이 모여드는 조그만 부두가 보였고 그 뒤로 초록색 그릇 같은 분지 속에 자리 잡은 마을이 보였다. 양들이 점처럼 박힌 조각보 같은 들판과 그 들판이 펼쳐진 언덕들, 그 언덕들이 점점 더 높아지다가 그 끝에서 높다랗게 솟아오른 산봉우리, 솜으로 만든 난간처럼 그 봉우리를 두른 구름. 너무도 웅장하고 아름다웠고 내가 본 그 어떤 풍경과도 달랐다. 부두로 배가 들어가는 동안 나는 앞으로 펼쳐질 모험에 마음이 설렜다. 마치 지도에 그저 푸른색으로 칠해져 있는 곳에서 육지를 발견한 것처럼.

　　배가 부두에 정박하자 우리는 배낭을 메고 조그만 마을로 들어 갔다. 가까이에서 바라본 마을은, 이 세상의 많은 것들이 그렇듯, 멀리서 보았던 것처럼 아름답지는 않았다. 지붕 위로 솟아오른 안테나만 빼면 이국적인 정취를 자아내는 흰색 단층집들이 자갈 깔린 진창길에 바둑판처럼 들어서 있었다. 본토에서 전력선을 끌어오기엔 케르놈이 너무 외지고 중요하지 않은 섬이라서 그런지 불쾌한 냄새가 나는 디젤 발전기가 곳곳에서 성난 벌 떼처럼 윙윙거렸고, 이 섬의 유일한 교통수단인 듯한 트랙터의 소음이 그 소리에 얹혀 화음을 이루었다. 마을 변두리에 지붕이 날아간 채 폐허가 된 집들이 보여 섬의 인구가 줄어들고 있음을 실감케 했다. 많은 사람들이 수 세기에 걸쳐 이어진 생업인 낚시와 농사를 접고 보다 나은 기회를 찾아 떠났을 것이다.

우리는 짐을 끌고 마을을 가로질러 아빠가 숙소를 예약한 '프리스트 홀'이라는 곳으로 향했다. 나는 낡은 교회를 개조해서 만든 여관 정도를 상상하고 있었다. 썩 훌륭하진 않더라도 아빠와 내가 새를 쫓아다니거나 할아버지가 남긴 단서들을 찾아다니지 않을 때 눈을 붙일 수 있는 곳이면 족했다. 마을 사람들에게 길을 물어보았지만 대답 대신 혼란스러운 표정만 돌아왔다. "혹시 영어를 못 하는 건 아니겠지?" 아빠가 자신의 생각을 소리 내어 말했다. 여행가방의 무게로 손이 욱신거리기 시작할 무렵 우리는 어느 교회에 이르렀다. 마침내 숙소를 찾았다고 생각했다. 그러나 막상 안으로 들어가보니 교회를 개조한 것은 맞지만 여관이 아니라 작고 음침한 박물관이었다.

낡은 낚시 도구와 양털 깎는 가위가 걸려 있는 방에 시간제 관리인으로 보이는 남자가 있었다. 그 사람의 얼굴이 우리를 보고 환해졌다가 길을 잃었다는 얘기를 듣는 순간 다시 시무룩해졌다.

"'프리스트 홀'을 찾고 계신가 봅니다. 거기가 이 섬의 유일한 숙소이죠."

남자가 경쾌한 억양의 영어로 방향을 일러주었는데 그 말투가 우스웠다. 알아듣기는 힘들었지만 웨일스 지방 사투리가 너무 재미있었다. 아빠가 고맙다고 인사한 뒤 돌아섰지만 그 사람이 기꺼이 도우려는 자세였기 때문에 내친 김에 내가 한 가지 더 물었다.

"혹시 오래된 어린이집이 어디 있는지 아세요?"

"오래된 뭐?" 남자가 눈을 찌푸리며 물었다.

짧은 순간이나마 혹시 내가 엉뚱한 섬에 온 것은 아닌지, 그 어린이집 이야기를 할아버지가 지어낸 것은 아닌지 걱정이 되었다.

"전쟁 중에 피난 온 아이들의 집이라던데요. 아주 커다란 집이라고 했어요."

남자가 입술을 깨물며 미심쩍다는 표정으로 쳐다보았다. 나를 도와주어야 할지, 아니면 이 일에서 깨끗이 손을 떼는 게 좋을지 고민하는 사람처럼. 그러나 결국엔 내가 딱하다는 생각이 든 모양이었다. "피난 온 아이는 모르겠다만 무슨 얘긴 하는지는 알 것 같다. 이 섬 반대편 끝에 있는데 거길 가려면 숲 속의 늪을 지나야 하지. 내가 너라면 절대 혼자 가지 않겠다. 큰길에서 한참 떨어져 있어서 소리를 질러도 달려올 사람도 없고 절벽에서 떨어져도 널 지켜줄 것이라고는 젖은 풀과 양들이 싸놓은 똥밖에 없거든."

"알려주셔서 고맙습니다." 아빠가 나를 쳐다보며 말했다. "절대 혼자 가지 않겠다고 약속해라."

"알았어요, 알았어."

"거길 왜 가려고 그러니? 딱히 관광 명소라고 할 곳은 못 되는데." 박물관 남자가 말했다.

"가계도에 관한 프로젝트라고나 할까요. 아버지께서 어렸을 때 거기서 몇 년을 지내셨거든요." 문가에서 머뭇거리면서 아빠가 대답했다. 정신과 상담이나 죽은 할아버지 이야기는 최대한 피하고 싶은 것이 분명했다. 아빠는 남자에게 인사한 뒤 얼른 나를 문 밖으로 밀었다.

박물관 관리인이 일러준 대로 길을 따라 걷다가 검은 돌을 깎아 만든 험상궂은 표정의 동상을 보고 가던 길을 되돌아왔다. 바다에서 목숨을 잃은 섬사람들을 추모하는 석상이었고 제목은 〈기다리는 여인〉이었다. 여자는 몇 블록 떨어진 항구 쪽으로 양팔을 벌린 채 슬픈 표정으로 서 있었다. 바로 길 건너에 있는 '프리스트 홀'을 향해 벌리고 있는 것이기도 했다. 호텔 전문가는 아니었지만 간판을 본 순간 우리가 묵을 숙소가 베개 위에 민트초콜릿이 놓여 있는 별 네 개짜리 호텔이 아니라는 것 정도는 대번에 알 수 있었다. 간판 제일 꼭대기에 '와인, 맥주, 탄산음료'가 대문자로 적혀 있었고 그 밑에 보다 겸손한 글씨체로 '맛있는 식사'라고 적혀 있었다. 맨 밑은, 마치 그제야 생각이 났다는 듯 '방 있음'이라고 손으로 적은 글자였다. 그나마 '방들'에서 '들'을 지운 것으로 보아 방이 한 개뿐인 모양이었다. 가방을 끌고 문 쪽으로 걸어가면서 아빠는 사기꾼과 거짓 광고에 대해 투덜거렸고 나는 〈기다리는 여인〉을 바라보면서 혹시 마실 것을 기다리는 건 아닐까 생각했다.

가방을 들고 좁은 입구로 들어서니 갑자기 어둡고 천장이 낮은 술집이 나왔고 우리는 눈을 껌뻑이며 그 자리에 서 있었다. 눈이 어둠에 적응한 순간 나는 홀hole이 이곳에 얼마나 딱 맞는 이름인지를 실감했다. 납으로 테를 두른 조그만 창문 덕분에 그나마 탁자나 의자에 걸려 넘어지지 않고 맥주 꼭지를 찾을 수 있었다. 낡고 흔들거리는 탁자는 불쏘시개로 쓰기 딱 좋아 보였다. 오전 몇 시인지는 알 수 없었지만 술집은 벌써 반 정도 차 있었다. 다양한 수준으로 술에 취한 남자들이 호박색 액체가 담긴 유리컵 위에 기도하듯 머리를 숙이고 앉아 있었다.

"숙소 예약하셨습니까?" 술집 남자가 나와 악수를 하기 위해 손을 내밀며 말했다. "케브라고 합니다. 여긴 제 친구들이고요. 이봐, 인사들 해!"

"안녕하쇼." 사람들이 술잔 위로 고개를 끄덕이며 웅얼거렸다.

우리는 케브를 따라 좁은 계단을 올라가서, 너그럽게 표현해서 소박한 방들(하나가 아니었다!)이 있는 복도로 갔다. 방은 두 개였고 더 큰 방을 아빠가 쓰겠다고 했다. 큰 방에는 부엌과 식당, 거실이 갖추어져 있었는데, 다시 말해서 식탁 하나와 좀먹은 소파 한 개, 요리용 전열판 한 개가 있었다. 케브는, "욕실은 '거의 대부분의 시간'에 작동하지만 정 급할 땐 간이 화장실을 이용하십쇼."라며 복도에 설치된 간이 화장실을 가리켰다. 편리하게도 내 창문에서 바로 보이는 곳에 있었다.

"참, 그리고 이게 필요할 겁니다." 그가 캐비닛에서 오일 램프 한 개를 꺼내며 말했다. "발전기가 10시에 멈춰요. 가솔린이 워낙 비싸서 말이죠. 일찍 잠자리에 드시든지 아니면 촛불하고 등유 램프를 이용하세요." 그가 씩 웃었다. "이거, 두 분께는 너무 구식이 아니려나요!"

우리는 케브에게 간이 화장실이나 등유 램프 정도는 아무렇지도 않고, 사실 재미있어 보일 뿐 아니라 신나는 모험 같고 오히려 고풍스럽다고 말했다. 그가 마지막으로 우리를 아래층으로 안내했다. "여기서 식사를 하셔도 됩니다. 사실 꼭 하셔야 될 거예요. 이 섬엔 식당이 따로 없으니까요. 전화를 사용하시려면 저쪽 구석에 공중전화가 있어요. 가끔 줄이 좀 길긴 해요. 여긴 휴대전화가 안 터지는 데다 저게 이 섬의 유일한 전화거든요. 한 마디로 모든 게 여기만 있어요. 유일한 식당, 유일한 숙소, 유일한 전화!" 그가 몸을 뒤로 젖히며 큰 소리로 오랫동안 웃었다.

이 섬의 유일한 전화라. 나는 그 공중전화를 바라보았다. 영화에 나오는 것처럼 사생활 보호를 위한 문이 달린 공중전화 부스였다. 나는 두려움과 함께 깨달았다. 바로 이곳이 몇 주 전 내가 전화를 걸었던 고대 그리스의 난교 파티 현장이자 프랫 파티 현장이었으며, 바로 이곳이 '피스 홀'이었다는 것을.

케브가 아빠에게 방 열쇠를 내밀었다. "질문 있으신가요? 제가 어디 있는지는 아시죠?"

"질문 있어요. '피스 홀', 그러니까 '프리스트 홀'이 무슨 뜻이죠?"

내 질문에 술집에 앉아 있던 사람들이 웃음을 터뜨렸다. "그야 신부(프리스트)들을 위한 구멍이란 뜻이지!" 누군가 대답했고 나머지 사람들이 더 큰 소리로 웃었다.

케브가 벽난로 옆의 고르지 않은 마룻널 쪽으로 다가갔다. 더러운 개 한 마리가 그곳에 드러누워 자고 있었다. "바로 여기를 말하는 겁니다."

발끝으로 마룻바닥의 문처럼 생긴 곳을 두드리며 케브가 말했다. "오래전에, 가톨릭 신자라는 이유만으로 교수형을 당하던 시절 성직자들이 이곳에 피신을 했거든요. 엘리자베스 여왕의 암살단이 쫓아오면 우리가 이 조그만 구멍에 신부들을 숨겨주었지요." '우리'라고 말하는 투가 마치 오래전에 죽은 섬 주민들과 개인적으로 친분이 있었던 것 같은 느낌을 주었다.

"그 구멍이 좀 아늑하긴 하지!" 술꾼 한 명이 소리쳤다. "구운 토스트처럼 뜨겁고 감방처럼 비좁아서 그렇지!"

"잡혀가서 처형당하느니 뜨겁고 비좁은 게 백 번 낫지!"

"자! 자! 영원한 우리의 피난처 케르놈을 위하여!"

"위하여!" 모두 합창하며 잔을 부딪쳤다.

시차와 피로 때문에 우리는 일찍 잠자리에 들었다. 정확히 말하면 아래층에서 들려오는 거친 소음 때문에 베개들을 머리 위에 쌓아놓고 누워 있었다. 소음은 갈수록 커져서 어느 순간 혹시 술꾼들이 우리 방으로 쳐들어온 게 아닌가 하는 생각마저 들었다. 그러다 10시 종이 쳤는지 윙윙거리던 발전기 소음이 헐떡거리다가 멈추었다. 아래층에서 들려오던 음악소리도, 창밖에서 스며들던 불빛도 한꺼번에 사라졌다. 나는 갑자기 침묵의 품에 안겨 행복한 어둠 속에 누워 있었다. 들려오는 소리라고는 내가 어디 있는지를 일깨워주는 아련한 파도의 속삭임뿐이었다.

몇 달 만에 처음으로 나는 악몽 없는 깊고 편안한 잠을 잤다. 할아버지의 어린 시절 꿈을 꾸었다. 이 섬에 막 들어온 소년, 이상한 나라의 이방인, 이상한 집에서 이상한 말을 하는 사람들의 손에 목숨을 건진 소년의 꿈이었다. 눈을 떠보니 햇살이 창문으로 스며들고 있었고 나는 문득 깨달았다. 페러그린 원장이 구한 것은 단지 할아버지의 목숨만이 아니란 것을. 아빠와 나의 목숨도 구해준 것이다. 운이 좋으면 오늘, 마침내 그분에게 감사의 인사를 할 수도 있으리라.

아래층으로 내려가보니 아빠가 벌써 식탁에 앉아 커피를 홀짝거리며 고급 쌍안망원경을 닦고 있었다. 내가 자리에 앉자 케브가 수상한 고기와 튀긴 빵이 담긴 접시를 들고 나타났다. "빵을 튀길 수 있는 줄은 몰랐네요." 내 말에 케브는 튀겨서 맛이 더 좋아지지 않는 음식은 한 가지도 못 봤다고 말했다.

아침식사를 하면서 아빠와 나는 오늘 일정을 의논했다. 오늘 우리는 정찰 같은 걸 할 예정이었다. 섬 생활에 익숙해지기 위한 과정이랄까. 먼저 새를 관찰할 장소를 물색한 다음에 어린이집을 찾아보기로 했다. 빨리 나가고 싶은 생각에 나는 허겁지겁 접시를 비웠다.

우리는 기름기로 배를 채운 뒤 술집을 나와서 시내를 가로질렀다. 지나가던 트랙터에 몸을 피하고 발전기 앞에서 서로에게 고함을 지르다 보니 어느 순간부터 들판이 펼쳐지면서 소음이 차츰 멀어졌다. 서늘하고 바람이 거센 날이었다. 거대한 구름 띠 뒤에 숨어 있던 태양이 어느새 고개를 내밀고 눈부신 빛으로 언덕을 물들였다. 기운이 나고 희망이 솟았다. 우리는 먼저 아빠가 새 무리를 보았던 바위투성이 바닷가로 향했다. 그러나 어떻게 바닷가로 내려가야 할지가 걱정이었다. 이 섬은 그릇처럼 움푹한 모양이라 분지 가장자리가 곧바로 위험한 절벽으로 이어졌다. 가까이 가보니 그 가장자리 중 한 곳만 길을 터놓았고 그 길은 자그마한 모래톱으로 이어졌다.

바닷가로 내려가 보니 어마어마한 수의 새들이 날갯짓을 하거나 울거나 물웅덩이에서 낚시를 하고 있었다. 아빠의 눈이 휘둥그레졌다. "굉장하구나!" 펜 끝으로 굳은 구아노(건조한 해안지방에서 바닷새의 분변이 응고, 퇴적된 것-옮긴이)를 긁어보며 아빠가 말했다. "시간이 좀 걸리겠는걸? 괜찮겠니?"

나는 아빠의 그런 표정을 전에도 본 적이 있었고 아빠가 말하는 '시간이 좀 걸린다'는 것이 어떤 의미인지 알고 있었다. 그것은 대개 몇 시간은 걸린단 뜻이었다. "그럼 전 어린이집 찾아볼게요."

"혼자는 안 돼. 약속했잖니."

"그럼 절 데려다줄 사람을 찾아볼게요."

"어디서?"

"케브 씨한테 부탁해보죠, 뭐."

아빠는 바위섬 위로 높이 솟아오른 녹슨 등대를 바라보았다. "네 엄마가 같이 왔으면 뭐라고 했을지 알지?" 아빠가 말했다.

내게 어느 정도 간섭해야 하는지에 대해 부모님은 서로 생각이 달랐다. 엄마는 사사건건 참견하고 싶어했지만 아빠는 조금 내버려두는 편이었다. 아빠는 때때로 실수를 해볼 필요도 있다고 생각했다. 더구나 날 보내고 나면 아빠는 하루 종일 구아노를 갖고 놀 수 있을 것이다.

"좋아. 하지만 같이 가는 사람 전화번호를 알려다오."

"아빠, 여긴 휴대전화 없잖아요."

아빠가 한숨을 쉬었다. "좋아. 믿을 수 있는 사람이면 가도 좋아."

🜚

케브는 볼일을 보러 나갔고 술주정뱅이한테 보호자 노릇을 해달라고 부탁할 수는 없어서 가장 가까운 가게로 갔다. 적어도 월급을 받고 일을 하고 있는 사람을 찾아볼 생각이었다. 출입문에 '생선가게'라고 적혀 있었다. 문을 열고 들어서자마자 피로 얼룩진 앞치마를 두르고 턱수염을 기른 거구와 마주쳤다. 그는 생선을 난도질하다 말고 피가 뚝뚝 떨어지는 칼을 들고 나를 쳐다보았다. 그 순간 나는 앞으로는 절대로 술주정뱅이에 대한 편견을 갖지 않겠다고 생각했다.

"거긴 도대체 뭣하러? 거긴 늦하고 미친 날씨 말곤 아무것도 없는데?" 내가 가고 싶은 곳을 말했더니 그가 되물었다.

나는 할아버지와 어린이집에 대해 설명했다. 그가 얼굴을 찌푸리더니 카운터 앞으로 몸을 숙여 내 신발을 바라보았다.

"딜런이 데려다줄 수 있을 거 같구나." 그가 냉장고에 생선을 진열하고 있던 내 또래 남자아이를 칼끝으로 가리켰다. "하지만 신발을 제대로 신고 가는 게 좋을 거야. 운동화를 신고 가게 내버려둘 순 없지. 그거 신고 갔다간 곧바로 늪에 먹힐걸!"

"정말요?"

"딜런! 이 녀석한테 장화 한 켤레 갖다 줘라!"

소년은 신음 소리를 낸 뒤 천천히 냉장고 문을 닫고 손을 씻은 다음 마른 물건들이 놓인 선반 쪽으로 느릿느릿 걸어갔다.

"원 플러스 원 세일은 아니다!" 생선장수가 말했다. 그가 큰 소리로 웃으며 연어를 내리쳤고 연어 대가리가 피로 물든 도마에서 튕겨 올라 교수대 아래 놓인 조그만 양동이로 정확히 들어갔다.

나는 아빠가 준 비상금으로 신발값을 계산했다. 대서양을 가로질러 여자를 찾으러 왔다면 그 정도 값은 치를 만하다고 생각했다.

고무장화를 신고 가게를 나섰다. 장화가 너무 커서 운동화를 신은 채로도 들어갔고 너무 무거워서 무뚝뚝한 가이드를 따라잡기가 버거웠다.

"여기서 학교 다녀?" 딜런을 따라잡으려 애쓰며 내가 물었다. 정말 궁금했다. 내 또래 아이가 이런 곳에서 사는 건 어떨지.

딜런이 본토의 어느 도시 이름을 웅얼거렸다.

"그럼 배로 한 시간씩 통학하는 거야?"

"응."

그걸로 끝이었다. 그 한 마디로 녀석은 대화를 이어가려는 나의 시도를 완전히 묵살했고 결국 나도 대화를 포기하고 녀석을 쫓아갔다. 시내를 빠져나가는 길에 딜런의 친구 한 명을 만났다. 눈이 부실 정도로 진한 노란색 운동복에 모조품 금 체인을 걸고 있는, 나이가 조금 들어 보이는 소년이었다. 우주복을 입고 있었다고 해도 그렇게 나 엉뚱해 보이진 않았으리라. 그 애가 딜런과 주먹을 부딪치면서 '웜' 이라고 자신을 소개했다.

"웜?"

"무대에서 쓰는 이름이야." 딜런이 설명했다.

"우리는 웨일스에서 가장 구역질 나는 랩 듀오거든." 웜이 말했 다. "난 엠씨 웜이고 우리 팀 이름은 '스터전 서전'. '엠씨 더티 딜런', 혹은 '엠씨 더티 비즈니스'라고도 불러. 우리는 케르놈 최고의 비트박 서야. 우리 이 친구한테 실력 좀 보여줄까, 더티 디?"

딜런은 귀찮은 표정이었다. "지금?"

"차원이 다른 비트박스를 한번 보여주자니까!"

딜런이 눈을 부라렸지만 이내 시키는 대로 했다. 처음에 나는 딜 런이 자기 혀를 삼키는 줄 알았다. 그런데 듣다보니 간헐적인 기침소 리에 리듬이 있었다. 푸, 푸-푸차, 푸, 푸-푸차. 그리고 그 박자를 깔고 웜이 랩을 시작했다.

"프리스트 홀에 가서 취하고 싶어! 너희 아빠 실업자라서 항상 거기 뻗어 있어! 내 노래는 운율이 참 잘 맞지! 하긴 내가 노래를 좀 하는 편이지! 딜런의 비트박스는 정말 뜨거워! 치킨 커리만큼이나 정 말 뜨거워!"

딜런이 멈추었다. "말이 안 되잖아! 그리고 실업자는 너희 아빠 아냐?"

"이런, 젠장, 더티 디가 랩을 멈췄어!" 웜이 비트박스를 하면서 꽤 그럴듯하게 로봇 춤을 추자 자갈밭에 운동화 자국이 났다. "마이크 받아, 디!"

딜런은 당황한 듯 보였지만 이내 랩을 시작했다. "예쁘장한 여자애를 만났지! 그 여자애 이름은 샤론이라지! 내 운동복과 운동화에 홀딱 반했어. 닥터 후(영국 BBC의 SF 드라마-옮긴이)처럼 내가 시간 알려줬어. 이 노래를 쓴 장소는 화장실!"

웜이 고개를 저었다. "화장실?"

"미처 생각을 못 했어!"

그들이 내게 어떠냐고 물었다. 서로의 랩을 좋아하지도 않는 것 같은 두 사람에게 무슨 말을 하란 건지.

"나한텐 노래하고 기타 연주하는 그런 스타일이 맞는 것 같아."

웜이 내 쪽으로 손을 내저으며 "랩이 제 불알을 깨물어도 모를 무식한 놈!"이라고 말했다.

그 말에 딜런이 웃었고 두 사람은 악수와 주먹 마주치기, 하이파이브로 줄줄이 이어지는 의식을 치렀다.

"그만 갈까?" 내가 말했다.

그 녀석들은 투덜거리면서 꾸물거렸지만 이내 다시 걷기 시작했다. 이번에는 웜까지 함께.

그들을 따라 걸으면서 페러그린 원장을 만나면 어떻게 인사를 해야 할지 생각해보았다. 정숙한 웨일스의 숙녀를 만나 거실에서 차를 마시며 공손한 대화를 나누다가 때가 되면 나쁜 소식을 전할 생각이었다. '제가 에이브러햄 포트먼의 손자인데요. 이런 소식을 전하게 되어서 유감입니다. 할아버지는 돌아가셨어요.' 원장이 눈물을 다 찍어내고 나면 여러 가지 질문을 퍼부을 생각이었다.

딜런과 웜을 따라 양들이 풀을 뜯는 풀밭을 걷다가 폐가 부풀어 오를 정도로 가파른 산길을 올라갔다. 산봉우리를 휘감고 꿈틀거리는 안개가 얼마나 짙은지 마치 다른 세상에 들어선 것 같은 기분이었다. 성경에나 나올 법한 장면 같아서 이집트인에게 진노하는 하느님의 모습을 어렵지 않게 상상할 수 있었다. 반대편으로 내려가는 길은 안개가 더 짙어 보였다. 태양은 창백한 흰 꽃이 되었다. 모든 것이 습기를 머금고 있었고 내 피부와 옷에도 이슬이 맺혔다. 기온이 떨어졌다. 웜과 딜런을 놓쳤다고 생각하고 걷다 보니 어느덧 길이 평평해졌고 거기서 나를 기다리고 있던 두 사람을 만났다.

"야, 미국 애! 이쪽이야!" 딜런이 소리쳤다.

나는 잠자코 그들을 따라갔다. 길을 벗어나 잡초가 우거진 수풀을 헤치며 걸었다. 양들이 크고 애처로운 눈빛으로 우리를 쳐다보았다. 양털은 축축해 보였고 꼬리는 축 늘어져 있었다. 안개 속에서 조그만 오두막 한 채가 모습을 드러냈다. 창문마다 판자를 대어 막아놓은 집이었다.

"이 집이야? 빈 것 같은데?"

"비었다고? 절대 아냐. 똥이 엄청 있거든." 웜이 대답했다.

"들어가봐." 딜런이 말했다.

왠지 속는 것 같은 기분이었지만 문 앞에 서서 노크를 했다. 문고리가 젖혀져 있었고 내 노크에 문이 비스듬히 열렸다. 안이 너무 어두워서 한 걸음 더 다가섰다. 그런데 더러운 바닥처럼 보였던 것은 놀랍게도 정강이 높이까지 쌓인 배설물의 바다였다. 밖에서 보았을 때 너무도 소박해 보이는 이 오두막은 양들의 피신처였고 문자 그대로 똥구덩이였다.

"이런 젠장!" 내가 혐오감에 차 소리쳤다.

밖에서 웃음소리가 들려왔고 나는 똥 냄새에 의식을 잃지 않으려 애쓰며 뒷걸음쳤다. 녀석들이 배를 잡고 깔깔거렸다.

"개자식들!" 내가 장화에 붙은 진흙을 털어내며 말했다.

"우리가 왜? 똥구덩이라고 미리 경고를 했을 텐데?" 웜이 말했다.

나는 딜런의 얼굴을 바라보았다. "그 집이 어디 있는지 알려줄 거야, 말 거야?"

"진심이었나봐!" 웜이 눈물을 닦으며 말했다.

"진심이고말고!"

내 말에 딜런의 얼굴에서 웃음이 사라졌다. "그냥 씨부리는 말인 줄 알았어."

"뭘 부린다고?"

"농담인 줄 알았다고."

"아니었어."

두 사람이 불안한 눈빛을 주고받았다. 그들은 잠시 자기들끼리 수군거리더니 마침내 딜런이 돌아서서 오솔길을 가리켰다.

"거길 꼭 가야겠으면 늪을 지나고 숲길을 따라서 계속 가. 아주 크고 오래된 집이라 찾기 쉬워."

"뭐야! 데려다준다고 했잖아!"

웜이 고개를 돌렸다. "우린 더 이상은 못 가."

"왜?"

"그냥 못 가." 둘은 왔던 길을 되돌아 안개 속으로 사라졌다.

나는 남아 있는 선택들을 따져보았다. 나를 고문한 녀석들을 따라 마을로 돌아가? 아니면 혼자 갔다 와서 아빠에게 거짓말을 해?

약 4초 정도 치열하게 고민한 끝에 나는 혼자 가기로 결정했다.

ॐ

광활하고 푸르스름한 늪이 길 양쪽으로 펼쳐져 있었다. 눈에 보이는 것이라고는 갈색 풀과 차 빛깔의 물, 드문드문 쌓여 있는 돌무더기들뿐이었다. 해골 같은 나무들로 이루어진 숲에서 늪이 갑자기 끝났다. 나뭇가지들은 젖은 붓처럼 끝이 갈라졌다. 넘어진 나무 몸통들과 담쟁이덩굴 카펫 속으로 오솔길이 사라져버려서 제대로 가고 있는 건지 걱정이 되었다. 페러그린처럼 나이 든 여자가 이런 험난한 길을 어떻게 다닐까? 배달을 시키나? 그러나 내가 걷고 있는 길은 몇 달은 고사하고 몇 년 동안 아무도 다니지 않은 것 같았다.

이끼가 덮여서 미끌미끌한 거목의 몸통을 넘어서자 길의 방향이 급격하게 꺾였다. 나무들이 커튼처럼 갈라지면서 잡초가 우거지고 안개에 휩싸인 언덕 꼭대기에 무언가 모습을 드러냈다. 집이었다. 그제야 나는 두 소년이 왜 같이 오기를 거부했는지 알 것 같았다.

할아버지는 그 집에 대해 백 번도 더 이야기했다. 이야기 속에서 그 집은 항상 화사하고 행복이 넘치는 곳이었다. 굉장히 크고 어수선하긴 해도 햇살과 웃음이 가득한 곳이었다. 그러나 내 눈앞에 나타난 집은 괴물들의 은신처라기보다는 괴물 그 자체였다. 굶주리면서 횃대에 앉아 나를 노려보는 괴물. 나무들이 부서진 창문 밖으로 뻗어 나왔고 까칠까칠한 담쟁이덩굴이 마치 바이러스를 공격하는 항체처럼 벽을 집어삼켰다. 마치 자연이 벽에 선전포고를 한 형상이랄까. 무너진 지붕 사이로 하늘이 이빨처럼 드러나고 각도가 이상하게 기울었어도 너무도 견고하게 떡하니 버티고 있는 모습. 그 집을 죽인다는 것은 아예 불가능해 보였다.

　이토록 황폐한 집이라도 어쩌면 누군가가 살고 있을지도 모른다고 나 자신을 위로했다. 내가 자란 곳에서도 가끔 있는 일이다. 마을 한 귀퉁이에 무너져가는 집이 있다. 그 집에는 항상 커튼이 내려져 있다. 그런데 어느 늙은 은둔자가 그 집에서 라면과 발톱 깎은 것으로 연명하면서 태곳적부터 살고 있다. 부동산 감정사나 용감한 인구 조사 기관 직원이 들어가서 그 불쌍한 영혼이 안락의자에 앉은 채 흙으로 돌아갔다는 사실을 발견하기 전까지는 아무도 그 사실을 알지 못하는 것이다. 너무 나이가 들어서 집 따위에 신경을 쓸 수 없는 처지가 되기도 한다. 그러면 가족들은 이런저런 이유로 그들을 시설로 보낸다. 서글픈 일이지만 그게 현실이다. 어쨌든 결론은, 좋든 싫든 내가 저 집의 문을 두드려봐야 한다는 것이었다.

　나는 용기를 끌어 모은 다음 잡초는 허리까지 자랐고 타일과 목재가 모두 깨어지고 부서진 현관 베란다에 올라섰다. 깨어진 유리창 안을 들여다보니 가구의 형체만 어렴풋이 보였다. 나는 문을 두드린 다음 으스스한 정적 속에서 한 걸음 뒤로 물러나 기다리면서 한쪽 주머니 속에 들어 있는 페러그린 원장의 편지를 확인했다. 혹시라도 내 신원을 증명해야 할 경우를 대비하여 편지를 챙겨왔건만 1분이 지나고 2분이 지나며 그 편지가 필요할 가능성은 점점 더 줄어들었다.

　나는 계단을 내려와 집 주위를 한 바퀴 빙 돌아보면서 들어가는 문이 또 있는지 살펴보고 집의 크기도 가늠해보았다. 그런데 집의 크기를 파악할 수가 없었다. 모퉁이마다 발코니와 작은 탑과 굴뚝이 있었다. 집 뒤쪽을 돌다가 마침내 나는 기회를 보았다. 문이 없는 통로가 하나 있었다. 가장자리가 덩굴로 뒤덮였고 안은 뻥 뚫린 시커먼 공간이었다. 나를 집어삼키려고 벌린 입처럼. 보고만 있어도 소름이 돋았다. 그러나 섬뜩한 집을 보고 비명을 지르며 도망치려고 지구 반 바퀴를 날아온 것은 아니었다. 나는 할아버지가 자신의 삶에서 겪었던 온갖 끔찍한 일들을 떠올리면서 마음을 다잡았다. 만약 안에 누군가가 있다면 그 사람을 만나겠다. 나는 무너져가는 계단을 올라 집 안으로 들어섰다.

🦁

무덤처럼 어두운 실내로 들어선 순간 나는 그 자리에 얼어붙었다. 눈앞에 마치 고리에 매달린 사람 가죽 같은 물체가 있었다. 나는 구역질을 하면서 어둠 속에서 칼을 든 식인종이 튀어나오는 상상을 했지만 자세히 보니 오랜 세월이 흘러 곰팡이가 핀 외투였다. 나도 모르게 몸을 부르르 떨며 깊은 숨을 몰아쉬었다. 이제 겨우 몇 걸음 들어왔을 뿐인데 벌써 속옷을 적시기 일보 직전이었다. 정신 차려! 나는 혼자 중얼거리면서 천천히 앞으로 걸어 나갔다. 심장이 방망이질을 했다.

들어가는 방마다 앞서 본 방보다 더 끔찍했다. 곳곳에 신문이 쌓여 있었고 흩어진 장난감들은 먼지를 뒤집어쓴 채 아이들이 이미 오래전에 떠났음을 말해주었다. 곰팡이가 창문 근처의 벽을 시커멓고 복슬복슬하게 만들었다. 벽난로들은 지붕에서부터 내려온 덩굴로 막혀버렸고 덩굴은 외계생명체의 촉수처럼 바닥으로 뻗어 나갔다. 부엌은 잘못되어도 한참 잘못된 과학 실험의 현장이었다. 음식이 담겨 있던 유리병은 예순 번의 계절을 거치며 얼고 녹기를 반복한 뒤 터졌는지 벽에 악마 같은 얼룩을 남겨놓았다. 벽에서 떨어진 회반죽이 식당 바닥에 얼마나 두껍게 쌓였는지 집 안에 눈이라도 내린 듯했다. 빛에 굶주린 복도 끝에서 낡은 계단에 내 체중을 실어보았다. 켜켜이 쌓인 먼지 위에 내 장화가 새 발자국을 남겼다. 오랜 잠에서 깨어나듯 계단이 신음했다. 만약 누군가 2층에 있다면 아주 오랫동안 그곳에 있었을 것이다.

어쩌다 보니 벽이 날아간 방으로 들어서게 되었다. 그곳은 작은 덤불숲이었고 병약한 나무들이 자라나 있었다. 도대체 무엇이 이런 피해를 입혔을까. 아주 끔찍한 일이 일어난 것이 분명했다. 할아버지가 들려주던 한가한 시절 이야기들은 이 악몽의 집과 전혀 연결이 되지 않았다. 끔찍한 재앙을 치른 이 집에서 할아버지가 피신을 했다는 사실도 믿을 수 없었다. 돌아볼 곳이 더 있었지만 시간낭비라는 생각이 들었다. 이런 집에 아직 누군가 살고 있을 리도 없었다. 제 아무리 지독한 은둔자라도 가능할 리가 없다. 나는 진실에서 더 멀어진 것 같은 기분으로 그 집을 나섰다.

제 4 장

chapter four

장님처럼 숲과 안개 속을 비틀거리며 달리다가 마침내 태양과 빛의 세계로 들어선 순간 놀랍게도 벌써 해가 지면서 하늘이 붉게 물들고 있었다. 하루가 허무하게 저물었다. 식당에서 아빠가 나를 기다리고 있었다. 칠흑처럼 시커먼 맥주 한 잔과 컴퓨터를 앞에 놓고서. 나는 아빠가 타이핑을 멈추고 나를 올려다보기도 전에 맥주를 한 모금 마시면서 자리에 앉았다.

"웩! 도대체 이게 뭐예요? 휘발유 발효시킨 거예요?"

"대충 비슷해." 아빠가 웃으며 맥주잔을 도로 가져갔다. "미국 맥주하고는 달라. 물론 넌 아직 미국 맥주가 어떤 맛인지도 모르겠지만 말이다. 안 그러냐?"

"전혀 모르죠." 내가 윙크하며 말했다. 사실은 정말로 몰랐지만 말이다. 아빠는 내 나이 때 아빠가 그랬던 것처럼 내가 인기 많고 모험심이 많은 아이라고 믿고 싶어 했다. 그것이 아빠에게는 가장 믿기 쉬운 신화인 것 같았다.

나는 어떻게 그 집에 가게 되었는지, 누가 나를 데리고 가주었는지 간단하게 설명했다. 가장 쉬운 거짓말은 지어내는 것보다 중요한 사실을 빼놓고 얘기하는 거니까. 윔과 딜런이 똥 무더기로 나를 골탕 먹이고 목적지에서 한참 떨어진 곳에 날 버려두고 달아난 이야기는 하지 않았다. 아빠는 내가 벌써 또래 친구들을 만난 것을 흐뭇하게 생각했다. 그 애들이 날 싫어한다는 사실도 아마 내가 까먹고 얘기하지 않은 모양이다.

"그 집은 어떻든?"

"폐허예요."

아빠가 깜짝 놀랐다. "하긴, 네 할아버지가 거기 살았던 게 아주 오래전이었으니까."

"맞아요. 할아버지든 누구든."

아빠가 컴퓨터를 닫았다. 아빠의 모든 관심이 내게 쏠릴 예정이라는 뜻이었다. "퍽 실망했겠구나."

"쓰레기 진창이 된 집을 보려고 수천 킬로미터를 날아온 건 아니니까요."

"이제 어쩔 셈이니?"

"얘기할 사람을 찾아봐야죠. 그 집에 살던 아이들이 어떻게 됐는지 알 만한 사람을요. 아직 살아 있는 사람이 있을 거예요. 이 섬 아니면 본토의 양로원 같은 곳에라도."

"그것도 좋은 생각이다."

그다지 확신은 없는 목소리였다. 어색한 침묵이 흐른 뒤 아빠가 말했다. "여기 와서 보니까 할아버지가 어떤 사람이었는지 좀 더 이해할 수 있게 된 것 같니?"

나는 잠시 생각해보았다. "잘 모르겠어요. 그런 것도 같아요. 근데, 여긴 그냥 섬일 뿐이잖아요."

아빠가 고개를 끄덕였다. "바로 그거야."

"아빠 어떠세요?"

"나?" 아빠는 어깨를 으쓱했다. "나로 말하자면, 아버지를 이해하려는 노력은 이미 오래전에 접었단다."

"슬픈 일이네요. 전혀 관심이 없으셨어요?"

"물론 관심은 있었지. 그런데 시간이 지나면서 사라졌어."

대화가 아주 불편한 방향으로 흘러가고 있다는 생각이 들었지만 그래도 끝까지 밀어붙여보기로 했다. "왜요?"

"상대방이 마음을 열지 않으면 어느 순간 노크하기를 멈추게 되잖아. 무슨 뜻인지 알겠니?"

아빠는 한 번도 이런 얘기를 한 적이 없었다. 아마 맥주 때문일 것이다. 그리고 우리가 집에서 멀리 떠나왔기 때문일 것이다. 어쩌면 내가 이제 이런 일들을 감당할 수 있을 정도로 컸다고 아빠가 판단했기 때문일 것이다. 이유가 무언지 몰라도 나는 아빠가 이야기를 멈추지 않기를 바랐다.

"하지만 할아버지는 아빠의 아빠였잖아요. 어떻게 그렇게 쉽게 포기할 수가 있어요?"

"포기한 건 내가 아냐!" 아빠가 조금 큰 소리로 말하곤 이내 고개를 떨어뜨리고 당혹스러운 표정으로 잔 속의 맥주를 흔들었다. "네 할아버지는 아빠가 된다는 게 뭔지도 모르는 사람이었어. 전쟁 통에 형제자매들을 모두 잃다 보니 왠지 자식이 있어야 할 것 같았겠지.

어쩌다 보니 아빠가 되긴 했지만 늘 집을 비웠어. 사냥 여행, 사업 출
장, 이런저런 평계를 대면서. 설령 집에 있어도 있는 게 아니었고."

"핼러윈 말씀하시는 거예요?"

"그게 무슨 소리냐?"

"있잖아요, 그 사진."

아주 오래된 이야기였다. 그날은 핼러윈이었고 아빠는 너댓 살
이었는데 한 번도 '트릭 오어 트릿'('과자 안 주면 장난칠 거예요'라는 의미
로 핼러윈데이에 아이들이 집집마다 돌아다니며 하는 말-옮긴이)을 해본 적이
없었다. 할아버지는 아빠에게 일이 끝나면 데리고 가주겠다고 약속했
다. 할머니는 아빠에게 우스꽝스러운 분홍 토끼 옷을 사주었고 아빠
는 그 옷을 입고 자동차 진입로에 주저앉아 할아버지를 기다렸다. 5
시부터 해가 질 때까지. 그런데 할아버지는 돌아오지 않았다. 할머니
는 너무 화가 나서 할아버지가 얼마나 한심한 개자식인지를 증명하
기 위해 아빠의 모습을 찍어두었다. 말할 것도 없이 그 사진은 우리
가족사의 전설로 남았고 아빠는 그 사진을 무척 창피해했다.

"그날 한 번만 그런 게 아니었어. 솔직히, 아버지하고는 네가 훨씬
더 가까웠지. 난 한 번도 그렇게 가까웠던 적이 없어. 모르긴 해도 네
할아버지하고 넌 뭔가 통하는 게 있는 것 같더라."

나는 어떻게 대답해야 할지 알 수 없었다. 혹시 아빠는 날 질투
했던 것일까?

"그런 얘기를 왜 하시는데요?"

"넌 내 아들이니까. 네가 상처받는 걸 원하지 않으니까."

"어떤 상처요?"

아빠가 잠시 말을 멈췄다. 창밖에서 구름이 움직였고 저물어가

JUN • 56

는 마지막 햇살이 벽에 우리 그림자를 만들었다. 갑자기 구역질이 났다. 마치 부모님이 이제 갈라서기로 했다는 말을 하려는 순간, 아직 말을 꺼내진 않았지만 그 말이 나오리란 걸 알 때처럼.

"난 할아버지에 대해 너무 깊이 캐지 않았단다. 캐다가 무얼 알게 될지 두려웠거든." 마침내 아빠가 말했다.

"전쟁 얘기 말인가요?"

"아니. 네 할아버지는 그 얘기를 절대 꺼내지 않았어. 너무 슬픈 얘기니까 그건 아빠도 이해해. 그런데 아버진 항상 여행 중이었고 혼자 있는 걸 좋아했어. 도대체 무얼 하고 다니신 건지 알 수 없었지. 네고모와 난 할아버지한테 다른 여자가 있었다고 생각했어. 어쩌면 여러 명일지도 모른다고."

나는 그 말이 잠시 우리 사이를 떠돌도록 내버려두었다. 얼굴이 이상하게 간지러웠다. "말도 안 돼요."

"편지를 봤거든. 우리가 모르는 이름의 여자가 할아버지 앞으로 보낸 거였어. 사랑한다, 보고 싶다, 언제 돌아올 거냐, 뭐 그런 내용이었지. 유치한 연애편지 같은 거. 그 편지는 절대 잊을 수 없을 거야."

칼로 찌른 듯 날카로운 수치심이 밀려들었다. 내 자신이 지은 죄를 아빠가 설명하고 있는 것 같은 기분이었지만 그러면서도 아빠 말을 믿을 수는 없었다.

"편지를 찢어서 변기에 넣고 물을 내렸어. 그 뒤론 다시 편지를 발견하지 못했지. 네 할아버지가 더 조심하셨을 거야."

무슨 말을 해야 할까. 아빠를 쳐다볼 수가 없었다.

"미안하다, 제이콥. 이런 얘기 듣는 거 힘들겠지. 네가 얼마나 할아버지를 숭배했는지는 아빠도 알아." 아빠가 내 어깨를 잡았지만 나는 아빠의 손길을 뿌리치고 의자를 밀며 일어섰다.

"전 누구도 숭배한 적 없어요."

"그래. 그냥…… 네가 너무 충격을 받았을까봐 걱정이구나."

나는 재킷을 들어 어깨에 걸쳤다.

"어딜 가려고? 저녁식사가 곧 나올 텐데."

"아빠가 틀렸어요. 제가 증명할 거예요."

아빠가 한숨을 쉬었다. 체념을 담은 한숨이었다. "그래. 잘되길 바란다."

나는 프리스트 홀 밖으로 나와 문을 쾅 닫고 정처 없이 걷기 시작했다. 때로는 일단 문밖으로 나가야만 할 때가 있는 법이다.

물론 아빠가 한 말은 사실이었다. 나는 할아버지를 숭배했다. 할아버지에 관한 사실 중에는 반드시 진실이어야 하는 것들이 있었고 바람을 피운 것은 거기 해당되지 않았다. 어렸을 때에는 할아버지에게서 신비로운 이야기를 들으면서 나도 그런 삶을 살 수 있을 거라고 생각했다. 더 이상 이야기를 믿지 않았을 때에도 할아버지는 여전히 어딘가 신비로운 인물이었다. 그 모든 끔찍한 시련들을 견뎌냈다는 것. 인간의 가장 잔혹한 단면을 목격하고도 자신의 삶을 망가뜨리지 않았다는 것. 그리고 그토록 명예롭고 선하고 용감한 사람일 수 있었다는 것. 나에겐 그 모든 것이 신비로웠다. 그래서 할아버지가 거짓말쟁이였고 바람둥이였고 나쁜 아빠였다는 사실을 나는 도저히 믿을 수 없었다. 할아버지가 명예롭고 선한 사람이 아니라면 이 세상의 그 누구도 명예롭고 선할 수 없을 테니까.

박물관은 문이 열려 있고 불이 켜져 있었지만 안에 사람이 없는 것 같았다. 나는 관리인을 찾으러 안으로 들어갔다. 섬의 역사와 사람들에 대해 관리인이라면 뭔가 알고 있을 것 같았다. 어린이집 이야기를 흘려보고 전에 살던 사람들에 관해서도 알아볼 생각이었다. 잠깐 자리를 비운 모양이었다. 딱히 방문객이 들이닥치는 상황은 아니어서 전시품을 구경하며 시간을 때울 생각으로 안으로 들어갔다.

한때 교회 신도석이 있었던 자리에 문 없는 커다란 진열장들이 있었고 그 안에 전시품들이 진열되어 있었다. 진열된 물건들은 어촌의 전통적인 생활 방식과 가축 사육에 관한 따분하기 짝이 없는 물건들이었다. 그런데 전시품 하나가 유독 눈에 띄었다. 박물관 안쪽의 가장 좋은 자리에 화려하게 장식된 궤짝이 하나 놓여 있었다. 줄이 빙 둘러져 있어서 나는 굳이 경고문을 읽어보지 않고 줄을 넘었다. 궤짝의 가장자리는 나무로 되어 있었고 윗면은 유리로 되어 있어서 위에서만 안을 들여다볼 수 있었다.

안을 들여다본 순간, 숨을 헉 들이켰다. 그리고 생각했다. '괴물이다!' 갑자기, 느닷없이, 나는 시커먼 송장과 대면하고 있었다. 쪼그라든 몸뚱이가 내가 꿈에 보았던 괴물들과 너무도 닮았다. 꼬챙이에 꽂아서 직접 불에 구운 것처럼 그을린 피부도 똑같았다. 송장이 살아나 유리를 깨고 나와 내 뇌에 손상을 입히거나 급소를 공격하지 않을 것이 분명해지자 두려움이 차츰 잦아들었다. 소름 끼칠 정도로 섬뜩하긴 했지만 송장은 박물관의 전시품일 뿐이었다.

"노인을 만났구나!" 목소리를 듣고 돌아서 보니 관리인이 내 쪽으로 걸어오고 있었다. "잘 버텼다. 기절한 어른들도 많았거든." 그는 미소를 지으며 손을 뻗어 악수를 청했다. "난 마틴 파게트라고 한다. 지난번에 네 이름을 못 물어봤구나."

"제이콥 포트먼이에요. 이 사람은 누구죠? 웨일스에서 가장 유명한 살인사건의 희생자인가요?"

"하! 그렇게 볼 수도 있겠구나. 그렇게 생각해본 적은 없었는데 말이야. 이 사람은 우리 섬의 최고령자야. 고고학계에서는 '케르놈인'으로 알려져 있지. 우린 그냥 노인이라고 부르지만 정확히 말하면 이백일흔 살도 넘었어. 죽을 때는 겨우 열여섯 살이었지만. 말하자면, 어린 노인이라고나 할까."

"이백일흔 살이라고요?" 죽은 소년의 얼굴을 바라보며 내가 물었다. 섬세한 소년의 이목구비가 완벽하게 보존되어 있었다. "하지만 어떻게……."

"산소와 박테리아가 없는 곳에 오래 묻혀 있으면 이렇게 되지. 저기 늪 속 같은 데. 늪이야말로 젊음의 샘이란다. 물론 이미 죽었다고 가정했을 때 얘기지만."

"거기서 이 시체를 꺼내셨어요? 늪에서?"

내 말에 그가 웃었다. "내가 꺼낸 건 아냐! 70년대에 커다란 돌무덤 근처에서 토탄(늪지대에 자라는 이끼, 갈대 및 기타 식물들의 유기체가 수천 년 동안 반복하여 바닥에 퇴적된, 완전히 탄화하지 못한 석탄-옮긴이)을 캐던 사람들이 찾았지. 상태가 너무 좋아서 케르놈에 살인범이 있을지도 모른다고 생각했어. 이 소년이 구식 활을 들고 사람 머리카락으로 만든 새끼줄을 목에 두르고 있다는 걸 알아내기 전까지는. 요즘엔 그런 활을 쓰지 않거든."

내가 몸을 떨었다. "인신공양 비슷한 것 같네요."

"그렇지. 교살, 익사, 할복 자국에 머리 타박상도 있었어. 과잉 살해야. 안 그러냐?"

"그렇게 볼 수도 있겠네요."

마틴이 큰 소리로 웃었다. "그렇게 볼 수도 있겠다고?"

"아니, 그렇다고요."

"그렇고말고. 하지만 요즘 사람들이 보기에 정말 놀라운 사실이 뭔지 아니? 이 아이가 스스로 죽음을 선택했을 거란 사실이야. 심지어는 아주 기꺼이. 그 시대 사람들은 늪이, 특히 이 섬의 늪이 신의 세계로 가는 문이라고 생각했거든. 자신의 가장 소중한 것, 그러니까 자기 생명을 바치기에 완벽한 장소라고 믿었어."

"미친 짓이네요."

"미친 짓이지. 하지만 어떻게 보면 우리도 후대 사람들한테 미친 짓으로 보일 수 있는 방법으로 스스로를 죽이고 있잖아. 다른 세상으로 가는 문으로 보자면 늪은 그다지 나쁜 선택이 아니야. 물도 아니고 뭍도 아닌 그 중간의 무언가니까." 그가 몸을 숙여 시신을 바라보았다. "정말 아름답지 않니?"

나도 시신을 바라보았다. 목이 졸리고 얻어맞고 익사하면서 그 과정에서 영원히 살게 된 소년의 시신을.

"제 생각은 좀 다른데요."

마틴이 정색을 하더니 과장된 말투로 시를 읊기 시작했다. "보라, 이 검은 인간을! 암흑 속의 휴식, 그을음 빛깔의 여린 얼굴! 광맥처럼 검게 오그라든 사지! 시든 포도 덩굴이 달린 나무토막 같은 발!" 그는 멜로드라마 배우처럼 양팔을 벌리고 관을 맴돌기 시작했다. "와서 보라, 이 처참한 상처의 예술을! 칼로 찌르고 그어댄 상처들, 돌팔매에 두개골과 뼈가 드러났고, 밧줄은 목을 파고들었다! 갓 익은 열매가 베어지고 버려졌다! 그대 천국을 찾는 자여! 젊음 속에 갇힌 노인이여, 나는 너를 사랑하노라!"

그가 연극배우처럼 인사를 하자 내가 박수를 쳤다. "와! 직접 쓰신 거예요?"

"부끄럽구나!" 마틴이 수줍은 미소를 지으며 대답했다. "가끔 좀 끼적거리긴 하지만 어디까지나 취미일 뿐이란다. 어쨌든 들어줘서 고맙다."

허리에 주름이 잡힌 바지를 입고 어설픈 시를 읊조리는 이 이상하고 언변 좋은 남자는 케르놈에서 도대체 뭘 하고 있는 걸까. 마틴은 전화도 한 대뿐이고 포장된 도로 하나 없는 바람 부는 섬에 살 사람이라기보다는 은행 지점장 같은 인상을 풍겼다.

"다른 전시품도 소개해주고 싶지만 그만 문을 닫아야 할 시간이구나. 하지만 내일 오고 싶으면 아무 때나 오렴." 나를 문 쪽으로 안내하며 그가 말했다.

"실은 뭘 좀 여쭤보려고 왔어요." 쫓겨나기 전에 얼른 말했다. "오늘 아침에 말씀드린 그 집에 관해서요. 그 집에 갔었거든요."

"그래?" 그가 놀라며 물었다. "내가 겁을 주어서 단념한 줄 알았는데 기어이 갔었구나. 유령의 집은 안녕하신가? 아직 서 있긴 하든?"

나는 그렇다고 대답한 뒤 곧바로 본론으로 들어갔다. "거기 살던 사람들 말이에요. 그 사람들이 어떻게 됐는지 아세요?"

"죽었지. 아주 오래전에."

놀라야 할 이유가 전혀 없었는데도 나는 놀랐다. 페러그린 원장은 나이가 많았다. 나이 많은 사람들은 죽는다. 그러나 그렇다고 내 추적이 끝나는 건 아니었다. "거기 살았던 사람 누구든 만나보고 싶어요. 그곳 원장님이 아니더라도."

"다 죽었어." 그가 똑같은 말을 되풀이했다. "전쟁 이후로 거기에 산 사람은 한 명도 없어."

그 말을 이해하기까지 잠시 시간이 걸렸다. "지금 그게 무슨 말씀이세요? 어떤 전쟁요?"

"이 섬에서 '전쟁'이라고 말하면 하나밖에 없어. 바로 2차 세계 대전이지. 내가 알기로는 독일군의 공습 때 그 집도 완전히 끝장났어."

"그럴 리가 없는데."

그가 말을 이었다. "당시 그 집 부근에 공습에 대비한 해안 포대가 있었어. 그래서 케르놈이 합법적인 군사 표적물이 되었지. 하긴 합법적이든 아니든 독일 놈들한텐 별 상관이 없었겠지만. 어쨌든 폭탄 하나가 표적물에서 벗어났고 그 바람에 그만 그 집도……." 그가 고개를 저었다. "운이 나빴지."

"그럴 리가 없어요." 내가 말했다. 그러면서도 이상하다는 생각이 들었다.

"앉으렴. 차 한 잔 줄게. 피곤해 보이는구나."

"좀 어지러워서요."

그가 사무실의 의자에 나를 앉히고 차를 만들러 나갔다. 나는 생각을 정리해보려 애썼다. 전쟁 통에 폭탄을 맞았다…… 그것으로 벽이 날아간 이유는 밝혀졌다. 그렇다면 페러그린 원장의 편지는…… 케르놈에서 15년 전에 보낸 그 편지는…….

마틴이 머그잔을 들고 돌아왔다. "펜더린을 좀 넣었다. 이럴 때 특효야. 바로 괜찮아질 거다."

나는 그에게 고맙다고 인사한 뒤 한 모금을 마셨다. 그제야 펜더린이 독한 위스키를 말하는 것임을 깨달았다. 마치 네이팜탄(네이팜에 등유·석유 등을 혼합하여 만든 젤리 모양의 고성능 폭탄-옮긴이)이 식도를 타고 내려가는 것 같았다. "확실히 효과가 있긴 하네요." 얼굴이 벌겋게 달아오르는 것을 느끼며 내가 말했다.

그가 얼굴을 찌푸렸다. "아무래도 너희 아빠를 불러와야겠다."

"아뇨, 그러지 마세요. 전 괜찮아요. 그보다도 그 공습에 대해서 얘기해주세요."

마틴이 맞은편 의자에 앉았다. "좀 이상하구나. 할아버지가 여기 사셨다면서 전쟁 얘기를 안 하셨다고?"

"저도 그게 이상해요. 아마 할아버지가 떠난 뒤에 일어난 일인가봐요. 전쟁이 끝날 무렵이었나요, 아니면 초반이었나요?"

"부끄럽지만 그건 나도 잘 모르겠다. 하지만 네가 정 알고 싶으면 그 사건에 대해 잘 아는 사람을 소개해주마. 오기 아저씨라고, 올해 여든셋인데 평생 여기 사셨어. 그래도 정신이 아직 또렷하셔." 마틴이 시계를 보았다. "〈파더 테드〉(영국의 TV 시트콤-옮긴이) 시작하기 전에 가면 만날 수 있어. 네가 궁금해하는 걸 기꺼이 얘기해주실 거다."

10분 뒤, 마틴과 나는 오기 아저씨의 거실, 지나치게 푹신한 소파에 앉아 있었다. 거실에는 책과 낡은 구두 상자들이 높이 쌓여 있었고 뉴멕시코의 석회동굴을 환하게 비추고도 남을 램프들이 있었지만 한 개만 빼고 전부 코드가 뽑혀 있었다. 외딴 섬에 살다 보면 무엇이든 버리지 않고 쌓아두게 되는 모양이었다. 오기 씨는 다 떨어진 재킷에 파자마 바지 차림이었다. 마치 누군가를, 다만 바지까지 갖추어 입을 정도로 중요한 손님은 아닌 누군가를 기다리던 것 같았다. 이야기를 하는 동안 오기 씨는 비닐을 씌운 안락의자를 쉬지 않고 앞뒤로 흔들었다. 들어주는 사람이 있다는 것만으로도 행복해 보였다. 날씨와 웨일스의 정치 문제와 요즘 젊은이들의 한심한 작태에 대해 열변을 토한 뒤 마침내 마틴이 공습과 어린이집 아이들 이야기를 꺼냈다.

"물론 기억하다마다. 아주 이상한 아이들이었어. 이따금 마을에서 그 집 아이들을 봤거든. 그 아이들을 돌보던 여자가 같이 나올 때도 있었는데 주로 우유나 약 같은 걸 사러 나왔지. 인사를 하면 고개를 돌렸어. 자기들끼리만 그 커다란 집에 모여 살아서, 그 집에서 무슨 일이 벌어지고 있는지 말들이 많았는데, 확실히 아는 사람은 아무도 없었지."

"무슨 얘기였는데요?"

"다 허튼소리지, 뭐. 말했다시피 아무도 정확히 알지 못했어. 내가 말할 수 있는 건, 그 아이들은 결코 평범한 고아들이 아니었단 거야. 여느 고아원 아이들처럼 퍼레이드 같은 걸 한 적도 없고 마을 사람들하고 얘기를 해본 적도 없었어. 그 아이들은 어딘가 달랐어. 어떤 애들은 아예 영어를 못하는 것 같았지. 정확히 말하자면 어느 나라 영어도 못했다고 해야겠지."

"사실 고아가 아니었기 때문이겠죠. 그 아이들은 다른 나라에서 피신 온 아이들이었어요. 폴란드, 오스트리아, 체코슬로바키아……."

"그런 애들이었대?" 오기 씨가 한쪽 눈썹을 치켜 올렸다. "그것 참 재미있구나. 난 그런 얘기는 통 들어본 적이 없는데." 그는 기분이 상한 것 같았다. 평생 살아온 섬에 대해 내가 더 많이 아는 척을 하면서 자기를 모욕했다고 생각한 모양이었다. 그가 의자를 더 빨리, 더 공격적으로 흔들었다. 만약 할아버지와 다른 아이들이 이 섬에서 그런 대접을 받았다면 자기들끼리만 모여 산 것이 당연하다고 생각했다.

마틴이 헛기침을 했다. "저, 그 폭격은요?"

"아, 그거! 기다려봐. 이제 얘기할 테니까. 그 망할 놈의 독일 놈들, 그놈들을 어떻게 잊을 수 있을까." 그는 독일군 공습의 공포 속에서 살아야 했던 시절의 이야기를 장황하게 늘어놓기 시작했다. 수시로 울리는 사이렌 소리, 깜짝 놀라 대피소를 찾았던 기억, 적군의 표적이 되지 않도록 매일 밤 집집마다 돌아다니면서 커튼을 치라고 경고하고 가로등을 끄고 돌아다니던 자원봉사자들. 섬사람들은 제각기 공습에 철저히 대비하면서도 실제로 폭격을 당할 거라고는 생각하지 않았다. 본토에 중요한 항구와 공장들이 있으니 그쪽이 케르놈의 조그만 해안 포대보다 훨씬 중요할 거라고 생각했다. 그러던 어느 날 밤 실제로 폭탄이 떨어졌다.

"소리가 얼마나 요란했는지 거인이 섬을 짓밟고 다니는 것 같았지. 폭음이 아주 오랫동안 계속됐어. 다행히 마을 사람들은 한 명도 죽지 않았어. 감사할 일이지. 대신 포대를 지키던 병사들은 몰살당했지. 어린이집 아이들도 마찬가지고. 폭탄 하나로 다 끝나버렸어. 대영

제국을 위해 목숨을 바친 셈이야. 어디서 왔는지 모르는 그 아이들마
저도. 신의 축복이 있기를!"

"언제였는지 기억하세요? 전쟁 초반인가요, 후반인가요?" 내가
물었다.

"날짜까지 정확하게 기억하고 있어. 1940년 9월 3일."

갑자기 방 안에서 공기가 빠져나가는 것 같았다. 창백한 할아버
지의 얼굴이, 가까스로 움직여서 '1940년 9월 3일'이라고 말하는 할
아버지의 입술이 떠올랐다.

"확실한가요? 정확히 그날이었나요?"

"난 참전을 하지 않았거든. 징집 기준보다 한 살이 모자랐어. 그
날 하루가 내 평생 전쟁을 치른 단 하루야. 그러니까 확실하고말고."

나는 넋이 나갔다. 이상한 일이었다. 누군가 장난을 치고 있는
건 아닐까? 아주 해괴하고 하나도 우습지 않은 장난을?

"생존자가 전혀 없었나요?" 마틴이 물었다.

노인의 시선이 천장으로 향했고, 그는 잠시 생각에 잠겼다. "그
얘기가 나와서 말인데, 생존자가 있었어. 꼭 한 명. 젊은 청년이었어.
아마 여기 이 아이보다 나이가 많지 않았을걸." 그가 의자 흔들기를
멈추고 기억을 떠올렸다. "그날 아침 거의 맨몸으로 마을로 나왔어.
친구들이 전부 다 죽는 광경을 본 아이치고는 아주 침착하더라고.
그게 참 이상했지."

"너무 충격을 받아서 그랬겠죠." 마틴이 말했다.

"그랬겠지. 어쨌든 딱 한 번 말을 했는데, 우리 아버지한테 본토
로 가는 다음 배가 언제 있냐고 물었어. 자기 동포들을 죽인 괴물들
을 처단하러 간다면서."

오기 씨의 이야기는 할아버지가 하던 얘기만큼이나 허황되게 들렸지만 그 말을 의심할 이유가 없었다.

"누군지 알아요. 바로 우리 할아버지였어요."

오기가 놀란 표정으로 나를 쳐다보았다. "그렇구나! 이런 영광이 있나!"

나는 양해를 구하고 자리에서 일어났다. 마틴이 내가 제정신이 아닌 것 같다면서 여관으로 데려다주겠다고 했지만 거절했다. 혼자 생각할 시간이 필요했다. "또 들르렴!" 마틴이 말했고 나는 그러겠다고 했다.

나는 먼 길을 돌아 여관으로 향했다. 가물거리는 항구의 불빛을 지날 때 소금기와 백여 개의 굴뚝 연기를 머금은 듯한 바람이 무겁게 느껴졌다. 나는 부두에 나가서 바다 위로 떠오른 달을 바라보면서 끔찍한 일을 겪은 다음 날 아침, 충격에 멍해진 상태로 자신을 멀리 데려가줄 배를 기다렸을 할아버지의 모습을 상상해보았다. 그가 견뎌온 모든 죽음과 전쟁과 더 많은 죽음으로부터 멀리 데려가줄 배를. 지도 위의 작은 모래알 정도밖에 되지 않는 산과 날카로운 바위들과 거친 물살과 지독한 안개에 휩싸인 이 섬에서조차도 괴물들을 피할 수는 없었다. 이 세상 어디에도 그를 보호해줄 곳은 없었다. 그것이 바로 내게 숨기려 했던 할아버지의 끔찍한 진실이리라.

멀리서, 발전기들이 숨을 헐떡이다 잦아드는 소리가 들렸고 항구의 불빛과 마을의 창문들이 잠시 흔들리다가 이내 어두워졌다. 이 광경이 비행고도에서는 어떻게 보일까. 나는 섬 전체가, 마치 존재하지도 않았다는 듯 깜빡이다가 사라져버리는 광경을 상상해보았다. 소형 초신성처럼.

왠지 작아진 것 같은 기분으로 달빛을 받으며 돌아왔다. 아빠가 여전히 똑같은 탁자에 반쯤 먹은 소고기와 기름이 엉겨 붙은 그레이비 소스 요리 접시를 앞에 두고 앉아 있었다. "이제야 왔구나. 먹을 걸 남겨뒀다." 내가 앉는 것을 보고 아빠가 말했다.

"배 안 고파요." 그렇게 말한 뒤 할아버지에 대해 알아낸 것들을 알려주었다.

아빠는 놀라기보다는 화가 난 것 같았다. "한 번도 그런 얘기를 안 했다는 걸 믿을 수가 없구나. 단 한 번도!" 아빠의 분노를 이해할 수 있었다. 손자에게는 숨길 수도 있는 일이었지만 아들에게조차 그토록 오랫동안 진실을 숨겼다면 얘기가 달랐다.

나는 대화를 보다 긍정적인 방향으로 끌고 가려 애썼다. "정말 대단하지 않아요? 할아버지가 겪었던 모든 일들이?"

아빠가 고개를 끄덕였다. "이제 모든 걸 확실히 밝혀낼 길은 없는 것 같구나."

"할아버지는 비밀 하나는 참 잘 지키셨어요. 그렇죠?"

"그걸 이제 알았니? 네 할아버지는 인간 포트 녹스(연방 금괴 보관소-옮긴이)였어."

"어쩌면 그 사실이 몇 가지를 설명할 수 있지 않을까요? 아버지가 어렸을 때 그토록 거리를 두었던 것도?" 아빠가 나를 날카롭게 쏘아보았다. 빨리 요점을 말하지 않으면 도를 넘게 될 것 같았다. "할아버진 두 번이나 가족을 잃었잖아요. 폴란드에서 한 번, 그리고 이 섬에서 한 번. 그러다가 아빠하고 수지 고모가 태어났고……."

"한 번은 폭탄에 가족을 잃고 또 한 번은 수줍어서 잃었다고?"

"농담 아니에요. 어쩌면 할아버지가 할머니 몰래 바람을 피우지 않았다는 증거가 될 수도 있지 않을까요?"

"모르겠다, 아마 그렇게 간단한 문제는 아니었을 거야." 아빠가 길게 한숨을 내쉬었고 그 바람에 맥주잔 안에 파장이 일었다. "이 모든 게 어떤 의미인지 이제야 알 것 같다. 왜 네가 할아버지와 그토록 가까웠는지도. 가족을 갖는 것에 대한 두려움을 극복하는 데 50년이 걸렸고 그때 네가 때맞추어 나타난 거야."

아빠에게 뭐라고 말해야 할까. 충분한 사랑을 받지 못했다니 딱하다고? 그럴 순 없었으므로, 나는 저녁 인사를 하고 위층으로 올라갔다.

⚜

밤새도록 뒤척였다. 편지 생각을 떨쳐버릴 수가 없었다. 아빠와 수지 고모가 어렸을 때 발견했다는 낯선 여자가 보낸 편지와 한 달 전에 내가 발견한 페러그린 원장의 편지…… 혹시 그 두 편지의 주인공이 같은 여자는 아니었을까?

페러그린 원장의 편지에 찍힌 소인은 15년 전 것이었지만, 그녀는 1940년에 이미 폭탄에 목숨을 잃었다. 그게 사실이라면 두 가지 가능성만이 남았다. 불가능한 일이겠지만 할아버지가 죽은 사람과 편지를 주고받았거나 페러그린 원장이 아닌 누군가가 신분을 숨기기 위해서 그 이름으로 편지를 썼거나.

그렇다면 왜 신분을 숨기고 편지를 썼을까? 아마 숨길 게 있어서였을 것이다. 페러그린이 아닌 다른 여자이기 때문일 것이다.

이 여행에서 내가 확인하게 될 유일한 진실이, 할아버지가 바람
둥이에다 거짓말쟁이라는 사실이라면? 숨을 거두면서 할아버지가
말하려 했던 것이 어린이집 가족의 몰살에 관한 이야기였다면? 아니
면 수십 년에 걸친 부정을 고백하려 했던 거라면? 어쩌면 둘 다일 수
도 있었다. 어쨌건 진실은, 할아버지가 젊었을 때 가족과 여러 차례
헤어지는 고통을 겪었고 그래서 가족을 어떻게 돌봐야 하는지, 성실
한 가장이 되려면 어떻게 해야 하는지 알지 못했다는 것이었다.

그러나 그것도 단지 추측일 뿐이었다. 아무것도 확실히 알 수 없
었고 물어볼 사람도 없었다. 대답을 알고 있는 사람들은 이미 오래전
에 죽었다. 도착 하루 만에 내 여행은 헛수고가 되었다.

그렇게 불안한 잠에 빠져들었다가 새벽녘에 방 안에서 무언가가
부스럭거리는 소리에 잠에서 깨었다. 무언지 보려고 돌아눕다가 나는
벌떡 일어났다. 커다란 새 한 마리가 서랍장 위에 앉아 나를 내려다보
고 있었다. 회색 털로 뒤덮인 매끄러운 머리에 커다란 발톱으로 서랍
장 가장자리에 앉아서, 마치 나를 좀 더 자세히 보려는 듯 앞뒤로 움
직이고 있었다. 꿈인가?

내가 아빠를 부르자 그 소리에 새가 서랍장에서 날아올랐다. 두
팔로 얼굴을 가린 채 침대 반대편으로 구르다가 돌아보니 새는 이미
열린 창문으로 날아간 뒤였다.

아빠가 게슴츠레한 눈으로 비틀거리며 들어왔다. "무슨 일이냐?"

나는 아빠에게 서랍장에 난 새 발톱 자국과 바닥에 떨어진 깃털
한 개를 보여주었다. "정말 이상하구나." 아빠가 깃털을 손바닥에서 뒤
집어보며 말했다. "페러그린(송골매-옮긴이)은 절대 사람한테 가까이 오

지 않는데……."

잘못 들은 줄 알았다. "방금 페러그린이라고 하셨어요?"

아빠가 깃털을 들어 보였다. "송골매야. 아주 대단한 새란다. 지상에서 가장 빠른 새거든. 바람을 타면 유선형으로 몸을 변형시킬 수도 있어." 이상한 우연의 일치겠지만 불길한 느낌을 떨쳐버릴 수가 없었다.

아침식사를 하면서 내가 너무 쉽게 포기하는 건 아닐까 하는 생각이 들었다. 할아버지에 관한 이야기를 나눌 만한 사람은 아무도 남아 있지 않지만 그래도 그 집은 여전히 그 자리에 있었다. 그 집을 아직 제대로 살펴보지 못했다. 어쩌면 할아버지에 대한 질문의 대답이 편지나 사진, 일기의 형식으로라도 남아 있을지도 모른다. 물론 수십 년 전에 타버리고 썩어버렸겠지만 확인도 안 해보고 이 섬을 떠난다면 후회할 것 같았다.

그렇게 해서 끔찍한 악몽과 야경증과 섬뜩한 느낌과 오싹한 기분, 있지도 않은 것을 보는 증상에 시달리던 한 소년은 그 폐허가 된 집, 유령이 사는 것이 거의 확실한 집, 수십 명 혹은 그보다 더 많은 아이들이 떼죽음을 당한 집에 마지막으로 한 번 더 가보기로 결심하기에 이르렀다.

제 5 장
chapter five

완벽에 가까운 아침이었다. 술집을 나서며 내가 들어선 풍경은 새로 산 컴퓨터 바탕화면처럼 세심하게 다듬어진 사진 같았다. 보기 좋게 낡은 오두막집들이 들어선 길. 꼬불꼬불한 돌담길로 꿰매어 붙인 것 같은 푸른 들판. 그 위를 떠다니는 흰 조각구름들. 그러나 오두막들과 들판과 그 사이를 돌아다니는 솜사탕 같은 양 떼 뒤로는 산마루 위에서 널름거리는 짙은 안개의 혀가 보였다. 바로 그곳에서 이 세상이 끝나고, 춥고 축축하고 태양 없는 또 다른 세상이 시작되었다.

산을 넘자마자 바로 소나기를 만났다. 엎친 데 덮친 격으로 고무장화를 깜빡 잊었고 길은 순식간에 진흙탕으로 변해갔다. 그러나 진흙에 조금 젖는 편이 아침에 산을 두 번 오르는 것보다는 나을 것 같아서, 고개를 숙이고 입안에 들어온 비를 뱉으며 터벅터벅 걸었다. 머지않아 오두막집을 지나치게 되었다. 양들이 추위에 떨며 안에 웅크리고 있는 것이 얼핏 보였다. 그러고 나서 안개 자욱한 늪을 조용히 유령처럼 가로질렀다. 케르놈 박물관의 이백일흔 살 먹은 남자를 떠올리면서 이 늪에 아직 발견되지 않은 채 죽음에 갇혀 있는 사람들이 얼마나 많을까 생각해보았다. 얼마나 많은 사람들이 천국을 찾아 자신의 생명을 이 늪에 던졌을까.

마침내 어린이집에 이르렀을 때 이슬비는 어느덧 거센 소나기로 변해 있었다. 이번에는 야생 밀림이 되어버린 정원과 볼썽사나운 외관을 감상할 겨를이 없었다. 안으로 들어설 때 문이 없는 입구가 나를 집어삼키는 것 같은 기분도, 빗물에 부풀어 오른 마룻널이 내 발밑에서 내려앉는 것 같은 기분도 느끼지 못했다. 나는 잠시 멈춰 서서 셔츠의 물을 짜내고 머리를 흔들어 최대한 물기를 털어낸 다음 집 안을 탐색하기 시작했다. 무엇을 찾고 있는 것인지는 나 자신도 알지 못했다. 편지들? 벽에 갈긴 할아버지의 이름? 그런 것들을 발견할 가능성은 희박했다.

나는 낡은 신문들을 헤치고 의자와 탁자 밑을 둘러보면서 끔찍한 무언가를 발견하는 상상을 했다. 이를테면, 시커멓게 불에 그슬린 누더기를 걸치고 누워 있는 해골들이라든가. 그러나 눈에 보이는 것은 실내라기보다는 실외에 가까운 방들뿐이었다. 방의 특징은 습기와 바람과 켜켜이 쌓인 먼지에 모두 사라지고 없었다. 1층에는 희망이 없어서 계단 쪽으로 갔다. 이번에는 계단을 외면할 수 없었다. 그러나 문제는 위로 올라가느냐 아니면 아래로 내려가느냐였다. 올라가기가 꺼림칙했던 건 위급한 상황이 발생하면 2층 창문으로 뛰어내려야 한다는 점 때문이었다. 2층에 웅크리고 있는 사람이나 짐승, 송장 먹는 귀신, 혹은 나의 불안한 마음이 만들어낼 무언가로부터 공격을 당할 수도 있었다. 그러나 그런 문제라면 지하실 역시 마찬가지였고 지하실은 거기에다 어둡기까지 했다. 내겐 손전등이 없었다. 그렇다면 차라리 2층이 낫지 않을까.

계단이 부르르 떨고 끼익 소리를 내며 내 체중에 항의했지만 그래도 버텨주었다. 폭탄에 날아간 1층에 비하면, 2층은 타임캡슐에 가까웠다. 방은 벽지가 줄무늬 모양으로 벗겨진 복도를 따라 놀라울 정도로 훌륭하게 보존되어 있었다. 부서진 창문으로 비가 들이쳐서 곰팡이가 슨 방도 있었지만 어떤 방은 먼지만 쌓였을 뿐 그대로였다. 의자 등에 걸린 곰팡이 핀 셔츠, 침대 맡 탁자에 떨어져 있는 동전들. 모든 것이 아이들이 남겨놓은 상태 그대로인 것 같았다. 마치 아이들이 죽던 날 시간이 멈추어버린 것처럼.

나는 마치 고고학자처럼 이 방 저 방 돌아다니며 방 안의 물건들을 살펴보았다. 상자 속엔 곰팡이 슨 장난감들이 있었고 창틀에 크레용들이 있었다. 오후 햇살을 수만 번 받으며 크레용의 빛깔도 흐려졌다. 인형이 살고 있는 장난감 집도 있었고 죄수들이 살고 있는 화려한 감옥도 있었다. 아담한 서재로 들어가 보니 습기 때문에 책장의 가로대가 이상한 미소를 짓듯이 구부러져 있었다. 나는 책 한 권을 뽑아서 읽을 수도 있다는 듯 벗겨진 책등을 손끝으로 쓸어내렸다. 『피터 팬』이나 『비밀의 화원』 같은 고전 동화들과 역사 속에 잊힌 작가들이 쓴 역사책, 라틴어나 그리스어 교재 같은 것들이었다. 한쪽 구석에는 낡은 책상 몇 개가 놓여 있었다. 아마도 페러그린 원장이 아이들을 가르쳤던 교실이었을 것이다.

육중한 한 쌍의 문을 열어보려고 손잡이를 돌렸지만 꿈쩍도 하지 않았다. 나는 뒤로 물러났다가 어깨를 문에 힘껏 부딪혔다. 끼익 소리와 함께 문이 열렸고 나는 방 안에 엎어졌다. 일어나 살펴보니 페러그린 원장의 방인 것 같았다. 잠자는 숲 속의 공주의 방처럼 벽에 달린 촛대에는 거미줄이 드리워져 있고 크리스털 병들이 놓인 거울 달린 화장대와 커다란 침대가 있었다. 나는 그녀가 마지막으로 이곳에 있었을 때를 상상해보았다. 한밤중에 공습 사이렌을 듣고 이불을 젖히고 일어나 잠이 덜 깬 아이들의 겉옷을 챙겨 입히고 아래층으로 내려갔을 광경을.

두려웠나요? 폭격기가 오고 있단 걸 알고 있었나요?

문득 묘한 기분이 들었다. 누군가 나를 보고 있다는 상상을 했다. 늪지 소년처럼 아이들이 벽 속에 보존되어 있는 것은 아닐까? 그래서 벽 틈으로, 옹이의 구멍으로 날 지켜보고 있는 것은 아닐까?

옆방으로 가보았다. 엷은 햇살이 창문으로 새어 들어왔다. 침대를 덮은 먼지 소복한 이불 위로 하늘색 벽지가 늘어져 있었다. 이유는 알 수 없지만 그곳이 할아버지의 방이라는 생각이 들었다.

할아버지, 왜 절 이리로 보내셨어요? 무얼 보여주고 싶으셨어요?

침대 밑을 들여다보려고 무릎을 꿇으니 낡은 여행가방이 보였다.

이게 할아버지 가방인가요? 엄마 아빠를 마지막으로 보고 기차를 탔을 때, 할아버지의 첫 번째 삶을 떠나보냈을 때 들고 있던 가방인가요?

나는 가방을 꺼내 낡은 가죽 손잡이 쪽을 더듬었다. 가방은 쉽게 열렸지만 안에는 죽은 딱정벌레 일가족 외에는 아무것도 없었다.

내 마음도 텅 비었고 이상하게 무거웠다. 마치 너무 빨리 회전하는 행성처럼 중력이 커진 듯 바닥 쪽으로 끌려가는 것 같았다. 나는 탈진해서 침대에 털썩 앉았다. 왠지 모르게 할아버지가 누웠던 침대

일 것 같았다. 나는 더러운 이불에 누워 천장을 바라보았다.

한밤중에 여기 누워서 무슨 생각을 하셨어요? 할아버지도 악몽을 꾸셨어요?

눈물이 흐르기 시작했다.

부모님이 돌아가셨을 때, 그걸 아셨어요? 두 분이 죽는 순간 느낄 수 있었나요?

나는 더 크게 울었다. 울고 싶지 않았지만 멈출 수가 없었다.

울음을 멈출 수 없어서 이 세상의 나쁜 일들을 생각했고, 나쁜 일들을 생각하고 또 생각하다 보니 울음이 점점 더 격해져서 숨도 겨우 쉴 정도가 되었다. 알지도 못하는 사람들의 증오심 때문에 소각로에서 불타 죽어야 했던 사람들을 생각했다. 아이들 따윈 어떻게 되든 개의치 않았던 폭격기 조종사가 버튼을 누르는 바람에 불에 타고 몸이 갈기갈기 찢겼을 이곳의 아이들을 생각했다. 할아버지를 떠나보내야 했던 할아버지의 가족들을 생각했고 아빠 없는 아이처럼 살아야 했던 아빠를 생각했다. 극심한 스트레스와 악몽에 시달리면서 무너져가는 집에 홀로 누워 한심한 눈물로 셔츠를 적시고 있는 나 자신을 생각했다. 모든 게 다 고약한 냄새를 풍기는 유물처럼 어쩌다가 내가 물려받은 70년 묵은 상처 때문이었다. 이제는 모두 죽어버린, 그래서 죽일 수도 없고 처벌할 수도 없고 어떤 식으로든 만날 수조차 없는 괴물들 때문이었다. 할아버지는 전쟁에 참전해서 그들과 싸울 수 있었지만 나는 과연 무엇을 할 수 있을까.

격한 감정이 지나고 나니 머리가 깨질 것 같았다. 나는 눈을 감고 욱신거리는 머리를 꾹 눌렀다. 손을 떼고 눈을 떠보니 방 안에 기적이 일어났다. 창문으로 한 줄기 햇살이 스며든 것이다. 나는 일어나서 깨어진 유리창 쪽으로 다가갔다. 비가 오면서 해가 나는 날씨였다. 이런 날씨는 이름을 붙이기 힘든 일종의 기상학적 이변이었다. 엄마는 이런 날씨를 '고아들의 눈물'이라고 불렀다. 리키가 했던 말도 생각났다. '악마가 제 마누라를 두들겨 패는 날씨야!' 그 생각을 하면서 웃음을 터뜨리자 기분이 조금 나아졌다.

다급하게 스러져가는 햇살 속에 미처 보지 못했던 무언가가 눈에 띄었다. 가방이었다. 아니, 가방의 모서리였다. 방 안에 있던 또 하나의 침대 밑에 비죽이 나와 있는 그것은. 나는 다가가서 가방을 가리고 있던 침대보를 들추었다.

큼지막한 녹슨 자물쇠가 달려 있는 낡고 커다란 여행용 트렁크였다. 이 가방만은 비어 있을 리가 없었다. 빈 가방을 잠가두진 않았을 테니까. 날 열어봐! 가방이 내게 소리치는 것 같았다. 비밀이 잔뜩 들어 있어!

나는 가방 가장자리를 잡고 당겨보았다. 꼼짝도 하지 않았다. 이번엔 좀 더 세게 끌어보았지만 여전히 움직이지 않았다. 무거운 물건이 들어 있는 걸까? 아니면 오랜 세월에 걸쳐 쌓인 습기와 먼지 때문에 바닥에 붙어버린 걸까? 일어서서 몇 번 걷어차보았다. 가방이 조금씩 움직이기 시작했다. 나는 스토브나 냉장고를 움직일 때처럼 한 귀퉁이씩 번갈아가며 가방을 잡아당겼다. 마침내 가방이 바닥에 자국을 남기며 침대 밑에서 완전히 빠져나왔다. 자물쇠를 잡아당겨보았다. 심하게 녹슬었지만 여전히 단단히 잠겨 있었다. 열쇠를 찾아볼까 하는 생각도 들었다. 분명히 어딘가에 있을 텐데. 그러나 열쇠를 찾느라 몇 시간을 허비할 수도 있었고 설령 열쇠를 찾는다 해도 자물쇠가 너무 삭아서 열 수나 있을지 의문이었다. 그렇다면 방법은 부수는 것뿐이었다.

자물쇠를 부술 만한 도구가 있는지 주위를 둘러보다가 다른 방에서 부서진 의자 하나를 발견했다. 나는 의자에서 다리 하나를 뜯어 가방 자물쇠를 겨누었다. 그리고 마치 사형 집행인처럼 의자 다리를 머리 위로 높이 쳐들었다가 있는 힘을 다해 내리치기를 반복했다. 의자 다리가 부러지면서 짤막하게 토막 난 나무 동강만 손에 남을 때까지. 좀 더 단단한 것을 찾아 방 안을 둘러보다가 헐거워진 침대 난간의 나무 막대가 눈에 들어왔다. 발로 몇 번 걷어찼더니 하나가 바닥에 떨어졌다. 나는 막대 한쪽을 자물쇠 틈에 집어넣고 막대를 힘껏 잡아당겼다. 아무 일도 일어나지 않았다.

체중을 전부 다 실어보았다. 조금 어그러지는 소리가 들리긴 했지만 그뿐이었다. 나는 가방을 발로 차고 나서 다시 온 힘을 실어 막대를 잡아당겼다. 목의 힘줄이 있는 대로 솟아올랐다. 나는 있는 대로 소리를 질렀다. 좀 열리란 말이야! 이 멍청한 가방아! 마침내 나의 짜증과 분노의 표적이 생겼다. 할아버지가 내게 비밀을 털어놓지 못했다면 이 낡은 가방에서 그 비밀을 기필코 밝혀낼 테다. 그 순간 잡아당기던 막대기에서 손이 미끄러지면서 바닥에 쓰러졌다. 온몸의 힘이 다 빠져나가는 것 같았다.

나는 바닥에 누워 천장을 바라보면서 숨을 몰아쉬었다. '고아의 눈물'은 어느덧 지나갔고 창밖에는 제대로 비가 내리고 있었다. 빗줄기가 거세었다. 쇠망치나 쇠톱을 가지러 마을로 돌아갈까도 생각해보았지만 대답하고 싶지 않은 질문들만 날아올 것 같았다.

그때 좋은 생각이 떠올랐다. 가방을 부숴도 된다면 자물쇠를 걱정할 필요가 없었다. 내 빈약한 상체 근육으로 휘두르는 무기보다 더 강한 힘이 무엇일까? 중력! 나는 2층에 있었다. 창문을 통과할 수 있을 정도로 가방을 높이 들 자신은 없었지만 2층 계단의 난간은 완전히 날아간 상태였다. 내가 할 일은 복도까지 가방을 끌고 가서 1층으로 가방을 떨어뜨리는 것뿐이었다. 가방 안의 내용물이 추락의 충격을 견딜 수 있는가는 제쳐두고라도 최소한 안에 뭐가 들어 있는지는 확인할 수 있을 것이다.

나는 가방 뒤에 쪼그리고 앉아 복도 쪽으로 가방을 밀기 시작했다. 금속으로 된 가방의 발이 보드라운 바닥에 파고든 채 꼼짝도 하지 않았다. 반대편으로 가서 양손으로 자물쇠를 잡고 가방을 뒤로 끌었다. 놀랍게도 가방이 한 번에 50센티미터 정도씩 움직였다. 품위 있는 작업방식이라고 말할 수는 없었다. 쪼그리고 엉덩이를 뒤로 빼는 동작을 몇 번이나 반복해야 했고 매번 쇠가 나무를 긁는 기분 나쁜 소리가 들렸다. 그러나 마침내 방 밖으로 가방을 끌어낼 수 있었고 그렇게 한 발짝씩 방들을 지나쳐서 난간 쪽으로 향했다. 나는 남자답게 흘린 땀으로 뒤범벅된 채 그 소리의 리듬에 몰입했다.

마침내 난간 앞에 이르러 마지막 거친 숨소리와 함께 가방을 내 바로 앞으로 끌어놓았다. 가방은 한결 쉽게 움직였고 나는 몇 번을 더 밀어서 난간 가장자리에 놓았다. 한 번만 더 밀면 바닥으로 떨어질 지점이었다. 그러나 이 고생을 하고 왔는데 가방이 부서지는 장면만은 꼭 보고 싶었다. 나는 일어서서 어둑어둑한 아래층이 보이는 곳에 자리를 잡았다. 그리고 숨을 들이마신 다음 발끝으로 가방을 살짝 밀었다.

가방이 가장자리에서 기우뚱하며 잠시 망설이다가 마침내 작심한 듯 아래층으로 떨어졌다. 마치 아름다운 발레 동작의 슬로모션처럼 몇 번을 빙글빙글 돌면서. 잠시 후 엄청난 굉음이 들렸고 집 안 전체를 뒤집어놓은 듯한 뿌연 먼지가 아래층에서 올라왔다. 나는 얼굴을 가리며 뒤로 물러서서 먼지가 가라앉기를 기다렸다. 잠시 후 난간에서 아래를 내려다보니 1층에는 부서진 가방 대신 마룻바닥에 뚫린 커다란 구멍만 보였다. 가방은 그 구멍을 통과하여 지하실로 떨어진 것이었다.

나는 아래층으로 내려가서 살얼음판 위를 기듯 마룻바닥에 배를 깔고 조심스럽게 구멍 주위를 돌아보았다. 5미터쯤 아래, 뿌연 먼지와 어둠 속에 가방의 잔해가 보였다. 마치 거대한 달걀이 깨어진 것처럼, 부서진 마룻바닥의 잔해 더미와 뒤범벅되어 있었다. 그 사이사이로 작은 종이들이 보였다. 마침내 내가 편지들을 찾은 것일까? 그러나 눈을 가늘게 뜨고 자세히 살펴보니 종이 위에 사람의 얼굴과 몸이 보였다. 편지가 아니라 사진이었다. 그것도 수십 장이나. 나는 흥분했다. 그러나 흥분과 동시에 소름이 끼쳤다. 끔찍한 일이 일어났기 때문이었다.

이제 내가 저 아래로 내려가야 한다.

아래층은 빛이라고는 찾아볼 수 없는 복잡한 공간이었고 눈가리개를 하고 돌아다녀도 그보단 나을 것 같았다. 삐걱거리는 계단을 내려가서 눈이 적응하기를 기다리며 잠시 서 있었지만 아래층의 암흑은 적응할 수 있는 수준이 아니었다. 마치 화학 실험실의 약품 벽장에서 나는 냄새처럼 이상하고 독한 냄새가 풍겨왔는데, 그 냄새 역시 적응이 되지 않았다. 나는 셔츠 칼라를 세워서 코를 막고 양팔을 앞으로 뻗은 다음 더듬거리며 앞으로 나아갔다.

발에 무언가가 걸려서 비틀거리다가 하마터면 넘어질 뻔했다. 유리로 만든 무언가가 바닥에서 뒹구는 소리가 나더니 냄새가 한층 더 고약해졌다. 나는 내 앞 어둠속에 무언가가 숨어 있다는 상상을 했다. 괴물이나 유령이 문제가 아니다. 만약 바닥에 구멍이라도 뚫려 있다면? 내 시신은 아무도 찾지 못할 것이다.

그 순간 갑자기 기가 막힌 생각이 떠올랐다. 주머니에 있던 휴대전화의 메뉴 화면을 누르면, 비록 가장 가까운 안테나에서 15킬로미터도 넘게 떨어져 있다곤 하지만 흐릿한 불빛이나마 만들 수 있을 것이다. 나는 휴대전화 액정 화면을 멀찌감치 떼어서 들고 앞을 비추어보았다. 휴대전화 불빛은 어둠을 거의 파고들지 못했기 때문에 바닥을 비추었다. 깨진 판석과 쥐똥이 보였다. 이번엔 가장자리 쪽을 비추어보았다. 흐릿한 불빛이 반사되어 돌아왔다.

나는 벽 쪽으로 다가가며 불빛을 흔들었다. 벽에 달린 선반에 유리병들이 진열되어 있었다. 크기와 모양이 다양했지만 모두 먼지로 얼룩덜룩했고 병 안에는 흐릿한 액체 속에 무언가가 담겨 있었다. 과일이나 야채를 담아놓은 유리병이 터져 있었던 부엌을 생각해보건대 이곳은 온도 변화가 적어서 유리병의 내용물이 보존된 것 같았다.

그러나 가까이 다가가서 보니 유리병 안에 들어 있는 것은 과일이나 야채가 아니라 사람의 장기였다. 뇌와 심장과 폐와 눈이었다. 그 모든 것이 집에서 제조한 것 같은 포름알데히드 용액에 저장되어 있었고 그게 바로 악취의 진원지였다. 나는 구역질하며 뒷걸음쳤다. 역겹기도 했고 당혹스럽기도 했다. 여긴 도대체 뭘 하던 곳이었을까? 이

병들은 엉터리 의료 학원이라면 모를까 어린이집에 있을 만한 물건이 아니었다. 할아버지에게서 이곳에 관한 환상적인 이야기들을 듣지 못했다면 페러그린 원장이 장기를 채취하기 위해 아이들을 구조했다고 생각했을 것이다.

정신을 가다듬고 나니 눈앞에 한 줄기 빛이 보였다. 내 휴대전화의 불빛이 아니라 햇살이었다. 내가 만들어놓은 구멍에서 햇살이 새어 들어오고 있었던 것이다. 나는 셔츠 깃을 통해 겨우 숨을 쉬면서 또 다른 섬뜩한 물건이 숨겨져 있을지도 모르는 벽과 최대한 거리를 유지하며 앞으로 나아갔다.

그 불빛을 따라 모퉁이를 돌아서 천장이 내려앉은 어느 조그만 방으로 들어갔다. 천장에 난 구멍에서 햇살이 스며들어 쪼개진 마룻널, 먼지를 폴폴 날리며 반짝거리는 깨어진 유리 조각들, 말라비틀어진 고깃덩어리 같은 회반죽이 여기저기 붙어 있는 찢어진 카펫 조각들을 비추고 있었다. 잔해 속에서 이 붕괴를 견디고 살아남은, 어둠 속에 사는 설치류가 발을 꼼지락거리는 소리가 들렸다. 잔해 더미의 한복판에 부서진 가방 조각들이, 그리고 사진들이 색종이처럼 흩어져 있었다.

나는 녹슨 못들이 박힌 부서진 판자들 사이로 발을 높이 들어가며 잔해 더미 위로 올라갔다. 그리고 무릎을 꿇고 흩어진 사진들을 챙겼다. 유리와 나무 부스러기를 털어내며 마치 구조대원처럼 잔해 속에서 얼굴들을 구조했다. 천장이 언제 내려앉을지 몰라 서둘러야 한다고 생각하면서도 사진들을 쳐다보지 않을 수 없었다.

얼핏 보았을 때는 오래된 가족 앨범의 사진들 같았다. 바닷가에서 뛰어다니고 베란다에서 미소 짓는 아이들, 섬의 풍경들을 찍은 사진들이었다. 아이들은 혼자서, 혹은 몇몇이 짝을 이루어 사진을 찍었다. 자연스럽게 찍은 것도 있었고 배경막을 세워놓고 정식으로 찍은 인물 사진도 있었다. 마치 오래된 쇼핑몰의 사진관에서 찍은 것처럼 정지된 눈동자의 인형을 끌어안고 찍은 사진도 있었다. 그러나 정말 섬뜩하게 느껴진 것은 이상한 인형들도, 이상하게 자른 아이들의 머리카락도, 전혀 웃음기 없는 아이들의 표정도 아니었다. 사진들이 보면 볼수록 왠지 친근하게 느껴진다는 사실이었다. 할아버지의 낡은 사진들과 비슷한 음산한 분위기가 느껴졌다. 특히 할아버지가 담배상자에 숨겨두었던 사진들은 왠지 이 사진들과 한 벌인 것 같았다.

두 소녀가 그다지 사실적으로 그려지지 않은 바다 그림을 배경으로 포즈를 취한 사진이 있었다. 소녀들 자체는 그다지 이상할 것이 없었다. 이상한 것은 그들이 서 있는 방식이었다. 두 사람 모두 카메라에 등을 돌리고 있었다. 당시에는 사진 촬영하는 비용이 만만치 않았을 텐데 왜 배경그림까지 세워놓고 포즈를 취하는 수고를 하면서 카메라를 등지고 섰을까. 나는 혹시 나머지 사진들 중에 그들이 웃고 있는 모습이 있을지도 모른다고 생각하고 사진들을 뒤적여보았다.

다른 사진들은 대부분 할아버지의 사진들과 비슷한 방식으로 조작된 것 같았다. 한 소녀가 공동묘지에서 연못을 바라보고 있었는데, 연못 수면에는 두 소녀의 그림자가 드리워져 있었다. 할아버지가 보여준 유리병에 갇힌 소녀의 사진이 떠올랐다. 어떤 조작 과정을 거쳤는지는 몰라도 전혀 가짜 같지 않았다. 침착한 표정의 젊은 남자 사진도 있었다. 남자의 상체는 온통 벌들로 뒤덮여 있었다. 그 정도 조작은 아주 쉬웠을 것이다. 스티로폼으로 만든 바위를 든 소년의 사진처럼. 가짜 바위, 그리고 가짜 벌.

그 순간 할아버지가 들려준 어린이집의 한 소년 이야기가 떠올랐고 갑자기 등골이 오싹해졌다. 할아버지는 몸속에 벌들이 살고 있는 휴라는 이름의 소년이 있었다고 했다. 입을 벌릴 때마다 벌이 밖으로 나온다고, 하지만 휴가 원하지 않을 때에는 결코 사람을 쏘는 법이 없다고.

오직 한 가지 설명만이 가능했다. 할아버지의 사진들은 내 눈앞에 부서진 바로 이 트렁크에서 나온 것이었다. 그러나 여전히 장담할 수가 없었다. 러플 칼라가 달린 괴상한 옷을 입고 한 명이 다른 한 명에게 꼬불꼬불한 줄을 먹이고 있는 두 아이의 사진을 본 다음에야 그 사실을 확신할 수 있었다. 도대체 이 아이들이 누구일까? 악몽을 위해 제작된 사진이 아니라면 도대체 누가 이런 사진을 찍었을까? 가학피학증 발레리나들? 어쨌든 할아버지는 분명히 이 아이들의 사진을 갖고 있었다. 불과 몇 달 전에 할아버지의 담배상자에서 나는 이 사진을 똑똑히 보았다.

우연일 리는 없었다. 그렇다면 할아버지가 내게 보여준 사진들은, 이 집에 살던 아이들이라고 했던 그 사진들은 실제로 이 집 아이들을 찍은 사진들이란 얘기였다. 그렇다면 여덟 살 꼬마였던 나조차 믿을 수 없었던 이 사진들이 진짜였단 말인가? 그 아이들에 대한 황당한 이야기들은 또 어떤가? 그 이야기들 중 단 한 가지도 실제 이야기 같지가 않았는데 말이다. 그러나 유령들이 사는 것 같은 먼지 소복한 폐허에 앉아 있어서 그런지 혹시나 하는 생각이 들었다.

그때 위쪽 어딘가에서 요란한 소리가 들렸고 나는 깜짝 놀라 들고 있던 사진을 놓쳤다. 잠깐 집이 흔들린 것뿐이려니 생각했다. 아니면 집이 무너져 내리는 것이거나. 얼른 사진을 도로 주우려고 몸을 숙

이는 순간 또다시 쿵 하는 소리가 들렸고, 천장에 뚫린 구멍으로 들어오던 가냘픈 햇빛이 사라져버렸다. 나는 칠흑 같은 어둠 속에 혼자 쪼그리고 앉아 있는 신세가 되었다.

발소리와 목소리들이 들렸다. 무슨 얘기인지 궁금했지만 알아들을 수가 없었고 움직여보고 싶어도 감히 그럴 수가 없었다. 혹시라도 잘못 움직였다가 천장이 내려앉을까봐 두려웠다. 나의 두려움이 비이성적이라는 사실을 알면서도, 아무 생각 없는 짓궂은 아이들이 장난을 치고 돌아다니는 것이 분명할 텐데도 내 심장은 걷잡을 수 없이 뛰었고 나의 동물적인 본능은 꼼짝 말고 가만히 있으라고 명령했다.

다리가 얼얼해지기 시작했다. 나는 최대한 소리를 내지 않으려 조심하면서 반대편 다리로 무게중심을 옮겨 피가 통하게 했다. 잔해 더미에서 무언가 조그만 것이 굴러떨어졌고 어둠 속에서 그 소리는 엄청나게 크게 울려 퍼졌다. 그 순간 머리 위의 마룻널이 끽 하는 소리를 냈고, 회반죽과 먼지가 떨어졌다. 그곳에 있는 사람이 누구이건 내가 있는 곳을 정확히 알고 있었다.

나는 숨을 죽였다. 웬 여자애의 다정한 목소리가 들려왔다. "에이브, 너니?"

내가 꿈을 꾸는 건가? 여자애가 다시 말하기를 기다렸지만 오랫동안 수천 개의 손가락으로 지붕을 두들기는 것 같은 빗소리 외엔 아무 소리도 들리지 않았다. 그때 머리 위에서 누군가가 손전등을 비추었고 대여섯 명의 아이들이 구멍 주위에 모여 앉아 내가 있는 곳을 내려다보았다.

그들 중 몇 명은 낯이 익었지만 어디서 봤는지는 확실하지가 않았다. 마치 어렴풋이 기억하는 꿈속에서 본 얼굴들 같았다. 얘들을 어디서 봤더라? 할아버지의 이름을 어떻게 알고 있을까?

그 순간 생각이 났다. 그 아이들의 옷차림은 웨일스에서도 튀었다. 창백하고 웃음기 없는 얼굴도 어딘가 달랐다. 아이들이 나를 내려다보는 동안 사진 속의 아이들도 나를 쳐다보고 있었다. 그제야 알 것 같았다. 나는 그 아이들을 사진 속에서 보았다.

내게 말을 걸었던 소녀가 나를 더 자세히 보려고 일어섰다. 그 애의 손에서 불빛이 새어 나왔지만 불빛의 진원지는 손전등도, 촛불도 아니었다. 손바닥에서 벌건 불길이 타오르고 있었다. 나는 5분 전에 그 소녀를 사진 속에서 보았고 사진 속의 소녀는 지금 내 눈앞에 서 있는 소녀와 똑같은 모습이었다. 양손에 이상한 불빛을 일으키고 있는 모습까지도.

난 제이콥이야, 널 찾고 있었어. 그렇게 말하고 싶었다. 그러나 입이 떨어지지 않았고 그저 멍하니 아이들을 쳐다볼 뿐이었다.

소녀가 실망스러운 표정이 되었다. 나는 비에 젖고 먼지를 뒤집어쓴 채 비참한 표정으로 잔해 더미 위에 쪼그리고 앉아 있었다. 소녀와 다른 아이들이 구멍 아래 있을 거라고 기대했던 사람이 누군진 몰라도 내가 아닌 것은 분명했다.

아이들이 자기들끼리 수군거리다가 벌떡 일어서서 뿔뿔이 흩어졌다. 아이들이 갑작스럽게 움직이자 그제야 나도 정신을 차리고 기다리라고 소리쳤지만 아이들은 이미 문 쪽으로 달려가고 있었다. 나는 잔해 더미에서 내려와 더듬거리며 악취 나는 지하실을 가로질러 계단으로 향했다. 그러나 올라가보니 아이들이 왔을 때 사라졌던 햇살은 되돌아왔지만 아이들의 모습은 찾아볼 수 없었다.

나는 밖으로 달려 나가서 부서져가는 벽돌 계단을 뛰어 정원으

로 내려갔다. "잠깐만! 기다려!" 그러나 아이들은 없었다. 나는 숨을 헐떡이고 욕을 내뱉으며 집 앞 정원과 숲속을 돌아다녔다.

하지만 아무도 보이지 않았다. 그때 나무 부러지는 소리가 났고 깜짝 놀라 돌아서니 나뭇가지 사이로 무언가가 움직이는 것이 보였다. 흰 드레스 자락이었다. 그 소녀였다. 내가 달려가자 그 애도 오솔길을 따라 달리기 시작했다.

나는 쓰러진 나무를 뛰어넘고 낮게 드리운 가지 밑을 지나가면서 가슴이 불에 덴 듯 뜨거워질 때까지 달렸다. 소녀는 수시로 길에서 벗어나 숲 속을 달리다가 다시 돌아오기를 반복하면서 나를 따돌리려 애썼다. 마침내 숲이 끝나고 소녀와 나 모두 늪으로 나왔다. 승산이 있었다. 이제 그 애는 숨을 곳이 없었다. 속도만 내면 잡을 수도 있을 것 같았다. 더구나 나는 청바지에 운동화 차림이었고 소녀는 드레스를 입고 있었기 때문에 게임이 되지 않았다. 그런데 거의 잡히려는 찰나 소녀가 갑자기 돌아서서 늪으로 뛰어들었다. 나도 따라가는 수밖에 없었다.

더 이상은 뛸 수가 없었다. 발에 닿는 땅을 믿을 수가 없었다. 땅바닥이 수시로 내려앉고 무릎 높이의 늪이 내 다리를 삼켰다. 그런데 소녀는 어디를 밟아야 할지 정확히 아는 것 같았다. 마침내 소녀의 모습은 안개 속에 완전히 사라졌고 나는 오직 소녀가 남긴 발자국만 보고 따라가는 수밖에 없었다.

소녀가 안개 속으로 사라진 뒤에도 나는 발자국이 다시 오솔길 쪽으로 나오기를 기대했지만 발자국은 점점 더 깊은 늪으로 이어졌다. 안개가 내 뒤를 바짝 쫓았고 어느 순간 오솔길이 더 이상 보이지 않았다. 그제야 돌아가는 길을 찾을 일이 걱정되기 시작했다. 나는 소녀에게 소리쳤다. 난 제이콥 포트먼이야! 에이브의 손자야! 해치지 않을게! 그러나 안개와 늪이 내 목소리마저 삼켜버리는 것 같았다.

발자국을 따라가다 보니 어느덧 돌무덤 앞에 이르렀다. 커다란 회색 이글루같이 생긴 돌무덤이었다. 자세히 보니 신석기 시대의 무덤인 케른이었다. 케르놈이라는 섬 이름은 케른을 따서 지은 것이었다.

수풀이 뒤덮인 진흙 위에 솟아오른 돌무덤은 나보다 키가 조금 컸고 마치 문처럼 한쪽에 직사각형 모양의 좁고 긴 공간이 뚫려 있었다. 늪에서 벗어나 비교적 단단한 땅으로 내려서는 순간 나는 돌무덤의 입구가 깊은 지하 동굴로 이어지는 길임을 알 수 있었다. 복잡한 고리와 나선 모양의 그림, 세월에 흐릿해진 상형문자가 동굴 입구의 양쪽 벽에 새겨져 있었다. '늪의 소년, 이곳에 잠들다'라고 적혀 있는 것일까? 아니면, '이곳에 들어서는 자, 모든 희망을 버릴지어다'(단테의 신곡에서 지옥문 위에 쓰인 글귀-옮긴이)라고 적혀 있을까?

어쨌건 나는 동굴로 들어갔다. 소녀의 발자국이 그곳으로 이어졌기 때문이었다. 돌무덤 밑의 동굴은 축축하고 좁고 칠흑 같은 암흑이었고, 나는 곱사등이처럼 몸을 숙이고 게걸음으로 앞으로 나아가야 했다. 다행히도 밀폐된 공간은 내가 두려워하는 것들의 목록에 포함되어 있지 않았다.

겁에 질린 소녀가 저만치 어딘가에서 떨고 있을 거라 상상하면서 나는 계속 말을 걸었다. 절대로 해치지 않겠다고 안심시키면서. 그러나 나의 목소리는 뒤엉킨 메아리로 되돌아왔다. 엉거주춤한 자세 때문에 허벅다리가 욱신거리기 시작할 무렵 동굴이 넓어지면서 커다란 방이 나왔다. 컴컴했지만 내가 팔다리를 죽 펴고 똑바로 서도 벽에 닿지 않을 정도로 널찍한 공간이었다.

나는 휴대전화를 꺼내 메뉴 버튼을 눌러 임시 손전등으로 사용했다. 방의 크기를 가늠하는 데 오래 걸리진 않았다. 내 침실만 한 공간이었고 텅 비어 있었다. 소녀는 보이지 않았다.

소녀가 도대체 어디로 사라졌을까 궁금해하던 찰나, 문득 떠오르는 생각이 있었다. 너무도 분명한 사실을 깨닫지 못한 나 자신이 바보처럼 느껴졌다. 소녀는 없었다. 내가 상상해낸 것이다. 그 나머지도 모두. 사진을 바라보다가 내가 만들어낸 이미지였다. 아이들이 나타나기 전에 나를 에워쌌던 그 어둠? 아마도 내 정신이 그때 끊겼으리라.

있을 수 없는 일이었다. 아이들은 이미 오래전에 죽었다. 설령 살아 있다고 해도, 그 아이들이 어떻게 사진을 찍던 당시와 똑같은 모습일 수가 있을까. 너무도 순식간에 일어난 일이라 환상을 쫓고 있다는 생각은 들지 않았다.

골란 박사가 뭐라고 할지도 짐작이 갔다. '그 집이 너에게 정서적으로 무척 중요한 장소였으니까 그곳에 있는 것만으로도 그런 증상이 얼마든지 나타날 수 있단다.' 물론 골란 박사는 심리학 용어를 써가며 잘난 척이나 하는 재수 없는 인간이지만 그렇다고 그가 하는 말이 다 틀린 것은 아니었다.

나는 창피한 마음으로 돌아섰다. 게걸음으로 이동하는 대신 마지막 자존심을 버리고 터널 입구에서 들어오는 흐릿한 빛을 따라 기었다. 고개를 들어 보니 이 광경을 전에 본 적이 있다는 생각이 들었다. 늪지 소년이 보관되어 있는 마틴의 박물관에 소년이 발견되었던 늪의 사진이 걸려 있었다. 이 악취 풍기는 늪이 천국으로 가는 길이라고 믿었다는 사실이 기가 막혔다. 얼마나 굳게 믿었으면 내 또래 남자아이가 그곳에 가려고 기꺼이 목숨을 던졌을까. 참으로 슬프고 어리

석은 삶의 낭비였다.

그만 여관으로 돌아가고 싶었다. 지하실에서 발견한 사진들 따위는 더 이상 아무래도 상관없었다. 수수께끼와 미스터리와 유언이라면 이제 지긋지긋했다. 할아버지의 미스터리를 밝혀보려는 집착이 내 상태를 호전시키기는커녕 악화시키고 있었다. 이제는 모든 것을 놓아줄 때였다.

좁은 터널에서 빠져나와 몸을 일으켜보니 햇살이 눈부셨다. 나는 손으로 눈을 가린 채 손가락 사이로 너무도 낯설게 느껴지는 세상을 바라보았다. 늪도 똑같고 길도 똑같고 모든 것이 똑같았다. 그러나 내가 이 섬에 도착한 이후 처음으로 주위의 모든 것이 화사한 노란 햇살에 물들어 있었고 하늘은 사탕 같은 파란색이었다. 이 부근에 항상 자욱했던 안개도 보이지 않았다. 날씨가 따스했고 바람 부는 초여름이라기보다는 한여름 같았다. 젠장, 날씨 한 번 변덕스럽네.

양말에 스며든 진흙이 살갗을 스멀스멀 기어오르는 것 같은 느낌을 무시하려 애쓰면서 마을 쪽으로 난 길을 따라 걸었다. 그런데 길이 전혀 진흙탕이 아니었다. 몇 분만에 바짝 마른 것처럼. 사방에 자몽 크기의 들짐승 똥이 널려 있어서 똑바로 걸을 수가 없었다. 아까는 왜 이걸 보지 못했을까? 아침 내내 정신착란 상태였나? 혹시 아직도 그 상태인가?

산을 넘어 다시 마을로 들어갈 때까지 나는 내 앞에 펼쳐진 똥의 바둑판에서 시선을 떼지 않았다. 마을로 들어서서야 나는 이 모든 상황이 마을에서 시작되었음을 알 수 있었다. 오늘 아침 항구에서 물고기와 토탄 벽돌을 실은 트랙터들이 지나다니던 자갈길에 지금은 말과 노새가 수레를 끌고 다니고 있었다. 엔진 소리가 말발굽 소리로 바

뛰었다.

항상 들려오던 디젤 발전기의 소음도 사라지고 없었다. 내가 비운 몇 시간 동안 연료가 떨어진 것일까? 이 덩치 큰 가축들을 마을 사람들은 그동안 어디 숨겨두었을까? 그리고 왜 모두들 나를 쳐다보는 거지? 지나치는 사람마다 하던 일을 멈추고 나를 쳐다보았다. 내가 느끼는 것처럼 사람들 눈에도 내가 정신 나간 놈으로 보이나? 나는 내 몰골을 흘긋 바라보았다. 허리 아래로 진흙을, 허리 위로는 회반죽을 뒤집어쓰고 있었다. 나는 머리를 숙이고 여관으로 발걸음을 재촉했다. 그곳에만 가면 아빠가 점심식사를 하러 돌아올 때까지 방 안에 틀어박혀 있어도 되겠지. 아빠가 돌아오면 최대한 빨리 집으로 돌아가자고 말해야지. 아빠가 망설일 경우엔 환각 증세가 있다고 솔직히 털어놓으면 다음 배로 섬을 떠날 수 있을 것이다.

술집에는 언제나처럼 술 취한 남자들이 낡은 탁자에 앉아 맥주잔을 기울이고 있었다. 이 지저분한 공간이 바로 이 섬에서는 내 집이었다. 계단 쪽으로 걷는데 낯선 목소리가 들려왔다. "어디 가냐?"

한쪽 발을 계단에 올려놓은 채 위아래로 나를 훑어보는 바텐더에게로 돌아섰다. 그런데 바텐더가 케브가 아니었다. 처음 보는 험상궂은 표정의 무식해 보이는 남자였다. 바텐더의 앞치마를 매고 있었고 일자 눈썹과 애벌레 같은 콧수염 때문에 얼굴에 가로 줄무늬가 있는 것처럼 보였다.

마음 같아서는 "위층에 올라가서 짐 싸려고요. 아빠가 안 가겠다고 하면 발작하는 척 연기라도 할 거예요."라고 말하고 싶었지만 대신 "제 방에 가는데요."라고 대답했다. 말을 하다보니 사실을 말했다기보다는 질문을 한 것 같았다.

"허, 그래?" 그가 술을 따르던 잔을 소리 내어 내려놓으며 말했다. "네 눈엔 여기가 여관으로 보이니?"

손님들이 나를 보려고 의자를 돌려서 끼익 소리가 났다. 나는 얼른 사람들의 얼굴을 훑어보았다. 낯익은 얼굴이 하나도 없었다.

정신착란이구나. 이게 바로 정신착란 상태에 빠지는 기분일 것이다. 전혀 그런 상황인 것 같지 않은 것까지도. 번개가 보이지도 않았고 손바닥에서 진땀이 나지도 않았다. 그런데 온 세상이 미쳐 돌아가는 것 같았다. 나를 제외한 온 세상이.

나는 바텐더에게 뭔가 착오가 있는 모양이라고 말했다. "아빠하고 제가 2층 방에서 묵고 있거든요. 보세요. 열쇠도 있어요." 나는 주머니에서 열쇠를 꺼내 증거로 내밀었다.

"어디 한번 보자." 그가 카운터 앞으로 몸을 숙여서 열쇠를 내 손에서 빼앗았다. 그가 마치 보석감정사처럼 흐릿한 불빛에 열쇠를 들어 보았다. "이건 여기 열쇠가 아닌데." 그가 웅얼거리고 열쇠를 자기 주머니에 넣었다. "왜 2층에 올라가려고 했는지 말해봐. 이번엔 거짓말하지 말고."

나는 얼굴이 벌겋게 달아올랐다. 알지도 못하는 어른에게 거짓말쟁이라는 비난을 받아보기는 처음이었다. "말씀드렸잖아요. 2층 방에 묵고 있다고. 못 믿겠으면 케브 아저씨한테 물어보세요."

"난 케브란 사람 몰라. 거짓말 듣는 취미도 없다." 그가 냉랭하게 말했다. "2층에는 방이 없어. 2층에 사는 사람은 나 혼자뿐이야."

주위를 둘러보았다. 누군가가 미소를 지으면서 장난이라고 말해주기를 기대하면서. 그러나 사람들의 표정은 돌처럼 굳어 있었다.

"미국에서 왔나봐. 혹시 군인 아니야?" 턱수염을 수북하게 기른 남자가 말했다.

"헛소리하고 있네. 제대로 보고나 말해. 완전 애송이잖아." 다른 사람이 으르렁거리듯 말했다.

"하지만 애 옷차림을 좀 봐. 이런 거 구하기도 쉽지 않을걸. 군인 이라면 몰라도." 턱수염을 기른 남자가 내 재킷 소매를 잡아당기며 말 했다.

"아저씨. 저 군인 아니거든요. 절대 아저씨들을 속이려는 게 아니 에요. 맹세할 수 있어요. 전 단지 아빠를 찾아서 짐을 꾸리고……."

"젠장, 미국인 맞구먼!" 뚱뚱한 남자가 소리쳤다. 그가 간이 의자 에서 뚱뚱한 몸을 일으킨 뒤 천천히 다가와 문 쪽으로 뒷걸음치고 있 는 나를 가로막고 섰다. "억양이 거지 같은 걸 보니까 미국 놈 맞아. 독 일 놈들 스파이가 분명해."

"전 스파이가 아니에요. 그냥 길을 잃은 것뿐이라고요." 내가 주 눅 든 목소리로 말했다.

"좋아! 우리 좀 오래된 방식으로 이 녀석이 사실을 불게 만들어 볼까? 밧줄로!" 그가 웃으며 소리쳤다.

술 취한 동의의 함성이 들려왔다. 진지하게 말하는 건지 아니면 그저 놀리는 것인지 확실치 않았지만 굳이 남아서 그 사실을 확인하 고 싶지는 않았다. 불안한 혼란 속에서 한 가지 본능이 고개를 들었 다. 튀자! 상황이 어떻게 돌아가고 있는지 알아내려면 나를 고문하겠 다고 협박하는 술주정뱅이들이 없는 편이 쉬울 것이다. 물론 달아나 는 것은 그들에게 나의 혐의를 인정하는 꼴이 되겠지만 그런 것 따윈 아무래도 상관없었다.

나는 뚱뚱한 남자 옆으로 비켜서려 했다. 그가 나를 붙잡았지만 굼뜬 술주정뱅이가 민첩하고 겁에 질린 소년을 당해낼 리 없었다. 나는 왼쪽으로 비켜서는 척하면서 오른쪽으로 잽싸게 그를 돌아 술집을 빠져나왔다. 그가 화가 나서 고함을 질렀고 사람들이 일어서서 달려 나왔지만 나는 가까스로 그들의 손길을 피해 환한 대낮의 거리를 달렸다.

　나는 계속 달렸다. 내 발이 닿는 곳마다 자갈길이 파여 나갔고 성난 아우성은 점점 내게서 멀어졌다. 처음 만난 골목길에서 그들을 따돌리기 위해 급격히 방향을 틀어 어느 집 뜰을 가로질렀다. 닭들이 놀라 퍼덕거리며 날아올랐고 오래된 우물에서 여자들이 물을 긷기 위해 줄을 서 있다가 내가 지나갈 때 고개를 돌렸다. 깊이 생각할 겨를이 없었지만 한 가지 생각이 머리를 스쳤다. 가만, 기다리는 여인 동상은 어디 갔지? 그때 정면에 낮은 벽이 나타났고 나는 담을 넘는 데 정신을 집중해야 했다. 나는 손을 짚고, 다리를 들어서, 담을 넘었다. 다시 복잡한 거리로 들어섰고 정면에서 질주해오는 마차와 하마터면 부딪칠 뻔했다. 말의 옆구리가 내 가슴을 스치는 순간, 마부가 우리 엄마에 관한 심한 욕설을 퍼부으면서 내 발에서 불과 몇 센티미터 떨어진 곳에 발굽과 마차 바큇자국을 남기고 지나갔다.
　도대체 무슨 일이 일어나고 있는 걸까. 내가 이해할 수 있는 것은 딱 두 가지뿐이었다. 내가 미쳐가고 있다는 것, 그리고 내가 정말 미친 게 확실한지 알아낼 때까지 사람들을 피해야 한다는 것. 그런 결론에 도달하자 나는 길가에 두 겹으로 들어선 오두막집들의 뒷골

목으로 뛰었다. 마을 변두리라 숨을 곳이 많아 보였다. 나는 뛰기를
멈추고 빠른 걸음으로 걷기 시작했다. 진흙투성이 미국인 소년이 뛰
지 않으면 뛰는 것보다는 주의를 훨씬 덜 끌 것 같았다.

평범하게 보이려는 나의 노력은, 작은 소음에도 깜짝 놀라 펄쩍
뛰는 바람에 수포로 돌아갔다. 빨래를 널고 있는 여자에게 고개인사
를 하며 손을 흔들었지만 다른 사람들처럼 그 여자도 나를 빤히 쳐다
볼 뿐이었다. 나는 더 빨리 걸었다.

뒤쪽에서 이상한 소리가 들려서 헛간 안으로 들어갔다. 반쯤 닫
힌 문 뒤에 쪼그려 앉은 채 나는 벽에 갈겨놓은 낙서를 읽어보았다.

둘리 자식, 더러운 변태 새끼
이제 알았냐? 한 번 할래?

개 한 마리가 요란하게 짖어대는 강아지들을 끌고 지나갔다. 나
는 숨을 몰아쉬며 조금 안도했다. 정신을 차리고 헛간 밖으로 나서는
순간 무언가가 내 머리카락을 붙잡았다. 비명을 지를 틈도 없이 뒤에
서 튀어나온 손이 내 목에 날카로운 쇠붙이를 대고 눌렀다.

"소리 지르면 확 베어버린다." 목소리가 들려왔다.

습격한 자는 내 목에 칼을 댄 채 나를 도로 헛간으로 밀어 넣은
다음 내 얼굴을 바라보았다. 놀랍게도 술집에서 쫓아온 남자가 아니
었다. 그 소녀였다. 수수한 흰 드레스를 입고 있었고 냉혹한 표정을 지
으며 금방이라도 내 숨통을 끊어놓을 기세였지만 기가 막히게 예쁜
여자애였다.

"너 도대체 뭐야!" 그녀가 소리쳤다.

"나, 난 미국인." 정확히 무얼 묻고 있는 건지 몰라 내가 웅얼거렸다. "이름은 제이콥."

여자애가 칼을 내 목에 힘껏 눌렀다. 손이 떨리고 있었다. 두려워한다는 뜻이었고 그 애가 위험 인물이라는 의미였다. "여기서 뭐하고 있었지? 왜 날 미행했어?"

"그냥 얘길 좀 하고 싶었어! 제발 죽이지 마!"

여자애가 조롱하는 표정으로 나를 쳐다보았다. "무슨 얘기?"

"그 집에 대한 얘기, 거기 살았던 아이들 얘기."

"누가 보냈지?"

"우리 할아버지. 할아버지 이름은 에이브러햄 포트먼이야."

그 애가 입을 쩍 벌렸다. "거짓말!" 그 애가 눈을 번득이며 소리쳤다. "네가 누군지 모를 줄 알아? 날 뭘로 보고…… 눈 떠! 눈동자 좀 보게!"

"사실이야! 내 눈을 봐!" 내가 최대한 크게 눈을 떴다. 그 애가 발끝으로 서서 내 눈동자를 들여다보다가 발을 구르면서 소리쳤다. "그것 말고! 네 진짜 눈! 가짜 눈으로 속일 생각 하지 마! 에이브에 대한 거짓말만큼이나 유치하니까!"

"거짓말 아니야. 그리고 이건 내 진짜 눈 맞아." 목에 칼을 너무 세게 들이대고 있어서 숨을 쉬기가 힘들었다. 칼날이 무뎌서 다행이었다. 그렇지 않았다면 아마 벌써 베였을 테니까. "난 네가 생각하는 그런 사람이 아니야. 증명할 수 있어!"

그 애의 손이 조금 느슨해졌다.

"그럼 증명해봐. 안 그러면 잔디밭에 네 피를 뿌릴 테니까!"

"이 안에 있어." 내가 재킷에 손을 넣으며 말했다.

그 애가 움직이지 말라고 소리치며 칼을 내 미간 앞에 쳐들었다.

"편지 한 장 꺼내려는 것뿐이야! 진정해!"

그 애가 칼끝을 다시 내 목으로 낮추었고 나는 천천히 페러그린 원장의 편지와 사진을 꺼내 그녀 앞에 내밀었다. "바로 이 편지가 내가 이곳에 온 이유 중 하나야. 할아버지가 주셨거든. 그 새가 보낸 편지야. 너희 원장을 그렇게 부르지?"

"이걸로는 아무것도 증명 못 해. 그리고 우리에 대해 어떻게 그렇게 많은 걸 알고 있지?"

제대로 보지도 않고 그녀가 소리쳤다.

"말했잖아. 우리 할아버지가……."

그 여자애가 편지를 내 손에서 잡아챘다. "그딴 소린 듣고 싶지 않아!" 내가 아주 예민한 무언가를 건드린 모양이었다. 소녀는 있는 대로 화가 나서 씩씩거렸다. 나를 죽인 뒤 시체를 어떻게 처리할지 고민이란 듯이. 그러나 소녀가 채 결정을 내리기도 전에 골목 끝에서 고함소리가 들려왔다. 돌아보니 술집 남자들이 각목과 농기구를 들고 나를 쫓아오고 있었다.

"뭐야? 도대체 무슨 짓을 한 거야?"

"날 죽이려는 사람이 너 말고도 또 있어."

소녀가 칼을 내 옆구리께로 내린 다음 내 셔츠 깃을 잡았다. "넌 내 포로야. 시키는 대로 하지 않으면 후회하게 해주겠어."

나는 항의하지 않았다. 몹시 화가 난 여자애와 술 취한 폭도들 중 어느 쪽이 더 나을지는 몰라도 최소한 이 여자애와 함께 있으면 대답을 들을 가능성이 있었다.

그녀가 나를 밀었고 우리는 함께 골목길을 달렸다. 골목을 반쯤 달리다가 그녀가 나를 한옆으로 끌었고 우리는 빨래 밑으로 지나가서 철망을 뛰어넘어 조그만 오두막집의 앞뜰로 들어갔다.

"이쪽!" 그녀가 속삭였다. 그녀는 쫓아오는 사람이 없는지 확인한 다음 토탄 연기가 자욱한 집 안으로 나를 이끌었다.

소파에 잠든 늙은 개 한 마리 외에는 집 안에 아무도 없었다. 개가 한쪽 눈을 뜨고 우릴 쳐다보다가 별 볼 일이 없다고 생각했는지 도로 잠들었다. 우리는 창가로 달려가 벽에 바짝 붙어 창밖을 내다보며 귀를 기울였다. 날 데리고 들어온 소녀는 한 손으로 내 팔을 잡고 칼로 내 옆구리를 겨누고 있었다.

1분이 지났다. 남자들의 소리는 멀어졌다가 다시 돌아왔기 때문에 그들이 정확히 어디 있는지 분간하기가 힘들었다. 나는 허름한 집 안을 눈으로 훑었다. 케르놉치고도 지나치게 허름했다. 한구석에 손으로 짠 바구니들이 포개어져 있었고 거대한 석탄 아궁이 앞에 올이 굵은 삼베를 씌운 의자가 하나 놓여 있었다. 맞은편 벽에는 달력이 걸려 있었다. 우리가 서 있는 자리에서는 너무 어두워서 잘 보이지 않았지만 그 달력을 바라보는 순간 이상한 생각이 들었다.

"올해가 몇 년도지?"

내가 묻자 소녀가 입 닥치라고 했다.

"나 지금 심각해." 내가 중얼거렸다.

소녀가 잠시 이상하다는 듯한 표정으로 나를 바라보았다. "무슨 꿍꿍이야? 궁금하면 네가 직접 가서 봐." 그녀가 나를 달력 쪽으로 밀었다.

달력의 윗부분에는 열대의 풍경을 배경으로 앞머리를 내리고 촌스러운 수영복을 입은 여자들이 미소 짓고 있는 흑백사진이 있었다. 그 사진 위에 '1940년 9월'이라고 적혀 있었고 9월의 첫째 날과 둘째 날에 X 표가 쳐져 있었다.

나는 일종의 무감각 상태에 빠져들었다. 오늘 아침에 보았던 모든 이상한 것들. 갑작스럽게 바뀐 날씨. 내가 알던 사람들이 아닌 낯선 사람들이 살고 있는 섬. 내 주위에 펼쳐진 모든 것이 오래되어 보였고 그래서 더욱 낯설었던 일. 그 모든 것이 벽에 걸린 달력으로 설명이 되었다.

1940년 9월 3일. 도대체 어떻게 된 걸까?

그때 할아버지가 마지막으로 했던 말이 떠올랐다. 노인의 무덤 건너편. 그 말을 결코 이해할 수 없었다. 할아버지가 유령 이야기를 한 걸지도 모른다고 생각했다. 할아버지가 이곳에서 알았던 아이들이 전부 다 죽었으니까. 그러나 그것은 지나치게 시적인 해석이었다. 할아버지는 직설적인 표현을 좋아하는 사람이었다. 은유나 암시는 즐기지 않았다. 할아버지는 내게 방향을 정확히 일러주었다. 단지 설명할 시간이 없었을 뿐이었다. '노인'은 마을 사람들이 '늪지 소년'이라고 부르는 소년의 시신이었고 돌무덤이 곧 소년의 무덤이었다. 오늘 아침 나는 그곳에 들어갔다가 다른 곳으로 나왔다. 1940년 9월 3일로.

그 모든 사실을 한꺼번에 깨닫는 순간 집이 거꾸로 뒤집히면서 무릎이 풀렸고 나의 맥박과 함께 고동치는 칠흑 같은 어둠 속으로 온 세상이 사라져버렸다.

ℊ

정신을 차려보니 손이 아궁이에 묶인 채 바닥에 누워 있었다. 소녀는 신경질적으로 집 안을 서성거리면서 자기 자신과 토론을 벌이고 있었다. 나는 눈을 감은 채 귀를 기울였다.

"와이트가 분명해. 그렇지 않고서야 왜 오래된 집 주위를 배회하고 있겠어?"

"그러게 말이야. 하지만 쟨 아무것도 모르는 눈치던데?" 누군가의 목소리가 들렸다. 그러니까 그 여자애 혼자서 떠들고 있는 게 아니었다. 그러나 내가 누워 있는 곳에서는 남자의 모습이 보이지 않았다.

"자기가 루프에 들어온 줄도 모른단 거야?"

"네가 직접 물어봐." 여자가 나를 가리키며 말했다. "에이브의 손자가 이렇게 멍청하다는 게 말이 돼?"

"와이트가 멍청한 건 말이 되고?" 젊은 남자의 목소리였다. 고개를 살짝 들고 방 안을 둘러보았지만 남자의 모습은 여전히 보이지 않았다.

"멍청한 척하는 와이트는 말이 되지." 여자애가 대답했다.

어느새 잠에서 깨어난 개가 다가와 내 얼굴을 핥았다. 나는 눈을 꼭 감고 무시하려 했지만 개의 혓바닥 목욕이 얼마나 질퍽거리고 역겹던지 일어나 앉을 수밖에 없었다.

"일어났다!" 여자애가 소리치더니 조롱하듯 한 차례 박수를 쳤다. "너 연기력이 대단하더라! 특히 기절하는 장면이 좋던데. 배우의 길을 포기하고 살인과 식인의 길로 나설 때 다들 훌륭한 배우를 잃었다고 안타까워했겠어."

결백을 주장하려 입을 벌렸다가 내 쪽으로 물컵이 둥둥 떠오르는 것을 보고 입을 다물었다.

"일단 물 좀 마셔. 원장한테 데려가기도 전에 죽으면 안 되니까."

남자의 목소리는 텅 빈 공간에서 나오고 있었다. 손을 뻗어 컵을 받아들 때 새끼손가락이 보이지 않는 누군가의 손에 닿아서 하마터면 컵을 떨어뜨릴 뻔했다.

"어리바리하네." 남자애의 목소리였다.

"너 투명인간이구나!"

멍한 표정으로 내가 말했다.

"맞아. 밀라드 널링스라고 합니다! 분부만 하시죠!"

"이름 말하지 마!" 여자애가 소리쳤다.

"얘는 엠마야. 좀 예민한 편이지. 이미 눈치챘겠지만."

엠마가 소년을, 아니 소년이 있을 것으로 추정되는 공간을 쏘아보았지만 말은 하지 않았다. 컵이 내 손안에서 흔들렸다. 다시 내 처지를 설명하려 우물거렸지만 이번에는 창밖에서 들려오는 성난 사람들의 목소리에 내 목소리가 파묻혔다.

"조용히 해!"

엠마가 소리쳤다.

창가 쪽으로 걸어가는 밀라드의 발소리가 들렸고 블라인드가 조금 젖혀졌다.

"어떤 상황이야?" 엠마가 물었다.

"집집마다 수색을 하고 있어. 여기 있으면 안 되겠어."

"그렇다고 나갈 수도 없잖아."

"나갈 수 있을걸. 하지만 확실히 하기 위해서 노트를 좀 확인해볼게." 블라인드가 닫혔고 조그만 가죽 제본 노트가 탁자 위에 붕 떠서 공중에서 펼쳐졌다. 노트를 넘기면서 밀라드가 흥얼거렸다. 1분 뒤 그가 노트를 탁 덮었다.

"역시 내 생각이 맞았어!" 그가 말했다. "잠깐만 기다리면 저 문을 열고 곧장 나갈 수가 있어."

"미쳤어? 고릴라들이 벽돌을 들고 쫓아오는데?"

"지금부터 벌어질 일이 우리보다 훨씬 더 재미있을걸? 분명히 말하는데, 이번에 놓치면 앞으로 몇 시간 동안 이런 기회 없어."

그들이 내 줄을 풀어준 다음 문 쪽으로 데리고 갔다. 우리는 문 앞에서 몸을 웅크리고 기다렸다. 잠시 후 바깥에서 남자들의 고함 소리보다 더 큰 소리가 들려왔다. 엔진 소리였다. 소리로 보아 전투기 수십 대가 몰려오는 것 같았다.

"밀라드! 정말 멋진 생각이다!" 엠마가 소리쳤다.

그가 코웃음을 쳤다. "언제는 내 연구가 시간낭비라더니!"

엠마가 손을 손잡이에 올려놓고 내 쪽으로 돌아섰다. "내 팔을 잡아. 뛰지 말고 아무 일도 없는 것처럼 행동해." 엠마가 칼을 치우면서 만약 내가 달아나려고 하면 죽기 직전에 한 번 더 칼을 보게 될 거라고 말했다.

"어차피 죽일 셈인지 내가 어떻게 알아?"

엠마가 잠시 생각하더니 말했다. "물론 그건 알 수 없지." 그러고 나서 문을 밀었다.

☙

거리는 사람들로 북적였다. 그런데 아까 보았던 술집 남자들은 물론 심각한 표정의 가게 주인들, 여자들, 마부들이 하던 일을 멈추고 목을 길게 빼고 하늘을 보고 있었다. 그다지 멀지 않은 곳에 나치의 전투기가 완벽한 대열을 이루며 비행하고 있었다. 마틴의 박물관에서 그런 전투기들의 사진을 본 적이 있었다. 제목은 〈포위된 케르놈〉이었다. 이 얼마나 이상한 일인가! 여느 때와 다를 것 없었던 어느 날 오후, 언제 폭탄을 투하할지 모르는 적의 전투기 밑에 서 있는 것은.

우리는 최대한 태연하게 거리를 가로질렀다. 엠마는 내 팔을 세게 움켜잡았다. 거의 골목 끝에 이르러서 마침내 누군가가 우리를 알아보았고 고함 소리가 들려서 돌아보니 남자들이 우리를 쫓아오고 있었다.

우리는 달리기 시작했다. 골목은 비좁았고 마구간들이 빼곡하게 들어서 있었다. 골목을 반쯤 달렸을 때 밀라드가 말했다. "내가 돌아가서 놈들을 교란시킬게. 정확히 5분 30초 있다 술집 뒤에서 만나."

그의 발소리가 우리에게서 멀어졌고 마침내 골목 끝에 이르자 엠마가 나를 세웠다. 뒤를 돌아보니 밧줄이 자갈길 위에서 발목 높이로 낮게 날아가고 있었다. 밧줄은 남자들의 발에 감겼고 그 바람에 남자들이 밧줄 위로, 그리고 진흙탕 위로 쓰러지면서 거리는 온통 팔다리들이 허우적거리는 무덤이 되었다. 엠마가 환호성을 내뱉었고 얼핏 밀라드의 웃음소리도 들린 것 같았다.

우리는 계속 달렸다. 왜 엠마가 밀라드를 프리스트 홀에서 만나기로 했는지는 알 수 없었다. 그곳은 아이들의 집이 아닌 부두 방향이었다. 그러나 어차피 밀라드가 전투기의 출현 시간을 어떻게 그렇게 정확히 예측할 수 있었는지도 모르는 마당이라 굳이 묻지 않았다. 술집에 이르자 엠마는 사람들 몰래 술집 뒤쪽으로 가지 않고 술집 문을 확 열어젖히며 나를 안으로 밀어 넣었다. 그 순간 들키지 않고 몰래 들어가려는 나의 바람은 무참히 짓밟혔다.

술집 안에는 바텐더 말고는 아무도 없었다. 나는 돌아서며 얼굴

을 숨겼다.

"아저씨!" 엠마가 말했다. "맥주 언제부터 되나요? 굶주린 인어처럼 목이 마른데!"

그가 웃었다. "꼬마 아가씨한텐 술 안 파는데?"

"걱정 마세요!" 엠마가 손바닥으로 바를 내리치며 말했다. "최고급 캐스트 스트랭스(병에 넣을 때 통 속의 위스키를 물과 섞지 않고 그대로 담았다는 뜻-옮긴이)로 한 잔 주세요. 물 타서 파는 오줌 같은 위스키 말고요."

밀라드의 밧줄 묘기에 버금가는 무언가를 보여주려고 엠마가 허세를 부리는 것 같았다.

바텐더가 몸을 숙였다. "아주 센 걸로 달라 이거지?" 그가 음탕하게 웃으며 물었다. "아빠 엄마한텐 절대 말하지 마라. 말했다간 순경하고 목사가 같이 날 잡으러 올 테니까." 그가 말하며 시커멓고 사악해 보이는 액체가 든 유리병을 꺼내 컵 가득 따랐다. "저기 있는 네 친구는? 벌써 곤드레만드레 취했나?"

나는 벽난로를 바라보는 척했다.

"수줍은 친구로구나. 어디서 왔니?"

"미래에서 왔대요. 제가 보기엔 완전히 머리가 돈 거 같아요."

바텐더의 표정이 묘하게 변했다. "뭐?" 그가 물었다. 다음 순간 나를 알아본 모양이었다. 그가 소리를 지르면서 위스키 병을 세게 내려놓고 내 쪽으로 달려왔다.

나는 달아날 채비를 했지만 바텐더가 바 앞으로 나오기도 전에 엠마가 나서더니 그가 따라준 술을 사방에 뿌렸다. 그러고 나서 엠마는 놀라운 묘기를 선보였다. 바 위에 쏟은 술에 엠마가 손바닥을 대는 순간 30센티미터 높이의 불길이 치솟았다.

바텐더가 고함을 지르며 타월로 불길을 잡으려 애썼다.

"이쪽이야, 포로!" 엠마가 소리치며 내 팔을 벽난로 쪽으로 끌었다. "여길 잡고 들어 올려!"

그녀가 무릎을 꿇고 손가락을 마룻널 틈에 넣었다. 나도 손가락을 그녀의 손 옆에 넣었고 우리는 힘을 합쳐 작은 나무판을 들어냈다. 내 몸이 겨우 들어갈 정도의 구멍이 하나 나왔다. 프리스트 홀이었다. 연기가 방 안을 채우고 바텐더가 불길을 잡으려 애쓰는 동안 우리는 차례로 구멍 속으로 들어갔다.

구멍은 1미터 정도 높이의 사람이 간신히 기어갈 수 있을 만큼 좁은 굴로 이어졌다. 굴속은 칠흑 같은 어둠이었지만 어느 순간 보드라운 오렌지색 불빛이 환하게 밝혀졌다. 엠마가 손으로 횃불을 만든 것이다. 손바닥 바로 위에서 작고 동그란 불길이 타올랐다. 나는 내가 처한 상황을 완전히 잊고 멍하니 그 불길을 바라보았다.

"빨리 가!" 엠마가 나를 밀치며 소리쳤다. "저 아래 문이 있어."

우리는 막다른 길에 이를 때까지 계속 기었다. 엠마가 나를 지나 똑바로 앉은 다음 양쪽 발꿈치로 문을 밀었다. 환한 햇살 속으로 문이 열렸다.

"거기 있었군! 한 건 하고 싶어서 참을 수가 없었지?" 우리가 골목으로 들어설 때 밀라드의 목소리가 들렸다.

"무슨 뚱딴지 같은 소리야?" 엠마가 말했지만 무척 흡족하고 있다는 것을 느낄 수 있었다.

밀라드가 마차 쪽으로 우리를 안내했다. 마치 우리를 위해 미리 대기시켜놓은 것 같았다. 우리는 방수포를 씌운 뒷좌석에 탔다. 때마침 한 남자가 다가와 말을 타고 고삐를 당겼고 마차는 쏜살같이 달리기 시작했다.

우리는 한동안 말없이 달렸다. 주위에서 들려오는 소음으로 보아 마을로 향하고 있음을 알 수 있었다.

나는 용기를 내어 물었다. "여기 마차가 기다리고 있단 걸 어떻게 알았어? 전투기는? 혹시 너희 심령술사야?"

"아니!" 엠마가 코웃음을 치며 말했다.

"어제도 일어난 일이니까." 밀라드가 대답했다. "그리고 그 전날에도. 너희 루프에선 안 그래?"

"우리 뭐?"

"얘는 루프에서 온 게 아니야. 말했잖아. 얘 와이트라고." 엠마가 목소리를 낮추며 말했다.

"아닐걸! 와이트라면 저렇게 산 채로 너한테 잡힐 리가 없어."

"얘들아! 난 너희들이 생각하는 그런 사람이 아니야. 그게 도대체 무언지는 몰라도. 난 제이콥이야."

"그야 두고 보면 알 거고, 일단 지금은 입 다물어." 그녀가 손을 뻗어 방수포를 조금 걷었다. 움직이는 푸른 하늘이 한 조각 드러났다.

제6장
chapter six

마지막 집을 지난 뒤 우리는 소리 없이 마차에서 내려 산을 넘어 숲으로 향했다. 엠마는 아무 말 없이 생각에 잠긴 채 단 한 번도 내 팔을 놓지 않고 걸었고 반대편에서는 밀라드가 콧노래를 부르며 이따금 돌멩이를 걷어차며 걸었다. 나는 긴장했고 당황했지만 한편으로는 불안할 정도로 설렜다. 뭔가 엄청난 일이 일어날 것만 같았다. 그러나 한편으로는 언제든 이 요란한 꿈, 설레는 모험에서 깨어나 스마트 에이드 휴게실 탁자에 엎드려 침을 흘리며 자고 있는 내 모습을 발견할 것만 같았다. 별 희한한 꿈도 다 있네 생각하면서 익숙하고 따분한 일상으로 돌아갈 것만 같았다.

그러나 나는 잠에서 깨어나지 않았다. 우리는 계속 걸었다. 손으로 불을 만들 수 있는 소녀와 투명인간 소년이 내 곁에서 걷고 있었다. 우리는 숲을 가로질렀다. 숲길이 마치 국립공원 산책로처럼 널찍하고 깨끗했다. 마침내 곳곳에 꽃들이 핀 넓은 풀밭과 깔끔하게 손질

된 채소밭이 눈에 들어왔다. 아이들의 집에 도착한 것이었다.

나는 멍하니 집을 바라보았다. 흉측해서가 아니라 너무 아름다워서. 어그러진 지붕널도 깨어진 유리도 보이지 않았다. 무너져 내려앉았던 뾰족탑들과 굴뚝들은 당당하게 하늘을 향하고 있었다. 벽을 집어삼킨 것 같았던 숲은 적절한 거리를 두고 떨어져 있었다.

나는 일행을 따라 판석이 깔린 길을 걸었고 깨끗하게 페인트칠한 현관 계단을 올랐다. 엠마는 더 이상 나를 위험하다고 생각하는 것 같진 않았지만 안으로 들어가기 전에 내 손을 뒤로 묶었다. 아무래도 연출용인 것 같았다. 엠마는 집으로 돌아오는 사냥꾼인 척하고 있었고 나는 그녀의 사냥감이었다. 엠마가 나를 안으로 데리고 들어가려는 순간 밀라드가 나를 잡았다.

"신발이 진흙투성이네. 진흙발로 들어오게 할 순 없어. 새가 난리칠걸." 사냥꾼들이 기다리는 동안 나는 신발과 진흙투성이 양말을 벗었다. 밀라드가 카펫에 끌리지 않도록 바짓단을 걷으라고 했다. 내가 시키는 대로 하자 엠마가 조급하게 나를 잡아당겨선 문 안쪽으로 밀어 넣었다.

계단까지 가기도 힘들 정도로 부서진 가구들이 널려 있던 거실은 반짝반짝 광이 났고 식당과 계단 난간 위에 호기심 어린 얼굴들이 나를 쳐다보고 있었다. 식당에는 눈처럼 내리던 회반죽 대신 긴 식탁과 의자가 있었다. 내가 둘러보았던 바로 그 집이었지만 모든 것이 깨끗하게 복구되어 있었다. 푸르스름한 곰팡이가 피었던 자리는 벽지와 목재, 화사한 색상의 페인트로 바뀌었고 꽃병마다 꽃들이 가득했다. 곳곳에 쌓여 있던 썩은 나무들과 천 조각들은 푹신한 소파와 안락의자들이 되었고, 검은 칠을 한 것처럼 시커멨던 창문으로 환한 햇살이 스며들었다.

　마침내 우리는 집 뒤쪽 정원이 내다보이는 조그만 방에 이르렀다. "원장님한테 말씀드리는 동안 잘 붙잡고 있어." 엠마가 밀라드에게 말했다. 내 팔꿈치를 잡는 것이 느껴졌지만 엠마가 떠나자 밀라드는 손을 놓았다.

　"내가 네 뇌를 씹어 먹을까봐 무섭지 않아?" 내가 밀라드에게 물었다.

　"뭐? 별로."

　나는 창밖을 내다보았다. 감탄이 절로 나왔다. 아이들이 뛰어놀고 있었다. 빛바랜 사진 속에서 보았던 바로 그 아이들이었다. 나무 그늘에 앉아 있는 아이들도 있었고 갖가지 빛깔로 피어난 꽃밭을 뛰어다니는 아이들도 있었다. 할아버지가 얘기해주었던 바로 그 천국의 모습이었다. 이곳이 바로 신비의 섬이었고 이 아이들이 이상한 아이들이었다. 꿈을 꾸고 있는 거라면 깨어나고 싶지 않았다. 적어도 아직은.

　저만치 풀밭에서 한 소년이 세게 찬 공이 커다란 동물 모양으로 깎아놓은 나무로 날아가 가지 사이에 끼어버렸다. 풀밭에는 동물 모양으로 깎아놓은 나무가 여러 그루 있었다. 집채만 한 동물들이 집을 호위하고 있었다. 날개를 펼친 그리핀(독수리의 머리와 날개에 사자 몸을 한 괴수-옮긴이)도 있었고, 뒷다리로 선 켄타우로스(그리스 신화에 나오는 반인반마의 괴물-옮긴이)와 인어들도 있었다. 두 소년이 공을 쫓아 켄타우로스 밑에 섰고 그 뒤로 어린 여자아이가 쫓아왔다.

　할아버지의 사진에서 보았던 공중부양 소녀임을 바로 알아볼 수가 있었다. 지금은 공중에 떠 있지 않았고 천천히 걸었다. 내딛는 발걸음 하나하나가 마치 약한 중력에 의존한 듯 겨우 땅에 붙어 있었다.

소녀가 다가와 팔을 들자 두 소년이 그녀의 허리에 밧줄을 묶었
다. 조심스럽게 신발을 벗는 순간 소녀는 마치 풍선처럼 천천히 하늘
로 날아올랐다. 놀라운 광경이었다. 밧줄이 단단하게 당겨질 때까지
거의 3미터 높이까지 계속 올라갔다.

어느 순간 소녀가 뭐라고 말하자 아이들이 고개를 끄덕인 뒤 밧
줄을 더 풀었다. 소녀는 켄타우로스의 옆쪽으로 다가가서 가슴 부근
에 손을 넣었지만 꺼내기엔 공이 너무 깊숙이 박혀 있었다. 소녀가 내
려다보며 고개를 저었고 두 소년이 밧줄을 잡아당겨서 그녀를 땅에
내려놓았다.

"재미있어?" 밀라드가 물었다. 나는 말없이 고개를 끄덕였다. "쉽
게 꺼낼 방법이 있는데 쟤들도 관객이 있는 걸 알아서 저러는 거야."

밖에서는 다른 소녀가 켄타우로스에게 다가가고 있었다. 10대
후반으로 보였고 인상이 거칠었고 머리카락은 얼마나 엉켰는지 레
게 머리 수준이었다. 소녀가 몸을 숙이더니 켄타우로스의 길고 북슬
북슬한 꼬리를 양팔로 붙잡은 뒤 집중을 하려는 듯 눈을 감았다. 잠
시 후, 켄타우로스의 손이 꿈틀거렸다. 나는 켄타우로스 나무를 뚫어
지게 쳐다봤다. 아마도 바람에 조금 움직인 모양이라고 생각하면서.
그런데 마치 감각이 되살아나는 듯 켄타우로스의 손가락 하나하나가
꿈틀거리기 시작했다. 나는 기가 막혀서 그저 멍하니 바라만 보고 있
었다. 그런데 켄타우로스가 거대한 팔을 굽혀 가슴 속에서 공을 꺼내
아이들에게 던져주는 게 아닌가! 다시 공놀이가 시작되었고 사자 갈
기 머리 소녀가 꼬리를 내려놓았다. 켄타우로스는 움직임을 멈추었다.

내 곁에 다가선 밀라드의 숨결이 유리창에 안개를 드리웠다. 나

는 충격에 휩싸인 채 그에게로 돌아섰다.

"저기, 이런 거 물어봐도 될지 모르겠는데, 너희는 도대체 뭐야?"

"우린 이상한 아이들이야. 넌 아니야?"

밀라드가 조금 당황한 듯한 목소리로 대답했다.

"아마 난 아닐걸? 아닌 거 같아."

"안됐다."

"왜 풀어줬어?" 돌아보니 엠마가 문간에 서 있었다. "가자. 원장님
이 기다리셔."

문틈이나 소파 뒤로 내민 호기심 어린 눈동자들을 지나쳐서 환
한 방으로 들어섰다. 섬세한 페르시아산 양탄자가 깔린 거실의 높은
의자에 특이하게 생긴 여자가 앉아 뜨개질을 하고 있었다. 머리부터
발끝까지 옷으로 감추었고 머리는 정수리에 완벽한 동그라미로 틀어
올려 핀으로 고정했다. 레이스 장갑을 끼고 있었고 깃이 높은 블라우
스 단추를 목까지 채웠다. 어린이집처럼 지나칠 정도로 깔끔한 인상
이었다. 부서진 가방에서 그녀의 사진을 본 기억은 없었지만 누구인
지 짐작이 갔다. 페러그린 원장이었다.

나를 양탄자 위로 이끌며 엠마가 헛기침을 하자 규칙적으로 움
직이던 페러그린의 바늘이 멈추었다.

"어서 와라. 네가 제이콥인가 보구나." 고개를 들면서 여자가 말
했다.

엠마는 깜짝 놀랐다. "애 이름을 어떻게……."

"난 페러그린 원장이야." 손가락을 들어 엠마의 말을 막으며 그녀가 말했다. "넌 우리 집에 살지 않았으니까 페러그린 양이라고 불러도 좋아. 마침내 만나게 되어서 반갑다."

페러그린이 장갑 낀 손을 내밀었다. 하지만 내가 그 손을 잡지 못하고 우물쭈물하자, 그제야 내 손이 묶여 있음을 알아차렸다.

"엠마! 왜 이런 짓을 했지? 손님을 이런 식으로 맞이하다니! 당장 풀어줘!"

"하지만 원장님! 얘는 스파이고 거짓말쟁이고 또 무슨 짓을 할지 모른다고요!" 못 미더운 눈길로 나를 바라보던 엠마가 원장의 귀에 무언가를 속삭였다.

"어쩜, 엠마!" 페러그린이 웃음을 터뜨렸다. "그런 말도 안 되는 상상을 하다니! 만약 이 아이가 와이트라면 넌 벌써 가마솥에 들어갔을걸! 얘는 에이브러햄 포트먼의 손자야. 한번 찬찬히 보렴!"

안도감이 밀려들었다. 마침내 내 신분을 설명할 필요가 없어진 셈이었다. 페러그린은 나를 기다리고 있었다!

엠마가 뭐라고 항의하려는 듯했지만 페러그린이 위협적인 눈빛으로 엠마의 말을 막았다. "알겠어요, 원장님. 하지만 전 분명히 경고했어요." 엠마가 한숨을 쉬고 내 손의 밧줄을 풀었다.

밧줄에 쓸려 빨갛게 된 손목들을 문지르는 동안 페러그린이 말했다. "엠마, 제이콥에게 사과해라." 그리고 나를 바라보며 "얘가 좀 극적인 걸 좋아해서." 라고 덧붙였다.

"안 그래도 그렇게 생각하던 참이었어요."

내 말에 엠마가 코웃음을 쳤다. "만약 얘 말이 사실이라면 왜 루프에 대해서 아무도 몰라요? 왜 여기가 몇 년도인지도 모르죠? 원장님이 직접 물어보세요."

"'아무도'가 아니라 '아무것도'라고 해야지."

페러그린이 정정했다.

"그리고 내가 묻고 싶은 학생은 바로 너야. 내일 오후, 문법에 대해서 물어보마."

엠마가 신음 소리를 냈다.

"엠마, 제이콥하고 단둘이 얘기 좀 할 수 있을까?"

실랑이해봐야 소용없으리라는 것을 안다는 듯 엠마가 한숨을 쉬며 돌아섰다. 그러나 돌아서기 직전에 어깨 너머로 나를 쳐다보았다. 그 얼굴에 지금껏 한 번도 본 적 없는 감정이 드리워져 있었다. 걱정이.

"너도, 밀라드!" 페러그린이 소리쳤다. "예의바른 사람은 절대 남의 대화를 엿듣지 않아!"

"혹시 차를 드시고 싶으신지 여쭈어보려고 기다린 것뿐이랍니다!" 아양을 떠는 듯한 목소리로 밀라드가 말했다.

"차는 됐어." 페러그린이 단호히 대답했다. 밀라드의 맨발이 바닥을 스치는 소리가 들렸고 그가 나간 뒤 문이 닫혔다.

"앉으라고 권해야 옳겠지만," 페러그린이 내 뒤쪽의 푹신한 의자를 가리킨 뒤 "온통 진흙투성이라 좀 그렇구나"라고 덧붙였다. 나는 의자 대신 바닥에 주저앉았다. 모든 것을 알고 있는 예언자에게 조언을 구하는 순례자가 된 것 같은 기분이었다.

"섬에 들어온 지 벌써 며칠이 지났는데 왜 이제야 찾아왔지?" 페러그린이 물었다.

"여기 계신지 몰랐거든요. 제가 온 걸 어떻게 아셨어요?"

"계속 지켜보고 있었단다. 너도 날 봤어. 알아보지 못했을 뿐이지. 내 다른 모습을 봤잖아." 그녀가 손을 뻗어 머리카락에서 긴 회색 깃털을 뽑았다. "사람들을 관찰할 땐 새의 몸으로 다니는 게 훨씬 편하거든."

나는 입을 쩍 벌렸다. "오늘 아침 제 방에 오셨던 매가 원장님이었어요?"

"송골매." 그녀가 정정했다.

"그럼 사실이었군요! 원장님이 바로 새였어요!"

"새는 내 별칭인데 별로 권하고 싶진 않구나. 이번엔 내가 하나 묻자. 폐허가 된 집에서 무얼 찾고 있었지?"

"원장님요." 내 대답에 그녀의 눈이 휘둥그레졌다. "어디로 가야 할지 알지 못했어요. 어제 처음으로 원장님이……."

하던 말을 멈추었다. 다음에 할 말이 얼마나 이상하게 들릴까 하면서. "어제 처음으로 원장님이 죽었다는 걸 알았거든요."

그녀가 어색한 미소를 지었다. "저런! 네 할아버지한테서 옛 친구들에 대해 아무 얘기도 못 들었니?"

"몇 가지는 얘기해주셨어요. 하지만 아주 오랫동안 다 할아버지가 지어낸 얘기라고 생각했어요."

"그랬구나." 그녀가 대답했다.

"불쾌해하지 않으셨으면 좋겠어요."

"좀 놀란 것뿐이야. 사실 우린 사람들이 그렇게 생각해주길 바라고 있단다. 그래야만 불청객들을 차단할 수 있으니까. 그런 것들을 믿는 사람들은 갈수록 줄어들고 있지. 요정이나 악귀 같은 황당한 얘기들 말이야. 그게 사실인지 확인하려고 애쓰지도 않아. 덕분에 우리 삶도 훨씬 더 편안해졌지. 유령 이야기나 폐허가 된 으스스한 집에 얽힌 이야기들도 우리한텐 오히려 도움이 되었어. 물론 너한텐 먹히지 않았지만." 그녀가 미소를 지었다. "담이 큰 게 너희 집안 내력인가 보다."

"그런가 봐요." 지금 당장 정신을 잃고 쓰러질 것 같았지만 억지로 미소를 지으며 내가 말했다.

"어쨌든 넌 이 집이," 그녀가 집 안을 손으로 빙 두른 뒤 말을 이었다. "네가 어렸을 때 할아버지가 들려준 이 집에 대한 이야기가 전부 다 지어낸 거라고 생각했던 거지? 다 거짓말이라고 생각했던 거지? 내 말이 맞니?"

"거짓말이라고까지 말하고 싶진 않지만……."

"허구, 허풍, 헛소리? 어떤 용어를 써도 결국 다 마찬가지지. 에이브러햄이 진실을 말했다는 걸 언제 알았니?"

"글쎄요." 나는 카펫의 기하학적인 무늬를 바라보았다. "바로 지금 깨닫는 중인 거 같아요."

생기 넘쳤던 페러그린의 표정이 조금 맥이 빠지는 것 같았다. "그렇구나." 그 순간 그녀의 표정이 굳어졌다. 마치 그녀와 나 사이에 드리워진 짧은 침묵 속에서 내가 그녀에게 나쁜 소식을 전하러 왔다는 사실을 깨달았다는 듯이. 그래도 그 말을 꺼내기는 쉽지 않았다.

"할아버지는 제게 모든 걸 설명하고 싶으셨을 거예요. 하지만 너무 오래 미루셨어요. 그래서 결국 절 이곳에 보내서 원장님을 만나보게 하신 거죠." 내가 재킷 주머니에서 구겨진 편지를 꺼냈다. "원장님 거예요. 이것 때문에 전 여기에 왔어요."

페러그린은 의자 팔걸이에 편지를 반듯하게 펴서 들고 입술을 달싹이며 편지를 읽어 내려갔다. "내가 이렇게 예의 없는 편지를 썼다니! 답장을 해달라고 애원하다시피 했구나!" 페러그린은 안타깝다는 듯 고개를 저었다. "우린 늘 에이브의 소식을 기다렸어. 한 번은 내가 에이브한테 말했지. 험한 세상에 혼자 나가서 살겠다니 내가 걱정하다가 죽는 꼴을 보고 싶으냐고. 하여간 고집이 얼마나 센지, 원!"

그녀가 편지를 접어 봉투에 넣었다. 얼굴에 먹구름이 드리워졌다. "죽었구나. 그렇지?"

내가 고개를 끄덕였다. 나는 머뭇거리며 그날의 사고를 설명했다. 경찰이 결론지은 사건의 정황이었고 수없이 오랜 시간 상담을 거치면서 나 역시 믿게 된 이야기였다. 울음을 터뜨리지 않기 위해 최대한 간단히 설명했다. 할아버지가 외곽에서 살고 있었고 가뭄이 오래 계속되었기 때문에 숲 속에 굶주린 짐승들이 많았고, 어쩌다 보니 애먼 시간에 숲에 들어가게 되었다고. "혼자 사시도록 하는 게 아니었어요. 하지만 말씀하신 대로 워낙 고집이 센 분이라서."

"이런 일이 닥칠까봐 두려웠어. 그래서 떠나지 말라고 그렇게 말렸건만……." 그녀가 무릎 위에 내려놓았던 뜨개바늘을 힘껏 움켜쥐었다. 그것으로 누굴 찌를지 고민하는 것 같은 표정으로. "결국 가엾은 손자에게 나쁜 소식을 전하게 만들었군."

페러그린의 분노를 이해할 수 있었다. 나 역시 그런 감정 상태를 거쳤기 때문이었다. 나는 그녀를 위로하려 애썼다. 지난가을 내내, 가장 암울했던 시간에 부모님과 골란 박사가 내게 말해주었던 반쪽짜리 진실들을 읊조리면서. "가야 할 때가 되신 거겠죠. 아마 외로우셨을 거예요. 할머니는 이미 오래전에 돌아가셨고 정신도 예전만큼 맑지가 않았어요. 자주 잊어버리고 헷갈리셨어요. 그래서 그날도 숲에 나가셨을 거예요."

페러그린은 슬픈 표정으로 고개를 끄덕였다. "스스로에게 늙어가는 걸 허락했으니까."

"어떻게 보면 운이 좋으셨어요. 길고 힘겨운 고통의 시간을 보내지 않았으니까요. 병원에 누워서 기계들을 주렁주렁 달고 계시지도 않았고요." 물론 헛소리였다. 할아버지의 죽음은 불필요하고 끔찍한 죽음이었다. 그러나 그렇게 말해야만 우리 둘 다 기분이 좀 나아질 것 같았다.

페러그린은 뜨개질감을 한옆으로 내려놓고 일어나 창가로 다가갔다. 한쪽 다리가 다른 다리보다 짧은 것처럼 발걸음이 뻣뻣하고 어색했다.

그녀는 아이들이 놀고 있는 정원을 바라보았다. "아이들한텐 알리지 마라. 적어도 당분간은. 알게 되면 괜히 동요할 테니까."

"원장님이 원하시는 대로 할게요."

페러그린은 한동안 잠자코 창가에 서 있었다. 어깨가 잠시 떨렸다. 그러나 마침내 나에게로 돌아섰을 때는 다시 침착하고 사무적인 표정으로 돌아와 있었다. "내 질문은 이 정도면 됐고. 너도 나한테 질문이 있겠지?"

"몇 개 안 돼요. 한 천 개 정도?"

그녀가 주머니에서 회중시계를 꺼내 시간을 확인했다. "저녁식사 전에 시간이 좀 있구나. 네 궁금증을 해결하기에 충분한 시간이길 바란다."

페러그린은 잠시 멈추어 서서 고개를 갸우뚱했다. 그러다가 갑자기 문을 홱 열고 문 뒤에 엠마가 웅크리고 앉은 걸 발견했다. 엠마의 얼굴은 온통 눈물범벅이었다. 이야기를 엿듣고 있었던 것 같았다.

"엠마! 엿들었구나!"

엠마가 흐느껴 울며 힘겹게 일어섰다.

"예의바른 사람은 절대 남의 대화를……." 원장의 말이 채 끝나기도 전에 엠마는 돌아서서 어디론가 뛰어갔고 페러그린 원장은 분노의 한숨을 내쉬었다. "버르장머리하고는……. 하지만 네 할아버지 문제에 대해서만은 민감할 수밖에 없겠지."

"그런 것 같더라고요. 이유가 뭐죠? 혹시 두 사람이……."

"에이브러햄이 전쟁터로 떠날 때 우리 모두 무척 상심했어. 엠마가 특히 그랬지. 두 사람은 서로의 숭배자였고 연인이었으니까."

엠마가 왜 내 말을 믿기 힘들어했는지 그제야 알 것 같았다. 내가 이곳에 온 것은 할아버지에 대한 나쁜 소식을 전하기 위해서일 확률이 높았을 것이다.

마치 마법을 깨듯 페러그린이 박수를 쳤다. "하지만 이미 닥친 일을 어쩌겠니?"

나는 그녀를 따라 방에서 나가 계단으로 향했다. 페러그린은 내 도움도 뿌리치고 비장한 표정으로 양손으로 난간을 짚어가며 한 번에 한 칸씩 계단을 올랐다. 그녀가 나를 복도 끝 서재로 안내했다. 서재에는 교실처럼 줄을 맞춘 책상들이 있었고 한쪽 구석에 칠판이 있었으며 먼지 앉은 책들이 책장에 가지런히 꽂혀 있었다. 페러그린이 내게 책상을 가리키며 앉으라고 했고 나는 의자에 앉았다. 그녀가 교실 앞에 나를 바라보고 섰다.

"우선 기본적인 것들을 설명해주마. 아마 네 질문의 대답 대부분이 여기 들어 있을 거야."

"네."

"인류는 인간들이 생각하는 것보다는 다양한 종족으로 구성되어 있단다. 호모 사피엔스 안에 어떤 분류가 있는지 실제로 아는 사람은 거의 없어. 이제 네가 그걸 아는 소수 중 한 명이 되겠지만. 인류는 두 분류로 나뉘어 있어. '코얼포크'라고 불리는 인류의 대다수를 이루고 있는 평범한 인간들과, '크립토사피엔스'라고 불리는 숨겨진 종족들이지. 우리 조상들이 쓰던 고어에서는 '신드리개스티', 아니면 '이상한 영혼'이라고 불렸어. 이쯤에서 너도 짐작할 수 있겠지만 여기 사는 우린 그중 후자에 해당된단다."

마치 이해했다는 듯 고개를 끄덕였지만 나는 그녀의 말을 좇아가지 못하고 있었다. 조금 대화를 늦추어보려고 질문을 던졌다.

"그럼 왜 아무도 당신들의 존재를 모르죠? 여기 있는 이 아이들이 이 종족의 전부인가요?"

"이상한 영혼들은 전 세계에 분포되어 있단다. 비록 그 숫자는 갈수록 줄어들고 있지만. 그들 모두 우리처럼 숨어서 살고 있지." 다정하고도 안타까워하는 듯한 목소리로 페러그린이 이야기를 이어갔다. "평범한 사람들하고 섞여 살던 시절도 있었단다. 우리 같은 사람들을 주술사나 신비로운 능력을 지닌 사람들로 여겨서 곤경에 처할 때마다 도움을 청하는 곳도 있었으니까. 몇몇 문화권에서 우리 같은 사람들과 평범한 사람들이 조화를 이루고 살았어. 주로 현대 산업이 들어오지 않고 대형 종교가 발을 들여놓지 못한 문화권들이었지. 이를테면, 흑마술(사람을 해하려는 목적으로 사용하는 마술-옮긴이)이 성행하는 뉴헤브리디스 제도의 암브림 섬처럼. 하지만 대부분의 국가에서는 이미 오래전에 사람들이 우리에게서 등을 돌렸어. 이슬람교도들도 우리를 추방했고 기독교인들은 마녀라며 불태워 죽였지. 심지어는 웨일스와 아일랜드의 이교도들마저도 우리를 사악한 마녀나 유령이라고 생각했어."

"당신들만의 나라를 세우면 되잖아요. 그래서 그곳에 다 같이 모여 살면 되잖아요."

"그게 그렇게 간단한 일이 아니란다. 이상한 유전자는 때로는 대를 뛰어넘는 경우도 있어. 10대를 뛰어넘는 경우도 있지. 이상한 아이들이 꼭 이상한 부모에게서 태어나는 건 아니란다. 이상한 부모들이라고 해서 반드시 이상한 아이들을 낳는 것도 아니고. 다른 사람과 다르게 태어난다는 것을 끔찍이도 두려워하는 세상에 산다는 것이 이상한 아이들에게 얼마나 위험한 일인지 상상이 가니?"

"평범한 부모들이라면 자기 아이가 어느 날 갑자기 손으로 불을 만들기 시작하면 말 그대로 기겁할 테니까요?"

"바로 그거야. 평범한 부모에게서 태어난 이상한 아이들은 종종 심하게 학대당하거나 방치된단다. 몇 세기 전만 해도 이상한 아이를 낳은 부모는 누군가 자기들의 진짜 아들이나 딸을 바꿔치기한 거라고 믿었어. 소설에나 나올 법한 사악하고 괴상하고 흉측한 아이로. 그런 생각들이 낳자마자 그런 아이들을 죽이거나 내다버리는 사람들에게 면죄부를 준 셈이지."

"끔찍하네요."

"끔찍하고말고. 그래서 어떻게든 손을 써야만 했어. 그래서 이상한 아이들이 평범한 사람들로부터 떨어져 살 수 있도록 나 같은 사람들이 집을 만든 거야. 이 집처럼 지리적으로, 그리고 시간적으로 격리된 집을. 난 이 집이 정말 자랑스럽단다."

"'나 같은 사람들'이라고요?"

"이상한 사람들은 평범한 사람들이 지니지 못한 능력을 지니고 있단다. 평범한 사람들이 피부색이나 생김새나 이목구비가 다른 것만큼 우리도 굉장히 다양한 능력을 지니고 있지. 사람의 마음을 읽는 것 같은 평범한 능력을 지닌 사람도 있지만 나처럼 시간을 조종하는 특별한 능력을 지닌 사람도 있어."

"시간을 조종한다고요? 새로 변할 수 있는 기술이 아니고요?"

"바로 거기 나의 기술이 있는 거란다. 새들만이 시간을 조종할 수 있거든. 모든 시간 조종사들은 새로 변신할 수가 있어."

페러그린이 진지한 표정으로, 너무도 아무렇지도 않게 말하고 있었기 때문에 따라가기가 쉽지 않았다. "그러니까 새들이…… 시간여행을 한다고요?" 내 얼굴에 얼빠진 미소가 번져가는 것을 느낄 수 있었다.

페러그린은 침착하게 고개를 끄덕였다. "하지만 대다수의 새들은 그저 이따금, 우연히 시간여행을 하게 될 뿐이란다. 우리처럼 의식적으로 시간을 조종하는 사람은, 그러니까 우리 자신을 위해서가 아니라 다른 사람들을 위해 시간을 조종하는 사람들을 '임브린'이라고 불러. 우린 시간의 루프를 만들어서 이상한 아이들이 영원히 살 수 있도록 돕고 있어."

"루프……." 할아버지의 말을 떠올리며 내가 중얼거렸다. 새를 찾아. 루프 속에서. "그럼 이곳이 바로 루프인가요?"

"물론. 너에겐 '1940년 9월 3일'로 이해하는 편이 더 쉽겠지."

내가 조그만 탁자 앞으로 몸을 숙였다. "그게 무슨 뜻이에요? 꼭 하루뿐이란 건가요? 그 하루만 계속 반복되나요?"

"반복되지. 물론 우리의 체험은 지속되고 있어. 그렇지 않으면 우리에게 전날 체험의 기억이 남아 있지 않을 테니까. 벌써 이곳에 산 지도 70년이 다 되어가는구나."

"대단하네요." 내가 말했다.

"물론 1940년 9월 3일 이전에도 이곳에 10년 이상 살았지. 이 섬의 독특한 지형 덕분에 공간적으로 고립된 상태로. 하지만 그날 이후 시간적으로도 분리할 필요가 있었어."

"왜요?"

"그렇지 않으면 우리 모두 죽었을 테니까."

"폭격 때문에요?"

"바로 그래."

나는 책상 표면을 바라보았다. 이제야 모든 것이 대충이나마 이해가 되었다. "이 루프 말고도 다른 루프들이 있나요?"

"물론 여러 개 있지. 루프들을 관장하는 임브린들은 모두가 내 친구야. 어디 보자……. 아일랜드에는 개닛(북양 가마우지-옮긴이) 원장이 있어. 거긴 1770년 6월이고 스완지의 나이트자(쏙독새-옮긴이) 원장이 1901년 4월 4일이고, 애보셋(뒷부리장다리물떼새-옮긴이) 원장과 번팅(멧새-옮긴이) 원장이 더비셔에서 1867년 스위딘의 날(기독교 축일의 하나. 7월 15일-옮긴이)을 함께 지키고 있고 트리크리퍼(나무발바리-옮긴이) 원장은…… 어디였더라? 기억이 안 나네. 그리고 핀치(피리새-옮긴이) 원장은…… 가만, 핀치 원장 사진이 아주 기가 막히게 나온 게 어디 있을 텐데……."

페러그린은 책장에서 거대한 사진 앨범을 꺼내 책상 위에 올려 놓았다. 그리고 앨범을 넘기기 시작했다. 어떤 사진을 찾고 있는 것이 분명했지만 앨범 속의 사진들을 넘겨보면서 마치 꿈을 꾸듯 향수에 젖는 것 같았다. 앨범에는 부서진 트렁크와 할아버지의 담배상자에서 보았던 사진들도 있었다. 페러그린은 그 사진을 전부 다 보관하고 있었다. 이 사진을 오래전에 할아버지도 보았을 거라는 생각을 하니 기분이 묘했다. 할아버지가 내 나이였을 때, 바로 이 방 이 책상에서 이 사진들을 보았겠지. 그런데 지금 페러그린이 그 사진들을 내게 보여주고 있었다. 마치 과거로 들어선 것 같은 기분이 들었다.

마침내 그녀가 이 세상 사람이 아닌 듯한 여자의 사진 하나를 뽑아 들었다. 여자의 손에 조그만 새 한 마리가 앉아 있었다. "핀치 원장과 핀치 원장의 이모가 함께 찍은 사진이야." 여자와 새는 마치 대화를 나누는 것 같았다.

"두 사람을 어떻게 구분해요?" 내가 물었다.

"나이 많은 핀치는 피리새의 모습으로 있는 걸 더 좋아하거든. 사실 그 편이 훨씬 나을 거야. 워낙 말수가 적은 편이니까."

그녀가 앨범을 몇 장 더 넘겼다. 종이로 만든 달 뒤에 무표정한 얼굴로 포즈를 취한 여자들과 아이들의 사진이었다.

"아! 이 사진을 잊고 있었네!" 그녀는 앨범에서 조심스럽게 사진을 뽑아 들었다.

"맨 앞쪽에 앉아 계신 분이 애보셋 원장이야. 우리 이상한 사람들의 왕국에서 여왕 같은 존재랄까. 우리가 이분을 임브린 위원회의 위원장으로 선출하려고 50여 년 동안이나 애를 썼건만 번팅 원장하고 함께 설립한 학교 일을 놓지를 못하셨지. 애보셋 원장님의 가르침을 받지 않은 임브린은 한 명도 없어. 나를 포함해서. 말이 나왔으니 말인데 사진을 자세히 한번 들여다보렴. 안경을 쓴 여자애가 하나 보일 거다."

눈을 가늘게 뜨고 사진을 들여다보았다. 페러그린이 가리킨 소녀의 모습은 조금 흐릿하게 나와 있었다. "이게 원장님인가요?"

"내가 애보셋 원장님의 학생들 중에 가장 어린 축이었단다." 그녀가 자랑스럽다는 듯이 말했다.

"사진 속의 남자아이들은요? 원장님보다 더 어려 보이는데요?"

페러그린의 표정이 어두워졌다. "한심한 내 오빠들이란다. 우린 같은 학교를 다녔어. 응석받이로 자라서 나약하기 짝이 없었지. 아마 그래서 결국 나쁜 길로 들어선 것 같아."

"오빠들은 임브린이 아니었나요?"

"아니고말고!" 그녀가 기가 차다는 듯 소리쳤다. "여자만 임브린으로 태어날 수 있어서 얼마나 다행인지! 남자는 그 막중한 책임을 떠맡을 만큼 진중하지 못해. 우리 임브린들은 여기저기 돌아다니면서 곤경에 처한 이상한 아이들을 모아 우리 종족에게 해를 끼치지 않도록 교육시키고 그 아이들을 먹이고 입히고 숨겨주고 우리 종족에 대해 교육시키고 있어. 그것만 해도 벅찬 일인데, 마치 시계태엽처럼 날마다 루프를 정비해야 한단다."

"만약 그렇게 하지 않으면요?"

페러그린이 손을 부르르 떨며 이마를 짚은 뒤 끔찍한 두려움에 휩싸인 듯 뒤로 비틀거렸다.

"대재앙, 지각변동! 대참사가 일어나지! 그건 정말 생각조차 하기 싫구나. 다행히 루프가 유지되는 방법은 아주 간단해. 우리 중 한 사람이 루프의 통로를 지나가기만 하면 되거든. 그래야만 통로가 막히지 않아. 루프 입구는 마치 밀가루 반죽 같아서 이따금 손가락으로 찔러주지 않으면 곧바로 막혀버려. 입구가 막히면 시간이 멈춘 공

간에서 자연스럽게 발생하는 압력을 배출할 수가 없게 되고 그렇게 되면……." 그러고 나서 그녀는 손으로 마치 불꽃놀이의 폭발을 흉내 내듯 양손으로 작은 폭발을 연상시키는 동작을 해 보인 뒤, "그때부턴 모든 게 불안정해지는 거지."라고 덧붙였다.

그녀는 다시 몸을 숙이고 앨범을 넘겼다. "참, 그러고 보니 어쩌면 그 사진도…… 아, 여기 있구나. 이게 바로 루프의 입구란다." 페러그린은 앨범에서 사진을 꺼냈다.

"펀치 원장이 데리고 있던 아이하고 함께 루프 입구에서 찍은 사진이야. 런던 지하의 인적 없는 곳이지. 루프가 정비될 땐 아주 눈부신 빛으로 환해지거든. 이 루프하고 비교하면 우리 루프는 아주 소박한 편이야." 부러워하는 듯한 목소리로 그녀가 말했다.

"제가 제대로 이해한 건지 모르겠는데, 그러니까 여기선 오늘이 9월 3일이고 내일도 또 9월 3일이란 건가요?"

"정확히 말하면 우리 루프의 24시간 중 몇 시간은 9월 2일에 걸쳐 있어."

"그러니까 내일은 영원히 없는 거네요."

"말하자면 그렇단다."

그때 밖에서 천둥 같은 소리가 울려 퍼졌고 창문이 어두워지면서 흔들리기 시작했다. 페러그린 원장은 다시 한 번 회중시계를 꺼내 시간을 확인했다.

"유감이지만 지금은 시간이 없구나. 기왕 왔으니 저녁식사를 하고 가렴."

나는 그러겠다고 했다. 아빠가 걱정할 거란 생각은 거의 들지 않았다. 나는 자리에서 일어나 그녀를 따라 문을 나섰다. 그리고 그 순

간, 한동안 나를 괴롭혔던 또 하나의 질문이 떠올랐다.

"할아버지가 이곳에 오셨을 때 나치한테 쫓기고 있었나요?"

"그랬지. 우리 집에 온 아이들 중 몇 명이 전쟁 통에 흘러들어온 애들이었어. 세상이 참 시끄러웠어." 그날의 기억이 아직 생생하다는 듯 그녀가 고통스러운 표정을 지었다. "본토에서 오갈 데 없는 사람들을 모아놓은 수용소에서 에이브러햄을 찾았어. 가난하고 상처받았지만 그러면서도 강한 아이였어. 우리 집에 있어야 할 아이란 걸 바로 알았지."

나는 안도의 한숨을 쉬었다. 할아버지의 삶에서 적어도 그 부분만은 내가 알던 것과 일치했다. 궁금한 것이 한 가지 더 있었다. 그러나 어떤 방식으로 물어야 할지 알 수 없었다.

"그럼 할아버지도…… 그러니까……"

"우리와 똑같은 사람이었냐고?"

내가 고개를 끄덕였다.

그녀는 묘한 미소를 지었다. "할아버지는 너와 똑같았단다, 제이콥." 그리고 돌아서서 계단으로 향했다.

❧

페러그린 원장이 저녁식사를 하기 전에 씻으라면서 엠마에게 목욕 준비를 해달라고 부탁했다. 나와 이야기를 나누면서 엠마의 기분이 나아지기를 기대하는 것 같았다. 그러나 엠마는 나와 눈조차 맞추지 않았다. 나는 엠마가 욕조에 찬물을 받은 다음 손에 불을 일으켜서 증기가 솟을 때까지 데우는 것을 지켜보았다.

"대단하다!" 내가 말했지만 엠마는 대꾸도 하지 않고 돌아서서 휙 나갔다.

물을 갈색 진흙탕으로 만들어놓고 나서 타월로 몸을 닦고 돌아서니 갈아입을 옷이 문에 걸려 있었다. 풍성한 트위드 바지에 셔츠와 멜빵이었다. 멜빵이 너무 짧았지만 어떻게 조절해야 할지 알 수 없었다. 결국 바지를 발목까지 끌리게 입든가 아니면 배꼽까지 치켜 입든가 둘 중 하나를 선택해야 했다. 배꼽까지 올려 입는 편이 그나마 덜 혐오스러울 거라고 판단한 나는 분장만 하지 않았을 뿐 광대처럼 차려입고 내 평생 가장 이상한 저녁식사에 참석했다. 저녁식사 시간 내내 이름들과 얼굴들을 익히느라 정신이 없었다. 그들 중 반 정도는 사진에서 보았거나 할아버지가 들려준 이야기들로 어렴풋이 알고 있었다. 내가 식당으로 들어서는 순간 자리를 찾으려고 소란을 피우던 아이들이 일제히 얼어붙어 나를 쳐다보았다. 저녁식사에 손님이 함께하는 경우가 드문 일인 것 같았다. 페러그린 원장이 식탁의 가장 윗자리에 앉았다가 갑작스럽게 밀려든 정적을 이용하여 나를 소개했다.

"아직 만날 기회가 없었던 사람들을 위해 새로 온 친구를 소개할게. 이쪽은 에이브러햄의 손자 제이콥이야. 어려운 걸음을 한 귀한 손님이니, 친절하게 대해주도록!" 그리고 식탁에 앉은 아이들을 하나하나 가리키며 이름을 말해주었고 나는 긴장할 때면 늘 그렇듯 듣자마자 잊어버렸다. 소개가 끝나자 속사포처럼 질문들이 쏟아졌고 페러그린 원장은 속사포처럼 그 질문들을 받아쳤다.

"제이콥도 우리하고 함께 지낼 건가요?"

"내가 알기론 그렇지 않을걸."

"에이브는 어디 있어요?"

"에이브는 지금 미국에서 무척 바쁘단다."

"제이콥이 왜 빅터의 바지를 입고 있어요?"

"빅터에겐 더 이상 그 바지가 필요하지 않고 제이콥은 방금 목욕을 했거든."

"에이브는 미국에서 무얼 한대요?"

그 순간 나는 엠마를 보았다. 엠마는 시무룩한 표정으로 앉아 있다가 일어서서 밖으로 나갔다. 엠마의 그런 행동에 이골이 난 듯 다른 아이들은 전혀 신경을 쓰지 않았다.

"에이브가 미국에서 무얼 하고 있건 그건 너희가 상관할 바가 아니야." 페러그린 원장이 쏘아붙였다.

"언제 온대요?"

"그것도 상관할 바 아니고. 자, 식사 시작!"

모두들 자리에 앉았다. 빈자리를 찾았다고 생각하고 앉는 순간 누군가 포크로 내 허벅다리를 찔렀다. "아!" 밀라드가 소리쳤다. 페러그린 원장은 밀라드에게 가서 옷을 입고 오라고 명령했다.

"내가 몇 번이나 말했니! 예의바른 사람은 발가벗고 식사를 하지 않는다고!"

요리 당번 아이들이 음식을 들고 나타났다. 저녁식사 메뉴에 대한 상상력을 자극하려는 듯 쟁반마다 반짝이는 은색 뚜껑이 덮여 있어서 안에 뭐가 들었는지 확인할 수가 없었다.

"수달 가죽 장화 요리!" 어떤 남자아이가 소리쳤다.

"고양이 소금구이와 뒤쥐 간 요리!"

또 다른 아이가 소리쳤고 어린아이들이 키득거리며 웃었다. 그러나 마침내 뚜껑이 열리자 기가 막힌 요리가 모습을 드러냈다. 구운 거위 요리는 황금빛을 띤 갈색이었고 통째로 조리된 연어와 대구는 레몬과 향료, 녹인 버터로 양념을 했다. 데친 홍합과 구운 야채 한 접시도 있었고 뜨끈뜨끈한 빵도 있었고 본 적은 없지만 맛있어 보이는 갖가지 젤리와 소스들이 준비되어 있었다. 램프의 불빛 아래 요리들이 먹음직스럽게 반짝였다. 아침에 프리스트 홀에서 억지로 먹었던 정체불명의 기름진 스튜와는 차원이 달랐다. 아침식사 이후 먹은 것이 없었던 나는 정신없이 먹기 시작했다.

이상한 아이들이 이상하게 먹는 모습을 보고 놀라선 안 되겠지만 나는 식사를 하는 틈틈이 아이들을 쳐다보았다. 공중부양 소녀 올리브는 천장으로 올라가지 않도록 의자에 몸을 묶고 식사를 했다. 몸속에 벌들이 사는 휴는 다른 아이들이 식사에 방해받지 않도록 한쪽 구석에서 모기장을 치고 식사를 했다. 완벽한 황금빛 곱슬머리를 가진 인형 같은 소녀 클레어는 페러그린 원장 옆에 앉아 있었지만 어쩐 일인지 한 입도 먹지 않았다.

"넌 배 안 고파?" 내가 물었다.

"클레어는 사람들이 있을 땐 밥을 안 먹어. 창피한가봐." 휴가 설명하는 동안 벌 한 마리가 입에서 나왔다.

"창피한 거 아니야!" 클레어가 휴를 쏘아보며 말했다.

"그래? 그럼 먹어!"

"여기 있는 사람들 중에 자신의 재능을 부끄러워하는 사람은 아무도 없어. 클레어는 단지 혼자 먹는 걸 좋아할 뿐이야. 안 그러니, 클레어?" 페러그린이 말했다.

클레어는 빈 접시만 쳐다보고 있었다. 자신에게 쏠린 사람들의 관심이 부담스러운 것이 분명했다.

"클레어는 뒤통수에 입이 있어." 달랑 실내용 상의 하나만 걸치고 내 옆에 앉은 밀라드가 설명했다.

"뭐?"

"한번 보여주지그래!" 누군가가 소리쳤다. 식탁에 앉아 있던 아이들 모두가 클레어에게 먹으라고 소리쳤고 마침내 그들의 입을 다물게 하기 위해 클레어가 식사를 시작했다.

클레어는 접시에 거위 다리 한 개를 놓았다. 그리고 의자를 돌린 다음 양팔로 의자를 잡고 몸을 뒤로 젖혀서 머리 뒷부분을 접시에 대었다. 음식을 씹는 소리가 들렸다. 클레어의 머리가 접시에서 떨어지자 거위 다리에서 커다란 한 입이 베어져 있었다. 클레어는 금발 속에 날카로운 이빨이 난 입을 숨기고 있었다. 그제야 페러그린의 앨범에서 보았던 이상한 사진을 이해할 수 있었다. 두 장의 사진이 나란히 있었는데 한 장은 얌전하고 예쁜 얼굴을, 또 한 장은 곱실거리는 금발에 완전히 가려진 뒤통수를 담고 있었다.

클레어가 돌아앉아 팔짱을 끼었다. 그런 수치스러운 행동을 하도록 설득당한 자신에게 화가 난 모양이었다. 그녀가 잠자코 앉아 있는 동안 다른 아이들이 내게 질문을 퍼부었다. 원장이 할아버지에 관한 질문을 차단하자 다른 질문들이 쏟아졌다. 아이들은 21세기의 생활을 특히 궁금해했다.

"날아다니는 차는 어떤 종류가 나왔어?" 초보 사업가처럼 짙은 색 수트를 입은 호러스라는 사춘기 소년이 물었다.

"안 나왔어. 아직은."

"달나라에 도시는 세웠어?" 또 다른 소년이 기대하는 듯한 표정으로 물었다.

Claire
has golden
curls

"60년대에 쓰레기하고 깃발 하나를 남기긴 했는데 아직까진 그게 다야."

"영국인들이 세계를 지배하고 있어?"

"아니. 꼭 그렇진 않아."

모두 실망한 것 같았다. 그 기회를 놓치지 않고 페러그린 원장이 끼어들었다. "다들 들었지? 미래 사회도 별로 대단할 게 없단다. 익숙하고 편안한 오늘, 이곳이 좋은 거지."

왠지 아이들에게 자주 하지만 그다지 효과를 거두지 못하는 말이라는 느낌이 들었다. 그 말을 듣는 순간 문득 궁금해졌다. 도대체 '익숙하고 편안한 오늘 이곳'에 이 아이들은 얼마나 오래 살았을까?

"너희 나이를 물어봐도 되니?" 내가 말했다.

"난 여든셋." 호러스가 말했다.

올리브가 흥분한 듯 한 손을 들었다. "난 다음 주면 일흔다섯 살반이 돼!" 매일 똑같은 하루를 산다면 몇 해, 몇 달이 지났는지 어떻게 세고 있는지 궁금했다.

"난 백열일곱 살 아니면 백열여덟 살이야." 눈꺼풀이 축 늘어진 에녹이라는 소년이 말했다. 에녹은 열세 살 정도로밖엔 보이지 않았다. "여기 오기 전에 다른 루프에서도 좀 살았었거든." 그가 설명했다.

"난 거의 여든일곱 살." 거위 고기를 입 한가득 넣고 밀라드가 말했다. 그의 투명한 입안에서 반쯤 씹힌 거위 고기가 움직이는 모습이 훤히 보였다. 아이들은 눈을 가리고 고개를 돌리면서 신음 소리를 냈다.

내 차례가 되어 나는 열여섯 살이라고 말했다. 몇몇 아이들의 눈동자가 커다래졌다. 올리브는 놀라 웃음을 터뜨렸다. 그들은 내가 나이가 어려서 놀랐겠지만 나는 그들이 너무 어려 보여서 놀랐다. 플로리다에서 여든 살 먹은 노인들을 여럿 보았지만 이 아이들은 전혀 여든 살처럼 행동하지 않았다. 이곳에서의 삶이 매일 똑같은 날로 영원히 지속되고 죽음 없는 여름날만 계속되어서 몸은 물론 마음까지도 피터 팬과 친구들처럼 그 시간 속에 밀봉된 것 같았다.

밖에서 쾅! 하는 소리가 들렸다. 오늘 저녁에만 벌써 두 번째였고, 이번엔 더 크고 가까이서 들렸다. 식기와 접시들이 달그락거렸다.

"다들 저녁식사 빨리 끝내자!" 페러그린 원장이 소리쳤고 그 말이 끝나기 무섭게 또 한 차례의 진동이 집 안을 흔들면서 내 뒤쪽에 걸려 있던 액자를 떨어뜨렸다.

"이게 무슨 소리예요?"

"빌어먹을 독일 놈들!" 올리브가 주먹으로 식탁을 내려치며 소리쳤다. 화가 난 어른을 흉내 내는 동작 같았다. 그때 멀리 어디에선가 사이렌 같은 소리가 들려오기 시작했고 나는 그제야 상황을 알 것 같았다. 이곳은 1940년 9월 3일 밤이었고 조만간 커다란 폭탄이 떨어져서 이 집에 거대한 구멍이 날 것이다. 사이렌은 언덕 위에서 들려오는 공습경보였다.

"빨리 여기서 나가야 해! 폭탄이 떨어지기 전에 어서 피해야 해!" 내가 겁에 질린 목소리로 소리쳤다.

"아직 모르나봐. 우리가 죽을 거라고 생각하나보네." 올리브가 깔깔댔다.

"시간이 된 것뿐이야. 겁먹지 마." 밀라드가 겉옷의 어깨를 으쓱하며 말했다.

"매일 밤 이런 일이 반복되나요?"

내 물음에 페러그린이 고개를 끄덕였다. "하루도 빠짐없이." 그녀가 말했지만 그래도 왠지 불안했다.

"우리 나가서 제이콥한테 보여줄까?" 휴가 말했다.

"그러자!" 20여 분 동안 부루퉁한 표정으로 앉아 있던 클레어가 갑자기 흥미를 보이며 말했다. "전환기는 정말 아름답잖아요!"

페러그린 원장이 아직 저녁식사가 끝나지 않았음을 지적하면서 반대했지만 아이들이 졸라대자 결국엔 마지못해 허락했다. "좋아. 단 모두 마스크를 착용해야 해!" 그녀가 말했다.

아이들이 자리에서 일어나 밖으로 뛰어나갔고 불쌍한 올리브만 혼자 의자에 남았다. 그러나 잠시 후 누군가가 돌아와 의자에 묶인 벨트를 풀어주었다. 나도 아이들을 쫓아 거실로 나갔고 아이들은 캐비닛에서 무언가를 꺼낸 뒤 밖으로 뛰어나갔다. 페러그린이 나에게도 한 개를 건넸고 나는 그 물건을 멍하니 바라보며 서 있었다. 검은색 고무로 만든 축 늘어진 얼굴에 놀란 채로 굳어진 눈처럼 커다란 유리 구멍 두 개. 구멍 뚫린 여과기가 달린 쭈그러진 주둥이.

"어서 써." 원장이 말했다. 그제야 나는 그게 무언지 깨달았다. 방독면이었다.

나는 방독면을 쓰고 원장을 따라 나갔다. 아이들은 마치 체스판의 말처럼 여기저기 흩어져 서 있었다. 방독면을 쓰고 있어서 누가 누구인지 알아보기 힘들었다. 아이들은 하늘을 가로지르는 검은 연기를 바라보고 서 있었다. 멀리서 나무들이 불타올랐다. 보이지 않는 폭격기의 굉음이 사방에서 들려왔다.

이따금 폭발이 일어났고 그럴 때마다 가슴 속에서 또 하나의 심장이 터지는 것 같은 느낌과 함께 열기가 훅 밀려왔다. 마치 바로 코

앞에서 오븐을 열었다 닫는 것처럼. 나는 폭탄이 떨어질 때마다 몸을 숙였지만 아이들은 눈 하나 꿈쩍하지 않았다. 대신 노래를 불렀다. 노래의 박자가 폭탄이 터지는 리듬과 정확하게 일치했다.

달려라, 토끼야, 달려, 달려, 달려라!
빵, 빵, 빵, 저 농부의 총소리
토끼 고기 없어도 농부는 괜찮아
달려라, 토끼야, 달려, 달려, 달려라!

노래가 끝나자마자 밝은 예광탄이 하늘을 수놓았다. 마치 불꽃놀이를 바라보는 구경꾼들처럼 아이들이 박수를 쳤다. 색색의 빛깔로 그어지는 냉혹한 선들이 방독면에 반사되었다. 야간 폭격은 이제 그들 삶의 일부가 되었고 아이들은 더 이상 폭격을 두려운 것으로 생각하지 않았다. 페러그린의 앨범에도 〈아름다운 광경〉이라는 제목이 붙은 사진이 있었다. 음울하긴 하지만 그래도 아름다운 것은 사실이라고 생각했다.

폭격기가 하늘에 구멍을 뚫어놓은 듯 이슬비가 내리기 시작했다. 폭격의 빈도가 줄어들면서 어느덧 공습이 끝나가고 있었다.

아이들이 돌아섰다. 안으로 들어가는 거라고 생각했지만 아이들은 현관을 지나 어디론가 향하고 있었다.

"어디 가는 거야?" 마스크를 낀 두 아이에게 물었다.

둘은 아무 말도 하지 않았지만 내가 불안해하는 것을 눈치 채고 다정하게 내 손을 잡고 다른 아이들이 가는 곳으로 이끌었다. 우리는 집을 돌아 뒤쪽 정원으로 향했다. 커다란 나무 아래 아이들이 모여

our beautiful display

있었다. 이번에는 신화의 주인공이 아니라 한 남자가 풀밭에 앉아 휴식을 취하는 형상으로 깎아놓은 나무였다. 남자는 한 팔로 몸을 지탱하고 다른 한 팔로 하늘을 가리키고 있었다. 미켈란젤로가 그린 시스티나 성당의 천장 벽화를 모방한 작품이라는 것을 깨닫기까지 잠시 시간이 걸렸다. 관목을 깎아 만들었다는 점을 감안하면 대단한 작품이었다. 아담의 평온한 표정이 살아 있었고 눈빛을 표현하기 위해 두 송이의 치자꽃을 이용했다.

내 곁에 까치집 머리를 한 소녀가 서 있었다. 너무 여러 차례 기워서 퀼트처럼 보이는 꽃무늬 드레스를 입고 있었다. 내가 소녀에게 다가가 아담을 가리키며 물었다. "이거 네가 만든 거야?"

소녀가 고개를 끄덕였다.

"어떻게?"

소녀는 몸을 숙이고 한쪽 손바닥을 풀 위에 대었다. 잠시 후 손바닥 밑에 있던 풀잎들이 꿈틀거리다가 소녀의 손바닥에 닿도록 자라났다.

"우와! 풀잎이 정말…… 미쳤나 보다." 내가 감정을 정확히 표현할 수 있는 상태가 아닌 게 분명했다. 누군가가 쉿! 하며 내 입을 막았다. 아이들은 목을 길게 빼고 하늘의 한 지점을 바라보며 서 있었다. 나도 하늘을 바라보았지만 검은 연기와 그 속에서 번쩍이는 오렌지색 불길 외에는 아무것도 보이지 않았다.

그 순간 다른 소리들을 모두 삼키며 폭격기 한 대의 소음이 가까워졌다. 두려움이 엄습했다. 오늘 밤이 바로 아이들이 죽은 날 밤이야! 오늘 밤, 지금 이 순간! 루프에서 부활하기 위해 아이들은 매일 밤 죽어야 하는 것일까? 영원히 살기 위해, 이를테면 시지포스의 자살 의식처럼, 매일 밤 갈가리 찢기고 다시 꿰매지는 것일까?

조그만 회색빛 무언가가 구름을 가르고 우리 쪽으로 날아왔다. 돌멩이인가? 그러나 돌멩이는 떨어질 때 휘파람 소리를 내지 않았다.

달려라, 토끼야. 달려, 달려, 달려라! 달아나고 싶었지만 시간이 없었다. 나는 비명을 지르며 땅바닥에 납작 엎드려서 피할 곳을 찾았다. 그러나 피할 곳은 없었고 결국 잔디에 엎드린 채 양팔로 머리를 감쌌다. 마치 내 팔이 폭탄으로부터 나를 지켜줄 거란 듯이.

이를 악물고 눈을 꼭 감고 숨을 죽였지만 예상했던 귀가 먹먹한 폭발음 대신 모든 것이 완전히, 심오할 정도로 고요해졌다. 으르렁거리는 폭격기 엔진 소리도, 날아오는 폭탄의 휘파람 같은 소리도, 멀리서 울려 퍼지던 대포 소리도 없었다. 마치 누군가가 세상의 소음을 죽여놓은 것 같았다.

나 죽었나?

나는 머리를 감싸고 있던 손을 풀고 천천히 뒤를 돌아보았다. 바람에 휘어진 나뭇가지가 그대로 얼어붙었다. 하늘은 기다란 구름 띠를 핥고 있는 불꽃을 포착한 한 장의 사진이었다. 하늘에서 내리던 빗방울이 내 눈앞에서 멈추었다. 그리고 아이들이 모여 있는 한복판에 마치 신비로운 의식처럼, 아담이 뻗은 손가락 위에 폭탄이 그 뾰족한 끝을 아래로 향한 채 정지되어 있었다.

그 순간, 마치 영화를 보고 있는데 필름이 타는 것처럼, 눈앞에 뜨겁고 하얀 무언가가 번지면서 모든 것을 집어삼켰다.

청각이 되돌아왔을 때 처음 들려온 소리는 웃음소리였다. 그다음엔 흰 빛이 서서히 가셨다. 우리는 여전히 아담 주위에 모여 있었지만 폭탄은 사라졌고 밤은 고요했으며 구름 없는 하늘에 빛이라고는 보름달뿐이었다. 페러그린 원장이 다가와 손을 내밀었다. 나는 명한 상태로 비틀거리며 일어섰다.

"미안하다. 미리 준비를 시켰어야 했는데." 그러나 원장도 웃음을 참지 못하고 있었다. 방독면을 벗는 아이들 역시 마찬가지였다. 내가 기절한 것이 분명했다.

현기증이 나고 갑자기 울적해졌다. "그만 집에 가봐야겠어요. 아빠가 걱정하실 거예요." 내가 원장에게 말한 뒤 곧바로 "저 집에 돌아갈 수는 있는 거죠?"라고 물었다.

"그럼! 갈 수 있고말고!" 그녀가 큰 소리로 대답했고 누가 나를 무덤으로 데려다주겠냐고 물었다. 놀랍게도 엠마가 나섰고 페러그린도 흐뭇한 표정이었다.

"괜찮을까요? 저 애, 몇 시간 전까지만 해도 제 목을 그을 기세였는데." 나는 원장에게 속삭였다.

"엠마가 성격이 불 같긴 해도 가장 믿을 만한 아이란다. 아마 단둘이 하고 싶은 얘기도 있을 거야."

5분 뒤 우리 둘은 집을 나섰다. 다만 이번에는 내 손이 묶이지도, 엠마가 내 등에 칼을 대고 있지도 않았다. 몇몇 아이들이 정원 끝까지 배웅을 나왔다. 아이들이 내일도 올 거냐고 물었다. 나는 우물거리다가 그러겠다고 대답했다. 그러나 솔직히 내일 일은커녕 지금 이 순간 일어나고 있는 일들조차도 이해하기 버거웠다.

우리는 어두운 숲을 가로질렀다. 집이 시야에서 뒤쪽으로 사라지자 엠마가 손바닥을 앞으로 펴서 손목을 흔들었고 손가락 바로 위에 조그만 공 모양의 불길이 타올랐다. 엠마는 마치 쟁반을 든 웨이터처럼 손바닥 위의 불로 길을 밝혔고 나무 사이로 똑같은 두 개의 그림자가 드리워졌다.

"그거 정말 멋지다고cool 내가 말했던가?" 갈수록 어색하게 느껴지는 침묵을 걷어내려고 내가 말했다.

"전혀 차갑지cool 않거든!" 불의 열기를 느낄 수 있도록 내 가까이에서 손을 흔들며 엠마가 대답했다. 나는 불을 피하려고 몇 걸음 뒤로 물러났다.

"그 얘기가 아니라, 네가 불을 만들 수 있다는 게 정말 멋지다고."

"그럼 말을 똑바로 해야 이해할 거 아냐!" 엠마가 쏘아붙인 뒤 걸음을 멈추었다.

우리는 거리를 두고 서로 마주 보고 섰다. "날 두려워할 필요는 없어." 엠마가 말했다.

"그래? 내가 사악한 악마라고 생각해서 날 죽이려고 단둘이 남을 기회를 엿보고 있었던 거 아니야?"

"바보 같은 소리 마. 넌 아무 예고도 없이 왔고, 내가 모르는 사람이었고, 미친 사람처럼 날 쫓아왔어. 그러니 내가 그렇게 생각하는 게 당연하지 않아?"

"하긴 그래." 완전히 수긍이 가는 것은 아니면서도 나는 그렇게 말했다.

엠마는 갑자기 땅에 시선을 고정하더니 신발 끝으로 구멍을 팠

다. 손바닥 불길은 오렌지색에서 서늘한 남색으로 변해가고 있었다.

"방금 한 말은 사실이 아니야. 난 널 알아봤어. 너무 닮았거든."

"그런 얘기 많이 들었어."

"아까 했던 말들은 미안해. 네 말을 믿고 싶지 않았어. 네가 누구인지 말했을 때 그게 어떤 의미인지 알았기 때문에 그랬어."

"괜찮아. 어렸을 때부터 정말 너희를 얼마나 만나고 싶었는데 이제야……." 내가 고개를 저었다. "하지만 결국 이런 식으로 만나게 돼서 정말 유감이야."

엠마가 갑자기 내게 달려들며 두 팔로 내 목을 감았다. 그녀의 팔이 내 몸에 닿기 직전에 불이 꺼졌고 불이 있던 자리는 여전히 뜨거웠다. 우리는 어둠 속에서 한동안 그렇게 있었다. 10대 할머니, 내 나이였을 때 할아버지를 사랑했던 아름다운 소녀. 나 역시 그녀를 끌어안을 수밖에 없었다. 그리고 잠시 후 우리 둘 다 울었던 것 같다.

어둠 속에서 엠마가 심호흡을 하며 나에게서 떨어졌다. 손에서 다시 불길이 타올랐다.

"미안해. 나 원래 이런 짓은 잘……."

"괜찮아."

"어서 가자."

"네가 앞장서." 내가 말했다.

우리는 편안한 침묵 속에서 숲을 가로질렀다. 마침내 늪에 이르렀을 때 엠마가 말했다. "내가 밟는 곳만 밟아."

나는 엠마의 발자국에 내 발을 놓았다. 늪에서 마치 푸른 장작더미처럼 가스가 피어오르고 있었다. 엠마의 불빛과 조화를 이루려는 듯이.

마침내 돌무덤에 이르러 안으로 들어선 다음 한 줄로 서서 동굴 속 공간으로 들어갔다가 다시 안개에 휩싸인 세상으로 나왔다. 나가는 길로 나를 안내한 뒤 엠마는 내 손가락에 자신의 손가락을 엇갈린 채 손을 꼭 쥐었다. 우리는 한동안 그렇게 있었다. 그러고 나서 엠마가 돌아서서 왔던 길을 되돌아갔다. 안개가 너무도 빨리 그녀를 삼켜버려서 그녀가 과연 내 곁에 있었는지조차 의심이 들었다.

마을을 향해 걸으면서도 이번에도 말이 끄는 마차들로 거리가 북적이지 않을까 걱정했지만 발전기 소음과 창문으로 새어 나오는 텔레비전 불빛이 나를 반겨주었다. 다시 돌아온 것이 분명했다.

바를 지키고 있던 케브가 내가 들어서는 것을 보고 술잔을 들었다. 나를 위협했던 술집 남자들은 보이지 않았다. 모든 것이 제자리로 돌아와 있었다.

2층으로 올라가보니 아빠가 조그만 탁자 위에 노트북을 켜놓은 채 잠들어 있었다. 문 닫는 소리에 아빠가 깜짝 놀라 일어났다.

"왔니? 밤늦게까지 어딜 돌아다닌 거냐? 가만, 지금 몇 시지?"

"모르겠어요. 9시 전인가 봐요. 발전기가 켜져 있는 걸 보니."

아빠가 기지개를 켜며 눈을 비볐다. "오늘 뭐 했니? 저녁 같이 먹으려고 기다렸는데."

"그 오래된 집을 좀 더 둘러봤어요."

"그래서 뭣 좀 알아냈니?"

"아뇨. 별로요." 좀 더 그럴듯한 얘기를 꾸며놓았어야 했을까?

아빠가 이상하다는 듯 나를 쳐다보았다. "그건 어디서 났니?"

"뭐요?"

"네 옷 말이야."

내가 트위드 바지에 멜빵을 메고 있다는 것을 까맣게 잊고 있었다. "그 집에서 찾았어요. 멋지지 않아요?" 그보다 덜 이상한 대답이 떠오르지 않아서 그렇게 말했다.

아빠가 얼굴을 찌푸렸다. "주운 옷을 입었다고? 제이콥, 너무 비위생적이잖아. 네 청바지하고 재킷은 어쨌니?"

얼른 화제를 돌려야 했다. "그게요. 너무 더러워져서⋯⋯." 말끝을 흐리다가 아빠의 컴퓨터 화면에 떠 있는 문서를 보았다. "우와, 책 쓰시는 거예요? 잘 되어가세요?"

아빠가 컴퓨터를 닫았다. "지금 내 책이 문제가 아니잖아. 중요한 건 네 치료야. 너 혼자 그 집에 가서 돌아다닐 거라고 생각하고 골란 박사가 이번 여행에 동의한 건 아니었을 텐데 말이야."

"와! 기록이다!" 내가 말했다.

"뭐가?"

"이렇게 오랫동안 그 정신과 의사 얘길 꺼내지 않으신 거요." 나는 있지도 않은 손목시계를 보는 시늉을 했다. "그러니까 나흘하고도 다섯 시간하고도 26분 만이에요." 한숨을 쉰 뒤, "그동안 정말 좋았는데."라고 덧붙였다.

"너한테 큰 도움을 주신 분이야. 그분을 못 만났더라면 지금 네가 어떤 상태일지 누가 알겠니?"

"맞아요. 아빠. 골란 박사가 절 도와준 건 사실이에요. 하지만 그렇다고 해서 박사님이 제 인생을 일일이 통제해야 한다는 뜻은 아니라고요. 차라리 '골란 박사라면 어떻게 했을까?'라고 적힌 팔찌를 하나 사주지 그러세요? 무슨 일을 하건 스스로 물어볼 수 있게. 똥을 누기 전에도 골란 박사는 내가 어떻게 똥을 누기를 바랄까? 가장자리 쪽으로 누라고 할까, 아니면 정중앙에 누라고 할까? 내가 쌀 수 있는 심리학적으로 가장 이로운 똥은 과연 어떤 똥일까?"

아빠는 잠시 아무 말도 하지 않았다. 마침내 입을 열었을 때 아빠의 목소리는 낮고 근엄했다. 내가 원하건 원하지 않건 내일은 아빠하고 새를 관찰해야 한다고 말했다. 나는 아빠에게 꿈도 꾸지 말라고 했다. 아빠는 일어서서 아래층 술집으로 내려갔다. 나는 아빠가 술을 마시려는 모양이라고 생각하고 광대 옷을 벗었지만 몇 분 뒤 아빠가 방문을 두드리며 전화를 받으라고 했다.

엄마라고 생각하고 이를 부득부득 갈며 계단을 내려가서 술집 한구석에 있는 공중전화 부스 안으로 들어갔다. 아빠가 수화기를 건네주고 탁자에 앉았고 나는 문을 닫았다.

"여보세요?"

"방금 네 아빠하고 통화했다. 좀 화가 나신 것 같더구나."

골란 박사였다.

아빠도, 골란 박사도 둘 다 엿이나 먹으라고 말하고 싶었지만 작전이 필요한 상황임을 직감했다. 골란 박사를 화나게 했다가는 이 여행도 끝이었다. 그러나 아직은 떠날 수 없었다. 이상한 아이들에 대해 알고 싶은 게 많았다. 그래서 나는 그 집에서 무얼 하고 있었는지 거짓말로 설명했다. 시간여행 루프의 아이들 얘기는 빼고. 이 섬에 대해서도 할아버지의 이야기에 대해서도 아무 흥미를 느끼지 못하는 척 연기했다. 골란 박사와의 통화는 일종의 전화 상담이었다.

"내가 듣고 싶은 말을 하고 있는 게 아니길 바란다." 그가 자주 하는 말이었다. "아무래도 내가 거기로 날아가서 네 상태를 확인해봐야 할 것 같구나. 휴가라도 내서 말이야. 네 생각은 어떠니?"

제발 농담이기를 속으로 빌었다.

"전 괜찮아요. 정말이에요."

"진정해라, 제이콥. 내가 사무실을 며칠 비울 수 있는 건 사실이지만 어디까지나 농담이었어. 더구나 난 네 말을 믿는다. 목소리를 들으니 괜찮은 것 같구나. 사실 네 아빠한테도 그렇게 말했어. 지금 아빠로서 할 수 있는 가장 좋은 일은 네 숨통을 틔워주고 스스로 문제를 해결하도록 도와주는 거라고."

"정말요?"

"부모님과 내가 꽤 오랫동안 네 주위를 맴돌았잖아. 어느 시점이 되면 그게 오히려 역효과가 나거든."

"그렇게 말씀해주셨다니 정말 고맙습니다."

그다음에 그가 한 말을 알아들을 수 없었다. 어디인지 무척 시끄러운 곳에 있는 것 같았다. "잘 안 들려요. 상가 같은 데 계세요?"

"공항이야. 여동생을 마중 나왔단다. 어쨌든 내가 하고 싶은 말은 재미있게 지내라는 것! 모험도 하고 너무 걱정하지 말라는 것! 알았지? 조만간 보자꾸나!"

"고맙습니다, 박사님!"

전화를 끊고 나니 그를 헐뜯었던 것이 후회되었다. 부모님이 허락하지 않는 일을 그가 이해해준 것이 벌써 두 번째였다.

아빠는 맥주를 마시고 있었다. 나는 2층으로 올라가는 길에 자리 앞에서 잠깐 머뭇거렸다.

"내일은······." 내가 말했다.

"네가 하고 싶은 대로 해."

"정말요?"

아빠가 무뚝뚝한 표정으로 어깨를 으쓱했다. "박사가 그러라는데, 뭐."

"저녁 먹을 때까진 들어올게요."

아빠가 고개를 끄덕였다. 아빠를 남겨두고 방으로 돌아왔다.

잠들기 전에 이상한 아이들을 생각했다. 페러그린 원장이 나를 그들에게 처음 소개했을 때 아이들이 했던 질문도 생각했다. 제이콥도 우리하고 같이 여기 살 건가요? 그때만 해도 그런 일은 절대 없을 거라고 생각했다. 하지만 그러지 못할 이유가 무얼까? 영원히 집으로 돌아가지 않는다고 해도 과연 내가 잃을 게 무언가? 싸늘한 동굴 같은 집과 나쁜 추억들로 가득한 친구도 없는 동네. 나를 위해 준비된 하나도 특별할 것 없는 삶. 그 삶을 거부할 수 있다고는 지금껏 단 한 번도 생각해본 적이 없었다.

제 7 장
chapter seven

아　침에 내리는 비와 바람과 안개가 너무도 암울한 분위기
　　　를 자아냈기 때문에 전날 일어난 일이 이상하고 황홀한
꿈이 아니라 현실이었다는 사실이 더욱 믿기지 않았다. 나는 허겁지
겁 아침을 먹고 나서 바로 나가겠다고 말했다. 아빠는 정신 나간 사
람 보듯 나를 쳐다보았다.

"이런 날씨에? 도대체 뭘 하려고?"

"친구들하고……." 생각 없이 내뱉은 말이었다. 실수를 만회하기
위해 목에 음식이 걸린 척했지만 이미 아빠는 내 말을 들은 뒤였다.

"친구들? 그 건달 래퍼들은 아니길 바란다."

구멍에서 빠져나가는 방법은 더 깊이 파는 것뿐이었다. "아뇨. 아
마 아빠 못 보셨을 거예요. 걔들은…… 그러니까 섬 반대편에 살고 있
는데……."

"그래? 거기엔 사람이 살지 않는다던데?"

"맞아요. 몇 명 안 산대요. 양치기들이라나 뭐라나. 어쨌든 아주 괜찮은 애들이에요. 제가 그 집을 둘러볼 때 같이 가주었거든요." 친구, 그리고 안전. 아빠가 결코 거부할 수 없는 두 가지였다.

"내가 좀 만나봐야겠다." 애써 단호한 표정을 지으며 아빠가 말했다. 아빠는 종종 그런 표정을 지었다. 자신이 바라는 사려 깊고 분별 있는 아버지인 척하고 싶을 때에.

"그러세요. 오늘은 저 위쪽에서 만나기로 했으니까 다음에요."

아빠가 고개를 끄덕이고 아침식사로 준비된 음식을 한 입 먹었다.

"저녁식사 때까지 돌아오너라." 아빠가 말했다.

"알겠습니다, 오버!"

나는 늪을 향해 달렸다. 엠마가 발을 디뎠던 보일 듯 말 듯한 잡초 섬을 기억해내려 애쓰며 움직이는 퇴비 사이로 걷는 동안은 막상 돌무덤 밖으로 나갔을 때 폐허가 된 집을 발견하게 될까봐 걱정이 되었다. 돌무덤에서 나와 내가 떠났을 때와 똑같은 1940년 9월 3일임을 확인하는 순간 너무도 반가웠다. 따스하고 화창하고 안개 없는 날씨에 끝없이 푸르른 하늘이 펼쳐졌고 익숙한 모양으로 빚어진 구름들까지 모든 것이 그대로였다. 그보다 더 반가운 것은 늪에 돌멩이를 던지며 언덕에 앉아 있는 엠마였다. "딱 제시간에 왔네!" 엠마가 벌떡 일어서며 말했다. "가자, 다들 기다리고 있어."

"그래?"

"그럼!" 엠마가 당연하다는 듯 눈을 부라리더니 내 손을 잡아끌었다. 나는 설레는 마음으로 달렸다. 엠마가 내 손을 잡아서이기도 했고 오늘 무슨 일이 벌어질지 기대가 되어서이기도 했다. 물론 겉보기에는 어제와 똑같은 하루일 것이다. 똑같은 바람이 불고 똑같은 나뭇가지가 부러질 것이다. 그러나 그 모든 것을 경험하는 나의 느낌은 새로울 것이다. 이상한 아이들도 똑같겠지. 그 아이들은 이 작고 이상한 천국의 요정들이었고 나는 그들의 손님이었다.

우리는 마치 약속에 늦은 사람들처럼 늪을 가로지르고 숲을 가로질렀다. 집에 도착했을 때 엠마는 나를 뒤쪽 정원으로 이끌었고 그곳에 나무로 만든 조그만 무대가 마련되어 있었다. 아이들은 부산을 떨면서 집을 들락거리며 소품을 나르고 슈트 재킷의 단추를 채우고 금속 장식이 달린 드레스의 지퍼를 올렸다. 조그만 오케스트라도 연습 중이었다. 아코디언 한 대와 낡은 트롬본, 호러스가 활로 연주하는 뮤지컬 톱(악기로 쓰는 서양식 톱-옮긴이)이 전부인 오케스트라였다.

"무슨 일이야? 오늘 공연 있어?" 엠마에게 물었다.

"보면 알아."

"누가 나오는데?"

"보면 안다니까!"

"어떤 공연인데?"

엠마가 나를 꼬집었다.

호각 소리가 들리자 아이들이 무대를 향해 배열된 접이식 의자에 서둘러 앉았다. 엠마와 내가 자리에 앉는 순간 무대의 커튼이 올라갔다. 흰색과 빨간색 줄무늬 슈트 위에 떠다니는 밀짚모자가 나타났다. 물론 밀라드였다.

"신사 숙녀 여러분! 오늘 역사상 유래가 없는 공연을 선보이게 된 것을 무한한 영광으로 생각하는 바입니다! 오늘 펼쳐질 이 공연은 그 누구도 흉내 낼 수 없는 놀라운 기적입니다. 아마 두 눈을 믿기 힘드실걸요? 자, 이제 잠시 후 여러분께 페러그린 원장님과 이상한 아이들을 소개하겠습니다!"

관중들이 우레와 같은 박수를 보냈다. 밀라드의 모자가 잠깐 숙여졌다.

"먼저 첫 번째 공연의 주인공, 페러그린 원장님을 모시겠습니다!" 그가 커튼 뒤로 갔다가 잠시 후 다시 나타났다. 한쪽 팔에는 긴 천을 드리웠고 반대편 팔에는 송골매 한 마리가 앉아 있었다. 그가 오케스트라에 고갯짓을 하자 축제 음악 같은 흥겨운 음악이 울려 퍼졌다.

"잘 봐." 엠마가 팔꿈치로 나를 툭 치며 말했다.

밀라드가 송골매를 바닥에 내려놓고 천으로 새를 가렸다. 그리고 숫자를 세었다. "하나, 둘, 셋!"

셋 하는 순간 날개가 퍼덕거리는 소리가 들리더니 페러그린의 머리가, 그러니까 사람의 머리가 천 위로 나타났다. 박수가 나왔다. 천 위로 어깨 위만 나타난 걸 보면 몸은 발가벗은 것 같았다. 새로 변할 때 입고 있던 옷은 함께 변하지 않는 모양이었다. 페러그린이 천으로 서둘러 몸을 감쌌다.

"제이콥 포트먼!" 무대에서 나를 내려다보며 그녀가 말했다. "돌아와서 정말 기쁘구나. 오늘 공연은 전성기 시절 우리가 유럽 대륙을 돌며 펼쳤던 순회공연의 일부란다. 네가 좋아할 것 같아서 준비했으니 마음껏 즐기렴!" 그녀는 요란한 몸짓으로 무대 뒤로 물러나더니 옷을 입기 위해 집 안으로 들어갔다.

특별한 아이들이 한 명씩 무대에 올라 묘기를 선보였다. 밀라드는 턱시도를 벗고 완전히 투명인간이 되어서 유리병으로 곡예를 했고, 올리브는 무거운 신발을 벗고 두 개의 평행봉 위에서 무중력 상태의 곡예를 펼쳤다. 엠마는 불을 만들어서 삼켰다가 데지 않고 다시 뿜어내 보였다. 나는 손바닥에 물집이 잡힐 때까지 박수를 쳤다.

"이해가 안 가. 예전에 이런 공연을 했었다고?" 엠마가 자리로 돌아오자 내가 물었다.

"그렇다니까." 그녀가 대답했다.

"평범한 사람들을 위해서?"

"물론 평범한 사람들을 위해서지. 이상한 사람들이 이런 공연을 보려고 입장료를 내겠어?"

"하지만 이런 공연을 하면 정체가 탄로 나잖아."

그녀가 웃었다. "아무도 의심 안 해. 어차피 사람들은 묘기와 속임수를 보러 오는 거니까. 우리가 있는 그대로의 모습을 보여주는 거라곤 생각하지 않아."

"그런 식으로 사람들 속에 숨는 거구나."

"우리 같은 이상한 사람들은 그런 식으로 생계를 유지했어."

"그런데 아무도 눈치 못 챘어?"

"가끔 참견하기 좋아하는 얼간이들이 무대 뒤로 찾아오는데 그런 사람들을 쫓아내려고 항상 힘 좋은 친구들이 대기하고 있었지. 호랑이도 제 말 하면 온다더니, 마침 나오네!"

남자처럼 생긴 소녀가 작은 냉장고 크기의 바위를 들고 무대 위에 나타났다. "쟤는 머리가 좋은 편은 아니지만 워낙 담이 큰 데다 친구들을 위해서라면 죽을 수도 있는 애야. 브로닌하고 난 굉장히 친해."

페러그린 원장이 공연을 소개할 때 들고 있던 공연 진행용 카드를 누군가가 들고 내려왔다. 브로닌의 카드가 맨 위에 있었다. 카드 앞면의 사진 속에서 브로닌은 맨발로 서서 냉랭한 표정으로 카메라를 바라보고 있었다. 카드 뒤에는 '스완지의 괴력 소녀!'라고 적혀 있었

다.

"바위를 들고 있는 게 장기라면서 왜 사진 찍을 땐 그렇게 하지 않았어?"

"새가 여자다운 옷을 입으라고 시켜서 기분이 안 좋았거든. 성냥 갑도 안 들겠다고 버텼어."

"신발도 안 신겠다고 했고?"

"신발은 원래 안 신어."

브로닌이 무대 한복판으로 바위를 끌고 올라왔다. 그녀가 멍하니 관중석을 바라보는 동안 짧고 어색한 시간이 흘렀다. 누군가가 극적인 효과를 위해 잠시 간격을 두라고 말한 것 같았다. 마침내 브로닌이 몸을 숙이고 큼직한 양손으로 바위를 번쩍 들었다. 브로닌의 묘기를 수천 번은 보았을 텐데도 모두 박수치며 환호했다. 나는 한 번도 참석해본 적 없는 학교 단합대회에 온 것 같은 기분이었다.

브로닌이 하품하며 바위를 팔 밑에 끼고 무대에서 내려왔다. 그 다음엔 머리가 헝클어진 소녀가 무대 위로 올라왔다. 이름이 피오나라고 엠마가 말해주었다. 피오나는 흙을 가득 담은 화분을 앞에 놓고 지휘자처럼 양손을 높이 들었다. 오케스트라가 〈꿀벌의 비행〉을 연주하기 시작했다. 정확히 말하면, 그들이 연주할 수 있는 한도 내에서 연주했다. 피오나가 화분 위에서 무언가를 잡아끄는 시늉을 했다. 집중해서 힘을 쏟느라 표정이 일그러졌다. 음악이 절정에 달하자 화분에서 싹이 돋아났고 데이지 꽃이 피오나의 손을 향해 자라나기 시작했다. 마치 꽃이 피어나는 과정을 빠른 속도로 보여주는 비디오 같았다. 피오나가 보이지 않는 끈으로 흙 속에 숨어 있던 꽃을 끌어내고 있는 것 같기도 했다. 아이들이 자리에서 일어나 환호했다.

엠마가 카드를 뒤져 피오나를 찾았다.

"난 피오나 사진이 가장 마음에 들어. 이 복장을 준비하려고 우리가 며칠 동안 애를 썼거든."

사진을 보니 피오나는 거지 소녀 같은 옷을 입고 닭 한 마리를 들고 있었다.

"어떻게 보이고 싶었는데? 부랑자 소녀?"

엠마가 날 꼬집었다. "자연스럽게 찍고 싶었어. 야생 소녀처럼. 정글의 여왕 질. 우린 그렇게 부르거든."

"정말 정글에서 왔어?"

"아니. 아일랜드에서 왔어."

"정글엔 닭이 많은가보지?"

엠마가 나를 또 한 번 꼬집었다. 우리가 소곤거리는 동안 휴가 무대에 올라 피오나 곁에 섰다. 휴가 입을 벌리자 벌들이 나와 마치 이상한 짝짓기 의식처럼 피오나가 키운 꽃에 앉았다.

"피오나가 꽃이나 풀 말고 또 무얼 키울 수 있어?"

"채소라면 다 돼."

엠마가 말하면서 정원 텃밭을 가리켰다.

"그리고 가끔은 나무도 키워."

"정말? 이 나무들을 전부 다 키웠어?"

엠마가 다시 카드들을 뒤적였다. "가끔 피오나하고 잭과 콩나무 놀이를 해. 우리 중 한 명이 어린 나무 하나를 잡고 있고 피오나가 그 나무를 얼마나 높이까지 키울 수 있는지 보는 거야." 마침내 엠마가 찾으려던 사진을 찾아 손가락으로 두드렸다. "이게 기록이었어. 20미터!" 엠마가 자랑스럽게 말했다.

"너희 여기서 되게 심심하구나?"

엠마가 또다시 나를 꼬집으려 했지만 이번에는 내가 손을 막았다. 여자애들에 대해 잘은 모르지만 네 번이나 꼬집는 건 분명히 관심이 있다는 뜻이었다.

피오나와 휴가 무대를 떠난 뒤에도 몇몇 아이들이 더 무대에 올랐지만, 그때쯤 이미 아이들은 좀이 쑤시기 시작했고 결국 여름 햇살 속에서 놀기 위해 뿔뿔이 흩어졌다. 라임에이드를 홀짝거리며 햇볕을 쬐는 아이들도 있었고 크로케를 하는 아이들도 있었다. 피오나 덕분에 돌볼 필요도 없는 채소밭을 둘러보는 아이들도 있었고 점심으로 무얼 먹을지를 의논하는 아이들도 있었다. 나는 페러그린 원장에게 할아버지에 대해 좀 더 물어보고 싶었다. 할아버지 얘기만 꺼내면 침울해지는 엠마와는 그런 얘기를 할 수가 없었다. 그러나 원장은 어린 아이들을 데리고 수업을 하는 중이었다. 그러나 어차피 넘치는 게 시간이었다. 모든 것이 느리게 돌아갔고 오후 햇살이 너무도 따듯해서 특별히 무언가를 해야겠다는 생각이 들지 않았다. 나는 꿈을 꾸는 듯한 기분으로 하루 종일 어슬렁거렸다.

죄책감을 불러일으킬 정도로 거대한 거위 고기 샌드위치와 초콜릿 푸딩으로 점심을 먹은 뒤 엠마가 아이들에게 수영을 하러 가자고 조르기 시작했다. 밀라드는 신음 소리를 내며 바지 단추를 풀었다. "난 크리스마스 칠면조처럼 속이 꽉 찼어." 우리는 금방이라도 터질 것 같은 배를 움켜쥐고 거실의 벨벳 소파에 늘어져 있었고 브로닌은 베개 사이에 머리를 파묻고 있었다. "물에 들어가자마자 바로 가라앉을 것 같아." 베개에 파묻힌 피오나의 목소리가 들렸다.

그러나 엠마는 계속 고집을 부렸다. 10여 분을 조른 뒤 엠마는 낮잠 자던 휴, 피오나, 호러스를 깨웠고 경쟁이라면 절대 마다하지 않는 브로닌에게 수영 시합을 하자고 부추겼다. 우르르 집 밖으로 몰려나가는 우리를 보고 밀라드가 자기만 따돌린다며 소리를 질렀다.

수영하기에 가장 좋은 장소가 부두 근처에 있다고 했다. 그런데 부두로 가려면 마을을 곧장 가로질러야 했다. "내가 독일군 스파이라고 생각하는 술 취한 남자들은 어쩌고? 오늘은 방망이 든 덩치들한테 쫓기고 싶은 기분이 아닌데."

"바보! 그건 어제였잖아! 그 사람들은 아무것도 기억 못 해!" 엠마가 말했다.

"그 사람들이 네 미래 옷을 보지 못하게 타월이나 둘러." 호러스가 말했다. 나는 언제나처럼 청바지에 티셔츠 차림이었고 호러스는 늘 입는 검은 슈트 차림이었다. 그는 마치 페러그린 대학의 의상학부 학생처럼 어떤 상황에서든 병적일 정도로 격식을 갖추어 입는 것 같았다. 그의 사진을 부서진 트렁크에서 본 적이 있었다. 사진을 찍기 위해 격식을 갖추어 차려입은 모습이 완전히 도를 지나쳤다. 모자에 지팡이에 외알 안경까지.

"네 말이 맞아. 옷을 이상하게 입었다고 사람들이 쳐다보는 건 싫거든."

내가 한쪽 눈썹을 치켜 올리며 호러스에게 말했다.

"혹시 내 조끼를 두고 하는 말이라면, 그래. 내가 좀 옷차림을 중시하는 편이긴 해." 호러스가 거만하게 말하자 다른 아이들이 키득거렸다. "구식이라고 비웃고 싶으면 마음껏 비웃어. 노신사라고 부르고 싶으면 그렇게 해. 하지만 마을 사람들이 기억하지 못한다고 해서 건달처럼 옷을 입어도 되는 건 아니잖아?"

그 말과 함께 호러스가 슈트 깃을 매만졌고 아이들은 더 크게 웃었다. 화가 난 호러스가 경멸하는 듯한 표정으로 내 옷을 손가락질 했다. "저게 미래의 패션이라니, 정말 기가 막힐 따름이다!"

웃음소리가 잦아들자 나는 엠마를 한옆으로 끌어서 조용히 물었다.

"호러스는 어디가 이상한 거야? 입고 있는 옷 말고?"

"호러스는 예언적인 꿈을 꿔. 가끔 악몽을 꾸는데, 기가 막히게 들어맞아."

"얼마나 자주?"

"직접 물어봐."

그러나 호러스가 내 질문에 대답할 기분이 아닌 것 같아서 다음 기회로 미루기로 했다.

시내로 들어가면서 나는 허리에 타월을 묶고 어깨에도 타월을 걸쳤다. 예언이라고 말하기는 어려웠지만 호러스의 말이 옳았다. 아무도 나를 알아보지 못했다. 대로를 지나갈 때 사람들이 호기심 어린 눈빛으로 쳐다보긴 했지만 아무도 귀찮게 하지 않았다. 술집에서 나를 협박했던 뚱뚱한 남자도 만났다. 그는 담배 가게 앞에서 파이프에 담배를 채우며 듣는 둥 마는 둥 하는 여자에게 정치에 관해서 열변을 토하고 있었다. 곁을 지나칠 때 그를 바라보지 않을 수 없었다. 그도 나를 보았지만 알아보는 기색은 없었다.

누군가 마을 전체에 '재시작' 버튼을 누른 것 같았다. 나는 전날 보았던 것들을 알아보았다. 똑같은 마차가 거칠게 질주했고 뒷바퀴가 자갈밭에 자국을 남겼다. 우물가에 똑같은 여자들이 줄을 서 있었고 보트 바닥에 타르를 칠하던 남자는 24시간 전에 그랬던 것처럼 여전히 타르를 칠하고 있었다. 나의 도플갱어(같은 시공간에 존재하는 자신과 똑같은 모습의 환영-옮긴이)가 폭도들에게 쫓기는 모습을 금방이라도 볼 수 있을 것 같았지만 그런 식으로 돌아가지는 않는 모양이었다.

"너희는 이 동네에서 일어나는 일은 다 꿰고 있겠다. 어제처럼. 폭격기도 그렇고 마차도 그렇고."

"밀라드가 전부 다 알아." 휴가 말했다.

"알고말고! 실은, 세계 최초로 한 마을에서 하루 동안 일어나는 일들을 전부 다 기록하는 중이야. 마을에 사는 모든 사람이 경험하는 하루를 기록하는 거지. 모든 행동과 모든 대화, 소리까지 전부 다. 케르놈 주민 백쉰아홉 명, 동물 서른두 마리가 해 뜬 직후부터 해 질 때까지 경험하는 것들을 하나도 빼놓지 않고 모두 다."

"대단하다!" 내가 말했다.

"대단하고말고! 27년 동안 벌써 동물은 반 정도 끝냈고 사람들은 거의 다 정리했어."

내가 입을 쩍 벌렸다. "27년!"

"돼지를 기록하는 데만 장장 3년이 걸렸다니까! 3년 동안 매일같이 돼지들의 모든 행동을 기록했다고. 상상이 가? 아무개 돼지가 똥한 덩어리를 쌌다, 아무개 돼지가 꿀꿀 하고는 오물 속에서 잠을 잤다!" 휴가 빈정거렸다.

"꼼꼼한 기록은 이 작업에 필수적인 요건이야. 하지만 네가 질투하는 것도 이해는 간다. 이건 분명히 학술계에서 유래가 없는 일일 테니까." 밀라드가 침착하게 말했다.

"잘난 척은……. 따분하기로 유래가 없겠지! 아마 인간이 기록한 가장 따분한 글일걸!" 엠마가 말했다.

밀라드는 대꾸하지 않고 계속 다음에 어떤 일이 일어날지 예측했다. "이제 히긴스 부인이 기침을 시작할 거야." 그가 말하자 거리의 어떤 여자가 격한 기침을 시작했다. 얼굴이 벌겋게 되도록. "낚시꾼이 전쟁 때문에 장사하기가 힘들다고 투덜댈 거고." 그러자 한 남자가 어망을 실은 수레를 끌고 지나가면서 옆에 있는 사람에게 "망할 놈의 잠수함 때문에 고깃배를 끌고 나갈 수가 있어야 말이지!"하고 투덜거렸다.

내가 정말 대단하다고 말했다. "내 공을 알아주는 사람이 있으니 고맙군!" 그가 대답했다.

우리는 북적이는 부두를 따라 끝까지 걸었고 삐죽 튀어나온 자갈밭을 지나 백사장으로 향했다. 남자아이들은 속옷만 남기고 옷을 전부 벗었지만(물론 호러스는 신발과 넥타이만 벗었다) 여자아이들은 한쪽 구석으로 가서 촌스러운 구식 수영복으로 갈아입었다. 그러고 나서 모두 함께 수영을 했다. 다른 아이들이 물장구를 치는 동안 브로닌과 엠마는 수영 시합을 했다. 탈진할 때까지 물에서 놀다가 나와서 모두 백사장에 누워 낮잠을 잤다. 햇볕이 너무 따가워지면 다시 물속으로 들어갔고 차가운 물에 몸이 떨려오기 시작하면 다시 뭍으로 나오며 놀다보니 어느덧 그림자가 백사장에 길게 드리워졌다.

우리는 끝없이 이야기를 나누었다. 아이들은 내게 질문거리가 백만 가지는 있었고 나는 페러그린 원장에게서 벗어나 있었기 때문에 솔직하게 대답할 수 있었다. 네가 사는 세상은 어때? 사람들은 무얼 먹고 마시고 입어? 언제쯤이면 과학이 질병과 죽음을 정복할 수 있을 거 같아? 아이들은 멋진 세계에 살고 있었지만 새로운 사람, 새로운 이야기에 굶주려 있었다. 나는 이따금 머리를 긁적여가면서 존스턴 선생님의 역사 시간에 들었던 20세기 역사에 대해 내가 아는 모든 이야기를 들려주었다. 달 착륙, 베를린 장벽, 베트남 전쟁 같은 것들을 아이들은 거의 알지 못했다.

아이들이 가장 신기해한 것은 내가 사는 세상의 기술과 생활 방식이었다. 집집마다 에어컨이 설치되어 있다는 이야기를 듣고 놀랐고 텔레비전이라는 게 있다는 얘기를 들어본 적은 있지만 본 적이 없었기 때문에 방마다 말하는 상자가 있다는 얘기를 듣고는 충격에 휩싸였다. 비행기 여행은 그들의 기차 여행만큼이나 흔한 교통수단이라는 얘기, 군인들이 리모컨으로 무인 비행기를 조종한다는 얘기, 사람들이 주머니에 쏙 들어가는 휴대전화 겸 컴퓨터를 들고 다닌다는 얘기도 했다. 비록 작동은 되지 않지만 나는 휴대전화를 꺼내 미끈한 기계를 보여주었다.

어느덧 해가 지고 있었고 마침내 우리는 집으로 향했다. 엠마는 진드기처럼 내 옆에 꼭 달라붙어 있었고 걸을 때 그녀의 손등이 내 손에 스쳤다. 마을 변두리의 사과나무를 지날 때 엠마가 하나를 따려고 멈추었지만 까치발을 해도 가장 낮은 가지에 달린 사과도 손에 닿지 않았다. 그래서 나는 신사라면 누구나 할 법한 행동을 했다. 두 팔로 그녀의 허리를 안고 되도록 낑낑거리는 소리를 내지 않으려고 애쓰면서 엠마를 들어주었다. 엠마는 젖은 금발 머리카락을 햇살에 반짝이며 흰 팔을 뻗었다. 땅에 내려놓는 순간 엠마가 내 뺨에 키스한 뒤 사과를 내밀었다.

"자! 네가 번 거니까."

"사과? 아니면 키스?"

엠마가 웃으며 다른 아이들이 있는 쪽으로 뛰어갔다. 이 감정을 뭐라고 불러야 할까. 그 애와 나 사이에 무슨 일이 일어나고 있는지 몰라도 나는 이 느낌이 좋았다. 왠지 한심해진 것 같고 마음이 약해진 것 같고 그러면서도 기분이 좋았다. 나는 주머니에 사과를 넣고 엠마를 쫓아갔다.

늪에 이르자 나는 집에 가야 한다고 말했고 엠마는 토라진 척했다. "데려다주는 건 허락해줄 거지?" 엠마가 말하고는 다른 아이들에게 손을 흔들고 돌무덤으로 향했고 나는 엠마가 밟았던 자리를 기억하려 애쓰며 쫓아갔다.

"내가 사는 세상에 잠깐만 나갔다 오자." 돌무덤 앞에서 내가 말했다.

"안 돼. 바로 돌아가지 않으면 원장님이 우릴 의심하실걸."

"의심?"

엠마가 수줍게 웃었다. "그런 게 있어."

"그런 거라니?"

"원장님은 항상 우릴 감시하거든." 엠마가 웃으며 말했다.

나는 전략을 바꾸었다. "그럼 내일 날 만나러 오는 건 어때?"

"널? 밖에서?"

"왜? 안 돼? 원장님이 거기까지 쫓아와서 감시하진 않을 거 아냐. 우리 아빠도 만나봐. 물론 네가 누구인지는 말하면 안 되겠지만. 그러면 내가 하루 종일 어디 가서 무얼 하는지 아빠도 조금 덜 궁금해하실 거야. 내가 예쁜 여자애를 만나고 다니는 걸 알면…… 그게 우리 아빠의 가장 큰 꿈이거든."

'예쁜 여자애'라는 말에 엠마가 조금 웃을 줄 알았지만 오히려 표정이 시무룩해졌다. "우리 새는 한 번에 몇 분 정도 나가는 것만 허락해줘. 루프가 막히지 않도록."

"사실대로 말하면 되잖아!"

엠마가 한숨을 쉬었다. "그러고 싶어. 정말이야. 하지만 그건 좋은 생각이 아닌 거 같아."

"원장님이 너희를 아주 짧은 개줄에 묶어놓았구나."

"잘 알지도 못하면서 함부로 말하지 마. 그리고 나를 개에 비유 해줘서 고마워. 아주 훌륭한 비유다."

조금 전까지만 해도 사이가 좋았는데 왜 갑자기 싸우게 된 걸까.

"그런 뜻이 아니었어."

"싫다는 게 아니라 그럴 수가 없는 거라니까!"

"좋아. 그럼 협상하자. 하루 종일 노는 건 포기하고 대신 딱 1분 만 있자."

"1분? 1분 동안 무얼 하게?"

내가 싱긋 웃었다. "아마 놀랄걸?"

"말해줘!" 나를 밀며 엠마가 말했다.

"네 사진을 찍으려고."

엠마의 미소가 사라졌다. "나 지금 별로 안 예쁜데." 엠마가 망설 이며 말했다.

"아니. 너 아주 예뻐. 정말이야."

"딱 1분? 약속해?"

나는 엠마를 먼저 돌무덤으로 들어가게 했다. 밖으로 나와보니 안개가 자욱하고 쌀쌀하긴 했지만 다행히 비는 그쳤다. 나는 휴대전 화를 꺼내 내 이론이 옳음을 확인하고 흐뭇했다. 루프 밖에서는 전자 제품이 작동했다.

"카메라는 어디 있어? 빨리 찍어." 엠마가 몸을 떨며 말했다.

나는 휴대전화를 들고 엠마를 찍었다. 엠마는 고개를 저었다. 내가 사는 희한한 세상의 그 어떤 물건도 이보다 더 놀라울 수는 없다는 듯이. 어느 순간 엠마가 달리기 시작했고 나는 돌무덤 주위로 그녀를 쫓아다녔다. 우리 둘 다 웃고 있었다. 엠마는 숨어 있다가 갑자기 나타나 카메라를 위해 포즈를 취했다. 나는 1분 동안 여러 장의 사진을 찍었고 휴대전화의 저장용량을 거의 다 써버렸다.

엠마가 돌무덤으로 들어가면서 나에게 키스를 날렸다. "내일 만나, 미래 소년!"

내가 손을 들어 작별 인사를 했고 엠마는 동굴 속으로 사라졌다.

❦

마을로 뛰어가면서 나는 얼어 죽는 줄 알았고, 온몸이 다 젖었지만 바보처럼 히죽거렸다. 여관까지는 아직 한 블록을 더 가야 했지만 발전기 소음 속에서 누군가가 내 이름을 부르고 있었다. 목소리를 따라가보니 아빠가 스웨터 바람으로 비를 맞은 채 길가에 나와 있었다. 아빠의 입김이 마치 쌀쌀한 아침의 자동차 배기 가스 같았다.

"제이콥! 하루 종일 찾아다녔잖아!"

"저녁 시간까지 돌아오라고 하셨잖아요. 그래서 때맞춰 돌아왔는데요."

"지금 저녁식사가 문제가 아니다. 나하고 같이 좀 가자."

아빠는 저녁을 거르는 법이 없었다. 뭔가 일이 틀어져도 단단히 틀어진 모양이었다.

"무슨 일인데요?"

"가는 길에 설명하마." 아빠가 술집으로 향하며 말했다. 그제야 아빠는 나를 찬찬히 살펴보았다.

"너 다 젖었구나. 재킷을 또 잃어버렸니?"

"저기 그게……."

"얼굴은 왜 그렇게 벌게? 꼭 햇볕에 그을린 것 같구나."

젠장. 하루 종일 선크림도 바르지 않고 해변에서 놀았다. "뛰어다녔어요." 추워서 팔에 소름이 돋았는데도 나는 그렇게 말했다.

"무슨 일이에요? 누가 죽기라도 한 거예요?"

"아니. 하긴, 죽긴 했지. 양들이."

"양이 죽은 게 우리하고 무슨 상관이에요?"

"어린애가 그런 것 같대. 반달리즘(다른 문화나 종교, 예술 등에 대한 무지로 그것들을 파괴하는 행위-옮긴이) 같은 거 말이야."

"누가 그래요? 양 경찰이 그래요?"

"농부들이. 스무 살 미만의 모든 애들을 심문하고 있어. 네가 하루 종일 어디 있었는지에 대해서도 무척 관심이 많아."

가슴이 철렁 내려앉았다. 내겐 그럴듯한 알리바이가 없었다. 프리스트 홀로 향하면서 나는 정신없이 이야기를 지어내기 시작했다.

여관 앞에 선 성난 농부들 주위로 사람들이 모여 있었다. 그중 한 명은 진흙투성이의 작업복 차림에 위협적인 자세로 쇠갈퀴를 들었고, 또 한 사람이 윕의 옷깃을 잡고 있었다. 윕은 네온색 운동복 바지에 '큰형이라고 불러주면 좋겠어'라고 적힌 티셔츠를 입었고, 운 것 같은 얼굴에 윗입술에는 콧물 거품을 달고 있었다.

우리가 다가오는 것을 보고 비쩍 마르고 털모자를 쓴 농부가 손가락으로 나를 가리켰다. "저기 오네! 도대체 어디 있었던 거냐?" 그가 소리쳤다.

아빠가 내 등을 두드렸다. "말씀드려." 아빠는 자신 있게 말했다.

나는 아무것도 숨길 게 없는 척하려 애썼다. "섬 반대편에 갔었어요. 그 커다란 집에요."

털모자는 혼란스러운 표정이었다. "어떤 커다란 집?"

"그 숲 속 폐허를 말하는 거겠지. 제정신이 박힌 놈 같으면 절대 갈 곳이 못 돼. 유령이 출몰하는 데다 언제 무너질지 모르니까." 쇠갈퀴가 말했다.

털모자가 눈살을 찌푸렸다.

"그 집에 누구하고 갔단 거냐?"

"혼자서 갔어요." 내가 말했다. 아빠가 재미있다는 표정으로 나를 쳐다보았다.

"헛소리하지 마. 얘하고 갔었지!" 웜을 잡은 남자가 말했다.

"난 양을 죽이지 않았다고요!" 웜이 소리쳤다.

"입 닥쳐!" 남자가 소리쳤다.

"제이콥? 친구들하고 같이 간다면서." 아빠가 말했다.

"제가 언제요?"

내 말에 털모자가 돌아서서 침을 뱉었다. "이 엉큼한 거짓말쟁이 같으니라고! 사람들이 다 보도록 밧줄로 묶어놔야겠다."

"물러서시죠." 아빠가 최대한 근엄한 목소리로 말했다. 털모자는 욕을 내뱉으며 아빠 쪽으로 다가갔고 아빠와 마주 섰다. 둘 중 한 사람의 주먹이 올라가기 전에 익숙한 목소리가 들려왔다. "그만해, 데니스. 찬찬히 해결하자고." 사람들 틈에서 마틴이 앞으로 나서며 두 사람 사이에 섰다. 그가 아빠에게 "먼저, 아드님이 어딜 간다고 하고 나갔는지부터 말씀해보시죠." 라고 말했다.

아빠가 나를 쏘아보았다. "친구들을 만나러 간다고 했어요."

"어떤 친구들?" 쇠갈퀴가 물었다.

극약 처방을 하지 않으면 상황이 악화되리란 것은 불 보듯 훤했다. 물론 아이들 이야기를 할 수는 없었다. 해봐야 믿지도 않을 것이었다. 나는 모험을 하기로 했다.

"실제 친구들은 아니고요. 상상 속의 친구들이에요."

내가 수치심을 느끼는 척하며 시선을 내리깔았다.

"지금 얘가 뭐랍니까?"

"자기가 말한 친구들이 상상 속의 친구들이라는군요." 아빠가 근심어린 목소리로 내 말을 되풀이했다.

농부들은 난처한 표정으로 눈빛을 주고받았다.

"보셨죠? 얘 완전 사이코라니까요? 얘 짓이 틀림없어요!" 웜이 말했다. 얼굴에 한 줄기 희망이 서렸다.

"전 양은 건드리지도 않았어요." 아무도 귀담아 듣는 것 같진 않았지만 내가 말했다.

"그 미국 아이가 한 짓이 아니야." 웜을 붙잡고 있던 농부가 웜의 셔츠를 잡아당기며 말했다.

"이 녀석은 전력이 있어. 몇 년 전에 양 한 마리를 발로 낭떠러지 밑으로 떨어뜨리는 걸 봤거든. 내 눈으로 직접 보지 않았다면 아마 안 믿었을 거야. 왜 그랬냐고 물으니까 글쎄 날 수 있는지 보려고 그랬대. 완전 미친놈이라니까."

사람들이 기가 차다는 듯 수군거렸다. 웜은 심기가 불편해 보이긴 했지만 부정하지도 않았다.

"너하고 붙어 다니던 생선가게 친구는 어디 있냐?" 쇠갈퀴가 물었다. "이놈 짓이었다면 다른 한 놈도 분명히 같이 있었을 거야." 누군가 딜런을 부둣가에서 봤다고 했고 몇 사람이 그 녀석을 데려오겠다며 나섰다.

"늑대가 한 짓은 아닐까요? 아니면 들개라든가. 저희 아버지도 개한테 물려서 돌아가셨거든요." 아빠가 말했다.

"케르놈에 개라고는 양치기 개들뿐이에요. 양치기 개가 설마 양을 물어 죽이겠소?" 털모자가 말했다.

아빠가 더 늦기 전에 돌아서기를 바랐지만 아빠는 마치 셜록 홈스처럼 이 사건에 몰입하고 있었다. "양이 몇 마리나 죽었습니까?"

"다섯 마리요." 그때까지 한마디도 하지 않던 키 작고 뚱한 농부가 대답했다. "전부 다 우리 집 양이고 우리 안에서 죽었어요. 그 불쌍한 것들이 달아날 틈도 없었지요."

"양 다섯 마리라. 양 다섯 마리라면 피가 어느 정도일까요?"

"꽤 되겠죠." 쇠갈퀴가 말했다.

"누가 그런 짓을 했건 피범벅이 되지 않았을까요?"

농부들이 서로를 쳐다보았다. 그들이 나를, 그리고 웜을 쳐다보았다. 그들은 어깨를 으쓱하고 머리를 긁적였다. "그럼 여우들 짓인가?" 털모자가 말했다.

"여우가 떼로 몰려왔다면 모를까. 이 섬에 그렇게 많은 여우가 있기나 한지 모르겠네." 쇠갈퀴가 미심쩍은 목소리로 말했다.

"그런데 상처가 너무 깨끗하단 말이야. 칼로 벤 게 틀림없어." 웜을 잡고 있던 남자가 말했다.

"믿기 힘든 일이네요." 아빠가 말했다.

"그럼 직접 가서 한번 보시죠." 털모자가 말했고 사람들이 술렁이기 시작했다. 모여 있던 사람들이 농부들을 따라 범죄 현장으로 향했다. 우리는 낮은 언덕을 넘어 들판을 지나 직사각형 모양의 축사가 뒤쪽에 자리 잡고 있는 조그만 갈색 오두막집으로 향했다. 그리고 축사로 다가가 조심스럽게 안을 들여다보았다.

축사 안의 참상은 거의 만화 수준이었다. 어떤 미치광이 인상주의 화가가 빨간색으로만 칠해놓은 그림 같았다. 짓밟힌 잔디에는 핏물이 흥건했고 축사의 낡은 기둥에도 핏물이 들었고 뻣뻣한 양 시신이 겁 많은 짐승의 고통을 고스란히 드러내며 사방에 널려 있었다. 농부 하나가 울타리를 타고 올라가서 뻣뻣한 두 다리를 잡아 양을 들어보았다. 이상한 각도로 매달려 있는 양은 마치 지퍼를 내린 것처럼 목에서 가랑이까지 쭉 찢어져 있었다.

나는 고개를 돌렸다. 다른 사람들도 웅성거리며 고개를 저었고 어떤 사람은 낮은 휘파람 소리를 냈다. 윌이 구역질을 하며 울음을 터뜨렸고 그 모습은 자신의 죄를 인정하는 무언의 행위로 비쳤다. 자신의 범죄현장을 대면하기 힘들어한 범죄자는 결국 마틴의 박물관에 갇히는 신세가 되었다. 박물관의 교회 성물 안치소는 본토에서 경찰이 송환할 때까지 이 섬의 임시 감옥으로 이용되고 있었다.

살해당한 양들을 지켜보고 있는 농부를 남겨두고 아빠와 나는 다시 여관으로 향했다. 우리는 슬레이트 빛깔의 회색 황혼이 내리는 젖은 언덕길을 터벅터벅 걸었다. 방으로 들어온 나는 아빠의 잔소리를 들을 차례라는 것을 알았다. 나는 선수를 쳐서 아빠를 진정시켜보려 애썼다.

"아빠. 제가 거짓말했어요. 죄송해요."

"그래?" 아빠가 젖은 스웨터를 벗고 마른 옷으로 갈아입으며 비꼬는 투로 말했다. "아주 잘했구나. 그런데 어떤 거짓말을 말하는 거냐? 도저히 따라가질 못하겠구나."

"친구들 만난다는 거요. 이 섬에 다른 아이들은 없어요. 제가 혼자 간다고 하면 아빠가 걱정할까봐 꾸며낸 얘기였어요."

"당연히 걱정하지. 의사가 걱정하지 말랬어도 걱정하고말고."

"알아요."

"상상 속의 아이들은? 골란 박사도 알고 있니?"

나는 고개를 저었다. "그것도 거짓말이었어요. 어떻게든 그 사람들 추궁을 벗어나야 했어요."

아빠가 팔짱을 끼었다. 내 말을 믿어야 할지 말아야 할지 망설이는 표정으로. "그래?"

"양을 죽인 범인보다는 좀 이상한 애가 낫잖아요. 안 그래요?"

나는 탁자 앞에 앉았다. 아빠가 한동안 나를 쳐다보았다. 내 말을 믿는지 못 믿는지 확실히 알 수 없었다. 아빠는 세면대로 가서 세수를 했다. 물기를 닦고 돌아섰을 때 아빠는 내 말을 믿는 편이 훨씬 속이 편하다는 결론에 도달한 것 같았다.

"골란 박사한테 전화 안 해도 되겠니? 긴 대화를 나눠보면 어떨까?" 아빠가 물었다.

"아빠가 원하시면 할게요. 하지만 전 괜찮아요."

"그래서 내가 그 래퍼들하고 어울리지 못하게 했던 거야." 아빠는 잔소리의 구색을 갖추기 위해 뭔가 부모다운 결론을 내릴 필요가 있다고 판단한 것 같았다.

"아빠 말씀이 옳았어요." 내가 말했다. 그러나 속으로는 그 아이들 중 누구도 그런 짓을 저지를 수 없을 거라 생각했다. 웜과 딜런은 말을 좀 거칠게 할 뿐, 다른 건 없었다.

아빠가 내 맞은편에 앉았다. 피곤해 보였다. "어떻게 이런 날씨에 햇볕에 그을릴 수 있는지는 여전히 의문이구나."

참, 그렇지! 햇볕! "제 피부가 좀 예민한가보죠." 내가 말했다.

"내가 보기에도 그런 것 같다." 아빠가 덤덤하게 말했다.

아빠는 결국 나를 놓아주었고 나는 샤워를 하고 나서 엠마를 생각했다. 이를 닦고 나서도 엠마를 생각했다. 그 뒤에는 방으로 돌아가서 엠마가 준 사과를 주머니에서 꺼내 침대 맡 탁자에 놓았다. 그리고 엠마가 실제로 존재하는지 확인하고 싶어서 휴대전화를 꺼내 엠마의 사진들을 바라보았다. 아빠가 잠자리에 드는 소리를 들었을 때에도 여전히 사진을 보고 있었고 발전기가 꺼져서 램프의 불이 나간 뒤에도 여전히 사진을 보고 있었고 엠마의 얼굴이 있는 조그만 화면 말고는 세상의 모든 빛이 사라졌을 때에도 나는 여전히 어둠 속에서 엠마를 바라보고 있었다.

제8장

chapter eight

또 한 차례 설교를 피하고 싶어서 나는 일찌감치 일어나 아빠가 눈뜨기 전에 집을 나섰다. 아빠 방문 밑에 쪽지를 하나 써놓고 엠마가 준 사과를 가지러 돌아가보니 두었던 자리에 없었다. 바닥을 샅샅이 살펴보다가 여러 개의 먼지 덩어리와 골프공만 한 가죽 같은 물건을 하나 발견했다. 사과를 누가 가져갔나 생각하다가 나는 그 갈색 물건이 바로 사과임을 깨달았다. 사과는 하룻밤 사이에 완전히 썩어버렸다. 더구나 한 번도 본 적이 없는 방식으로. 마치 탈수기로 수분을 제거한 것 같았다. 집어 드는 순간 사과가 내 손안에서 마치 한 줌의 재처럼 부스러졌다.

당혹스러웠지만 이내 어깨를 으쓱하고 여관을 나섰다. 억수같이 비가 내렸지만 잠시 후 나는 잿빛 하늘을 뒤로하고 루프 안의 따스한 햇살 속으로 들어섰다. 그러나 이번에는 돌무덤 반대편에서 나를 기다리는 예쁜 소녀는 없었다. 예쁜 소녀는 고사하고 아무도 나를 기다리고 있지 않았다. 너무 실망하지 않으려 애썼지만 실망했다, 약간.

아이들의 집에 도착하자마자 엠마를 찾아 두리번거렸다. 그런데 현관문을 들어서기 무섭게 페러그린 원장이 내 앞을 가로막았다.

"제이콥, 잠깐 얘기 좀 할까?" 그녀가 나를 부엌 쪽으로 데리고 갔다. 내가 놓친 근사한 아침식사 냄새가 아직 남아 있었다. 나는 마치 교장실로 불려간 학생이 된 것 같은 기분이었다.

페러그린 원장이 거대한 조리용 스토브에 기대어 섰다. "이곳에 오는 게 즐겁니?"

나는 아주 즐겁다고 대답했다.

"다행이구나." 그녀가 말했다. 그러나 그 순간 그녀의 미소가 사라졌다. "어제 우리 아이들 몇 명하고 아주 즐거운 시간을 보냈다면서? 재미있는 이야기도 하고."

"정말 재미있었어요. 다들 참 착한 친구들이에요." 애써 가볍게 말했지만 무언가 추궁당하는 느낌이 들었다.

"어제 우리 아이들과 어떤 대화를 나누었지?"

나는 기억을 되짚어보았다. "글쎄요. 여러 가지 이야기를 했어요. 제가 살고 있는 세상에서 쓰는 물건들이 어떤지, 사람들이 어떤지……."

"네가 살고 있는 세상?"

"네."

"과거의 아이들에게 미래 이야기를 들려주는 것이 과연 현명한 일일까?"

"아이들? 쟤들을 정말 아이들이라고 생각하세요?" 그 말이 입 밖으로 나온 순간 나는 후회했다.

"본인들이 스스로를 아이들이라고 생각하고 있는데, 달리 뭐라고 불러야 하지?" 페러그린 원장이 짜증스럽게 말했다.

페러그린의 심기로 보아 그 문제를 걸고넘어질 때가 아닌 것 같았다. "생각해보니 아이들이 맞겠네요."

"맞고말고. 다시 한 번 물어보마. 과거의 아이들에게 미래 이야기를 들려주는 것이 과연 현명한 일일까?" 페러그린은 손으로 마치 칼질을 하는 듯한 동작을 취하며 한 마디 한 마디를 강조했다.

나는 스스로를 궁지에 몰아넣기로 결정했다. "아뇨."

"하지만 넌 그랬어! 어젯밤 저녁식사 시간에 휴가 21세기 통신기술이 얼마나 대단한지에 대해 일장 연설을 하더구나. 원장님, 21세기에는 편지를 보내자마자 바로 받을 수 있다는 거 아세요?" 그녀의 목소리에 냉소가 배어났다.

"이메일 말씀하시는군요."

"휴가 전부 다 알고 있더라."

"이해가 안 가요. 도대체 그게 왜 문제가 되죠?"

그녀가 스토브에 기대었던 몸을 일으키고 부자연스러운 걸음걸이로 내게 다가왔다. 나보다 키가 한참 작았지만 그래도 어딘가 위협적이었다.

"이곳에서 아이들을 안전하게 지켜주는 것이야말로 임브린으로서 맹세한 나의 의무야. 그 의무란 다시 말해서, 이 섬의 이 루프 안에 아이들을 머물게 하는 걸 뜻하지."

"그렇군요."

"네가 살고 있는 세계는 이 아이들이 결코 살 수 없는 세계야. 그 아이들 머릿속을 미래에 대한 온갖 환상으로 채우는 게 무슨 도움이 되겠니? 네 덕분에 우리 아이들 반은 제트기를 타고 미국으로 날아가게 해달라고 조르고 또 나머지 반은 네가 갖고 있는 것 같은 전화 컴퓨터를 갖는 꿈을 꾸고 있어!"

"죄송해요. 제가 생각이 짧았네요."

"여긴 그 아이들의 집이야. 나는 이 집을 최대한 좋은 곳으로 만들고 싶어. 하지만 어떻게 보면 영원히 이곳을 결코 떠날 수 없다는 게 그 아이들의 현실이야. 그러니까 아이들이 이곳을 떠나고 싶게 만들지 말아주었으면 좋겠다."

"그런데 도대체 왜 떠날 수 없단 거죠?"

페러그린이 잠시 미간을 좁힌 뒤 고개를 저었다. "미안하다, 제이콥. 네가 얼마나 무지한지 자꾸만 잊게 되는구나." 빈둥거리는 것을 도저히 용납하지 못하는 성격인지 페러그린 원장은 스토브 안에 있던 프라이팬을 꺼내 철제 수세미로 닦기 시작했다. 내 질문을 무시하려는 걸까? 아니면 그저 대답을 하지 않는 게 상책이라는 결론에 도달한 것일까?

프라이팬이 깨끗해지자 그녀가 스토브 위에 프라이팬을 올려놓고 말을 이었다. "이 아이들은 네가 사는 세상에 머물 수가 없어. 그랬다간 곧 늙어버리고 죽을 테니까."

"죽는다니요? 그게 무슨 뜻이죠?"

"더 이상 무슨 설명이 필요하겠니? 아이들이 죽는다고." 그 얘기를 빨리 끝내고 싶다는 듯 그녀가 차갑게 말했다. "네가 보기엔 우리가 죽음을 피하는 방법을 찾은 것처럼 보이겠지만 그건 환상이야. 아이들이 루프 밖에 너무 오랫동안 어슬렁거리다 보면 그동안 거부해왔던 세월이 한꺼번에, 몇 시간 만에 밀려들지."

나는 탁자 위에 놓아두었던 사과처럼 사람이 쪼그라들어서 부서지는 상상을 했다. "정말 끔찍하겠네요." 내가 몸서리치며 말했다.

"불행히도 나는 실제로 몇 번 그런 일을 목격했어. 내 인생에서 가장 끔찍한 일이었지. 끔찍한 일들을 수없이 겪을 정도로 오래 살았던 나에게도 힘든 일이었어."

"그러니까 전에도 이런 일이 있었단 거군요."

"내가 데리고 있던 어린 여자애가 그런 일을 당했어. 몇 년 전이었지. 그 아이 이름은 샬럿이야. 그날이 내가 처음이자 마지막으로 다른 임브린을 방문했던 날이었지. 그 짧은 시간 동안 샬럿은 만류하는 아이들을 뿌리치고 루프 밖으로 나가서 돌아다녔어. 1985년인가 1986년쯤이었을 거야. 바깥세상을 혼자 돌아다니다가 경찰 눈에 띄었지. 샬럿은 자기가 뭘 하고 있었는지 어디에서 왔는지 설명할 수가 없었어. 적어도 그 경찰의 성에 찰 정도로는. 결국 그 불쌍한 아이는 본토의 어린이 복지시설로 가는 배를 타게 됐어. 내가 그 애를 찾은 게 이틀 만이었는데 그때 이미 서른다섯 살을 먹은 뒤였지."

"그 사진을 본 기억이 나요. 아이들 옷을 입은 어른 여자."

페러그린 원장이 우울한 표정으로 고개를 끄덕였다.

"그날 이후로 많이 달라졌어. 머리가 예전 같지가 않았지."

"어떻게 됐는데요?"

"나이트자 원장이 데리고 있어. 나이트자 원장과 스러시 원장이 다루기 힘든 아이들을 주로 데리고 있거든."

"하지만 이 섬에만 갇혀 있어야 하는 건 아니잖아요. 왜 1940년에만 머물러야 하죠?"

"물론 섬 밖으로 나갈 수도 있고 나이를 먹을 수도 있겠지. 평범

한 사람들처럼. 하지만 무얼 위해서? 전쟁에 휩쓸리려고? 그 아이들을 두려워하고 이해하지 못하는 사람들을 만나려고? 그 외에도 다른 위험이 도사리고 있어. 아이들은 여기 있는 게 최선이야."

"다른 위험이라니요?"

그녀의 얼굴이 어두워졌다. 마치 얘기를 꺼낸 것이 잘못이라는 듯. "네가 상관할 바가 아니야. 적어도 아직은."

그 말과 함께 그녀가 나를 내쫓았다. 다른 위험이라는 게 도대체 뭐냐고 다시 한 번 물었지만 그녀는 내 면전에서 방충 문을 닫았다. "즐겁게 놀다 가렴. 어서 가서 엠마를 만나봐. 아마 목을 빼고 기다리고 있을 거다." 그녀가 억지로 미소를 지어 보이며 새소리를 낸 뒤 집 안으로 사라졌다.

나는 어떻게 하면 썩은 사과의 이미지를 머릿속에서 떨쳐버릴 수 있을지 궁리하며 뜰을 서성거렸다. 그러나 잠시 후 그 생각을 떨쳐 낼 수 있었다. 잊어버린 것은 아니었다. 단지 더 이상은 그 상상 때문에 괴롭지가 않았다. 참 이상한 일이었다.

엠마를 찾아 돌아다니다가 휴에게서 엠마가 마을에 생필품을 구하러 갔다는 얘기를 전해 듣고 나무 그늘에 앉아 기다렸다. 5분도 채 되지 않아서 나는 얼간이 같은 미소를 머금고 꾸벅꾸벅 졸면서 점심식사로 무얼 먹을지 생각하고 있었다. 이곳에 있는 것 자체가 나에 겐 최면 효과 같은 게 있는 것 같았다. 마치 마약처럼 루프가 기분을 고조시키고 마음을 진정시켰다. 이곳에 오래 있으면 결코 떠나고 싶지 않을 것이다.

그것이 사실이라면, 이곳에서 일어나는 많은 일들을 이해할 수 있었다. 이를테면, 아이들이 어떻게 미쳐버리지 않고 수십 년 동안 매일 똑같은 일상을 견딜 수 있었는지. 아름다운 곳이고 편안한 삶이었지만 매일매일이 똑같다면, 그리고 아이들이 이곳을 떠날 수 없다면 페러그린 원장이 말했던 것처럼 이곳은 천국이 아닌 감옥이었다. 단지 사람을 취하게 할 정도로 유쾌한 감옥이어서 그 사실을 알아차리는 데에 오랜 세월이 걸리고, 마침내 알았을 땐 이미 너무 늦어서 떠나는 것이 너무 위험해진다.

그렇다면 이곳에 머무르는 것은 의식적인 결단이라고는 말할 수 없었다. 아이들은 무작정 이곳에 머물다가, 아주 오랜 세월이 지난 뒤에야 궁금해질 것이다. 만약 이곳에 머물지 않았다면 어떻게 되었을지.

⚬

깜빡 졸았는지, 오전이 반쯤 지났을 때 무언가가 발을 건드리는 것 같아 잠에서 깨어났다. 힘겹게 한쪽 눈을 떠보니 조그만 사람같이 생긴 무언가가 내 신발 안으로 들어오려다가 신발 끈에 걸려 허우적거리고 있었다. 팔다리가 뻣뻣하고 부자연스러웠고 자동차 휠캡 반 정도 키에 군복을 입고 있었다. 나는 조그만 인형이 신발 끈에서 벗어나려고 애쓰다가 멈추는 것을 지켜보았다. 아마 태엽이 다 풀린 모양이었다. 나는 신발 끈을 풀어 인형을 뺀 다음 태엽을 찾기 위해 뒤집어보았다. 그러나 태엽이 없었다. 자세히 살펴보니 볼수록 이상하고 조악한 장난감이었다. 머리를 진흙으로 동그랗게 빚었고 얼굴에 온통 지문이 묻어 있었다.

"이리 가져와!" 저만치에서 누군가가 소리쳤다. 숲 가장자리 나무 그루터기에 앉은 소년이 내게 손을 흔들었다.

　그의 주위로 여러 개의 태엽 인형들이 마치 고장 난 로봇처럼 비틀거리며 돌아다니고 있었다. 가까이 다가가자 내 손안에 있던 인형이 살아나 마치 달아나려는 듯 꿈틀거렸다. 나는 그것을 다른 인형들 틈에 놓고 손에 묻은 진흙을 바지에 닦았다.

　"난 에녹이야. 넌 그 애구나." 소년이 말했다.

　"아마 그럴걸." 내가 대답했다.

　"얘가 귀찮게 했다면 미안해." 그가 말하며 내가 가져온 인형을 다른 인형들 쪽으로 몰았다. "차츰 나아지긴 하는데, 아직 훈련이 덜 됐어. 지난주에 만든 거라서." 런던 사투리로 그가 말했다. 눈 주위가 마치 너구리처럼 검었고 내가 사진에서 본 것과 똑같은 작업복을 입고 있었다. 작업복은 온통 진흙투성이였다. 넓적한 얼굴을 제외하면 올리버 트위스트에 나오는 굴뚝 청소부 같았다.

　"이걸 네가 만들었어? 어떻게?" 내가 감탄하며 물었다.

　"호문쿨리(작은 인간이라는 의미의 라틴어-옮긴이)야. 인형 머리를 떼어서 붙일 때도 있는데, 이번엔 시간이 없어서 대충 만들었어."

　"호문쿨리?"

　"호문쿨루스의 복수형 호문쿨리." 어떤 바보도 그 정도는 알 거란 듯 그가 말했다. "호문쿨루시스라고 부르는 사람들도 있는데 그건 좀 이상한 거 같아. 그렇지?"

　"이상하고말고."

　내가 들고 온 진흙 병정이 다시 무리에서 이탈하기 시작했다. 에녹은 발끝으로 다시 그 병정을 무리 쪽으로 되돌려놓았다. "싸워! 이 계집애들아!" 그가 소리쳤고 나는 그제야 그 병정들이 단지 서로 부

덮치는 것이 아니라 서로 때리고 발로 차고 있다는 것을 깨달았다. 그러나 전투에 전혀 관심이 없는 진흙 머리 병정은 또다시 무리에서 이탈했고 이번에는 에녹이 그것을 집어 들어 다리를 부러뜨렸다.

"군대에서 이탈하는 놈은 이런 벌을 받아도 싸!" 그가 소리를 지르고 다리가 부러진 병정을 풀밭에 던졌다. 내동댕이쳐진 병정이 꿈틀거렸고 다른 난쟁이들이 그 위에 쓰러졌다.

"장난감을 늘 이런 식으로 다뤄?"

"왜? 쟤가 불쌍해?"

"글쎄. 잘 모르겠어. 불쌍해야 하나?"

"아니. 내가 아니었으면 아예 태어나지도 못했을 텐데, 뭐."

내가 웃었고 에녹이 나를 쏘아보았다. "뭐가 우스워?"

"방금 네가 농담했잖아."

"이제 보니 너 좀 어리바리하구나. 잘 봐." 그가 병정 하나를 들어서 옷을 벗기고는, 양손으로 병정의 배 한가운데를 찢어서 가슴속에서 조그맣고 팔딱거리는 심장을 꺼냈다. 병정이 곧바로 축 늘어졌다. 에녹은 그 심장을 엄지와 검지로 들고 내 눈앞에 갖다 댔다.

"쥐 심장이야." 그가 설명했다. "이게 바로 내가 가진 재능이야. 어떤 생명체의 생명을 꺼내 다른 것에 집어넣는 것. 난 이런 진흙 인형이건 한때 살아 있다 죽은 생명체건 생명을 불어넣을 수가 있어." 에녹은 멈춘 심장을 멜빵바지의 앞주머니 속에 집어넣었다. "제대로 훈련을 시키기만 하면 곧 이렇게 큰 군대를 갖게 될 거야. 진짜 병사들은 얘들보다 훨씬 커야 하겠지." 그가 한 팔을 머리 위로 들어서 어느 정도 키를 말하는 건지 표현했다.

"넌 뭘 할 줄 아는데?" 그가 물었다.

"나? 아무것도 할 줄 몰라. 그러니까 내 말은, 너처럼 특별한 재능은 없다고."

"안됐다. 근데 너, 우리하고 살 거야?" 딱히 나와 살고 싶어서 묻는 것이 아니라 그저 궁금해서 묻는 것 같았다.

"모르겠어. 아직 생각 안 해봤어." 물론 거짓말이었다. 생각은 해보았다. 비록 막연하게였지만.

그가 놀란 표정으로 나를 쳐다보았다. "우리하고 같이 살고 싶지 않아?"

"아직 잘 모르겠어."

그가 눈을 가늘게 뜨고 천천히 고개를 끄덕였다. 마치 이제야 나를 이해했다는 듯이.

그러더니 갑자기 내 쪽으로 몸을 숙이고, "엠마한테 마을 습격 얘기 들었지?" 라고 물었다.

"무슨 습격?"

그가 고개를 돌렸다. "아니, 별거 아니야. 그냥 우리가 하는 게임 중에 그런 게 있어."

내가 덫에 걸린 게 분명했다. "말 안 해주던데."

에녹이 나무 그루터기에 앉은 날 바라보며 코웃음을 쳤다. "물론 말 안 했겠지. 이곳에 관한 많은 것들을 네가 모르길 바랄 테니까."

"그래? 왜?"

"그랬다간 네가 이곳이 멋진 곳이라고 생각하지 않을 거고 이곳에 머물지 않을 테니까."

"도대체 뭔데?"

내가 물었다.

"말 못 해. 잘못하면 내 입장이 아주 곤란해지거든." 악마 같은 미소를 지어 보이며 그가 말했다.

"맘대로 해. 먼저 얘길 꺼낸 건 너야."

내가 일어섰다. "잠깐만!" 그가 내 소매를 잡으며 소리쳤다.

"얘기 안 해준다면서?"

에녹은 심각한 표정으로 턱을 문질렀다. "정말이야. 얘기해줄 순 없어. 하지만…… 네가 2층에 올라가서 복도 끝 방을 들여다보고 싶다고 하면 말리진 않겠어."

"왜? 거기 뭐가 있는데?"

"내 친구 빅터. 빅터도 널 만나고 싶어해. 올라가서 얘기 좀 해봐."

"알았어. 그렇게."

내가 집으로 향하자 에녹이 휘파람을 불었다. 그는 문 위를 만져보는 시늉을 하면서 입술을 움직여 '열쇠'라고 말했다.

"안에 사람이 있다면서 열쇠가 왜 필요하지?"

그는 못 들은 척하고 돌아섰다.

나는 마치 용무가 있다는 듯 집 안으로 들어가 2층으로 올라갔다. 사람들이 보든 말든 상관없다는 듯이. 그리고 복도 끝으로 가서 문손잡이를 돌려보았다. 잠겨 있었다. 노크했지만 답이 없었다. 어깨 너머로 보는 사람이 없음을 확인하고 손으로 문 위쪽을 더듬어보았다. 역시 열쇠가 있었다.

나는 방문을 열고 살그머니 안으로 들어갔다. 다른 방과 다르지 않은 방이었다. 서랍장과 옷장이 하나씩 있었고 침대 맡 탁자 위에 꽃 병이 놓여 있었다. 늦은 아침의 햇살이 겨자색 커튼으로 스며들며 방 안을 온통 노르스름한 빛으로 물들여서 마치 호박 속의 방 같았다. 그제야 침대에 누워 있는 젊은 남자가 눈에 들어왔다. 남자는 눈을 감고 입을 조금 벌린 채 레이스 커튼 뒤에 반쯤 숨겨져 있었다.

혹시 나 때문에 잠에서 깰까봐 그 자리에 얼어붙었다. 페러그린 원장의 앨범에서 사진을 보았지만 식사 시간이나 집 주변에서 본 기 억이 없고 인사를 나눈 적도 없는 아이였다. 사진 속에서도 저 애는 지금처럼 침대에 누워 있었다. 잠자는 병에 걸려서 격리된 것일까? 에 녹은 나도 그 병에 걸리길 바랐던 걸까?

"안녕? 자니?" 내가 속삭였다.

그는 꼼짝도 하지 않았다. 나는 그의 팔을 잡고 조심스럽게 그를 흔들어보았다. 그의 머리가 한옆으로 떨어졌다.

문득 끔찍한 생각이 들었다. 내 생각이 맞는지 확인해보려고 그 의 입에 손을 대어보았다. 숨결이 느껴지지 않았다. 손끝으로 입술을 만져보았지만 얼음장처럼 차가웠다. 나는 깜짝 놀라 손을 거두었다.

그때 발소리가 들렸고 돌아서서 보니 브로닌이 문간에 서 있었 다. "여기 오면 안 돼!" 브로닌이 말했다.

"죽었어." 내가 말했다.

브로닌의 시선이 소년에게로 향했다. 얼굴이 일그러졌다. "빅터 오빠야."

그제야 그 얼굴을 어디서 보았는지 기억이 났다. 그가 바로 할아 버지의 사진 속 바위를 든 소년이었다. 빅터는 브로닌의 오빠였다. 그 가 언제 죽었는지는 알 수 없었다. 루프의 역사만큼이나 오래되었다

면 하루 같은 50년일 수도 있었다.

"어떻게 된 거야?" 내가 물었다.

"내가 빅터를 살아나게 하면 직접 물어볼 수 있을 텐데." 목소리를 듣고 돌아보니 에녹이었다. 그가 안으로 들어와 방문을 닫았다.

브로닌이 눈물을 머금고 에녹을 바라보며 환하게 웃었다. "그래 줄래? 제발 부탁이야, 에녹!"

"안 돼. 요즘 심장 물량이 부족하거든. 단 1분이라도 인간을 깨우려면 심장이 여러 개 필요해."

브로닌이 죽은 소년에게 다가가서 머리를 쓸어넘겨주었다. "제발 그렇게 해줘. 오빠하고 얘기한 지 너무 오래됐단 말이야."

"지하실에 절여놓은 소 심장이 몇 개 있긴 한데……." 그가 생각해보는 척하며 말했다. "질 떨어지는 심장을 쓰기는 싫거든. 난 신선한 게 좋아."

브로닌이 울음을 터뜨렸다. 눈물 한 방울이 에녹의 옷자락에 떨어지자 브로닌이 얼른 소매로 눈물을 닦았다.

"징징거리지 좀 마. 내가 그런 거 싫어하는 거 알잖아. 어쨌든 빅터를 깨우는 건 너무 잔인해. 지금 있는 곳을 좋아하잖아."

"그게 어딘데?" 내가 물었다.

"그야 모르지. 하지만 우리가 얘기 좀 해보려고 깨우면 돌아가고 싶어 안달하거든."

"정말 잔인한 게 뭔지 알아? 그런 식으로 브로닌을 갖고 노는 거, 그리고 날 골탕 먹이는 거야. 죽었으면 왜 땅에 묻지 않는 거지?"

브로닌이 조롱하는 듯한 눈빛으로 나를 쳐다보았다. "그러면 다시는 볼 수 없으니까." 그녀가 말했다.

"이봐, 너 말이 너무 심한 거 아냐? 이곳에 올라와보면 어떠냐고 했던 건 너에게 진실을 알려주고 싶어서였어. 난 네 편이라고."

"그래? 그 진실이라는 게 뭔데? 빅터는 어쩌다가 죽었지?"

내가 묻자 브로닌이 고개를 들었다. "오빠는 살해당했…… 아앗!" 에녹이 팔을 꼬집자 브로닌이 비명을 질렀다.

"쉿! 그 얘기 하면 안 되잖아!" 에녹이 소리쳤다.

"도대체 뭣들 하는 거야? 너희 둘 다 말 안 하면 페러그린 원장한테 가서 물어볼 거야."

에녹이 눈이 휘둥그레져서 얼른 내 앞으로 다가왔다. "그건 절대 안 돼!"

"그래? 왜 안 되는데?"

"새는 빅터 얘기를 하는 걸 좋아하지 않아. 늘 검은 옷을 입는 이유도 바로 그것 때문이야. 어쨌든 우리가 여기 왔다는 걸 새가 알아선 안 돼. 그 사실을 알았다간 우릴 거꾸로 매달아놓을 거라고!"

마치 기다렸다는 듯, 페러그린 원장이 절뚝거리며 계단을 올라오는 소리가 들렸다. 브로닌이 하얗게 질려서 밖으로 뛰쳐나갔다. 그러나 에녹이 미처 빠져나가기 전에 내가 그의 앞을 가로막고 섰다. "비켜!" 그가 소리쳤다.

"빅터한테 무슨 일이 있었는지 어서 말해!"

"말 못해!"

"그럼 마을 습격에 대해 말해."

"그것도 말 못해!" 에녹은 다시 나를 밀어내려 했지만 그럴 수 없음을 깨닫고 포기했다. "좋아. 일단 문을 닫아. 내가 조용히 말해줄게."

페러그린 원장이 계단을 올라와 복도로 들어서는 순간 내가 문을 닫았다. 혹시 우리가 이 방에 있는 것을 원장이 알아차렸는지 알아보려고 문에 귀를 대고 기다렸다. 원장의 발소리가 복도 중간쯤에서 멈추고 다른 방문이 열렸다 닫히는 소리가 들렸다.

"자기 방에 들어갔어." 에녹이 속삭였다.

"마을 습격." 내가 말했다.

에녹은 그 얘기를 꺼낸 것을 후회한다는 듯한 표정으로 내게 문에서 떨어지라고 했다. 내가 따라가자 그가 몸을 숙여 내 귀에 대고 속삭였다. "마을 습격은 우리가 하는 게임이야. 말 그대로 마을을 습격하는 게임이지."

"실제로 마을을 습격한다고?"

"부수고, 사람들을 쫓아다니고, 물건을 훔치고, 불을 질러. 장난 삼아서."

"하지만 그건 나쁜 짓이잖아!"

"기술을 연습해야 하잖아. 안 그래? 우리가 스스로를 지켜야 할 때를 대비해서. 그러지 않으면 기술이 녹슬 테니까. 이 게임엔 규칙이 있어. 절대 사람을 죽여선 안 된다는 거. 그냥 조금 겁만 주는 거야. 혹시 누가 다쳤다고 해도 다음 날이면 다시 회복되고 아무것도 기억하지 못하게 되니까."

"엠마도 이 게임을 해?"

"아니. 엠마는 너하고 똑같아. 그게 나쁜 짓이라고 생각해."

"진짜 나쁜 짓이야."

그가 눈을 부라렸다. "너희 둘은 같이 다녀도 싸다."

"그게 무슨 뜻이야?"

160센티미터 남짓한 에녹이 손가락으로 내 가슴을 찔렀다. "건방 떨지 말란 소리다, 왜. 그 거지 같은 마을을 가끔씩 습격해주지 않았더라면 여기 있는 아이들 대부분은 이미 오래전에 미쳐버렸을걸." 그가 문 쪽으로 다가가더니 손잡이를 잡고 돌아서서 나를 보았다.

"나쁜 짓이라고? 놈들을 보고 나서 말해."

"놈들이라니? 그건 또 무슨 소리야?"

그가 손가락을 들어 내 입을 다물게 만든 뒤 밖으로 나갔다.

다시 혼자 남았다. 나는 침대 위의 시신을 바라보았다. 빅터, 도대체 무슨 일이 있었던 거야?

미쳐서 자살한 것일 수도 있었다. 활기가 넘치지만 한편으론 미래가 없는 영원한 시간을 견디기 힘들어서 쥐약을 먹거나 낭떠러지에서 떨어져 죽었을 수도 있었다. 어쩌면 '놈들'이나 페러그린 원장이 암시했던 그 '위험' 때문에 죽었을 수도 있었다.

방을 나가서 계단으로 내려가려는데, 반쯤 열린 문으로 페러그린 원장의 목소리가 들려왔다. 나는 가장 가까운 방으로 숨어들어서 그녀의 발소리가 계단을 내려가 사라질 때까지 기다렸다. 깔끔하게 정돈된 침대 앞에 부츠 한 벌이 놓여 있었다. 엠마의 부츠였다. 나는 엠마의 방에 들어와 있었다.

한쪽 벽에 서랍장과 거울이 있었고 반대편에 의자를 안으로 밀어 넣은 책상이 있었다. 아무것도 숨길 것 없는 소녀의 방이었다. 옷장 안쪽에서 모자 상자 하나를 발견하기 전까지는. 상자는 끈으로 묶여 있었고 펜으로 쓴 글씨가 보였다.

'개인 소지품. 엠마 블룸의 편지. 열지 마시오.'

황소 코앞에서 빨간 속옷을 흔드는 격이었다. 나는 상자를 무릎

Private

Correspondence of
Emma Bloom
Do not open

위에 올려놓고 끈을 풀었다. 안에는 백 통도 넘는 편지가 들어 있었고 모두 할아버지가 보낸 것이었다.

심장박동이 빨라지기 시작했다. 이 편지야말로 바로 폐허가 된 집에서 내가 찾으려고 했던 금광이었다. 남의 물건에 손을 대는 건 찜찜하지만 이곳 아이들이 비밀을 쉬쉬한다면 나 혼자 알아내는 수밖에 없었다.

전부 다 읽고 싶었지만 혹시 누가 들어올까 겁이 나서 서둘러 대충 훑어보았다. 대부분 1940년대 초반 할아버지가 전장에서 보낸 것이었다. 집히는 대로 골라 읽어본 편지들은 길고 감상적이었고 주로 엠마에 대한 할아버지의 사랑과 엠마의 아름다움을 서툰 영어로 표현하고 있었다. (넌 꽃처럼 아름답고 향기로워. 그 꽃을 내가 따도 될까?) 할아버지가 입에 담배를 문 채 폭탄 위에 앉아 포즈를 취하고 있는 사진도 있었다.

시간이 흐를수록 할아버지의 편지는 점점 더 짧아졌고 빈도도 줄어들었다. 1950년대에 이르러서는 겨우 1년에 한 장 정도였다. 마지막 편지는 1963년 4월자였다. 봉투 안에는 편지도 없이 사진만 몇 장 들어 있었다. 두 장은 엠마의 사진을 되돌려 보낸 것이었다. 사진 속에서 엠마는 페러그린 원장의 파이프를 물고 감자를 깎고 있었다. 그다음 사진은 그보다 슬펐다. 할아버지에게서 한동안 소식을 듣지 못했을 때 보낸 사진인 것 같았다. 할아버지가 엠마에게 보낸 마지막 사진은, 중년의 할아버지가 어린 소녀를 안고 있는 사진이었다.

마지막 사진을 한참 들여다보고 나서야 어린 소녀가 누구인지 깨달았다. 수지 고모였다. 네 살이나 되었을까? 그 뒤로는 더 이상 편지가 없었다. 엠마는 할아버지에게 답장도 받지 못한 채 얼마나 오랫동안 편지를 썼을까? 할아버지는 엠마의 편지를 어떻게 했을까? 내다 버렸을까? 아니면 어딘가에 숨겨놓았을까? 엠마의 편지가 바로 아빠와 고모가 어렸을 때 발견한 그 편지였을 것이다. 할아버지가 거짓말쟁이고 바람둥이라고 믿게 만든 바로 그 편지. 그러나 두 사람은 틀려도 한참 틀렸다.

헛기침 소리가 들려서 돌아보니 엠마가 문간에 서서 나를 바라보고 있었다. 나는 얼굴을 붉히며 편지를 정돈하려 했지만 너무 늦었다. 완전히 들켜버렸다.

"미안해. 들어오면 안 되는데."

"안 되고말고. 뭐, 나도 미안해. 편지 읽는 거 방해해서." 엠마가 서랍장 쪽으로 다가가서 무언가를 꺼내 바닥에 던졌다. "편지 읽는 김에 속옷 서랍도 뒤져보지 그랬어?"

"정말 미안해. 나 원래 이런 짓 절대 안 하거든."

"그렇겠지! 여자 화장실 창문이나 기웃거리고 다니느라 이런 데올 틈이 없었겠지!" 그녀가 내 앞에 서서 분노를 뿜어내는 동안 나는 허겁지겁 편지들을 도로 상자에 담으려 애썼다.

"순서가 있단 말이야. 이리 내놔, 엉망으로 흩뜨리지 말고!" 엠마가 앉으며 나를 밀쳐내고 상자의 편지들을 다시 쏟아낸 뒤 마치 우체국 직원 같은 손놀림으로 편지들을 정리했다. 입을 다무는 편이 나을 것 같아 나는 잠자코 그녀를 지켜보았다.

마침내 조금 진정이 되었을 때 그녀가 말했다. "에이브하고 내 관계가 궁금한 거지? 그냥 물어보지 그랬어?"

"캐묻고 싶지가 않았어."

"지금 그게 말이 된다고 생각해?"

Pfft—t

Remind you of anything?
To my bombshell— love, Abe

이 사진 보고 뭐 생각나는 거 없어? - 사랑하는 에이브

Peeling spuds & dreaming of you. Come home soon.
Love, your potato.

감자를 깎으면서 너를 생각하고 있는 나.
어서 돌아와. 사랑을 담아. 너의 감자가.

Feeling caged without you.
Won't you write? I worry
so. Kisses, Emma.

네가 없으니 갇힌 것 같아. 편지 좀 해주지 않을래?
걱정돼. 키스를 보내며, 엠마.

THIS IS WHY

이게 이유야

"아니."

"그래서? 궁금한 게 뭔데?"

나는 잠시 생각해보았다. 어디서 시작해야 할지 알 수 없었다.

"그러니까…… 도대체 무슨 일이 있었던 거야?"

"좋아. 그럼 자질구레한 얘기들은 다 뛰어넘고 곧바로 결론을 말해줄게. 아주 간단해. 에이브가 날 떠났어. 날 사랑한다면서, 꼭 돌아오겠다고 약속했지만 결국 돌아오지 않았어."

"하지만 떠나야만 했잖아. 전쟁터에 나가야만 했던 거잖아."

"전쟁터에 나가야만 했다고? 난 잘 모르겠어. 에이브는 자기 동포들이 총을 맞고 죽어가는데 가만히 앉아서 지켜볼 수가 없다고 했어. 그게 자기 의무라면서. 에이브한테는 나보다 그 의무가 더 중요했나봐. 어쨌든 난 기다렸어. 기다리고 또 걱정했지. 편지가 올 때마다 혹시 사망 통지서가 아닐까 마음 졸이면서. 그러다 전쟁이 끝났고 에이브는 돌아올 수 없다고 했어. 여기로 돌아오면 미쳐버릴 것 같다고. 전쟁을 통해 자신을 지키는 법을 터득했고 더 이상은 자신을 돌봐줄 새 따윈 필요치 않다고 했어. 미국에 가서 우리가 살 집을 짓고 때가 되면 우릴 데려가겠다고 했어. 그래서 난 또 기다렸지. 만약 내가 에이브를 따라갔더라면 40년이었을 세월을 기다렸어. 하지만 에이브는 결국 평범한 여자를 만나게 됐고 그걸로 모든 게 끝이었어."

"미안해. 몰랐어."

"오래된 얘기야. 이젠 별로 생각 안 해."

"네가 여기 갇혀 있는 게 할아버지 탓이라고 생각하는구나."

엠마가 나를 쏘아보았다. "내가 갇혀 산다고 언제 그랬어?" 그리고 한숨을 쉰 뒤 "에이브를 탓하는 건 아니야. 보고 싶은 것뿐이지."라고 말했다.

"아직도?"

"매일."

그녀가 편지 정리를 끝냈다. "봤지? 옷장 속 먼지 앉은 상자 속에 내 사랑의 역사 전부가 담겨 있어." 그녀가 깊은 한숨을 내쉰 뒤 눈을 감고 콧등을 꼬집었다. 잠시나마 나는 매끄러운 얼굴 뒤에 숨어 있는 할머니를 본 것만 같았다. 할아버지는 그녀의 여리고 애절한 마음을 짓밟았고 그 상처는 오랜 세월이 흘렀음에도 여전히 쓰린 듯했다.

엠마에게 팔을 두를까 생각했지만 무언가가 걸렸다. 여기 있는 이 아름답고 재미있고 놀라운 소녀는 기적 중의 기적처럼 날 좋아하는 것 같았다. 그러나 그 순간 나는 깨달았다. 엠마가 좋아하는 사람은 내가 아니란 것을. 엠마는 내가 아닌 다른 사람을 그리워하고 있었고 나는 단지 할아버지의 대역일 뿐이었다. 아무리 흥분한 상태라도 그런 생각이 드는 순간 멈칫하지 않을 수가 없었다. 친구의 옛날 여자친구와 데이트하는 것을 꺼리는 남자들도 있는데, 그 관점에서 보면 할아버지의 옛날 여자친구와 데이트한다는 것은 근친상간이나 다름없었다.

정신을 차려보니 엠마의 손이 내 팔 위에, 엠마의 머리가 내 어깨 위에 있었다. 그녀의 턱이 천천히 내 얼굴로 향했다. 만약 그런 것이 실제로 존재한다면 이것이야말로 '키스해줘요'에 해당하는 몸짓언어였다. 잠시 후 우리는 가까이 얼굴을 마주 보게 되었고 나는 입술을 꿰매든가 아니면 엠마를 밀쳐내며 그녀의 기분을 잡쳐놓든가 둘 중 하나를 선택해야 하는 상황에 처했다. 나는 이미 한 번 그녀의 기분을 상하게 했다. 물론 키스하고 싶지 않은 것은 아니었다. 너무도 하고 싶었다. 그러나 할아버지가 보낸 사랑의 편지들을 담아놓은 상자, 그녀가 그토록 집착하는 바로 그 상자 옆에서 키스한다는 것이 이상하고 불안했다.

그때 그녀의 뺨이 내 뺨에 닿았다. 지금 아니면 영원히 못할 거란 생각이 드는 순간 나는 머릿속에 처음 떠오른 산통 깨는 말을 뱉어냈다.

"에녹하고는 어떤 사이야?"

엠마가 바로 내게서 떨어지더니, 마치 내가 강아지를 저녁식사로 먹자고 했다는 듯한 표정으로 나를 쳐다보았다. "뭐? 말도 안 돼. 도대체 어쩌다 그런 끔찍한 생각을 하게 됐어?"

"에녹한테서 그런 느낌을 받았어. 네 얘길 할 때 왠지 좀 비꼬는 것 같더라고. 내가 여기 오는 걸 별로 안 좋아하는 것 같더라. 자기가 노리고 있는 사냥감을 내가 가로채기라도 할 거라고 생각했는지."

그녀의 눈동자가 커다래졌다. "첫째, 그가 노리는 사냥감 따윈 없어. 그 점은 분명히 말할 수 있어. 걘 질투심에 불타는 바보 멍청이 거짓말쟁이거든."

"정말?"

"뭐가?"

"에녹이 거짓말쟁이란 거."

그녀가 눈을 가늘게 떴다. "왜? 걔가 또 무슨 소릴 했는데?"

"엠마, 빅터한테 무슨 일이 있었던 거야?"

엠마는 무척 충격을 받은 것 같았다. 고개를 저으면서 "저밖에 모르는 놈 같으니라고!"라고 중얼거렸다.

"아무도 나한테 말해주지 않는 게 있는 거 같은데 그게 뭔지 알고 싶어."

"말할 수 없어."

"오늘 하루 종일 그 말만 들었어. 미래 얘기도 하면 안 되고 과거 얘기도 하면 안 되고. 페러그린 원장이 모든 걸 다 꽁꽁 숨겨놨어. 할아버지의 마지막 소원은 내가 이곳에 와서 진실을 알아내는 거였는데, 이제 할아버지의 소원 따윈 아무 의미도 없는 거야?"

엠마가 내 손을 잡아서 자기 무릎 위에 올려놓고 한동안 그 손을 바라보았다. 적절한 표현을 찾는 것 같았다. "네 말이 맞아. 이곳엔 비밀이 있어." 엠마가 말했다.

"말해줘."

"여기선 안 돼. 오늘 밤에 말해줄게." 그녀가 속삭였다.

우리는 아빠와 페러그린 원장이 잠들고 난 뒤 밤늦게 만나기로 약속했다. 엠마는 그 방법밖엔 없다고 했다. 벽에도 귀가 달렸기 때문에 낮 시간에는 의심을 불러일으키지 않고 둘이서 어디론가 사라지는 것 자체가 불가능하다고. 아무것도 숨길 것이 없다는 인상을 주기 위해 우리는 그날 오후 내내 사람들이 볼 수 있도록 함께 돌아다녔다. 해가 질 무렵 나는 혼자 늪으로 향했다.

☽

21세기는 또다시 비가 내리고 있었고, 나는 여관에 이르렀을 때 마침내 마른 곳으로 들어선 것에 감사했다. 아빠가 혼자 맥주를 마시고 있었고 나는 그 곁에 앉아 냅킨으로 얼굴을 닦아가며 하루 일과를 지어냈다. 거짓말에 대해 내가 새로 깨닫게 된 게 있다면, 거짓말은 하면 할수록 쉬워진다는 것이었다.

아빠는 내 얘기를 듣는 둥 마는 둥 건성이었다. "아주 재미있었 겠구나." 그리고 어딘가 불안해 보이는 눈빛으로 맥주를 한 모금 더 들이켰다.

"무슨 일 있으세요? 혹시 아직도 저한테 화나셨어요?"

"아니. 그게 아니라⋯⋯." 아빠는 뭔가를 설명하려다가 그만두었 다. "관두자."

"말씀해보세요."

"그냥⋯⋯ 며칠 전에 이상한 사람이 하나 나타났거든. 들새를 관 찰하는 사람."

"아는 사람이에요?"

아빠가 고개를 저었다. "처음 보는 사람이야. 처음엔 그저 뜨내기 인 줄 알았는데, 매일 같은 장소에 와서 기록을 하더라고. 뭔가 제대 로 알고 이 일을 하는 사람 같아. 그런데 오늘은 인식표 부착용 새장 하고 프레데터까지 들고 나타나는 게 아니겠어. 그래서 프로라는 걸 알았지."

"프레데터?"

"망원경인데 진짜 전문가들만 쓰는 제품이야." 아빠는 탁자 위의 종이깔개를 세 번이나 구겼다 폈다. 긴장할 때마다 나오는 습관이었 다. "내가 이 서식지를 누구보다도 먼저 발견했다고 생각했는데 말이 다, 응? 이번엔 정말 특별한 책을 쓰고 싶었다고."

"그런데 이 개자식이 나타났군요."

"제이콥!"

"그러니까 아빠한테 전혀 도움이 안 되는 사람이 나타났단 거잖아요."

"그래. 한결 듣기가 편하구나."

"아빠가 쓸 책은 꼭 특별한 책이 될 거예요." 내가 아빠를 위로했고 아빠는 어깨를 으쓱했다.

"모르겠다. 그렇게 됐으면 좋겠어." 말은 그렇게 하면서도 별로 자신이 없어 보였다.

앞으로 상황이 어떻게 전개될지는 뻔했다. 아빠가 반복해서 걸려드는 악순환이니까. 어떤 프로젝트에 열정을 느끼고 몇 달간 그 얘기만 한다. 그러다 조그만 문제가 발생하면서 진행에 차질이 생긴다. 아빠는 정면대결을 하기보다는 두 손을 들어버린다. 결국 그 프로젝트에서 완전히 손을 떼고 새로운 프로젝트를 시작하고 그 과정이 다시 반복된다. 아빠는 아주 쉽게 좌절한다. 아빠의 책상 위에는 늘 끝내지 못한 원고들이 쌓여 있었고 수지 고모하고 함께 계획했던 조류용품점은 결코 문을 열지 못했고 아시아 언어를 전공했으면서도 아시아 국가에는 한 번도 가보지 못했다. 아빠는 마흔여섯의 나이에도 여전히 자신의 존재 의미를 찾고 있었고 엄마의 돈 없이도 살 수 있음을 증명하려 애쓰고 있었다.

내게 자격이 있는지 모르겠지만 아빠에게 필요한 것은 내 격려였기 때문에 나는 교묘하게 주제를 바꾸려 애썼다. "그 사람은 어디서 묵을까요? 여기가 유일한 숙소잖아요."

"캠핑을 하겠지." 아빠가 대답했다.

"이런 날씨에요?"

"극한 상황에서 하는 조류 관찰이라고나 할까? 육체적으로든 심리적으로든 힘들게 일할수록 더 본질에 가까워지잖아. 역경 속의 성취감, 뭐 그런 거."

내가 웃었다. "그럼 아빠는 왜 그렇게 안 하세요?" 말을 내뱉은 순간 곧바로 후회했다.

"내 책이 출판되지 않는 이유하고 똑같은 이유겠지. 세상엔 늘 나보다 더 열정적인 사람들이 있으니까."

나는 의자에서 불편하게 몸을 뒤척였다. "그런 뜻으로 한 말이 아니고요. 제 말은……."

"쉿!"

아빠가 갑자기 허리를 꼿꼿하게 펴면서 입구 쪽을 흘금거렸다.

"얼른 쳐다봐라. 눈에 띄지 않게. 그 사람이 방금 들어왔거든."

메뉴판으로 얼굴을 가리고 그 위로 입구 쪽을 쳐다보았다. 턱수염을 기른 꾀죄죄한 남자가 젖은 부츠로 발자국을 만들며 술집에 들어왔다. 모자에 검은 안경을 쓰고 있었고 겉옷을 여러 개 겹쳐 입어서 부랑자 같은 인상이었다.

"떠돌이 산타클로스 같은 인상착의가 마음에 드는데요? 벗기가 쉽지 않겠네. 계절을 앞서가는 패션 감각!"

아빠는 내 말을 무시하고 있었다. 남자가 바 쪽으로 다가갔고 그 순간 주위의 소음이 한 단계 잦아들었다. 케브가 용건을 물었고 남자의 대답을 듣고 나서 주방으로 사라졌다. 남자는 앞만 보고 서 있었고 잠시 후 케브가 돌아와 남자에게 봉지를 내밀었다. 남자는 봉지를 받아들고 돈을 지불한 뒤 돌아섰다. 그리고 천천히 술집 안을 둘러본 뒤 문을 나섰다.

"뭘 주문하던가요!" 문이 닫히자 아빠가 소리쳐 물었다.

"스테이크 몇 조각이오. 익힌 정도는 상관없대서 10초 정도 가장

자리만 데워줬어요. 그래도 별 말 없던데요."

사람들이 수군거리다가 소음이 다시 커졌다.

"날고기라……. 아무리 조류학자라고 해도 그건 좀 이상하지 않아요?"

"날음식을 좋아하나보지." 아빠가 대답했다.

"맞아요. 아니면 양 피를 빨아먹는 게 지겹든가."

내 말에 아빠가 눈을 부라렸다. "분명히 캠프에 간이 스토브가 있을 거야. 밖에서 익히는 걸 더 좋아하나보지."

"빗속에서요? 그리고 왜 그 사람을 두둔하세요? 그 사람이 아빠 상관이라도 돼요?"

"넌 이해 못 해. 그리고 아빠 그만 놀려라." 아빠가 일어서서 바쪽으로 갔다.

꿀

잠시 후 아빠가 술 냄새를 풍기면서 비틀거리며 계단을 올라가 침대 위에 쓰러졌고 그대로 곯아떨어져서 괴물처럼 코를 골기 시작했다. 나는 코트를 집어 들고 엠마를 만나기 위해 밖으로 나갔다. 눈에 띄지 않으려고 조심할 필요도 없었다.

거리는 인적 없이 고요했고 이슬 떨어지는 소리까지 들릴 정도였다. 하늘에 엷은 구름이 드리워져 있었고 내 앞길을 밝혀주기에 꼭 알맞은 달빛이 있었다. 산꼭대기에서 문득 섬뜩한 기분이 들어 돌아보니 멀리서 웬 남자가 나를 쳐다보고 있었다. 그는 양손으로 망원경을 눈에 대고 있었다. 머릿속에 처음 떠오른 생각은 '젠장, 들켰네!'였다. 망보고 있던 양치기가 탐정 놀이라도 하나? 그런데 왜 내게 다가오지 않는 걸까? 그는 그저 그 자리에 서서 나를 바라보고만 있었고 나 역시 그를 바라보았다.

들켰어도 할 수 없었다. 지금 돌아가든 말든, 내 야간 행적은 어떤 식으로든 아빠의 귀에 들어갈 것이 분명했다. 그래서 나는 손가락을 들어 욕 인사를 한 뒤 차가운 안개 속으로 걸어 들어갔다.

돌무덤에서 나와보니 어느덧 구름이 걷히고 커다란 노란 풍선 같은 달이 떠 있었다. 달빛이 얼마나 밝은지 눈을 찌푸려야 할 정도였다. 몇 분 뒤에 엠마가 늪을 건너왔다. 엠마는 쉴 새 없이 재잘대며 사과했다.

"미안해! 내가 늦었지? 모두 잠자리에 들 때까지 기다리는데 얼마나 오래 걸리던지! 그러다가 밖으로 나오는데 휴하고 피오나가 정원에서 서로 얼굴을 핥아대고 있더라고! 하지만 걱정 마. 내가 걔들 얘기 안 하면 걔들도 내 얘기 안 할 테니까."

엠마가 팔을 내 목에 둘렀다. "보고 싶었어. 그리고 아깐 미안했어." 엠마가 말했다.

"나도." 엠마의 어깨를 어색하게 두드리며 내가 말했다. "자, 이제 얘기해봐."

엠마가 물러섰다. "여기서는 안 돼. 더 좋은 곳이 있어. 아주 특별한 곳!"

"글쎄…… 난 좀……."

그녀가 내 손을 잡았다. "너도 마음에 들 거야! 거기 가서 다 말해줄게."

나와 단둘이 있기 위해 그녀가 꾸민 수작이 분명했다. 내가 조금만 철이 들었다면, 그리고 여자애들과 아무 의미 없이 시시덕거리는 게 일상인 녀석이었다면 내 감정이나 호르몬 따위 무시하고 지금 당장 얘기해보라고 다그쳤을 것이다. 그러나 난 그런 녀석이 아니었다. 게다가 나를 바라보며 자신의 모든 것을 담아 환하게 웃는 모습이 얼마나 예뻤던지, 머리카락을 뒤로 넘기는 모습이 얼마나 수줍어 보였던지 그저 따라가서 무엇이든 하자는 대로 해주고 싶었다. 나는 한심할 정도로 쉬운 남자였다.

따라는 가되 키스는 안 할 거라고 혼자 중얼거렸다. 그녀가 나를 이끌고 늪을 가로지르는 동안 마치 주문처럼 그 말을 중얼거렸다. 키스는 안 돼! 키스는 안 돼! 우리는 마을 쪽으로 가다가 방향을 틀어 다시 바위로 뒤덮인 해안가로 향했다. 등대가 보이는 곳이었다. 우리는 가파른 백사장으로 걸음을 재촉했다.

뭍이 끝나는 곳에서 엠마는 나에게 잠깐 기다리라고 한 뒤 무언가를 가지러 갔다. 나는 백사장에 서서 등대 불빛이 빙빙 돌아가며 주위의 모든 것을 씻어내는 광경을 지켜보았다. 수많은 바닷새들이 절벽 우묵한 곳에 잠들어 있었고, 썰물 때라 거대한 바위가 몸을 드러냈고, 낡은 카누 한 척이 얕은 물에 떠 있었다. 엠마는 수영복으로 갈아입고 잠수 마스크 두 개를 들고 돌아왔다.

"난 물에 안 들어가. 절대로."

"너 옷을 벗는 게 좋겠다. 네 복장은 수영에 적합하지 않아."

엠마가 내 바지와 코트를 바라보며 말했다.

"수영은 안 할 거니까. 한밤중에 몰래 만난 것까진 좋아. 하지만 얘기를 하기 위해서였잖아!"

"얘기할 거야." 그녀가 고집을 부렸다.

"물속에서? 속옷만 입고?"

그녀가 내게 발로 모래를 뿌린 뒤 돌아서서 가다가, 다시 돌아왔다. "내가 널 덮치기라도 할까봐 그래? 너야말로 꿈도 꾸지 마!"

"꿈 안 꿔."

"그럼 그만 투덜대고 빨리 바지 벗으라니까!" 그 순간 엠마가 실제로 나를 덮쳤다. 나를 바닥에 쓰러뜨리고 한 손으로 내 벨트를 풀고 또 한 손으로 얼굴에 모래를 뿌렸다.

"야! 너 정말 이럴 거야! 치사하게!" 내가 모래를 뱉어내며 소리쳤다. 한 줌의 모래로 되갚아주는 것밖엔 도리가 없었고 머지않아 우리는 모래 뿌리기 전면전에 돌입했다. 싸움이 끝났을 때 웃으며 머리에 묻은 모래를 털어내려 해봤지만 소용없었다.

"너 목욕 좀 해야겠는데? 어차피 물에 들어가야 되겠어."

"알았어, 알았다고."

바닷물은 깜짝 놀랄 정도로 차가웠다. 속옷만 입고 들어가기에 썩 좋은 조건이라고 말할 수는 없었지만 다행히 나는 수온에 꽤 빨리 적응했다. 우리는 바위들을 헤치고 카누를 묶어놓은 곳까지 얕은 물속을 걸었다. 카누에 올라타서 엠마가 내게 노를 건넸다. 그리고 함께 노를 저으며 등대로 향했다. 따스한 밤이었고 노를 젓는 경쾌한 리듬에 나는 잠시 모든 것을 잊었다. 등대에서 90미터 정도 떨어진 곳에서 엠마가 노 젓기를 멈추고 배에서 뛰어내렸다. 그런데 놀랍게도 엠마는 무릎까지만 물에 잠긴 채 서 있었다.

"모래톱 같은 데 서 있는 거야?" 내가 물었다.

"아니." 엠마가 카누에서 닻을 꺼내 물에 던졌다. 닻이 90미터쯤 아래로 내려가 쨍그렁! 하고 무언가에 부딪히는 소리가 났다. 잠시 후 등대의 불빛이 훑고 지나갈 때 엠마가 올라선 배의 선체를 볼 수 있었다.

"난파선이구나!"

"자, 어서 내려. 이제 거의 다 왔어. 마스크 챙기고." 엠마가 선체 위로 걷기 시작했다.

나는 조심스럽게 카누에서 내려 그녀를 따라갔다. 해안가에서 누군가 우리를 보고 있다면 마치 물 위를 걷는 것 같겠지.

"이 배 얼마나 큰 거야?" 내가 물었다.

"엄청 커. 연합군 잠수함이거든. 어뢰를 맞고 여기서 침몰했어."

엠마가 잠시 멈추었다. "잠깐 동안 등대 불빛을 보지 마. 눈이 어둠에 적응해야 하니까."

우리는 해안을 바라보고 서 있었고 작은 파도가 우리의 다리를 때렸다. "자, 이제 날 따라와. 아주 크게 숨을 들이켜." 그녀가 선체의 어두운 구멍 쪽으로 걸어갔다. 문인 것 같았다. 엠마는 문 가장자리에 앉았다가 물속으로 뛰어들었다.

내가 미쳤지. 엠마가 준 마스크를 쓰고 물속으로 뛰어들면서 내가 생각했다.

나는 사다리를 타고 점점 더 깊이 물속으로 들어가는 엠마를 보기 위해 두 발 사이에 펼쳐진 어둠 속을 뚫어져라 처다보았다. 나도 손을 바꾸어 잡아가면서 엠마가 기다리고 있는 바닥에 닿을 때까지 계속 사다리를 타고 내려갔다. 배의 화물칸 어딘가인 것 같았지만 너무 어두워서 확실히는 알 수 없었다.

내가 팔꿈치로 엠마를 건드리고 내 입을 가리켰다. 숨 막혀. 엠마가 내 팔을 두드린 뒤 내 손을 기다란 플라스틱 튜브 위에 올려놓왔다. 플라스틱 튜브는 사다리를 타고 수면 위로 연결되어 있었다. 엠마가 튜브를 물고 뺨을 동그랗게 부풀리면서 길게 숨을 빨아들인 뒤 내게 넘겼다. 나는 반가운 공기를 한껏 들이마셨다. 우리는 수심 20미터 아래, 오래된 난파선 안에서 숨을 쉬고 있었다.

엠마가 앞쪽의 문을 가리켰다. 암흑 속의 조그만 검은 구멍이었다. 나는 고개를 저었다. 난 안 갈래. 하지만 엠마는 튜브를 잡고 마치 겁에 질린 어린아이 끌고 가듯 나를 끌고 갔다.

결국 우리는 문을 통과하고 칠흑 같은 어둠 속으로 들어서서 튜브로 번갈아 호흡을 하고 있었다. 보글거리는 우리의 숨소리 외에는 아무 소리도 들리지 않았다. 뱃속 깊은 곳 어딘가에서 부서진 외피가 조류에 흔들리는 듯 둔탁한 쿵쿵 소리가 나는 것 말고는 아무 소리도 나지 않았다. 눈을 감아도 그보다 더 어두울 수는 없을 것이다. 우리는 별 없는 우주를 떠다니는 우주비행사들 같았다.

그리고 바로 그때 눈앞에 뜻밖의 장관이 펼쳐졌다. 바닷속에 하나씩 별이 뜨는 것처럼 어둠 속 여기저기에 초록 불이 켜졌다. 처음엔 내가 헛것을 보는 줄 알았다. 그러나 불은 계속 켜졌다. 온 우주의 별들이 모인 듯 수백만 개의 반짝이는 별들이 우리의 몸과 마스크를 비추었다. 엠마가 손을 뻗어 손목을 흔들자 그녀의 손에서도 푸른 섬광이 반짝였다. 초록빛 별들이 푸른 섬광을 들러싸고 빙빙 돌며 마치 물고기 떼처럼 그녀의 움직임에 반응했다. 그리고 난 깨달았다. 그 불빛이 정말 물고기라는 것을.

그 광경에 완전히 매혹된 나는 시간을 잊었다. 몇 시간처럼 긴 시간을 그 상태로 있었지만 아마도 겨우 몇 분이나 지났을까? 어느 순간 엠마가 나를 건드렸고 우리는 다시 사다리를 타고 수면 위로 올라갔다. 수면에 떠오르자마자 가장 먼저 보인 것은 하늘을 가로질러 대범하게 그린 것 같은 은하수였다. 그 순간 물고기와 별들이 완벽한 조화를 이루며 공존하는 신비로운 우주의 일부를 보고 있다는 생각이 들었다.

우리는 선체 위로 올라가 마스크를 벗었다. 한동안 우리는 몸을 반쯤 물에 담그고 허벅다리를 서로 맞닿은 채 아무 말 없이 그렇게 앉아 있었다.

"뭐였어?" 마침내 내가 물었다.

"섬광 물고기."

"전에 한 번도 그런 물고기를 본 적이 없어."

"대부분의 사람들이 한 번도 못 봐. 숨어 다니거든."

"너무 아름답다."

"그렇지?"

"그리고 이상해."

엠마가 미소를 지었다. "걔들도 이상하지." 그때 그녀의 손이 내 무릎을 감쌌다. 차가운 물속에서 그녀의 손이 따스하고 기분 좋아서 나는 가만히 있었다. 머릿속에서 키스하면 안 된다는 목소리가 들려오다가 이내 잠잠해졌다.

그리고 우리는 키스하기 시작했다. 서로 맞닿은 우리의 입술, 서로 누르는 우리의 혀, 그녀의 완벽한 흰 뺨을 감싸는 내 손에 전해지는 그 심오한 느낌이 무엇이 옳고 무엇이 그른지, 내가 이곳에 애당초 왜 왔는지를 잊게 만들었다. 우리는 키스하고 또 키스했고 어느 순간 갑자기 키스가 끝났다. 그녀가 몸을 빼자 내가 다시 얼굴을 가까이 들이밀었고 그녀가 내 가슴에 손을 얹었다. 다정하고도 단호한 손이었다. "숨 좀 쉬자, 이 멍청아."

그녀의 말에 내가 웃었다. "알았어."

그녀가 손을 잡고 날 바라보았고 나도 그녀를 바라보았다. 단지 바라보는 것뿐인데 키스만큼 강렬했다. 엠마가 말했다. "가지 마."

"가지 말라니?" 내가 되풀이했다.

"여기서 살자. 우리하고 같이."

그제야 그녀가 한 말의 의미가 스며들었고 그 순간 조금 전에 일어났던 일의 마법이 사라졌다.

"그러고 싶지만 그럴 수가 없어."

"왜?"

나는 생각해보았다. 햇살과 축제와 친구들, 그리고 매일 똑같이 반복되는 하루. 무엇이든 너무 많이 가지면 따분해질 것이다. 엄마가 사 모으는 예쁜 보석들처럼.

그러나 이곳엔 엠마가 있었다. 우리가 함께하는 시간은 어쩌면 그리 이상하진 않을 것이다. 어쩌면 잠시 이곳에 머물면서 엠마를 사랑하다가 집으로 돌아갈 수도 있지 않을까? 아니, 그럴 수 없을 것이다. 돌아가고 싶어질 무렵엔 너무 늦을 것이다. 엠마는 사이렌(아름다운 노랫소리로 근처를 지나는 뱃사람을 유혹하여 파선시켰다는 바다의 요정-옮긴이)이었다. 강해져야 했다.

"네가 원하는 건 내가 아니잖아. 난 네가 원하는 사람이 될 수 없어."

움찔한 엠마가 고개를 돌렸다. "그래서 여기 있으란 게 아냐. 네가 있을 곳은 여기니까 있으란 거야."

"아니. 난 너희하고 달라."

"아니. 똑같아." 그녀가 고집스레 말했다.

"아니. 난 평범해. 우리 할아버지처럼."

엠마가 고개를 저었다. "너 정말 그렇게 생각하고 있는 거야?"

"만약 나한테 특별한 능력이 있었다면 지금쯤 내가 알아차리지 않았을까?"

"너한테 이런 말 하면 안 되지만 평범한 사람들은 시간의 루프를 통과하지 못해."

잠시 그 말을 되씹어보았지만 이해할 수가 없었다. "나한텐 이상한 점이 하나도 없어. 아마 네가 만난 사람 중에 내가 가장 평범할걸."

"그렇지 않아. 에이브에게는 아주 희귀하고 특별한 재능이 있었어. 그 누구도 할 수 없는 일을 할 수 있었어."

엠마가 나와 눈을 맞추었다. "에이브는 괴물을 볼 수 있었어."

제9장
chapter nine

할아버지는 괴물을 볼 수 있었다. 엠마가 말한 순간, 극복했다고 생각했던 온갖 두려움이 물밀듯 되살아났다. 그러니까 그 괴물들은 진짜였다. 그리고 놈들이 할아버지를 죽였다.

"나도 볼 수 있어." 내가 중얼거렸다. 마치 부끄러운 비밀을 고백하듯이.

엠마가 눈물을 글썽이며 나를 끌어안았다. "네가 이상한 아이일 거라고 생각했어. 물론 이상하다는 건 어디까지나 최고의 칭찬이야."

늘 내가 이상한 아이라고는 생각했다. 그러나 그 정도로 이상한 아이인 줄은 몰랐다. 만약 아무도 보지 못하는 것을 나만 볼 수 있다면 할아버지가 살해되던 날 밤 리키가 아무것도 보지 못했던 이유도 설명이 되었다. 왜 모두들 내가 미쳤다고 생각했는지도. 나는 미친 것도, 헛것을 본 것도, 급성 스트레스 증상을 일으킨 것도 아니었다. 괴물이 가까이 다가올 때마다 가슴속에서 무언가 꿈틀거리는 것 같았던 그 느낌. 그리고 놈들의 끔찍한 모습. 그것이 바로 나의 능력이었다.

"그럼 너희 눈엔 안 보인다는 거야?" 내가 물었다.

"우리는 그림자만 볼 수 있어. 그래서 놈들이 밤에 사냥을 하는 거야."

"어떻게 하면 놈들이 널 쫓아오는 걸 막을 수 있어?" 내가 묻고 나서 곧바로 정정했다. "아니, 우리를 쫓아오는 걸 막을 수 있어?"

엠마의 표정이 어두워졌다.

"놈들은 우리가 어디 있는지 몰라. 그리고 루프 안으로는 못 들어와. 이 섬에 있는 한 우린 안전해. 대신 영원히 이 섬을 떠날 수가 없는 거지."

"하지만 빅터는 떠났구나."

엠마가 서글픈 표정으로 고개를 끄덕였다.

"여기 있으면 미칠 것 같다고 했어. 더 이상은 도저히 못 견디겠다고. 가엾은 브로닌, 에이브도 떠났지만 그래도 에이브는 괴물한테 당하진 않았어."

나는 용기를 내어 그녀를 바라보았다. "이런 얘기하기 정말 싫지만……."

"뭐? 설마 에이브도……."

"모두가 들짐승한테 당한 거라고 생각했어. 하지만 방금 네가 한 말이 사실이라면 할아버지도 놈들한테 당한 게 분명해. 내가 처음이자 마지막으로 괴물을 본 게 할아버지가 살해되던 날이었거든."

엠마가 무릎을 끌어안고 눈을 감았다. 내가 한 팔로 그녀를 감싸 안자 엠마가 내게 기대었다.

"그럴 줄 알았어. 미국은 안전하다고, 혼자서도 놈들을 물리칠

수 있다고 그렇게 큰소리치더니…… 결코 안전한 게 아니었어. 우리 중 누구도, 아무도 안전할 수 없어."

우리는 난파선 위에 앉아서, 달이 지평선에 낮게 걸리고 물이 목까지 찰랑거리고 엠마가 몸을 떨기 시작할 때까지 이야기를 나누었다. 그리고 손을 잡고 다시 카누에 올랐다. 해안 쪽으로 노를 젓고 있는데 누군가 우리를 부르는 소리가 들렸다. 바위를 돌아서니 휴와 피오나가 해안에서 우리를 향해 손짓하는 모습이 보였다. 뭔가 잘못되었음을 멀리서도 느낄 수 있었다.

우리는 카누를 묶어놓고 달려갔다. 휴는 숨이 턱까지 차 있었고 벌들이 몹시 흥분한 듯 주위를 맴돌았다. "일이 터졌어. 빨리 가자!"

실랑이할 시간이 없었다. 엠마는 수영복 위에 옷을 입었고 나는 모래투성이가 된 바지를 그냥 입었다. 휴가 애매한 표정으로 날 보았다. "얘는 안 돼. 상황이 심각해." 그가 말했다.

"휴, 새가 한 말이 옳았어. 얘도 우리하고 똑같아."

휴는 깜짝 놀라며 엠마를, 그리고 나를 쳐다보았다. "얘기했어?"

"어쩔 수 없었어. 어쨌든 결국 제이콥이 스스로 깨달았어."

휴는 잠시 당황한 표정을 지었지만 바로 손을 내밀며 힘차게 악수했다. "일단 환영한다."

나는 달리 무어라고 말해야 좋을지 몰라 그저 "고마워."라고 대답했다.

집으로 돌아가는 길에 휴가 대충 상황을 전해주긴 했지만 우리는 주로 달리는 데 몰두했다. 숨을 고르기 위해 숲 속에 멈추었을 때 휴가 설명했다. "새의 임브린 친구들 중 한 명이 한 시간 전에 괴성을 지르면서 아주 끔찍한 몰골로 날아들었어. 자고 있던 우릴 다 깨우면서. 그런데 무슨 일인지 영문을 알기도 전에 새가 기절했어." 그가 우울한 표정을 지으며 양손을 비볐다. "뭔가 끔찍한 일이 일어났다는 걸 직감으로 알 수 있었지."

"제발 네가 틀렸으면 좋겠다." 엠마가 말했고 우리는 다시 달리기 시작했다.

ୟ

닫힌 손님방 문 앞에 잠옷 차림으로 아이들이 등유 램프를 들고 서서 앞으로 닥칠 일에 대해 수군거리고 있었다.

"루프를 정비하는 걸 잊었나봐." 클레어가 말했다.

"괴물들한테 당했을 거야. 아마 부츠까지 홀랑 씹어 먹혔을걸." 에녹이 말했다.

클레어와 올리브는 흐느껴 울며 조그만 두 손을 움켜쥐었다. "진정해. 에녹의 헛소리 따윈 듣지 마. 할로개스트들이 어린애들을 좋아한다는 건 누구나 다 알아. 그래서 페러그린 원장의 친구를 그냥 보내준 걸 거야. 늙은 여잔 오래된 커피 찌꺼기 맛이니까." 호러스가 그들 곁에 무릎을 꿇고 앉아 위로하는 듯한 목소리로 말했다.

올리브가 손가락 사이로 쳐다보았다. "그럼 어린애들은 어떤 맛인데?"

"월귤 맛이지." 그가 덤덤하게 말했다. 여자애들이 다시 울부짖기 시작했다.

"그만 좀 해!" 휴가 소리쳤고 그의 입에서 쏟아져 나온 벌 떼를 보고 호러스가 비명을 지르며 달아났다.

"왜 이렇게 소란스러워!" 페러그린이 안에서 소리쳤다. "휴, 네 목소리 같은데? 엠마하고 제이콥은 찾았니?"

엠마가 움찔하며 휴를 쏘아보았다. "원장님도 알아?"

"너희 둘이 없어진 걸 알고 난리가 났었어. 와이트나 괴물들한테 납치됐다고 생각하더라고. 미안해, 엠마. 말 안 할 수가 없었어."

엠마가 고개를 저었지만 우리가 할 일이라고는 들어가서 주어진 상황에 대처하는 것뿐이었다. 행운을 빈다는 듯 피오나가 손을 들어 경례했고 우리는 방문을 열었다.

손님방 안으로 들어가보니 맞은편 벽에 떨리는 그림자를 드리운 벽난로 불빛이 방 안의 유일한 조명이었다. 반쯤 의식을 잃고 담요를 뒤집어쓴 채 부들부들 떠는 나이 든 여자 곁에 브로닌이 걱정스러운 표정으로 서성거리고 있었다. 페러그린 원장은 간이의자에 앉아 짙은 색의 액체를 여자에게 떠먹이고 있었다.

여자의 얼굴을 본 순간 엠마가 얼어붙었다. "세상에! 애보셋 원장님이잖아!"

그제야 나도 그녀를 알아보았다. 페러그린 원장이 보여준 어린 시절 사진에서 보았던 사람이었다. 사진 속의 애보셋 원장은 강인해 보였지만 지금은 너무도 약하고 가냘파 보였다.

우리가 서서 지켜보는 동안 페러그린이 은색 술병을 애보셋의 입술에 대고 기울였고 늙은 임브린은 잠시나마 정신이 드는 듯 눈을 반짝이며 몸을 일으켰다가 이내 얼굴을 떨어뜨리고 의자에 늘어졌다.

"가서 애보셋 원장님이 누우실 자리를 준비하고 코카와인(코카인 소량을 섞은 와인-옮긴이)하고 브랜디 한 병 더 가져와." 페러그린이 브로닌에게 말했다.

브로닌이 심각한 표정으로 고개를 끄덕이고 밖으로 나갔다. 그제야 페러그린 원장이 우리 쪽으로 돌아서서 낮은 목소리로 이야기를 시작했다. "엠마, 너한테 무척 실망했다. 하필 이런 날 밤에 몰래 빠져나가다니."

"죄송해요. 이런 끔찍한 일이 일어날 줄은 정말 몰랐어요."

"처벌을 해야 옳겠지만 이런 상황에서 그게 다 무슨 소용이겠니." 페러그린이 스승의 흰 머리카락을 쓸어 넘기며 말했다. "아주 끔찍한 일이 일어난 게 아니고서야 애보셋 원장님이 여기까지 오실 리가 없어."

훨훨 타오르는 벽난로 불길에 내 이마에선 땀이 배어났건만 애보셋 원장은 여전히 몸을 떨고 있었다. 결국 죽게 되는 걸까? 할아버지와 내가 겪었던 끔찍한 상황이 다시 한 번 재현될까? 이번에는 페러그린과 그녀의 스승이 주인공일까? 나는 다시 그날의 그 광경을 떠올려보았다. 할아버지나 나의 진실은 짐작조차 못한 채로 두려움과 혼란에 휩싸여 할아버지의 시신을 끌어안고 있던 내 모습을. 그러나 지금 눈앞에 벌어지고 있는 상황은 내가 겪은 일과는 다를 것이다. 페러그린은 자신이 누구인지 처음부터 정확히 알고 있었다.

그런 얘기를 꺼낼 상황은 아니었지만 너무도 화가 나서 도저히 참을 수가 없었다. "원장님?" 그녀가 고개를 들었다. "언제 얘기할 생각이셨어요?"

무슨 소리냐고 반문하려는 순간 그녀의 시선이 엠마에게로 향했고 엠마의 얼굴에서 원장이 대답을 읽었다. 원장은 순간적으로 몹시 화가 난 것 같았지만 내 분노를 인식한 순간 자신의 분노를 누그러뜨렸다. "곧 얘기해줄 생각이었다. 부디 이해해다오. 처음 만났을 때 그 모든 진실을 한꺼번에 폭로했다면 넌 엄청난 충격을 받았을 거야. 네가 어떻게 나올지 도저히 예측할 수가 없었거든. 그 길로 달아나서 영영 돌아오지 않을 수도 있었어. 그런 위험을 감수할 순 없었단다."

"그래서 나쁜 일들은 다 숨겨두고 멋진 음식과 즐거운 놀이, 예쁜 여자애들로 절 유혹하려 하셨나요?"

엠마가 숨을 헉 들이켰다. "유혹? 제발 그런 말 쓰지 마, 제이콥. 도저히 못 들어주겠다."

"유혹하려 했다니, 뭔가 단단히 오해를 하고 있는 것 같군. 네가 본 게 우리가 사는 모습 그대로야. 몇 가지 사실을 감추긴 했지만 결코 속인 적은 없어."

"진실을 하나 말씀드리죠. 그 괴물들 중 한 놈이 할아버지를 죽였어요."

페러그린 원장이 잠시 불길을 바라보았다. "그렇게 됐다니 정말 유감이구나."

"제 두 눈으로 똑똑히 보았어요. 사람들한테 그 얘길 했더니 다들 제가 미쳤다고 생각하더라고요. 하지만 전 미친 게 아니었어요. 할아버지도요. 할아버지는 평생 제게 진실을 말씀하셨는데, 제가 안 믿었어요." 수치심이 밀려들었다. "내가 할아버지 얘기를 믿었더라면 어쩌면 아직 살아계실지도 모르는데……."

내가 감정에 복받치는 것을 보고 페러그린 원장이 애보셋 원장 맞은편의 의자에 앉으라고 권했다.

나는 의자에 앉았고 엠마는 내 곁에 무릎을 꿇고 앉았다. "에이브는 네가 특별하다는 걸 알았을 거야. 하지만 그 얘기를 해선 안 될 이유가 있었겠지." 엠마가 말했다.

"에이브는 알고 있었어. 편지에 그렇게 썼어." 페러그린 원장이 대답했다.

"이해가 안 가요. 만약 그게 진실이라면, 그리고 제가 할아버지처럼 특별한 재능을 지녔다면 왜 마지막 순간까지 그 사실을 비밀에 부쳤을까요?"

페러그린이 애보셋에게 스푼으로 브랜디를 떠먹였고 애보셋은 신음 소리를 내며 몸을 조금 일으켰다가 다시 축 늘어졌다. "아마 널 보호하고 싶었을 거야. 이상한 사람들은 시련과 상실의 삶을 살아야 하니까. 최악의 시대에 유대인으로 태어난 에이브는 두 배로 힘들었겠지. 에이브는 두 번의 학살을 겪었어. 나치의 유대인 학살과 괴물들의 이상한 아이들 학살. 유대인과 이상한 아이들이 고통을 당하는 동안 자신은 숨어서 지낸다는 사실을 괴로워했어."

"괴물들하고 싸우려고 전쟁터에 나갔다는 얘기를 자주 하셨어요." 내가 말했다.

"사실이야." 엠마가 말했다.

페러그린이 말을 이었다.

"전쟁이 끝나면서 나치의 통치는 끝났지만 괴물들은 그 어느 때보다 강해졌거든. 그래서 다른 이상한 아이들처럼 우리는 여전히 숨어 지냈어. 하지만 네 할아버지는 딴 사람이 되어서 돌아왔어. 투사가 되었지. 숨어 사는 삶을 거부하고 루프 밖에서 자신의 삶을 일구기로 결심했어."

"제발 미국으로 떠나지 말라고 애원했어. 우리 모두가." 엠마가 말했다.

"하지만 왜 하필 미국으로 가셨죠?" 내가 물었다.

"그때만 해도 미국엔 놈들이 별로 없었단다. 전쟁이 끝나고 이상한 아이들 몇 명이 미국으로 탈출했어. 대부분은 너희 할아버지처럼 보통 사람으로 여겨졌지. 평범한 사람이 되어서 평범한 삶을 사는 것이 네 할아버지의 가장 큰 소원이었어. 편지에서도 그런 말을 여러 차례 했고. 아마 그래서 그토록 오랫동안 비밀에 부쳤을 거야. 그 자신이 영원히 가질 수 없었던 것을 네가 갖기를 원했겠지."

"평범해지는 것……."

내 말에 페러그린이 고개를 끄덕였다. "하지만 에이브는 자신의 재능을 숨길 수가 없었어. 그의 특별한 능력과 괴물들과의 싸움에서 그가 보여준 활약은 그를 더더욱 특별한 존재로 만들었어. 덕분에 골치 아픈 괴물들을 제거해달라는 부탁을 종종 받곤 했는데, 천성이 착한 사람이라 거의 거절을 못했어."

나는 할아버지가 떠나곤 했던 긴 사냥 여행을 떠올렸다. 그런 여행을 떠나는 할아버지의 사진이 있었다. 누가 언제 찍은 사진인지는 알 수 없었다. 할아버지는 늘 혼자 여행을 떠났으니까. 어렸을 때 나는 그 사진이 너무도 우습다고 생각했다. 사진 속의 할아버지가 정장을 하고 있었기 때문이었다. 정장을 하고 사냥 여행을 가는 사람이 어디 있을까?

이제야 알 것 같았다. 동물이 아닌 다른 무언가를 사냥하는 사람이라면 그런 차림을 할 수도 있었을 것이다.

할아버지가 총에 미친 편집증 환자도 아니었고, 바람둥이도 아니었으며, 가족을 돌보지 않은 불성실한 가장도 아니었고 위험에 처한 사람들을 위해 목숨을 걸고 차를 몰고 싸구려 모텔들을 전전하며 괴물들을 처단하다가 총탄이 다 떨어지고 나면 설명할 수 없는 멍 자

국들, 떠벌릴 수 없는 악몽들과 함께 집으로 돌아오는 떠돌이 투사였다고 생각하니 문득 가슴이 뭉클해졌다. 그 수많은 희생의 대가로 돌아온 것은 가족의 경멸과 의심뿐이었다. 할아버지가 엠마와 페러그린 원장에게 그토록 많은 편지를 썼던 것도 바로 그래서였을 것이다. 그들은 할아버지를 이해했을 테니까.

브로닌이 코카와인 한 병과 브랜디 한 병을 들고 돌아왔다. 페러그린은 브로닌을 돌려보낸 뒤 조그만 찻잔에 그 둘을 섞었다. 그러고 나서 푸른 핏줄이 드러난 애보셋의 뺨을 조심스럽게 두드렸다.

"원장님! 원장님! 정신 좀 차리시고 이걸 좀 마셔보세요."

애보셋이 신음했고 페러그린은 찻잔을 그녀의 입술에 대어주었다. 애보셋이 술을 몇 모금 마셨다. 기침을 하긴 했지만 자줏빛 액체 대부분이 넘어갔다. 그녀는 다시 혼절 상태로 되돌아갈 듯 멍하니 앞을 보았지만 잠시 후 한층 생기가 도는 얼굴로 몸을 일으켰다.

"이런! 내가 잠이 들었나? 이런 주책이 있나!" 메마르고 거친 목소리였다. 애보셋 원장은 놀란 표정으로 우리를 바라보았다. 마치 우리가 어디선가 느닷없이 나타났다는 듯이. "페러그린 원장? 페러그린 원장 맞지?"

페러그린이 노파의 앙상한 두 손을 어루만졌다. "한밤중에 우리를 만나려고 먼 길을 오셨잖아요. 예고도 없이 갑자기 오셔서 다들 얼마나 놀랐는지 몰라요."

"내가?" 애보셋 원장이 눈을 가늘게 뜨고 이마를 찌푸렸다. 그녀의 눈동자가 반대편 벽의 일렁이는 그림자에 고정되었다. 그 순간 그녀의 얼굴에 공포가 감돌았다. "그랬지! 경고해주러 왔어! 결코 경계를 늦추어선 안 돼! 나처럼 넋 놓고 있다가 당해선 안 된다고!"

페러그린은 손을 멈추었다. "당하다니요?"

"와이트들이지 누구겠어! 와이트 두 놈이 임브린 위원회 회원들인 양 변장을 하고 들어왔어. 위원회에는 남자가 없지만 잠결에 정신이 없었던 우리 아이들을 속여서 전부 다 묶어서 끌고 가버렸어."

페러그린이 숨을 헉 들이켰다. "세상에!"

"고통스러운 비명 소리가 들려서 번팅 원장하고 내가 잠에서 깨어났더니 우린 집 안에 갇혀 있었어. 가까스로 문을 열고 밖으로 나와서 놈들의 흔적을 따라가보았더니 루프 밖에 할로개스트들의 그림자가 우글거리더라고. 입구에 떡하니 지키고 섰더군!" 그녀는 눈물을 삼키느라 말을 잇지 못했다.

"아이들은요?"

애보셋은 고개를 저었다. 그녀의 눈동자에서 모든 불빛이 사라진 것 같았다. "아이들은 단지 미끼일 뿐이야." 그녀가 말했다.

엠마가 내 손을 꽉 움켜쥐었고 페러그린의 뺨이 벽난로 불빛 속에서 반짝였다.

"놈들이 원한 건 번팅 원장하고 나였어. 나는 가까스로 빠져나왔지만 번팅 원장은…… 운이 따라주질 않았지."

"살해되었나요?"

"아니. 납치됐어. 2주 전에 렌 원장하고 트리크리퍼 원장의 루프가 공격을 당하면서 그 둘이 납치당했던 것처럼. 놈들이 임브린들을 납치하고 있어. 아주 조직적으로 움직이는 것 같아. 무슨 꿍꿍이인지는 생각하기도 끔찍하지만."

"그럼 여기도 오겠네요." 페러그린 원장이 나지막이 말했다.

"만약 놈들이 들이닥치면, 물론 피하는 게 상책이겠지만 그래도 만반의 준비를 하고 있어야 해."

페러그린이 고개를 끄덕였다. 애보셋은 허탈한 표정으로 무릎 위에 두 손을 올려놓고 날개 부러진 새처럼 부들부들 떨었다. 그녀의 목소리가 갈라지기 시작했다. "오, 우리 아이들! 그 애들을 위해 기도해야지. 이제 돌봐줄 사람도 없어!" 그녀가 고개를 돌리고 흐느껴 울었다.

페러그린이 담요를 노파의 어깨에 둘러주고 일어섰다. 우리는 애보셋을 슬픔 속에 홀로 남겨두고 페러그린을 따라 밖으로 나왔다.

ᘒ

밖으로 나와보니 아이들이 손님방 문 앞에 모여 있었다. 애보셋의 이야기를 전부 다 듣진 못했을지언정 상황을 파악할 정도로는 들었음을 근심 어린 그들의 표정으로 보아 알 수 있었다.

"애보셋 원장님 너무 불쌍해." 클레어가 아랫입술을 떨며 훌쩍였다.

"애보셋 선생님 아이들도." 올리브가 말했다.

"우리를 잡으러 올까요, 원장님?" 호러스가 물었다.

"무기가 필요해!" 밀라드가 소리쳤다.

"도끼 같은 거!" 에녹이 나섰다.

"아니면 폭탄이나!" 휴도 거들었다.

"그만들 해!" 페러그린 원장이 손을 들어 아이들의 말을 막으며 소리쳤다. "얘들아. 침착해야 해. 애보셋 원장님한테 정말 끔찍한 일이 일어난 건 사실이지만 절대 여기서 되풀이되진 않을 거야. 그래도 경계를 늦추어선 안 돼. 지금부터는 이 집 밖으로 나갈 때 반드시 내 허락을 구하고 설령 나가더라도 두 사람이 함께 나가도록 해. 만약 낯선 사람을 보거든, 그들이 우리처럼 이상해 보이더라도 즉각 나한테 보고하도록. 이 문제에 관한 우리의 대비책에 대해서는 아침에 의논하자. 그때까지는 일단 모두 잠자리에 들도록 해. 지금은 토론을 벌일 시간이 아니야."

"하지만 원장님……." 에녹이 입을 열었다.

"어서!"

아이들이 종종걸음으로 방으로 들어갔다. "제이콥, 너 혼자 돌아다니는 건 너무 위험해. 아무래도 여기 머무는 게 좋겠다. 적어도 상황이 조금 나아질 때까지."

"아무 말 없이 사라질 순 없어요. 아빠가 무척 걱정하실 거예요."

그녀가 얼굴을 찌푸렸다. "그렇다면 오늘 밤만이라도 묵어. 내가 간곡히 부탁할게."

"그럴게요. 단 우리 할아버지를 죽인 괴물들에 대해 원장님이 알고 있는 걸 모두 설명해주신다면요."

그녀가 재미있다는 표정으로 고개를 갸우뚱하며 나를 바라보았다. "좋아. 네가 이 사실을 알아야 한다는 점에 대해선 나도 이의가 없으니까. 하지만 일단 오늘은 소파에서 눈을 좀 붙이렴."

"지금 당장 알아야겠어요." 진실을 알기 위해 10년을 기다려온 나였고 더 이상은 1분도 지체할 수 없었다. "제발요."

"제이콥, 네가 매력적인 고집불통인지 구제불능 고집쟁이인지 판단이 잘 안 서는구나." 그녀가 엠마에게로 돌아섰다. "엠마, 내 코카와인을 좀 가져다주겠니? 어차피 오늘 밤은 잠을 못 이룰 것 같아. 깨어 있으려면 좀 마셔야겠지?"

❦

서재는 심야 토론을 하기에 아이들 방과 너무 가까웠기 때문에 원장과 나는 숲 가까이에 위치한 온실로 자리를 옮겼다. 우리는 장미 덩굴 사이에 화분을 뒤집어놓고 앉은 다음 등유 램프를 우리 사이의 잔디에 놓았다. 온실 유리문 밖을 내다보니 아직 동이 트지는 않은 것 같았다. 페러그린 원장은 주머니에서 파이프를 꺼낸 다음 램프의 불꽃으로 파이프에 불을 붙였다. 그녀는 몇 모금을 깊이 들이마신 뒤 푸른 연기 화환을 하늘로 보내고 나서 이야기를 시작했다.

"고대인들은 우리를 신으로 착각했지만 우린 조금 이상할 뿐 평범한 사람들처럼 유한한 삶을 살았어. 시간의 루프는 피할 수 없는 죽음을 지연시켜줄 뿐이야. 루프에 머물기 위해 우리가 치러야 하는 대가는 실로 엄청나단다. 현재의 삶과 영원히 단절되어야 하니까. 너도 알다시피 오랫동안 루프 안에 살던 사람들이 현재로 돌아가면 곧바로 시들고 죽어버려. 태곳적부터 늘 그래왔지."

그녀가 다시 한 번 연기를 내뿜은 뒤 말을 이었다.

"지난 세기가 시작될 무렵, 우리 이상한 사람들 사이에서 균열이 일어나기 시작했어. 불만을 품은 세력들이 위험한 음모를 꾸미기 시작했지. 그들은 시간의 루프를 이용하여 일종의 불멸성을 획득하는 방법을 개발했다고 믿었어. 노화를 중단시키는 것은 물론 뒤집을 수도 있다는 거였지. 루프 밖에서 영원한 젊음을 누릴 수 있다고, 미래에서 과거로 자유롭게 넘나들 수 있다고 생각했어. 그 어떤 대가도 치르지 않고서. 다시 말해서 죽음의 공포 없이 시간을 정복할 수 있단 거였는데, 완전히 미친 소리였지. 말도 안 되는 이야기였어. 기존의 모든 상식을 뒤집는 발상이었고.”

그녀가 날카로운 숨을 내쉬면서 마음을 가다듬기 위해 잠시 말을 멈추었다.

“어쨌든, 머리는 비상하지만 무모했던 내 오빠들이 그 생각에 완전히 마음을 빼앗겼어. 그 구상을 현실화할 수 있도록 도와달라고 내게 부탁할 정도로 뻔뻔했지. 신이 되려 하느냐고 내가 물었지. 그건 도저히 있을 수 없는 일이라고. 설령 가능하다고 해도 해서는 안 되는 일이라고. 하지만 그 둘은 좀처럼 고집을 꺾지 않았어. 애보셋 원장의 임브린 양성소에서 자란 덕분에 그 둘은 다른 남자아이들보다 특별한 기술들을 많이 배웠어. 그러니까 위험을 불사하기에 충분할 정도로 많이 배웠어. 위원회에서 만류하고 심지어 협박까지 했건만 1908년 여름에 내 오빠들을 포함한 수백 명의 이탈자들이 가공할 실험을 하기 위해 시베리아 툰드라 지방으로 들어갔어. 몇 세기 동안 사용하지 않았던 이름 없는 낡은 루프를 본거지로 삼았지. 우리는 일주일 내로 그들이 돌아올 거라고 생각했어. 거스를 수 없는 자연의 힘에 겸손해져서 기가 죽어 올 거라고. 하지만 그들이 받은 벌은 훨씬 더 극적이었어. 그 실험으로 인한 폭발은 아조레스 제도의 창문까지 흔들 정도로 위력이 대단했지. 5킬로미터 반경 내에 있었던 사람들은 아마 그게 지구의 종말이라고 생각했을 거야. 우리는 그들이 모두 죽었을 거라고, 세상을 뒤흔든 그 끔찍한 폭발이 그들이 남긴 마지막 흔적이라고 생각했어.”

“하지만 살아남았군요.” 내가 말했다.

"말하자면 그래. 그 실험에서 살아남은 종족을 '산지옥'이라 부르는 이들도 있었어. 몇 주 후 놈들이 흉측한 괴물들을 앞세우고 연이어 공격해왔어. 너 같은 아이를 제외한 다른 아이들 눈에는 그림자밖에 보이지 않는 괴물이었지. 그게 우리와 할로개스트의 첫 번째 충돌이었어. 입에 촉수가 달린 끔찍한 괴물들이 우리의 탈선한 형제들이란 걸 알기까지 시간이 좀 걸렸지. 그 폭발이 끝나고 실험실에서 기어나온 놈들이었어. 신이 되는 대신 악마로 변한 셈이지."

"뭐가 잘못된 거죠?"

"그 점에 대해선 논란이 분분해. 그중에 한 가지 이론은, 그들이 영혼이 깃들기 이전으로 거슬러 올라갔다는 추측이야. 그래서 우린 그들을 '할로개스트' 혹은 '할로우'라고 불러. 그놈들의 가슴과 영혼은 텅 비어 있거든. 그런데 참 잔인한 아이러니야. 결국 그들은 그토록 원하던 불멸성을 얻었어. 할로개스트들은 수천 년을 살 수 있거든. 하지만 그들의 삶은 끊임없는 육체적 고통의 삶이고 수치스러운 타락의 삶이야. 놈들은 떠도는 짐승들을 잡아먹으면서 고립된 삶을 살고 있어. 거기다 옛 동족을 잡아먹으려는 끝없는 갈망에 시달리지. 우리의 피가 그들을 구원할 유일한 희망이거든. 이상한 아이들을 많이 잡아먹으면 와이트가 될 수 있으니까."

"그 말 들어본 적 있어요. 엠마가 처음에 절 그렇게 불렀어요."

"나도 처음엔 네가 와이트인 줄 알았어. 미리 관찰했길 망정이지."

"와이트가 뭐죠?"

"만약 할로개스트가 산지옥이라면, 와이트는 연옥에 가까워. 와이트들은 얼핏 보기에는 거의 평범한 데다 특별한 능력이 없어. 하지만 그들은 인간들 틈에 섞여 살 수가 있기 때문에 할로개스트의 부하 노릇을 해. 정찰병, 스파이, 뚜쟁이 역할을 하지. 언젠가 모든 할로개스트들이 와이트로 변신하고 이상한 아이들은 모두 죽이는 것을 목표로 삼는 지옥의 망령들의 계층 구조라고나 할까."

"하지만 왜 그렇게 못 하고 있죠? 그들이 예전에 이상한 아이들이었다면 숨을 곳을 전부 다 알고 있을 텐데."

"그나마 다행스러운 건 그들이 이전의 삶에 대한 기억이 거의 없다는 거야. 와이트는 할로개스트처럼 강하거나 두려운 존재는 아니지만 아주 위험한 종족이지. 할로개스트들과는 달리, 그들은 본능만을 따르진 않는 데다 종종 평범한 사람들하고 섞일 수 있거든. 특별한 표식이 있긴 하지만 일반인과 그들을 구분하기란 쉽지가 않아. 예를 들면 와이트는 눈동자가 없어."

그 말을 듣는 순간 온몸에 소름이 돋았다. 할아버지가 살해되던 날 밤 잡초에 물을 주고 있던 눈이 허연 이웃 남자의 모습이 떠올랐기 때문이었다. "한 명 봤어요. 그저 늙은 장님인 줄 알았는데."

"관찰력이 뛰어난 편이구나. 와이트들은 남의 눈에 띄지 않고 돌아다니는 데 도가 튼 사람들이야. 거의 드러나지 않는 일을 하며 살아가지. 열차에 탄 회색 정장 차림의 남자라든가, 동전을 구걸하는 거지라든가. 그저 군중 속의 얼굴들로 살아가는 거야. 물론 의사라든가, 정치인이라든가, 성직자라든가 하는 좀 더 눈에 띄는 직업을 갖고 자신을 노출시키는 위험을 감수하는 와이트들도 있어. 그건 더 많은 사람들과 접촉해서 세를 확장하기 위해서야. 에이브처럼 평범한 사람들 속에 숨어 있는 이상한 사람들을 보다 쉽게 발견하기 위해서이기도 하고."

페러그린 원장이 집에서 들고 나온 사진 앨범을 뒤적이기 시작했다. "이게 세계 곳곳의 이상한 사람들을 위해 제작되고 배포된 자료들이야. 지명수배 전단 같지? 이걸 보렴." 두 소녀가 가짜 순록을 타고 있고 흰자위만 있는 섬뜩한 산타클로스가 뿔 뒤에 서 있는 사진이었다. "크리스마스 때 미국 백화점에서 일하는 와이트의 모습이야. 짧은 시간 동안 엄청나게 많은 아이들과 접촉할 수가 있지. 아이들을 만지고 이것저것 물어보면서 이상한 아이의 징후를 찾았겠지."

그녀가 페이지를 넘기자 으스스한 치과의사의 모습이 나타났다.

"이 와이트는 치과의사야. 이자가 든 해골이 이상한 아이의 것이라고 해도 난 놀라지 않을 것 같아."

그녀가 다시 페이지를 넘겼다. 이번에는 그림자 앞에 몸을 숙이고 있는 어린 꼬마의 사진이었다. "이건 마샤야. 30여 년 전 평범한 가족과 살기 위해 우리 곁을 떠났지. 떠나지 말라고 그렇게 애원했건만 막무가내였어. 얼마 지나지 않아 스쿨버스를 기다리다가 와이트한테 잡혔어. 근처에서 카메라가 뒹굴고 있었고 안에 현상되지 않은 필름이 들어 있었지."

"누가 찍었어요?"

"와이트 자신이. 장난을 좋아해서 항상 우릴 비웃는 기념품을 남겨놓곤 해."

나는 사진을 들여다보았다. 작고 익숙한 두려움이 내 안에서 출렁였다.

더 이상 사진을 볼 수 없어서 앨범을 닫았다.

"이런 얘기를 들려주는 건, 네가 이런 얘기를 들을 권리가 있어서이기도 하지만 한편으로는 네 도움이 필요해서이기도 해. 너는 아

무 의심도 받지 않고 루프 밖으로 나갈 수 있는 유일한 사람이야. 네가 우리와 함께 지내는 동안, 그리고 네가 계속 이 루프를 드나드는 동안 이 섬에 들어오는 낯선 사람들에 대해 나한테 보고해다오."

"얼마 전에 낯선 사람이 섬에 들어오긴 했어요." 아빠를 화나게 했던 조류 관찰자를 떠올리며 내가 말했다.

"그 사람 눈을 봤니?"

"아뇨. 어두웠고, 커다란 모자로 얼굴을 거의 가리고 있었어요."

페러그린 원장이 손가락 마디를 깨물며 이마를 찌푸렸다.

"왜요? 혹시 그자가 와이트라고 생각하세요?"

"눈을 보지 않고는 확실히 알 수가 없어. 하지만 혹시 네가 미행 당했을까봐 걱정이 되는구나."

"미행이라니요? 와이트한테요?"

"아마 할아버지가 죽던 날 밤에 네가 보았다던 그 와이트일 거야. 그렇다면 널 살려둔 이유가 설명이 되는 셈이지. 네가 훨씬 더 큰 사냥감으로 놈을 안내할 수도 있으니까. 바로 여기."

"하지만 제가 이상한 아이란 걸 어떻게 알았겠어요? 저 자신도 몰랐는데."

"네 할아버지를 알았다면 너에 대해서도 분명히 알았을 거야."

나는 그들이 나를 죽일 수도 있었을 수많은 기회들을 생각해보았다. 할아버지의 죽음 이후 몇 주 동안 나는 그들의 존재를 느낄 수 있었다. 나를 지켜보고 있었을까? 그리고 결국 나는 그들의 예상대로 이곳으로 온 걸까?

그런 생각을 감당하기가 벅차서 머리를 무릎 사이에 떨어뜨렸다. "저도 그 술 한 모금만 마시면 안 될까요?" 내가 물었다.

"그건 절대 안 돼."

갑자기 가슴이 조여오는 듯한 고통이 밀려왔다. "이 세상에 과연 저에게 안전한 곳이라는 게 존재할까요?" 나는 그녀에게 물었다.

페러그린 원장이 내 어깨를 어루만졌다. "여기 있으면 안전해. 네가 있고 싶은 만큼 있어도 좋아."

말을 하려 해보았지만 더듬거리는 소리밖엔 나오지 않았다. "하지만…… 전 도저히 그럴 수가…… 부모님이……."

"네 부모님은 널 사랑할지 몰라도 결코 널 이해하진 못해." 그녀가 속삭였다.

꺼

마을로 돌아왔을 때에는 햇살이 거리에 기다란 첫 그림자를 드리우고 있었고 밤새 술을 마시던 사람들도 가로등을 붙잡고 비틀거리며 집으로 내키지 않는 발걸음을 옮겨놓고 있었다. 어부들은 큼직한 검은 장화를 신고 터벅터벅 부두로 걸어 나가고 있었고 아빠는 곤한 잠에서 막 깨어나고 있었다. 진흙투성이 옷을 입은 채 침대에 누워 이불을 머리까지 끌어당기는 순간 아빠가 내 방문을 열었다.

"괜찮니?"

내가 웅얼거리며 돌아눕자 아빠가 밖으로 나갔다. 오후 늦게야 눈을 떠보니 걱정 어린 아빠의 쪽지와 감기약이 탁자 위에 놓여 있었다. 나는 미소를 지었다. 그리고 거짓말을 한 것에 대한 죄책감을 잠시 느꼈다. 문득 아빠가 걱정되었다. 망원경과 조그만 노트북을 들고 들판을 돌아다니다가 양을 살해한 미치광이와 마주칠지도 모를 일이었다.

나는 눈을 비벼 잠을 떨쳐낸 뒤, 비옷을 걸치고 마을을 빙 돌아보고 나서 절벽과 해안도 살펴보았다. 아빠나 이상한 조류 관찰자 중 한 명이라도 만나기를 바랐고 만나면 조류 관찰자의 눈을 확인해볼 생각이었지만 두 사람 모두 찾을 수 없었다. 황혼이 질 무렵에야 포기하고 프리스트 홀로 돌아와 보니 아빠가 다른 손님들과 함께 술을 마시고 있었다. 빈 병 여러 개가 널려 있는 것으로 보아 꽤 오래 거기 앉아 있었던 모양이었다.

나는 아빠 곁에 앉아 턱수염 기른 조류 관찰자를 보았느냐고 물었다. 아빠는 못 보았다고 했다.

"혹시 보더라도 절대 가까이하지 마세요. 아셨죠?" 내가 말했다.

이상하다는 표정으로 아빠가 나를 쳐다보았다. "왜?"

"왠지 좀 거슬려서요. 혹시 미친놈일 수도 있잖아요. 양들을 죽인 범인일 수도 있고요."

"어쩌다 그런 황당한 생각을 하게 됐니?"

말하고 싶었다. 전부 다. 다 이해한다는 아빠의 말과 부모로서의 조언을 듣고 싶었다. 이곳에 오기 전으로 돌아갈 수만 있다면. 페러그린 원장의 편지를 보기 전, 내가 그저 교외에 사는 부유한 집안의 한심한 아이였던 시절로 돌아갈 수만 있다면 무슨 짓이든 할 수 있을 것 같았다. 말하는 대신 나는 아빠 옆에 한동안 잠자코 앉아 겨우 4주 전, 지금 생각해보면 너무도 멀게 느껴지는 그 시절의 내 삶을 돌아보았다. 앞으로 4주 뒤에는 또 어떻게 달라져 있을지도 생각해보았다. 그러나 아무것도 짐작조차 할 수 없었다. 결국 우리는 할 얘기가 하나도 없었고 나는 일어서서 2층으로 올라갔다.

제 10 장

chapter ten

화요일 밤, 내가 나 자신에 대해 알고 있던 거의 모든 것이 틀린 것으로 판명되었다. 아빠와 나는 일요일 아침 짐을 꾸려 집으로 돌아가기로 되어 있었다. 앞으로 어떻게 해야 할지 며칠에 걸쳐 고민했다. 머물 것이냐. 떠날 것이냐. 어느 쪽도 좋은 선택 같진 않았다. 어떻게 내가 알아온 모든 것을 영원히 등지고 이곳에 머문단 말인가? 하지만 또 어떻게 이 모든 것을 알고서 집으로 돌아갈 수가 있단 말인가?

더 끔찍한 것은 의논할 사람이 없다는 사실이었다. 아빠와 의논하는 것은 말도 안 되었다. 엠마는 내가 머물러야 하는 이유에 대해서 자주 열정적인 주장을 펼쳤지만 내가 버려야 하는 삶(비록 지극히 하찮은 것일지라도)이라든가 내가 느닷없이 실종되면 부모님께 미칠 파장, 엠마 자신도 인정했던 루프 안에서의 숨 막히는 생활에 대해선 언급을 회피하고 단지 "네가 있으면 한결 지내기가 나을 거야."라고만 말했다.

페러그린 원장도 그다지 도움이 되지 않았다. 그녀의 유일한 대답은 누구도 나 대신 결단을 내릴 수 없다는 것이었다. 나는 단지 이야기를 나누고 싶었던 것뿐인데도. 그녀가 내가 루프에 머물러주길 원하고 있다는 것은 너무도 분명했다. 나 자신의 안전은 물론이고, 내가 루프에 있는 게 모두에게 훨씬 더 안전했다. 그러나 집 지키는 개 노릇을 하면서 평생을 보내는 것이 썩 내키지는 않았다. 어쩌면 할아버지도 그런 생각을 했을 것이다. 그리고 바로 그 이유 때문에 전쟁이 끝난 뒤에도 다시 돌아오지 않았을 것이다.

이상한 아이들과 함께 산다는 것은 고등학교를 졸업하지 못하는 것은 물론 대학에 가거나 그것 말고도 평범한 아이들이 자라면서 하는 여러 가지 일들을 하지 못하게 된다는 의미였다. 그러나 한편으로는 내가 결코 평범하지 않다는 사실을 스스로에게 일깨워야만 했다. 할로개스트들이 나를 쫓는 한 루프 밖에서 오래 버티지는 못할 것이다. 어쩌면 남은 생을 두려움에 떨며 보내게 될지도 모른다. 어깨 너머를 흘금거리며 악몽에 시달리다가 차라리 놈들이 날 찾아서 종지부를 찍어주기를 기다릴지도 모른다. 그것은 대학을 못 가는 것보다 훨씬 더 끔찍하리라.

그 순간 나는 생각했다. 세 번째 길은 없을까? 나도 할아버지처럼 살 순 없을까? 할아버지는 루프 밖에서 50여 년을 건강하게 살았고 할로개스트들을 물리쳤다. 그 순간 내 머릿속에서 나를 비웃는 목소리가 들려왔다.

이 멍청아. 할아버진 군인 출신이었어. 보통 사람이 아니었단 말이다. 더구나 벽장 한가득 무기를 갖고 있었고. 너하고 비교하면 할아버진 람보였어!

총기 사용법을 배우면 되지. 가라데도 배우고. 운동도 하고. 낙천적인 내가 말했다.

장난하냐? 학교에서도 제 앞가림도 못하는 놈이……. 보디가드로 가난한 백인 아이를 데리고 다니려고 뇌물까지 썼잖아. 진짜 총으로 사람을 겨누기만 해도 오줌을 쌀걸!

아냐! 절대 그렇지 않아!

넌 나약해. 넌 낙오자야. 그래서 할아버지가 너한테 지금껏 비밀을 말하지 않은 거야. 할아버진 네가 감당할 수 없으리란 걸 알고 있었어.

닥쳐!

나흘 내내 이런 식이었다. 남느냐, 가느냐. 나는 결론도 없이 그 문제에 집착했다. 한편 아빠의 집필 의욕은 완전히 식었다. 일을 하지 않을수록 점점 더 자신감을 잃었고 자신감을 잃을수록 술집에서 보내는 시간이 늘었다. 아빠가 그런 식으로 술을 퍼마시는 건 본 적이 없었다. 하룻밤에 맥주 예닐곱 잔을 마셨다. 아빠가 그렇게 술을 마실 때면 나는 아빠 곁에 있고 싶지 않았다. 아빠의 표정은 어두웠고 침묵 속에 부루퉁해 있지 않을 때면 내가 듣고 싶지 않은 이야기만 늘어놓았다.

"아마 조만간 네 엄만 날 떠날 거야. 뭔가 제대로 된 걸 하나 만들어내지 않으면 분명히 그럴 거야."

아빠를 슬슬 피하기 시작했지만 아빠가 그에 대해 알아차렸는지조차 확실치 않았다. 내 행선지를 밝히지 않고 드나들기가 너무 쉬워졌다.

한편 이상한 아이들의 집에서는 페러그린 원장이 외출 금지 비슷한 것을 선언했다. 마치 계엄령이 선포된 것 같았다. 어린아이들은 동반자 없이는 아무 데도 갈 수 없었고, 큰 아이들은 둘씩 다녀야 했으며 누가 어디 있는지 항상 원장에게 알려야 했다. 외출 허락을 받는 것은 끔찍이도 힘든 일이었다.

집을 앞뒤로 지키기 위해 번갈아 보초를 섰다. 밤이나 낮이나 따분한 얼굴들이 창밖을 내다보고 있었다. 누군가 다가오는 것이 보이면 원장의 방에 달린 종이 울리도록 줄을 잡아당겼다. 다시 말해서 내가 갈 때마다 페러그린 원장이 나를 심문하려고 기다리고 있다는 뜻이었다. 루프 밖은 어떤지, 이상한 징후를 발견했는지, 미행당하지 않은 게 확실한지.

당연히 아이들은 좀이 쑤셨다. 어린아이들은 제멋대로 굴었고 큰 아이들은 침울해하면서 딱 엿듣기 좋은 크기의 목소리로 불평했다. 텅 빈 방에서 요란한 한숨 소리가 새어 나오면 밀라드가 있다는 뜻이었고 휴의 벌들이 떼를 지어 날아다니며 아이들을 쏘는 바람에 휴는 하루 종일 창가에 서서 창밖으로 벌을 방출했다.

올리브는 무거운 구두를 잃어버렸다면서 파리처럼 천장을 기어 다니며 사람들의 머리에 쌀알을 떨어뜨렸다. 사람들이 고개를 들고 쳐다보면 올리브가 웃음을 터뜨렸다. 얼마나 크게 웃는지 힘이 다 빠져서 바닥으로 떨어지지 않기 위해 샹들리에나 커튼 봉을 붙잡아야 했다. 그중에서도 가장 이상해진 아이는 에녹이었다. 에녹은 지하 연구실에 틀어박혀서 진흙 병정들을 놓고 실험적인 수술을 했는데 프랑켄슈타인 박사도 울고 갈 정도였다. 진흙 병정 둘의 사지를 잘라 또 다른 병정 하나에 전부 다 붙여서 끔찍한 거미 인간을 만들기도 했고 닭 네 마리의 심장을 꺼내 병정 하나의 몸속에 집어넣고 지칠 줄 모르는 슈퍼 진흙 병정을 만들기도 했다. 조그만 회색 인간들이 지쳐 쓰러지기 시작하면서 지하실은 야전병원을 방불케 했다.

한편 페러그린 원장은 잠시도 쉬지 않고 움직였다. 방심하면 아이들이 눈앞에서 사라질지도 모른다는 듯 줄담배를 피우며 이 방 저 방 절뚝거리고 돌아다니면서 아이들의 안전을 확인했다. 애보셋 원장은 혼수상태에서 깨어나 복도를 서성거리며 사라져버린 아이들 이름을 부르다가 누군가의 품에 안겨 다시 침대로 돌아가곤 했다. 애보셋 원장의 처참한 몰골을 보고 왜 할로개스트들이 임브린들을 원하는지에 관한 과대망상적 추측들이 난무하기 시작했다. 역사상 가장 큰 시간 루프를 만들어서 지구를 삼켜버리기 위해서라는 해괴한 추측에서부터, 영혼을 먹고 사는 괴물의 삶이 외로워 그저 말동무나 삼으려고 그랬을 거라는 우스꽝스러울 정도로 낙관적인 추측에 이르기까지 내용도 참으로 다양했다.

그러다가 어느 순간부터 우울한 침묵이 집 안에 드리워졌다. 이틀간의 감금 생활에 모두 멍한 상태로 빠져들었다. 일상을 유지하는 것이 우울증에 대한 최선의 처방이라고 믿는 페러그린 원장은 자신의 수업과 식사 준비, 집 안을 깔끔한 상태로 유지하는 것에 아이들의 관심을 집중시키려 애썼다. 그러나 구체적으로 일을 시키지 않으면 아이들은 의자에 축 늘어져서 잠긴 창문 밖을 멍하니 바라보거나 이미 수백 번 읽어서 가장자리가 닳아빠진 책을 읽거나 잠이 들었다.

어느 날 저녁 호러스가 고함을 지르기 시작했을 때 처음으로 그의 능력을 보았다. 우리는 비명 소리를 듣고 2층 다락방으로 뛰어 올라갔다. 그는 다락방의 딱딱한 의자에 앉아 망을 보다가 악몽을 꾸

는 듯 손을 내저으며 비명을 질렀다. 처음에는 소리만 지르다가 나중에는 뭐라고 중얼거렸다. 바닷물이 끓어오르고 하늘에서 재가 떨어지고 대지에서 끝없이 검은 연기가 솟아오른다고. 몇 분 동안 지옥의 계시가 이어졌고 탈진한 호러스는 불안한 잠에 빠져들었다.

페레그린 원장의 앨범에 사진이 남아 있을 정도로 자주 겪었던 일이라 그런지 아이들은 어떻게 대처해야 할지 알고 있었다. 원장의 지시하에 아이들이 호러스의 팔다리를 잡고 침대로 옮겨 눕혔고 몇 시간 뒤 잠에서 깨어난 호러스는 자기가 꾼 꿈을 기억할 수 없다면서 자기가 기억하지 못하는 꿈은 거의 실현되지 않는다고 했다. 아이들은 그의 말을 믿었다. 그것 말고도 걱정할 일들이 많았다. 그러나 나는 호러스가 무언가를 숨기고 있다는 생각이 들었다.

케르놈 같은 조그만 마을에서 사람이 실종되는 것은 아주 큰 사건이었다. 수요일에 마틴이 박물관을 개장하지 않고 프리스트 홀에도 나타나지 않았을 때 사람들은 그가 혹시 아픈지 걱정했다. 케브의 아내가 집으로 찾아가 보니 현관문이 열려 있고 지갑과 안경이 부엌 카운터 위에 놓여 있었지만 정작 마틴 자신은 보이지 않았다. 그때부터 사람들은 그가 죽은 것은 아닐까 걱정하기 시작했다. 다음 날까지 마틴이 돌아오지 않자 사람들이 조를 짜서 헛간들을 살펴보고 뒤집힌 보트 속을 들여다보고 위스키를 좋아했던 남자가 쓰러져 잠들 만한 곳들을 샅샅이 훑어보았다. 수색작업을 시작한 지 얼마 안 되었을 때 보트 무전기로 연락이 왔다. 마틴의 시신이 낚시 그물에 걸렸다는 것이었다.

시신을 건져 올린 어부가 술집에 들어왔을 때 나는 아빠와 술집에 앉아 있었다. 정오가 막 지났지만 그는 술집의 규칙에 따라 맥주를 주문한 다음 이야기를 시작했다.

"가넷 곳에서 그물을 끌어올리고 있었어. 그런데 그물이 아주 무거운 거야. 이상하다 싶었지. 내 그물에 걸리는 건 주로 새우 같은 자질구레한 것들이거든. 꽃게 통발이 걸린 모양이다 생각하고는 갈고리를 던졌는데 뭔가 묵직한 게 걸리더라고." 유치원의 무서운 이야기 시간처럼 모두 몸을 앞으로 숙이고 그 어부의 이야기를 주의 깊게 들었다. "그런데 그게 마틴이었어. 절벽에서 떨어져서 상어들한테 뜯긴 모양이야. 한밤중에 잠옷 차림으로 나와서 도대체 뭘 하고 있었는지……."

"옷도 안 입고 나왔단 말인가?" 케브가 물었다.

"자다 나온 옷차림이던데? 바닷가를 산책하는 사람 복장은 아니었어."

사람들은 마틴의 영혼을 위해 짧은 기도를 한 마디씩 한 다음 자기 이론을 설파하기 시작했다. 몇 분 안 되어 연기 자욱한 술집은 술 취한 셜록 홈스들의 소굴로 변했다.

"술을 마셨겠지."

"절벽에 나가 있었다면 혹시 양을 죽인 범인을 보고 쫓던 중은 아니었으려나?"

"그 수상한 외지 사람은 어디 갔지? 캠핑하던 작자 말이야." 낚시꾼이 말했다.

아빠가 간이의자 위에서 허리를 폈다. "지난번에 한 번 부딪쳤어요. 이틀 전에."

내가 놀란 표정으로 아빠를 바라보았다. "저한테는 그런 얘기 안 하셨잖아요."

"약국에 가는 길이었어요. 문 닫기 전에 가려고 서두르는데 반대편에서 마을로 들어오는 중이더라고요. 겁이나 주려고 어깨를 툭 쳤더니 멈춰 서서 절 노려보더군요. 기선을 제압하려는 것 같았어요. 그래서 제가 그자 얼굴을 똑바로 쳐다보면서 무슨 일로 여길 왔는지, 정확히 무슨 일을 하고 있는지 알고 싶다고 했어요. 이곳 사람들이 다들 궁금해한다고."

케브가 바 앞으로 몸을 숙였다. "뭐랍디까?"

"한 방 먹일 기세로 절 쳐다보다가 그냥 돌아서서 가버리던데요."

여기저기서 질문이 쏟아졌다. 조류 관찰자라는 게 도대체 뭐하는 사람들이냐, 왜 그자는 캠핑을 하냐 등등 내가 이미 알고 있는 것들에 관한 질문이었다. 그러나 나에겐 오직 한 가지 질문이, 빨리 물어보고 싶어서 안달이 난 질문만이 있었다. "혹시 특이한 점은 없었어요? 그 사람 얼굴에서?"

아빠가 잠시 생각했다. "그래. 그러고 보니 선글라스를 썼어."

"한밤중에요?"

"진짜 이상한 노릇이지."

갑자기 욕지기가 치밀어 올랐다. 아빠는 주먹다짐보다 훨씬 더 끔찍한 일을 당할 수도 있었다. 페러그린 원장에게 이 사실을 알려야 했다. 최대한 빨리.

"말도 안 되는 소리야. 케르놈에서는 백 년 동안 살인사건이 한 건도 없었어. 도대체 누가 마틴을 죽이겠어? 도무지 말이 되지가 않잖아. 부검 결과 나오면 내가 한 잔 돌릴게. 보나마나 술에 진탕 취했다고 나올걸." 케브가 말했다.

"어느 세월에? 일기예보에서 태풍이 몰려온다고 하던데, 빨리 나오긴 다 틀렸지. 아주 대단할 거라지, 아마? 올 들어 최악의 태풍이 래." 낚시꾼이 말했다.

"일기예보에서 그랬다고?" 케브가 코웃음 쳤다. "나 같으면 지금 비가 오는지 안 오는지도 모르는 그런 얼간이 말은 안 믿겠네."

୬

섬사람들은 본토에서 케르놈 사건을 어떻게 처리할지에 관한 암울한 전망들을 내놓았다. 본토의 처분만을 바라고 있는 형편이다보니 비관적일 수밖에 없는 것이 사실이었지만 이번만은 그들이 가장 두려워하는 일이 현실이 되었다. 그 주 내내 계속되던 강풍과 폭우가 점점 더 거세지면서 엄청난 폭풍이 밀려와 하늘을 검게 뒤덮었고 바다에 흰 거품을 일으켰다. 마틴이 살해되었다는 괴담과 궂은 날씨로 섬은 이상한 아이들의 집처럼 갇힌 상태가 되었다. 사람들은 집 안에만 머물렀다. 창문을 내리고 빗장을 걸었다. 거센 파도에 배들이 정박장에서 덜그럭거렸지만 아무도 항구를 떠나지 않았다. 폭풍 속에서 바다로 나가는 것은 자살 행위였다. 바다가 잠잠해질 때까지는 본토의 경찰이 마틴의 시신을 수거해 갈 수 없었기 때문에 마을 사람들은 마틴의 시신을 어떻게 할지를 놓고 입씨름을 했고 결국 마을에서 가장 많은 양의 얼음을 보유하고 있는 생선 장수가 가게 뒤쪽 연어와 대구 사이의 냉동고에 그의 시신을 보관하기로 결정했다. 마틴의 시신도 다른 생선들처럼 바다에서 건져 올렸음을 증명하듯이.

아빠는 내가 프리스트 홀을 떠나지 못하도록 철저히 감시했지만 나는 페러그린 원장에게 이 섬에서 일어나는 이상한 일들에 대해

보고해야 했다. 의문의 죽음보다 더 이상한 사건이 어디 있겠는가. 결국 어느 날 밤 나는 감기 몸살을 핑계로 방 안에 틀어박혀 있다가 창문으로 빠져나와서 배수관을 타고 내려왔다. 그런 날씨에 돌아다니는 얼간이는 없었기 때문에 나는 들킬 걱정 없이 쏟아지는 빗줄기 속에서 후드를 쓰고 큰길을 달렸다.

아이들의 집에 도착하자 페러그린 원장이 나를 흘금 쳐다보고 바로 뭔가 잘못되었음을 깨달았다. "무슨 일이니?" 충혈된 눈으로 나를 훑어보며 그녀가 물었다.

나는 그동안 들었던 이런저런 얘기와 소문들을 전부 다 털어놓았다. 내 얘기를 듣고 원장의 얼굴이 하얗게 질렸다. 원장은 서둘러 나를 거실로 데리고 가서 아이들을 불러 모았다. 그리고 미처 호출을 듣지 못한 아이들을 일일이 찾으러 다니며 부산을 떨었다. 그동안 아이들은 불안하고 혼란스러운 표정으로 모여 서 있었다.

엠마와 밀라드가 내 곁으로 다가왔다. "원장님은 왜 저렇게 흥분하셨어?" 밀라드가 물었다.

내가 아이들에게 마틴에 대해 조용히 설명해주었다. 밀라드는 숨을 헉 들이켰고 엠마는 걱정스러운 표정으로 팔짱을 끼었다.

"이게 그렇게 나쁜 일이야? 할로개스트가 아닐 수도 있잖아. 할로개스트는 이상한 사람들만 사냥한다면서."

"네가 말할래? 아님 내가 말할까?" 엠마가 신음하듯 말했다.

"확실히 할로개스트들은 평범한 사람보다는 이상한 사람들을 선호해. 하지만 굶주렸을 땐 신선한 고기라면 가리지 않고 무엇이든 잡아먹어." 밀라드가 말했다.

"그게 바로 할로개스트가 돌아다닌다는 징조야. 시체가 나오기 시작하는 것. 그래서 놈들은 방랑자 생활을 할 수밖에 없어. 이곳저곳 옮겨 다니지 않으면 추적을 당하니까." 엠마가 말했다.

"얼마나 자주…… 먹어야 하는데?" 등골이 오싹해지는 것을 느끼며 내가 물었다.

"굉장히 자주. 할로개스트들의 식사를 준비하는 게 와이트들이 주로 하는 일이거든. 되도록 이상한 아이들을 찾지만 여의치 않을 땐 사람이나 짐승을 잡아 바치고 사건을 은폐하려 애쓰지." 밀라드의 말투는 마치 아주 흥미로운 설치류의 번식 행태에 대해 설명하듯 학구적이었다.

"하지만 와이트들은 왜 안 잡히지? 만약 할로개스트들이 인간을 죽이는 걸 와이트들이 돕는다면……."

"잡힐 때도 있어. 뉴스를 잘 들어보면 아마 종종 그런 소식을 접할걸. 아이스박스에 사람 머리들을 넣고 내장을 수프 냄비에 데쳐놓고 있는 남자가 붙잡힌 사건이 있었지. 마치 크리스마스 식사를 준비하는 것처럼. 네가 살던 세상의 시간으로는 별로 오래되지 않았을 텐데?"

그 사건을 어렴풋이 기억하고 있었다. 섬뜩한 현장에서 체포된 밀워키 출신의 식인 연쇄살인범에 관한 충격적인 심야 프로를 본 적이 있었다.

"혹시…… 제프리 다머 말하는 거야?"

"제프리 다머, 아마 그 사람 맞을걸." 밀라드가 말했다. "놀라운 사건이었지. 할로개스트 신세를 면한 지 꽤 오래됐는데도 여전히 신선한 고기 맛을 못 잊었던 거지."

"너희는 미래에 대해서는 알지 못하게 되어 있다면서."

엠마가 음흉한 미소를 지어 보였다. "새는 미래에 관한 좋은 얘기들만 비밀에 부쳐. 나쁜 얘기들은 빠짐없이 전해줘."

그때 페러그린 원장이 에녹과 호러스의 부축을 받으며 돌아왔고 모두 그녀를 주시했다.

"얘들아. 우리에게 새로운 위험이 닥친 것 같구나." 그녀가 내 쪽으로 고갯짓을 하며 이야기를 시작했다. "루프 밖에서 의문의 살인사건이 발생했단다. 죽음의 원인도, 그 사건이 우리의 안전에 어떤 위협이 될지에 대해서도 아직 밝혀진 바가 없지만 어쨌든 지금부터는 비상사태로 간주하고 행동해야 해. 지시가 있을 때까지 아무도 집을 떠나선 안 된다. 채소밭에 채소를 따러 가거나 저녁식사에 쓸 거위를 잡으러 가는 것도 금물이야."

아이들 사이에서 불평이 새어 나왔고 페러그린 원장은 손을 들었다. "지난 며칠은 우리 모두에게 힘든 시간이었어. 부디 모두 인내심을 발휘해주길 바란다."

곳곳에서 아이들이 손을 들었지만 원장은 모든 질문을 무시하고 돌아서서 문이 잠겼는지를 확인했다. 나는 겁에 질린 상태로 그녀를 쫓아다녔다. 루프 밖에 위험이 도사리고 있다면 내가 루프 밖으로 나가는 순간 죽을 수도 있었다. 그러나 여기 있으면 아빠가 내 걱정을 하는 것은 물론이고 아빠를 지킬 수도 없을 것이다. 왠지 그게 더 끔찍하게 느껴졌다.

"전 그만 가볼게요." 내가 페러그린 원장을 따라잡으며 말했다.

페러그린이 빈 방으로 나를 데리고 가서 문을 잠갔다. "목소리 낮춰. 그리고 너도 내 지시를 따라야 해. 내 명령은 너한테도 적용되는 거야. 누구도 이 집을 떠나선 안 돼."

"하지만……."

"지금까지는 너에게 루프 사상 유래가 없었던 자율권을 부여하고 마음대로 드나드는 것을 허락했어. 네가 처한 특별한 상황을 감안했던 조처였지. 하지만 넌 이미 미행을 당했을 수도 있고, 그렇게 되면 우리 아이들의 목숨이 위태로워져. 네가 우리 아이들을, 그리고 네 자신을 위험에 빠뜨리는 걸 허락할 순 없어. 더 이상은 안 돼."

"모르시겠어요?" 내가 화를 내며 소리쳤다. "배가 뜨지를 않는단 말이에요. 섬사람들은 완전히 갇혔어요. 우리 아빠가 섬에 갇혔다고요. 만약 와이트가 이 섬에 있다면, 그리고 제가 생각한 그자가 정말 와이트라면 그자와 우리 아빠가 이미 만났을지도 몰라요. 낯선 사람을 잡아서 할로개스트에게 바쳤다면 다음엔 누굴 바치겠어요?"

그녀의 얼굴이 돌처럼 굳었다. "마을 사람들의 안전은 내가 상관할 바 아니야. 난 우리 아이들을 위험에 빠뜨릴 수 없어. 그 누구를 위해서도."

"그냥 마을 사람들이 아니라고요! 저의 아빠란 말이에요. 문을 잠근다고 제가 못 갈 것 같아요?"

"가려면 갈 수도 있겠지. 하지만 정 가겠거든 부디 다시는 돌아오지 말아줘."

나는 너무 기가 막혀서 웃음을 터뜨리고 말았다. "하지만 원장님에겐 제가 필요하잖아요." 내가 말했다.

"물론 우리 모두에겐 네가 필요해. 아주 절실히."

나는 엠마의 방으로 뛰어 들어갔다. 방 안에는 노먼 록웰(미국의 전설적인 화가-옮긴이)의 그림을 그대로 재현해놓은 것 같은 상황이 펼쳐져 있었다. 노먼 록웰이 감옥에서 힘겨운 시간을 보내고 있는 사람들을 그렸다면 꼭 그렇게 그렸으리라. 브로닌은 멍하니 창밖을 내다보았고 에녹은 바닥에 주저앉아 진흙 한 덩어리를 만지작거렸다. 엠마는 침대 가장자리에 무릎을 세우고 앉아 노트를 한 장씩 찢어 손가락 사이에서 태우고 있었다.

"또 왔네!" 내가 들어서자 엠마가 말하며 일어섰다.

"아예 못 나갔어. 원장님이 안 보내주셔." 나는 내가 처한 상황을 설명했고 모두가 나의 딜레마를 경청했다. "한마디로, 지금 여기서 나가면 다시는 오지 말래."

엠마 손안의 노트 전체가 불타기 시작했다. "어떻게 그럴 수가 있어!" 불길이 손까지 뻗어오는 줄도 모르고 엠마가 소리쳤다.

"원장님은 뭐든지 할 수 있어. 원장님이 우리 루프를 지키는 새니까." 브로닌이 말했다.

엠마가 노트를 던지고 불길을 발로 밟아 껐다.

"원장님이 원하건 원하지 않건, 작별 인사를 하려고 왔어. 난 죄수로 살 순 없어. 우리 아빠가 위험에 처했는데 나 혼자 여기 숨어 있을 순 없다고."

"나도 같이 갈래." 엠마가 말했다.

"설마 진심은 아니겠지?" 브로닌이 물었다.

"진심이야."

"너 정말 무지하게 멍청하구나. 여기서 나가면 말린 자두처럼 쪼그라들고 말 텐데. 누굴 위해서지? 앨 위해서야?" 에녹이 말했다.

"그렇게 안 될 거야. 몇 시간 정도는 루프 밖에 머물 수 있어. 시간이 따라잡기 전에. 오래 걸리지 않을 거야. 그렇지, 제이콥?"

"그건 안 돼." 내가 말했다.

"안 될 게 뭐 있어? 얘가 널 위해 기꺼이 자기 목숨을 내놓겠다잖아." 에녹이 말했다.

"원장님이 좋아하지 않을걸." 브로닌이 너무도 당연한 말을 한 뒤 "아마 우릴 죽일 거야."라고 덧붙였다.

엠마가 일어나 문을 닫았다. "원장님은 우릴 죽이지 않아. 그놈들이 죽이지. 아니, 그놈들이 죽이지 않는다고 해도 이렇게 사느니 차라리 죽는 게 나아. 새가 우릴 너무 심하게 감시해서 숨도 못 쉬잖아. 이렇게 된 건 결국 새가 밖에 있는 놈들하고 한판 붙을 용기가 없기 때문이야."

"그런 게 있는지도 확실하지 않잖아." 방 안에 있는지조차 몰랐던 밀라드가 말했다.

"하지만 원장님이 좋아하지 않으실걸." 브로닌이 되풀이했다.

엠마가 친구에게 위협적으로 한 발짝 다가섰다. "우리가 그 여자 치마 속에 얼마나 오랫동안 숨어 있을 수 있을 것 같아?"

"애보셋 원장님한테 일어난 일을 벌써 잊었어? 아이들이 루프 밖으로 나갔다가 살해됐고 번팅 원장도 납치됐어. 만약 루프 안에만 머물렀다면 그런 나쁜 일을 당하진 않았을 거야." 밀라드가 말했다.

"나쁜 일을 당하진 않았을 거라고?" 엠마가 의미심장한 목소리로 반문했다. "할로개스트들이 루프 안으로 들어올 수 없는 건 사실이야. 하지만 와이트들은 들어올 수 있어. 와이트들이 아이들을 유혹해서 밖으로 나갔던 거라고. 우리가 여기서 넋 놓고 놈들이 오길 기다려야 돼? 만약 와이트들이 감쪽같이 변장하는 대신 총을 들고 쳐들어오면 그땐 어떻게 할 건데?"

"나라면 그럴 거 같아. 모두가 잠들 때까지 기다렸다가 산타클로스처럼 굴뚝을 타고 내려와서 빵! 쏘는 거지." 에녹이 말했다. 그리고 가상의 총으로 엠마의 베개를 겨누었다. "그럼 뇌가 벽에 다 튀겠지."

"고마워." 에녹의 말에 한숨을 쉬며 밀라드가 말했다.

"우리가 알고 있다는 걸 눈치 채기 전에 우리가 놈들을 공격해야 해. 불시에 뒤통수를 치는 거지." 엠마가 말했다.

"하지만 우린 놈들이 어디 있는지 모르잖아." 밀라드가 말했다.

"찾으면 돼."

"어떻게 찾아? 할로개스트를 만날 때까지 어슬렁거려? 그리고 그다음엔? 실례지만 무슨 일로 오셨나요, 혹시 저희를 잡아먹으러 오셨나요, 라고 물어?"

"제이콥이 있으니까 놈들을 볼 수 있잖아." 브로닌이 말했다.

목이 조여오는 것만 같았다. 만약 정말로 이렇게 일행이 구성되면 내가 그들의 안전을 책임져야 하는 건가.

"난 딱 한 번 봤거든. 전문가로 나설 처진 아닌 것 같다."

"만약 제이콥이 못 찾으면? 그건 놈들이 없거나 숨어 있단 뜻이야. 우린 여전히 혼란스러울 거고."

모두 이마를 찌푸렸다. 밀라드의 말은 일리가 있었다.

"다시 한 번 이성이 승리한 것 같군. 나는 그만 가서 포리지(귀리에 우유나 물을 부어 걸쭉하게 죽처럼 끓인 음식-옮긴이)나 먹어야겠어. 이성의 투사가 되고 싶은 사람은 날 따라와."

밀라드가 침대 스프링이 삐걱거리는 소리를 내며 일어서서 문으로 향했다. 그러나 그가 채 방을 나서기도 전에 에녹이 벌떡 일어서서 소리쳤다. "좋은 수가 있어!"

"좋은 수?" 밀라드가 돌아서며 물었다.

"할로개스트한테 당했을지도 모른다는 사람, 지금 어디 있는지 알아?" 에녹이 내게 물었다.

"지금 생선가게에 있어."

그가 손을 문질렀다. "확실히 알아낼 방법이 있어."

"어떻게?" 밀라드가 물었다.

"그 사람한테 직접 물어보자."

ꗞ

원정대가 결성되었다. 절대로 혼자 보낼 수는 없다는 엠마, 원장의 말을 어기기는 죽기보다 싫지만 우릴 보호하기 위해 따라가겠다고 우기는 브로닌, 그리고 애당초 작전을 짠 에녹이었다. 밀라드는 투명인간이라는 점을 편리하게 이용할 수 있었지만 같이 가지 않겠다고 해서 떠벌리지 않는 대가로 뇌물을 주어야 했다.

"우리가 같이 가면 새도 제이콥을 쫓아내지 못할 거야. 그러려면 우리 넷을 쫓아내야 하니까." 엠마가 말했다.

"난 쫓겨나기 싫어." 브로닌이 말했다.

"새는 절대 모르게 해야 해. 그게 가장 중요해. 소등 시간 전에 돌아오면 우리가 나갔던 것도 모르게 할 수도 있어."

썩 내키지는 않았지만 나도 한번 해보자는 데 동의했다.

원정대의 출발은 탈옥 작전을 방불케 했다. 저녁식사 후 집 안이 가장 소란스럽고 원장이 가장 정신이 없을 때 엠마는 거실로, 나는 서재로 가는 척했다. 우리는 몇 분 뒤 2층 복도 끝에서 만났고 천장 위의 직사각형을 밀자 사다리가 나타났다. 엠마가 먼저 사다리를 타고 올라갔고 내가 그 뒤를 따라 올라간 뒤 바로 문을 닫았다. 비좁고 어두운 다락방이었다. 다락방에는 통풍구가 있었고 통풍구 문은 쉽게 열렸다. 통풍구는 지붕의 평평한 부분으로 연결되었다.

우리는 통풍구에서 나와 이미 다른 아이들이 기다리고 있는 어두운 밤공기 속으로 들어섰다. 브로닌이 우리 모두를 세게 끌어안은 뒤 검은색 우비를 하나씩 나누어주었다. 루프 밖의 폭우에 대비하기 위해 내가 입자고 제안한 것이었다. 어떻게 땅으로 내려갈 거냐고 물어보려는 순간 밑에서 기다리던 올리브가 지붕 위로 날아올랐다.

"낙하산 놀이 할 사람?" 올리브가 환하게 웃으며 물었다. 올리브는 맨발이었고 한쪽 손목에 밧줄을 묶고 있었다. 줄이 어디 묶여 있나 하고 지붕 뒤를 보니 피오나가 한 손으로 밧줄을 잡고 창밖으로 내게 손을 흔들었다. 다행히 우리에겐 동조자가 있었다.

"너 먼저 내려가!" 에녹이 소리쳤다.

"내가?" 내가 가장자리에서 뒷걸음치며 물었다.

"올리브를 잡고 뛰어내리면 돼." 엠마가 말했다.

"내 골반뼈가 부서지는 게 이번 작전에 포함되어 있는 줄은 몰랐네."

"올리브만 붙잡고 있으면 안 부서져, 이 멍청아. 얼마나 재미있는데. 우린 많이 해봤어." 엠마가 잠시 생각해보더니, "생각해보니 딱 한 번 해봤구나."라고 정정했다.

다른 대안이 없는 것 같았다. 나는 마음을 다잡고 지붕 가장자리 쪽으로 걸어갔다. "겁내지 마!" 올리브가 말했다.

"말은 쉽지. 넌 안 떨어지잖아." 내가 대답했다.

올리브가 양팔로 날 끌어안았고 나도 올리브를 끌어안았다. "자, 간다!" 올리브가 속삭였다. 나는 눈을 질끈 감고 공중으로 발을 내디뎠다. 내가 두려워했던 것처럼 땅으로 떨어지는 대신 마치 헬륨이 새는 풍선처럼 천천히 바닥에 내려섰다.

"재밌다! 이제 그만 놔!" 올리브가 말했다.

내가 손을 놓자 올리브는 다시 지붕으로 올라가면서 "휘리릭!" 하는 소리를 냈다. 다른 아이들이 쉿 하고 조용히 시켰다. 아이들이 차례로 올리브를 끌어안고 내 곁으로 날아왔다. 모두 모이자 달빛이 드리워진 숲을 향해 걷기 시작했다. 피오나와 올리브가 손을 흔들었다. 내 상상이었는지 모르겠지만, 바람에 흔들리는 나무 조각상들도 우리를 향해 손을 흔들고 아담이 슬픈 작별 인사를 하듯 고개를 끄덕이는 것 같았다.

ᛜ

늪에 이르러 숨을 고르고 있는데 에녹이 불룩한 우비 주머니에 손을 넣어 치즈 헝겊으로 싼 무언가를 내밀었다. "이거 들어. 나 혼자 드니까 무거워."

"뭔데?" 브로닌이 물으며 천을 풀자 조그만 관이 여러 개 달려 있는 갈색 고깃덩어리 같은 것이 모습을 드러냈다. "웩! 징그러워!" 그녀가 들고 있던 것을 멀찌감치 몸에서 떼어내며 말했다.

"양 심장인데 뭘 그렇게 놀라?" 에녹이 비슷한 크기의 헝겊 뭉치를 내 손에도 쥐어주며 말했다. 포름알데히드 냄새가 풍겼고 헝겊으로 감쌌는데도 불쾌할 정도로 축축했다.

"이거 들고 가다가 내장까지 다 토하겠어." 브로닌이 말했다.

"그 장면 꼭 보고 싶다. 우비 속에 집어넣고 어서 가기나 해." 기분이 상한 에녹이 말했다.

우리는 늪에 감추어진 단단한 땅의 리본을 따라 걸었다. 이미 여러 번 그 길을 지났던 터라 늪 길이 얼마나 위험한지, 이 늪이 오랜 세월 동안 얼마나 많은 목숨을 집어삼켰는지 잊고 있었다. 돌무덤으로 들어서면서 나는 아이들에게 우비 단추를 채우라고 했다.

"이웃 사람을 만나면 어쩌지?" 에녹이 물었다.

"평범한 사람인 척해. 내가 미국에서 온 친구들이라고 말할게."

"와이트를 만나면?" 브로닌이 물었다.

"도망쳐야지."

"만약 제이콥이 할로개스트를 보면?"

"그땐 죽어라 도망쳐야지." 엠마가 대답했다.

아이들이 차례로 돌무덤에 들어서면서 루프의 고요한 여름밤을 떠났다. 동굴 반대편에 이를 때까지 모두 조용했다. 기압이 떨어지고 기온이 떨어졌다. 마치 목소리를 내는 살아 있는 생명체처럼 폭풍이 아우성을 치고 있었다. 우리는 깜짝 놀라 잠시 제자리에 서서 동굴 입구를 향해 미친 듯 포효하는 폭풍의 고함 소리에 귀를 기울였다. 우리에 갇힌 짐승이 먹이를 보고 날뛰는 것만 같았다. 그러나 우리는 폭풍 속으로 들어서야만 했다.

그렇게 우리는 블랙홀과도 같은 세상, 별들이 소나기구름 뒤로 완전히 사라져버리고 거센 빗줄기와 싸늘한 바람이 우비를 때리는 세상, 번개가 수시로 우리를 해골처럼 허옇게 만들었다가 그 뒤로 이어지는 어둠을 더 칠흑처럼 어둡게 만드는 세상 속으로 들어섰다. 엠마가 손으로 불길을 만들어보려 했지만 고장 난 라이터처럼 손목에서 일어난 불씨가 채 타오르기도 전에 잦아들었다. 우리는 우비를 여미고 비바람을 헤치며, 다리를 집어삼키는 불어난 늪지를 지나 시력보다 기억에 의존하며 밤길을 걸었다.

마을로 들어서자 유리창과 문을 두드리는 빗소리가 요란했지만 모두 문을 잠그고 집 안에 틀어박혀 있어서 우리는 사람들 눈에 띄지 않고 빗물이 넘쳐흐르는 길을 걸을 수 있었다. 비바람에 떨어져 길거리에 뒹구는 지붕 타일들, 빗물에 길을 잃고 울고 있는 양 한 마리, 쓰러지기 직전의 헛간 한 채를 지나 생선가게로 향했다. 문은 잠겨 있었지만 브로닌이 발길질 두어 번으로 열었다. 엠마는 우비 속에서 손을 말려 마침내 불을 피울 수가 있었다. 우리는 눈을 동그랗게 뜨고 유리 뚜껑 밑에서 멀뚱멀뚱 우리를 쳐다보는 철갑상어를 지나 가게 안쪽으로 향했다. 딜런이 욕을 내뱉으며 생선을 저울에 달던 카운터를 돌아서 녹슨 문을 열고 안쪽으로 들어갔다.

맞은편에 조그만 냉동실이 있었다. 냉동실이라고 해봐야 맨바닥에 양철 지붕을 얹고 조악하게 자른 합판으로 벽을 댄 곳이어서 고르지 않은 치열처럼 벌어진 틈으로 빗물이 들이쳤다. 냉동실 안에는 직사각형 모양의 상자들이 받침대 위에 놓여 있었고 상자 안에는 얼음이 채워져 있었다.

"어떤 거야?" 에녹이 물었다.

"나도 몰라."

물고기 시신이 아닌 다른 것이 들어 있는 상자가 어느 건지 찾으려고 돌아다니는 아이들을 위해 엠마가 불을 비추었지만 모든 상자가 똑같이 얼음을 채운 뚜껑 없는 관이었다. 시체를 찾을 때까지 일일이 확인해보는 수밖에 없었다.

"난 안 할래. 그 사람 보고 싶지 않아. 죽은 사람 보는 건 싫단 말이야." 브로닌이 말했다.

"나도 싫어. 하지만 우린 봐야 해. 우린 다 같이 이 일을 해야만 해." 엠마가 말했다.

우리는 각자 상자를 하나씩 맡았고, 마치 화단을 파헤치는 개처럼 손으로 상자의 얼음을 덜어냈다. 상자의 얼음을 반쯤 덜어내고 손가락의 감각이 없어질 무렵 브로닌의 비명 소리가 들렸다. 돌아보니 브로닌이 손으로 입을 막고 뒷걸음을 치고 있었다.

우리는 브로닌의 상자 앞으로 모였다. 얼음 사이로 뼈가 드러난 채 꽁꽁 언 사람의 손이 보였다. "제대로 찾은 것 같다." 에녹이 말했다. 에녹은 얼음을 덜어내고 팔 하나를, 상체 전체를, 마침내 마틴의 몸 전체를 드러냈다.

끔찍한 광경이었다. 마틴의 사지는 비정상적인 각도로 뒤틀려 있었다. 가위로 배를 갈라 속을 비운 것 같았고 장기가 있었던 자리는 얼음으로 채워져 있었다. 그의 얼굴이 드러나는 순간 아이들이 동시에 숨을 헉 들이켰다. 얼굴의 반을 마치 위장용 마스크처럼 자줏빛 줄무늬 멍이 뒤덮고 있었고 나머지 반으로 그의 신원을 알 수 있었다. 수염으로 뒤덮인 턱, 퍼즐처럼 금이 간 뺨과 이마, 공허한 눈빛으로 정면을 응시하는 초록 빛깔의 한쪽 눈. 그는 내의 바지에 갈기갈기 찢긴 가운을 걸치고 있었다. 혼자 절벽을 산책했다면 그런 차림일 리가 없었다. 누군가가, 아니 무언가가 그를 절벽까지 끌고 간 것이 분명했다.

"상태가 좀 심각하네. 잘 될지 모르겠다." 희망 없는 환자의 상태를 살펴보는 외과의사처럼 에녹이 말했다.

"그래도 시도는 해봐야지. 이렇게 먼 길을 왔는데." 앞으로 나서며 브로닌이 말했다.

에녹이 우비 안주머니에서 헝겊에 싼 심장 한 개를 꺼냈다. 마치 잘 접어놓은 갈색 야구장갑 같았다. "깨어나면 기분이 썩 좋진 않을 거야. 그러니까 뒤로 물러서. 왜 미리 경고하지 않았느냐고 날 탓하지 말고."

에녹을 제외한 모두가 뒤로 크게 한 걸음 물러났다. 에녹은 상자 앞으로 몸을 숙이고 마치 냉장고 안에서 캔 음료를 찾듯 얼음을 채운 가슴속에 손을 집어넣었다. 잠시 후 그의 손에 무언가가 걸린 것 같았고, 그는 양의 심장을 든 반대편 손을 머리 위로 쳐들었다.

에녹의 몸에서 갑자기 경련이 일었고 양의 심장이 박동하기 시작하면서 섬세한 핏빛 액체가 분사되었다. 에녹이 가쁘고 얕은 숨을 쉬었다. 마치 길을 뚫으려 애쓰는 것 같은 모습이었다. 나는 마틴의 몸이 움직이는지 살펴보았지만 여전히 꼼짝도 하지 않았다.

에녹이 들고 있던 심장의 박동이 서서히 느려지면서 오그라들었고, 냉장고에 너무 오래 둔 고기처럼 거무튀튀한 잿빛으로 변했다. 에녹은 심장을 바닥에 내던지고 내게 손을 내밀었다. 내가 심장을 건네자 똑같은 과정을 반복했다. 그러나 두 번째 심장도 처음 것처럼 뛰다가 얼마 못 가서 멈추었다. 그가 엠마에게 맡긴 심장으로 세 번째 도

전을 했다.

이제 브로닌이 든 심장밖에 남지 않았다. 마지막 기회였다. 마지막 심장을 마틴의 발가벗은 시신 위에 들고 손가락이 파고들 정도로 심장을 세게 움켜쥐는 에녹의 얼굴에 전에 없던 비장함이 서렸다. 마치 과열된 모터처럼 심장이 부들부들 떨리기 시작했다. "일어나, 시체야! 일어나란 말이야!" 에녹이 소리쳤다.

그때 얼음 속에서 무언가가 움직였다. 나는 마틴이 살아났다는 징후를 찾아보려고 몸을 최대한 앞으로 숙였다. 마틴의 사지가 전혀 움직임이 없다가 마치 수천 볼트의 전류에 감전된 듯 격렬하게 뒤틀렸다. 엠마가 비명을 질렀고 우리는 모두 깜짝 놀라 뒷걸음쳤다. 제대로 보려고 얼굴을 가린 팔을 내렸을 때 마틴의 머리는 내 쪽을 향하고 있었고, 흐릿한 한 개의 눈동자가 미친 듯이 움직이다가 나에게 고정되었다.

"널 보고 있어!" 에녹이 소리쳤다.

나는 몸을 숙였다. 마틴의 몸에서 흙과 바닷물과 그보다 더 고약한 냄새가 났다. 얼음을 밀어내고 일어난 그의 손이 공중에서 부르르 떨다가 내 팔을 잡았다. 고통에 찬, 시퍼런 손이었다. 나는 그 손을 뿌리치고 싶은 유혹을 간신히 떨쳐냈다.

그의 입술이 벌어졌고 턱이 조금 내려앉았다. 목소리를 들으려고 몸을 숙였지만 아무 소리도 들리지 않았다. 말을 못 하는 게 당연한 상황이었다. 폐가 터졌으니까. 그러나 그 순간 조그만 목소리가 새어 나왔다. 나는 몸을 더 숙여서 얼음처럼 차가운 입술에 내 귀를 대었다. 이상하게도 우리 집 낙숫물 홈통이 떠올랐다. 홈통에 귀를 대고 자동차 소음이 사라지기를 기다려보면 지하에서 흐르는 물소리가 들렸다. 도시가 세워지면서 파묻혔지만 끝없는 어둠 속에 갇힌 채 여전히 흐르고 있는 지하의 물소리.

아이들이 모여들었지만 목소리를 들을 수 있는 사람은 나 혼자뿐이었다. 그가 처음 내뱉은 말은 내 이름이었다.

"제이콥!"

두려움이 나를 관통했다. "네!"

"내가 죽었나보다." 천천히, 마치 당밀처럼 끈적거리는 말이 새어나왔다. "아니, 분명히 죽었어." 그가 말을 고쳤다.

"어떻게 된 거예요? 기억이 나세요?"

그가 잠시 말을 멈추었다. 벽 틈으로 바람이 휘파람 소리를 내는 바람에 그가 한 말을 놓쳤다. "다시 한 번만 말씀해주세요. 부탁드려요, 아저씨."

"그가 날 죽였어."

죽은 남자가 속삭였다.

"누가요?"

"우리 노인."

"오기 할아버지 말씀하시는 거예요?"

"우리 노인……. 갑자기 커졌어……. 힘도 엄청나게 세지고……."

"누구라고요?"

그가 눈을 감자 숨이 끊어졌을까봐 걱정스러웠다. 나는 에녹을 바라보았다. 에녹은 고개를 끄덕였다. 에녹이 손에 쥐고 있는 심장은 여전히 펄떡거렸다.

마틴의 눈동자가 눈꺼풀 밑에서 움직였다. 그가 다시 말을 시작했다. 천천히, 침착하게, 마치 무언가를 읊조리듯이. "백 년 동안 잠을 잤네. 신비한 대지의 자궁 속에 웅크린 태아처럼, 뿌리에 흡수되고 어둠에 발효되고, 여름의 과일들이 통조림이 되고 저장실에서 잊혀지도록. 그러다가 어느 농부의 낫이 그를 꺼냈네. 엉겁결에 아기를 받은 서툰 산파처럼."

마틴이 말을 멈추었다. 그의 입술이 떨렸고 그 짧은 침묵이 이어지는 사이 엠마가 속삭였다. "도대체 뭐라는 거야?"

"모르겠어. 시를 읊는 것 같아."

그가 떨리는 목소리로, 그러나 이제 모두가 들을 수 있는 목소리로 말을 이었다. "암흑 속의 휴식, 그을음 빛깔의 여린 얼굴, 광맥처럼 검게 오그라든 사지, 시든 포도 덩굴이 달린 나무토막 같은 발!" 그제야 나는 그 시를 기억해냈다. 늪지 소년에 대해 그가 쓴 시였다.

"제이콥, 난 정말 노인을 잘 보살폈어!" 마틴이 말했다. "유리 먼지를 닦아주고 흙도 갈아주고 항상 내 집처럼 편안하게 해주었어. 나의 크고 상처 입은 아기를 그렇게 잘 돌보았건만 결국……." 그가 오열하기 시작했고 눈에서 흘러나온 눈물 한 방울이 흐르다가 얼어붙었다. "날 죽였어."

"늪지 소년 말씀하시는 거예요? 그 노인?"

"그만 날 보내다오. 너무 아프구나." 그가 말했다. 그의 차가운 손이 내 어깨를 어루만졌고 목소리가 다시 잦아들었다. 나는 에녹에게 도움을 청했다. 그가 심장을 더욱 세게 쥐면서 고개를 저었다. "시간이 얼마 안 남았어." 그가 말했다.

그 순간 나는 깨달았다. 마틴은 늪지 소년을 이야기했지만 그를 죽인 범인은 소년이 아니라는 것을. 할로개스트는 사람을 잡아먹을 때에만 사람의 눈에 보인다고 페러그린 원장이 말했다. 다시 말해서 할로개스트를 보았을 때는 이미 늦은 것이다. 마틴은 할로개스트를 보았다. 한밤중에 빗속에서, 갈기갈기 찢기고 뜯어 먹힐 때. 그리고 할로개스트를 자신의 소중한 전시품으로 착각했다.

익숙한 두려움이 밀려들면서 가슴속에 뜨거운 무언가가 치밀었다. 나는 아이들을 돌아보았다. "할로개스트 짓이야. 이 섬 어딘가에 있어." 내가 말했다.

"어디였냐고 물어봐." 에녹이 말했다.

"아저씨. 어디였어요? 놈을 어디서 만났는지 알려주세요."

"제발…… 너무 아파……."

"어디서 보셨어요?"

"집으로 찾아왔어."

"노인이 찾아왔다고요?"

그의 호흡이 심하게 가빠졌다. 그를 보고 있기가 힘들었지만 나는 용기를 내어 내 뒤의 무언가에 고정된 그의 시선을 따라가보았다.

"아니. 저기 저 사람이……."

한 줄기 빛이 새어 들어오면서 커다란 목소리가 들려왔다. "게 누구요!"

엠마가 손바닥을 접어서 불을 껐고 우리 모두가 일제히 돌아섰다. 웬 남자가 한 손에는 손전등을, 다른 한 손에는 권총을 들고 문간에 서 있었다.

에녹이 얼른 얼음에서 팔을 뺐고 엠마와 브로닌이 마틴을 가리려고 앞으로 나섰다. "나쁜 짓을 하려던 건 아니에요! 막 나가려던 참이었어요! 정말로요!" 브로닌이 말했다.

"거기 꼼짝 말고 있어!" 남자가 소리쳤다. 단조롭고 억양이 없는 목소리였다. 불빛 때문에 얼굴을 제대로 볼 수가 없었지만 겹쳐 입은 겉옷으로 보아 누구인지 곧바로 알 수 있었다. 그 조류 관찰자였다.

"아저씨, 저희가 하루 종일 아무것도 먹지 못했거든요. 생선 한두 마리만 가져갈 생각이었어요. 정말이에요!" 에녹이 처음으로 열두 살 소년 같은 목소리를 내며 애처롭게 말했다.

"그래? 생선 한 마리를 아주 제대로 고른 것 같구나. 어디, 어떤걸 골랐는지 같이 한번 볼까?" 조류 관찰자가 손전등을 위아래로 흔들었다. 마치 불빛으로 우릴 베겠다는 듯이. "비켜!"

우리가 비켜서자 그가 엉망으로 훼손된 마틴의 시체를 손전등으로 비추었다. "아주 요상하게 생긴 물고기로구나. 안 그러냐?" 전혀 동요하지 않고 그가 말했다. "신선한데? 아직 움직이는 걸 보니." 그의 손전등 불빛이 마틴의 얼굴을 비추었다. 눈은 허옇게 뒤집혔고 입술은 소리를 내지 못한 채 움직였다. 에녹이 불어넣은 생명이 빠져나가는 것이 분명했다.

"도대체 누구세요?" 브로닌이 물었다.

"묻는 사람이 누구냐에 따라 다르지. 더구나 그건 네가 누구인지를 내가 알고 있다는 사실에 비하면 그다지 중요한 문제가 아니야." 그가 손전등의 불빛으로 우리를 하나씩 비추면서 마치 비밀 기록을 읽듯이 말을 이었다. "엠마 블룸, 섬광 소녀. 부모가 서커스단에 팔려다 실패하자 그냥 버리고 가는 바람에 서커스단 사람들에게 발견되었지. 브로닌 브런틀리, 괴력 소녀, 싸움을 좋아하고 새아버지의 목을 부러뜨리고서야 자신의 괴력을 깨닫게 됐지. 에녹 오코너, 죽은 자를 일으키는 소년. 장의사의 아들로 태어났어. 부모는 고객들이 계속 관에서 살아나는 이유를 알지 못했어." 아이들이 차례로 뒤로 물러섰다.

마침내 그가 내게 손전등을 비추었다. "그리고 제이콥. 너 요즘 아주 이상한 친구들하고 어울리는구나."

"제 이름을 어떻게 아세요?"

그가 헛기침을 했고 전혀 다른 목소리로 이야기를 시작했다. "벌써 날 잊었니?" 뉴잉글랜드 억양이었다. "하긴, 이 가련한 늙은 버스 기사를 네가 기억할 리가!"

불가능한 일이었지만 그는 나의 중학교 스쿨버스 기사였던 바런 씨와 똑같은 목소리를 내고 있었다. 너무도 혐오스러운 인간으로, 성질이 고약하고 로봇처럼 고집이 센 사람이라서 졸업하는 날 나는 졸업 앨범에 실린 그의 사진을 스테이플러로 찍어 괴물을 만들어놓았다. 내가 버스에서 내릴 때마다 항상 그가 하던 말이 떠올랐다. 내 앞에 내리던 아이가 늘 외울 정도로.

"마지막에 내려라, 포트먼!"

"바런 아저씨?" 믿을 수 없다는 듯 내가 물었다. 손전등의 불빛 때문에 그의 얼굴을 제대로 볼 수는 없었다.

남자가 웃으며 헛기침을 하고는 또다시 목소리를 바꾸었다. "아니면 정원사이거나." 그가 강한 플로리다 억양으로 대답했다. "정원 손질 좀 하시죠! 싸게 해드려요!"

오랫동안 우리 가족의 정원을 손질하고 수영장을 청소했던 사람의 목소리와 너무도 똑같았다.

"어떻게 된 거예요? 그 사람들을 어떻게 알아요?"

"왜냐하면 내가 바로 그 사람들이니까." 그가 다시 본래의 건조한 목소리로 말했다. 그가 웃었고 나의 두려움은 더욱 커졌다.

그제야 나는 생각해보았다. 바런 씨의 눈을 본 적이 있던가? 없

었다. 그는 늘 커다란 선글라스로 얼굴의 반을 가리고 다녔다. 정원사도 선글라스에 커다란 챙 모자를 썼다. 한 번이라도 그들을 유심히 본 적이 있었던가? 내 삶의 얼마나 많은 사람들을 이 카멜레온이 연기했던 것일까?

"도대체 어떻게 된 거야? 이 사람 누구야?" 엠마가 물었다.

"입 닥치고 기다려. 네 차례도 있으니." 그가 말했다.

"날 죽 감시하고 있었군요. 그 양들을 죽인 것도, 마틴을 죽인 것도 당신이었어."

"나? 내가?" 그가 순진한 표정으로 말했다. "난 아무도 죽이지 않았어."

"당신은 와이트잖아. 안 그래?"

"그건 너희나 쓰는 표현이고." 그가 말했다.

이해할 수가 없었다. 3년 전에 엄마가 다른 사람으로 교체한 뒤로 정원사는 한 번도 본 적이 없었다. 바런 씨도 8학년 이후 영원히 내 삶에서 사라져버렸다. 그런데 어떻게 나를 감시했을까?

"내가 여기 있는 것을 어떻게 알았지?"

"제이콥, 네가 말해주었잖니. 물론 비밀이었지만." 그의 목소리가 또 한 번 바뀌었다. 이번에는 미 중부 출신의 다정하고 학식 있는 사람 말투였다. 그가 손전등으로 자기 얼굴을 비추었다. 전날 보았던 턱수염은 사라지고 없었고 내가 너무도 잘 아는 얼굴이 나타났다.

"골란 박사님……." 내가 중얼거리는 소리를 빗소리가 삼켰다.

며칠 전 전화로 나눈 대화를 생각해보았다. 배경으로 들리던 소음도 떠올렸다. 그는 공항에 있다고 했지만 여동생을 만나러 간 것이 아니었다. 나를 뒤쫓고 있었다.

나는 마틴의 관에 기대섰다. 현기증이 났고 혼란스러웠다. "그 이웃 남자, 할아버지가 돌아가시던 날 잔디에 물을 주던 남자도 바로 당신이었군. 하지만 눈동자가……."

그가 미소를 지었다.

"콘택트렌즈!" 그가 엄지손가락으로 렌즈를 꺼내 텅 빈 눈동자를 드러냈다. "요즘 세상에 안 되는 게 어딨겠니. 좀 더 부연설명을 하자면, 나는 정식으로 자격증을 취득한 의사야. 평범한 인간들의 정신세계에 오랫동안 관심이 많았거든. 너하고 상담한 시간이 거짓말을 바탕으로 하긴 했지만 완전히 시간낭비였다고는 생각하지 않아. 사실 난 앞으로도 계속 널 도와줄 수 있어. 아니, 어쩌면 우린 서로를 도울수도 있을걸."

"제이콥, 저 사람 말 듣지 마." 엠마가 말했다.

"걱정 마. 한때 저놈을 믿은 적도 있지만 똑같은 실수를 두 번하진 않아."

골란은 내 말을 듣지 못한 척하고 말을 이었다. "나는 너에게 안전과 돈을 제공할 수 있어. 네 목숨도 보장해줄 수 있고. 우리한테 협조만 해준다면."

"우리?"

"맬서스와 나." 그가 돌아서서 어깨너머로 소리쳤다. "들어와서 인사나 하지, 맬서스!"

문 쪽에 그림자 하나가 나타났고 잠시 후 지독한 악취가 코를 찔렀다. 브로닌이 구역질을 하며 뒤로 물러섰고 엠마는 불을 일으켜야 할지 고민하는 듯 주먹을 꼭 쥐었다. 나는 그녀의 팔을 건드리며 기다리라고 입 모양으로 말했다.

"내가 원하는 건 아주 간단해." 골란은 아주 합리적인 제안을 하겠다는 듯이 말하고 있었다. "너 같은 아이들을 찾아다오. 그 대가로 넌 맬서스나 그의 친구들을 두려워하지 않아도 돼. 네 집에서 살아도 되고 어쩌다 짬이 나면 나하고 같이 세상 구경도 좀 하고 말이야. 돈은 넉넉히 줄게. 부모님께는 내가 널 연구 조수로 채용한다고 말하면 이해할 거야."

"만약 제가 동의하면 제 친구들은 어떻게 되죠?"

그가 생각할 가치도 없다는 듯 손을 내저었다. "걔들은 이미 오래전에 선택을 했어. 중요한 건 이미 원대한 계획이 실행에 옮겨지고 있고 네가 그 일부가 될 거라는 사실이야."

내가 이런 경우를 생각했던가? 잠깐이긴 했지만 분명히 생각해 보긴 했었다. 골란 박사는 정확히 내가 찾고 있던 것을 제시하고 있었다. 바로 제3의 선택이었다. 영원히 루프 안에 머무는 것도, 루프를 떠나 죽는 것도 아닌 제3의 선택. 그러나 수심으로 가득한 친구들의 얼굴을 바라보는 순간 그 선택의 유혹은 완전히 사라졌다.

"어때? 내가 제시한 조건이?"

"네놈을 돕느니 차라리 죽는 게 나아."

"아하. 하지만 넌 이미 나를 도왔어." 골란 박사가 문 쪽으로 물러났다. "더 이상 상담을 못 해주어서 미안하다, 제이콥. 하지만 성과가 전혀 없진 않아. 너희 넷이면 맬서스가 오랜 세월 동안 갇혀 있던 끔찍한 몰골에서 마침내 벗어날 수 있을 테니까."

"맙소사! 난 잡아먹히기 싫어!" 에녹이 울먹이며 말했다.

"울지 마! 창피하게 울긴 왜 울어! 놈을 죽이면 되잖아!" 브로닌이 쏘아붙였다.

"남아서 지켜보지 못해 유감이야. 정말 아쉽군!"

골란이 문간에서 말한 뒤 돌아섰고 우리는 '그것'과 함께 남겨졌다. 어둠 속에서 괴물의 숨소리가 들렸고 마치 파이프에서 물이 새듯 끈적이는 액체가 흐르는 소리가 들렸다. 우리는 한 걸음씩 뒤로 물러섰다. 그리고 또 한 걸음, 마침내 등이 벽에 닿을 때까지 물러섰다. 마치 사격단 앞에 서서 처형당하기를 기다리는 죄수들처럼.

"불빛이 필요해." 내가 엠마에게 말했다. 너무 충격을 받은 상태라 엠마는 자신의 능력을 완전히 잊고 있었다.

엠마의 손에서 불길이 일어났고 그 순간 나는 보았다. 얼음 상자들 사이, 불빛이 만든 그림자들 속에 웅크리고 있는 그것을. 나의 악몽이 바로 눈앞에 있었다. 털도 없는 발가벗은 몸. 축 늘어진 얼룩덜룩한 잿빛 살가죽. 썩은 듯 움푹한 두 눈. 구부러진 두툼한 다리, 손톱이 하나만 남고 다 닳아빠진 손. 놈의 모든 것이 마치 가늠할 수 없을 정도로 나이를 먹은 사람의 육신처럼 말라비틀어지고 부패되어 있었다. 가장 눈에 띄는 것은 놈의 입이었다. 조그만 칼처럼 길고 날카로운 이빨들이 얼마나 촘촘히 박혔는지 입술이 감당하기 버거워 보였고, 그 때문인지 입술은 기괴한 미소를 만들며 밑으로 축 늘어졌다. 맞물려 있던 섬뜩한 이빨들이 벌어지면서 두께가 내 손목만 한 세 개의 혀가 나와 공중에서 널름거렸다. 세 개의 혀는 곧장 우리 쪽으로 바닥의 반을 가로지르며 3미터도 넘게 뻗어 나와 꿈틀거렸다. 놈은 한 쌍의 더러운 구멍으로 냄새를 맡으면서 우릴 어떻게 먹는 게 가장 좋을지 궁리하는 듯 거친 숨을 몰아쉬고 있었다. 우리를 죽이기가 너무도 쉽다는 것이 우리가 아직 살아 있는 유일한 이유일 것이다. 만찬을 즐기려는 미식가처럼 놈에겐 서두를 이유가 전혀 없었다.

다른 아이들은 나만큼 괴물을 정확히 볼 수는 없었지만 벽에 비친 그림자와 올가미 같은 혀들은 볼 수 있었다. 엠마가 팔을 흔들자 불길이 더 환해졌다. "뭘 하는 거야? 왜 아직 우릴 덮치지 않지?"

"우릴 갖고 노는 거야. 우리가 갇혔다는 걸 놈도 알고 있어."

"우린 갇히지 않았어. 저 상판에 내 주먹 한 방만 먹이면 끝나. 이빨을 다 부숴버려야지." 브로닌이 웅얼댔다.

"내가 너라면 저 이빨 근처엔 얼씬도 않겠다." 내가 말했다.

할로개스트는 위협적인 걸음으로 우리가 물러선 만큼 더 다가오면서 혀들을 더욱 힘차게 널름거렸다. 세 개의 혀 중 하나는 내 쪽으로, 또 하나는 에녹에게로, 마지막 하나는 엠마에게로 향했다.

"가까이 오지 마!" 엠마가 횃불처럼 팔을 휘두르며 말했다. 괴물의 혀가 엠마의 불길에 움찔하다가 공격을 준비하는 뱀처럼 몸을 뒤로 웅크렸다.

"문 쪽으로 뛰는 거야! 지금 왼쪽에서 세 번째 얼음 상자 옆에 있어! 다들 오른쪽으로 움직여!" 내가 소리쳤다.

"아무래도 안 될 거 같아!" 에녹이 소리쳤다. 혀 하나가 에녹의 뺨에 닿는 순간 그가 비명을 질렀다.

"셋 하면 뛰는 거야!" 엠마가 소리쳤다. "하나."

그때 브로닌이, 마치 밴시(아일랜드 민화에 나오는 여자 유령. 구슬픈 울음소리로 가족 중 누군가가 곧 죽게 될 것임을 알려준다-옮긴이)처럼 괴상한 소리를 내며 괴물 쪽으로 튀어나갔다. 괴물은 비명을 지르며 뒷걸음쳤다. 주름진 살갗이 오그라들었다. 놈이 삼지창 혀로 그녀를 잡으려는 순간 브로닌이 마틴의 얼음 상자 쪽으로 달려갔다. 브로닌은 자신의 체중을 전부 실어서 상자를 들고 그 밑에 손을 넣은 다음 얼음과 생선, 마틴의 시신이 든 상자를 두 팔로 번쩍 들어 올린 채 앞으로 달려 나가서 있는 힘을 다해 괴물을 내리쳤다.

브로닌이 돌아서서 "뛰어!"라고 소리치며 내 옆쪽 판자벽을 발로 힘껏 차서 구멍을 내자 나는 깜짝 놀라 펄쩍 뛰었다. 우리 중 체구가 가장 작은 에녹이 가장 먼저 나갔고 다음으로 엠마가 나갔다. 내가 항의하기도 전에 브로닌이 내 어깨를 잡고 축축한 어둠 속에 내동댕이쳤고 나는 진흙탕에 그대로 엎어졌다. 추위가 섬뜩하게 느껴졌지만 할로개스트의 혀가 내 목을 감는 것만 아니라면 뭐든 괜찮았다.

엠마와 에녹이 나를 일으켰고 우리는 함께 달리기 시작했다. 잠시 후 엠마가 브로닌을 부르며 멈추어 섰다. 돌아보니 브로닌이 우리와 함께 있지 않았다.

우리는 브로닌을 부르며 어둠 속을 살펴보았지만 다시 돌아갈 용기는 없었다. "저기!" 에녹이 소리쳤다. 브로닌이 얼음 상자들이 보관되어 있는 판잣집 한구석에 기대서 있었다.

"쟤 뭐하는 거야? 브로닌! 빨리 와!" 엠마가 소리쳤다.

브로닌은 건물을 끌어안고 있는 것처럼 보였다. 잠시 후 브로닌이 몇 걸음 뒤로 물러섰다가 건물의 기둥을 어깨로 들이받았고 그 순간 마치 성냥갑으로 지은 집처럼 판잣집이 와르르 무너졌다. 거센 바람이 일어, 부서진 얼음 조각들과 나무 조각이 거리에 나뒹굴었다.

비장한 미소를 머금고 우리 쪽으로 달려오는 브로닌에게 모두 환호성을 보내며 박수를 쳤다. 우리는 세찬 빗줄기 속에서 활짝 웃으며 그녀를 끌어안았다. 그러나 분위기는 곧바로 어두워졌고 방금 겪은 일의 충격이 엄습해오기 시작했다. 엠마가 다른 아이들도 모두 궁금해하고 있을 질문을 던졌다.

"제이콥, 와이트가 너에 대해서, 또 우리에 대해서 어떻게 그렇게 훤히 알고 있어?"

"왜 박사님이라고 불렀어?" 에녹이 물었다.

"내 정신과 상담 의사였거든."

"정신과라고! 대단하셔! 우릴 배신하고 와이트한테 넘긴 것도 모자라서 미치기까지 한 거야?"

"그 말 당장 취소해!" 엠마가 에녹을 힘껏 밀치며 소리쳤다. 그가 다시 엠마를 밀치려는 순간 내가 두 사람 사이에 끼어들었다.

"그만 좀 해!" 내가 두 사람을 떼어놓으며 소리쳤다. 나는 에녹을 바라보고 섰다. "네 말은 틀렸어. 난 미치지 않았어. 그자가 그렇게 생각하도록 만든 것뿐이야. 물론 그자는 처음부터 내가 이상하단 걸 알았겠지. 하지만 한 가지에 대해서만은 그자의 말이 옳았어. 난 너희를 배신했어. 할아버지 이야기를 낯선 사람에게 털어놓았으니까."

"그건 네 잘못이 아니야. 우리가 실제로 존재한다는 걸 네가 알 도리가 없었잖아." 엠마가 말했다.

"알 도리가 왜 없어! 에이브가 얘한테 전부 다 얘기했을 텐데! 우리 사진까지 보여주면서!"

"골란은 모든 것을 알고 있었지만 너희를 어디서 찾아야 할지만 몰랐어. 그리고 내가 그를 이리로 안내했고."

"그놈이 널 속인 거잖아." 브로닌이 말했다.

"내가 진심으로 미안해하고 있다는 걸 너희가 알아주었으면 좋겠다."

엠마가 나를 끌어안았다. "괜찮아. 어쨌든 우린 살아 있잖아."

"지금은 그렇지." 에녹이 말했다. "하지만 그 미치광이는 아직도

저기서 돌아다니고 있어. 와이트가 우릴 전부 다 할로개스트들한테 넘길 작정이라면 루프로 가는 길을 벌써 알아냈을 수도 있어."

"아, 이런, 정말 그럴 수도 있겠네." 엠마가 말했다.

"만약 그렇다면 그자가 가기 전에 우리가 먼저 가야 해." 내가 말했다.

"그리고 저놈이 쫓아오기 전에." 브로닌이 덧붙였다.

모두 돌아서서 브로닌이 가리키고 있는 무너진 집을 보았다. 잔해 더미 위의 부러진 나무 조각들이 들썩이고 있었다. "놈은 바로 우릴 쫓아올 거야. 더 이상은 무너뜨릴 집도 없어."

누군가 "뛰어!"라고 소리쳤지만 우리는 이미 뛰고 있었다. 할로개스트가 쫓아올 수 없는 곳, 루프로 향하는 길을 정신없이 내달렸다. 마을에서 벗어나 칠흑 같은 어둠 속으로 들어서면서 오두막집 대신 가파른 들판이 펼쳐지자 산을 향해 정신없이 뛰었다. 빗물이 발에 질퍽거려서 길이 험했다.

에녹이 미끄러지면서 넘어졌다. 우리는 얼른 그를 일으켜 세우고 다시 달렸다. 산꼭대기에 오르기 직전 브로닌도 미끄러져서 6미터가량을 구르다가 가까스로 중심을 잡았다. 엠마와 내가 브로닌을 일으키러 달려갔다. 브로닌을 일으켜 세우면서 나는 혹시 할로개스트의 모습이 보이는지 확인해보았다. 그러나 칠흑 같은 어둠 속에 내리치는 빗줄기 말고는 아무것도 보이지 않았다. 괴물을 볼 수 있는 내 능력도 불빛이 없으면 아무 소용이 없었다. 산꼭대기에 올라서서 숨을 헐떡이고 있는데 번개가 내리쳐서 잠시나마 밤을 훤히 밝혔고 그 순간 나는 보았다. 저만치 산 밑에서 빠른 속도로 비탈길을 올라오는 괴물을. 근육질의 혀로 진흙탕을 짚어가면서 마치 거미처럼 산길을 기어오르고 있었다.

"빨리!" 내가 소리쳤고 우리는 언덕 아래로 정신없이 내달리기 시작했다. 엉덩방아를 찧고 주저앉아 미끄러지다가 산을 다 내려가서야 다시 달리기 시작했다.

다시 한 번 번개가 내리쳤고 괴물은 아까보다 훨씬 가까운 거리까지 다가왔다. 이런 속도라면 놈을 따돌릴 재간이 없었다. 유일한 방법은 꾀를 쓰는 것뿐이었다.

"놈한테 잡히면 다 죽어. 하지만 우리가 갈라지면 놈은 선택을 해야 해. 내가 다른 길로 유인해서 늪에 빠뜨릴 테니까 너희는 최대한 빨리 루프로 돌아가!"

"너 미쳤어? 만약 한 사람이 뒤에 남아야 한다면 내가 남을 거야. 난 불을 일으켜서 싸울 수 있으니까!" 엠마가 소리 질렀다.

"이런 빗속에선 안 돼. 더구나 네 눈엔 보이지도 않잖아!"

"널 죽게 내버려둘 순 없다고!"

실랑이할 시간이 없었다. 브로닌과 에녹은 루프로 달렸고 엠마와 나는 방향을 틀어 길에서 벗어났다. 괴물이 우릴 따라오길 바라면서. 다행히 괴물은 우릴 따라왔다. 너무도 가까워서 위치를 파악하는데 번개도 필요 없었다. 직감만으로도 충분했다.

우리는 팔짱을 끼고 밭고랑과 웅덩이로 곳곳이 파인 들판을 달렸다. 넘어지고 또 서로 일으켜 세우면서 미친 듯이 달렸다. 무기로 쓸만한 돌을 집으려고 주위를 두리번거리는데 어둠 속에 무언가가 보였다. 창문이 부서지고 문이 날아간, 무너져가는 작은 오두막이었다. 겁에 질린 채 정신없이 뛰느라 오두막을 미처 보지 못했다.

"일단 숨어야 해!" 숨을 헐떡이며 내가 말했다.

제발 놈이 멍청하기를! 제발! 오두막을 향해 달려가면서 내가 기도했다. 안으로 들어가는 것을 놈이 보지 못하도록 오두막을 빙 돌아 뒤쪽으로 향했다.

"잠깐만!" 엠마가 우비 속에서 에녹이 가져온 무명 헝겊을 꺼냈다. 그리고 돌멩이를 주워 그 안에 넣고 묶어서 돌팔매를 만들더니 손에 불을 일으켜서 헝겊에 불을 붙이고는 멀찌감치 던졌다. 불붙은 돌멩이는 늪 쪽에 떨어져서 어둠 속에서 환하게 불타올랐다.

"유인작전이야." 그녀가 말했고 우리는 돌아서서 얼른 불길을 감추고 오두막에 몸을 숨겼다.

🜚

경첩에서 떨어져 나온 문을 밀고 거름 냄새가 풍기는 어둠 속으로 들어서서, 구역질 나는 철퍼덕 소리와 함께 바닥에 두 발이 잠기는 순간 우리가 들어온 곳이 어디인지 깨달았다.

"이게 뭐야?" 엠마가 속삭였다. 그 순간 들려온 짐승의 숨소리에 우리 둘 다 놀라서 펄쩍 뛰었다. 오두막 안에는 우리처럼 비정한 밤 폭우를 피하려는 양 떼가 우글거렸다. 눈이 어둠에 적응이 되자 우리를 쳐다보고 있는 양들의 흐릿한 눈동자들이 보였다. 수십 마리는 될 것 같았다.

"이거…… 내가 생각하는 게 맞는 거지?" 엠마가 조심스럽게 한 발을 들며 말했다.

"지금은 그런 생각 하지 마. 일단은 이 문에서 최대한 멀리 떨어져야 해."

나는 엠마의 손을 잡고 안으로 들어갔다. 우리를 피해 움츠러드는 겁 많은 짐승들 틈을 헤치고 가느다란 통로를 만들며 옆방으로 움직였다. 그 방은 오두막의 다른 방들과는 달리 그나마 틀을 갖춘 높은 창문과 문이 달려 있었고 모두 닫혀 있었다. 우리는 한쪽 구석에 몸을 웅크린 뒤 무릎을 꿇고 앉아 긴장한 양들의 장막 뒤에 숨어서 밖에서 나는 소리에 귀를 기울였다.

양의 똥 무더기에 너무 깊숙이 앉지 않으려 애썼지만 피할 도리가 없었다. 몇 분 동안 어둠 속을 바라본 뒤에야 방 안의 형체들을 식별할 수 있었다. 한쪽 구석에는 상자들이 쌓여 있었고 우리 뒤쪽 벽에는 녹슨 장비들이 걸려 있었다. 무기로 사용할 수 있을 만큼 날카로운 게 있는지 살펴보았더니 커다란 가위처럼 생긴 물건이 눈에 띄어서 일단 챙겼다.

"양털 깎으려고?" 엠마가 말했다.

"아무것도 없는 것보단 낫잖아."

가위를 챙기자마자 창밖에서 소리가 났다. 양들이 불안해하며 울기 시작했고, 길고 검은 혀가 유리 없는 창문으로 들어왔다. 나는 최대한 조용히 바닥에 주저앉았고 엠마는 숨소리를 내지 않으려고 손으로 입을 막았다.

잠망경처럼 오두막 안으로 들어온 혀가 공기를 감지했다. 다행히 우리는 이 섬에서 가장 향기로운 은신처에 몸을 숨기고 있었다. 양들의 체취가 우리의 체취를 감추어주었는지 잠시 후 괴물이 포기하고 혀를 거두었다. 할로개스트의 발길이 멀어지는 소리가 들렸다.

엠마가 입을 막고 있던 손을 거둔 뒤 떨리는 숨을 내쉬었다. "미끼를 물었나봐." 그녀가 속삭였다.

"할 말이 있어. 여기서 살아서 나가면 루프를 떠나지 않을게."

그녀가 내 손을 잡았다. "진심이야?"

"집으로 돌아갈 수가 없어. 이런 일을 겪고 나서 어떻게 그럴 수 있겠어? 어쨌든 도움이 되고 싶어. 난 너한테 그만큼은, 아니 그보다 훨씬 더 많이 빚을 졌어. 내가 오기 전엔 너희 모두 안전했잖아."

"이번에 살아남기만 하면, 난 아무것도 후회 안 할 거야." 그녀가 내게 기대며 말했다.

마치 이상한 자석처럼 우리의 머리가 서로에게 가까워졌다. 그러나 우리의 입술이 닿으려는 찰나, 옆방에서 놀란 양들의 괴성이 정적을 깼다. 섬뜩한 소리에 우리 방의 양들이 동요하며 우리 주위를 정신없이 돌아다니고 서로 부딪치면서 우리를 벽 쪽으로 밀었다.

괴물은 내가 바랐던 만큼 어리석지 않았다.

놈이 오두막 쪽으로 다가오는 소리가 들렸다. 달아날 기회가 있었다고 해도 이미 늦었다. 우리는 악취 나는 배설물 위에서 서로를 꼭 끌어안고 놈이 지나가기만을 기도했다.

그리고 그 순간 냄새가 풍겨왔다. 오두막 안에서 나는 냄새보다 더 지독한 냄새였다. 놈이 문간에 있음을 느낄 수 있었다. 양들이 일제히 문에서 달아나려 몸부림쳤고 물고기 떼처럼 몰려오면서 우리를 벽에 사정없이 밀어붙였다. 양에 떠밀려 강제로 숨을 내뱉을 지경이었다. 우리는 서로를 부둥켜안으면서도 소리를 낼 생각은 감히 하지 못했다. 견딜 수 없을 만큼 긴장한 순간, 오직 양들의 비명과 비틀거리는 발굽 소리만 들려오다가 찢어지는 듯한 울음소리가 울려 퍼졌다. 절망적인 울음소리가 갑작스럽게 잦아들면서 뼈가 부러지는 섬뜩한 소리가 이어졌다. 양 한 마리가 방금 갈기갈기 찢겼음을 보지 않고도 알 수 있었다.

일대 혼란이 시작되었다. 겁에 질린 짐승들이 서로를 타 넘으며 우리를 얼마나 여러 차례 벽으로 밀어붙였는지 현기증이 날 정도였다. 할로개스트가 목이 찢어져라 포효한 뒤 한 마리씩 양을 잡아 침이 질질 흐르는 입으로 가져가서 한 번씩 물어뜯고 휙 내던졌다. 걸신들린 중세의 왕이 만찬을 즐기듯이. 놈은 계속해서 그런 식으로 앞에 있는 양들을 한 마리씩 물어 죽이며 우리 쪽으로 다가왔다. 나는 두려움으로 얼어붙었다. 그래서 그다음에 일어난 일도 설명할 수가 없었다.

나의 본능은 죽은 듯이 숨어 있으라고, 양의 똥구덩이 속으로 더 깊이 파고 들어가라고 말했지만 그 속에서 한 가지 생각이 또렷이 떠올랐다. 똥구덩이 속에서 죽을 순 없어. 나는 엠마를 가장 큰 양 뒤로 밀어 넣고 문 쪽으로 달려 나갔다.

방문은 닫혀 있었고 내게서 3미터나 떨어진 데다 문과 나 사이를 수많은 양이 가로막고 있었지만 나는 미식축구 선수처럼 양 떼를 뚫고 앞으로 나아가서 어깨로 세게 부딪혀서 문을 열었다.

나는 빗속으로 달려 나가 소리를 질렀다. "어디 한번 잡아보시지! 이 못생긴 개자식아!" 할로개스트가 섬뜩하게 포효했고 양 떼가 문으로 빠져나와 내 앞을 지나가는 것으로 보아 내가 놈의 주의를 끈 것이 분명했다. 나는 비틀거리며 일어서서 놈이 엠마가 아닌 나를 따라오는 것을 확인한 뒤 늪으로 달리기 시작했다.

놈이 내 뒤를 바짝 따라오는 것을 느낄 수 있었다. 더 빨리 달릴 수도 있었지만 나는 여전히 가위를 들고 있었다. 왠지 그 가위를 내려놓을 수가 없었다. 어느 순간 땅이 푹신해지기 시작해서 늪에 이르렀음을 알았다.

할로개스트의 혀가 두어 번 내 등에 닿았고 결국 하나가 내 목을 감아서 머리가 떨어지기 직전까지 조이다가 놓았다. 목이 붙은 상태로 돌무덤까지 갈 수 있었던 것은 어디를 디뎌야 할지 정확히 알고 있었기 때문이었다. 엠마 덕분에 달도 없는 밤 허리케인에 버금가는 폭우 속에서도 나는 그 길을 훤히 꿰뚫고 있었다.

돌무덤을 기어올라 동굴로 들어갔다. 안은 칠흑처럼 어두웠지만 상관없었다. 몸을 숨길 수만 있으면 아무래도 상관없었다. 일어서는 시간마저 허비해선 안 될 것 같아서 기어서 반대편으로 반쯤 갔을 때, 어쩌면 살 수도 있겠다는 낙천적인 생각이 고개를 드는 순간, 더 이상 앞으로 나갈 수가 없었다. 혀 하나가 내 발목을 잡았다.

할로개스트는 나머지 두 개의 혀로 동굴 입구의 돌무덤을 짚고 그것을 지렛대 삼아 버티고 있었다. 할로개스트의 몸이 마치 병뚜껑처럼 동굴 입구에 완전히 밀착되었다. 세 번째 혀가 나를 끌어당기고 있었다. 이제 나는 낚싯줄에 걸린 물고기 신세였다.

무언가 붙잡고 싶어도 바닥이 자갈밭이라 손이 미끄러졌다. 나는 똑바로 돌아누우면서 동굴 벽을 붙잡으려 했지만 미끄러지는 속도가 너무 빨랐다. 들고 있던 가위로 혀를 잘라보려 했지만 근육질의 혀는 너무 질겼고 가위의 날은 너무 무뎠다. 그래서 나는 눈을 질끈 감았다. 죽기 전에 보는 마지막 장면이 놈의 커다란 입이 되는 것은 용납할 수 없었다. 나는 양손으로 가위를 쳐들었다. 시간이 느려지는 것 같은 기분이 들었다. 자동차 충돌 현장이나 열차 사고, 비행기의 자유낙하 때 그런 기분이었다고 사람들이 말하는 것을 들은 적이 있었다. 그다음 내가 느낀 것은 뼈가 부서지는 듯한 할로개스트와의 충돌이었다.

　내게서 모든 호흡이 빠져나갔다. 놈의 비명 소리가 들렸다. 우리는 동굴에서 함께 빠져나와 돌무덤을 굴러 다시 늪으로 빠져 들어가고 있었고 눈을 떠보니 내 가위 손잡이가 괴물의 눈에 박혀 있었다. 돼지 열 마리가 거세당하는 것 같은 괴성과 함께 우리는 진흙탕을 구르며 몸부림을 쳤고, 녹슨 손잡이 위로 끈적이는 검은 액체가 흘러나왔다.

　괴물이 죽어가는 것을, 생명이 빠져나가는 것을, 내 발목을 감싼 혀가 느슨해지는 것을 느꼈다. 내 몸속에서도 변화가 있었다. 가슴을 옥죄어오던 두려움이 조금씩 사라졌다. 마침내 괴물의 몸이 뻣뻣해지면서 눈앞에서 서서히 가라앉았다. 늪의 진흙이 놈의 머리를 삼켰고 검은 피만이 그곳에 괴물이 있었다는 흔적을 남겼다.

　그런데 늪은 괴물과 함께 나까지 집어삼키고 있었다. 내가 몸부림칠수록 늪은 더욱더 나를 갈망하는 것 같았다. 괴물과 내가 늪에 함께 보존되었다가 지금으로부터 천 년이 지난 뒤 함께 발견되면 얼마나 우스울까.

　단단한 땅 쪽으로 발장구를 쳐보았지만 그럴수록 점점 더 깊이 빠져들 뿐이었다. 진흙이 내 몸을 타고 올라 내 팔과 가슴, 목까지 올가미처럼 옥죄어왔다.

　나는 도와달라고 소리쳤고 기적처럼 도움이 나타났다. 그 도움은 언뜻 보기엔 나를 향해 날아오는 개똥벌레 같았다. 엠마의 목소리가 들렸고 내가 대답했다.

　나뭇가지 하나가 내게 다가왔고 내가 나뭇가지를 붙잡자 엠마가 날 끌어당겼다. 마침내 늪 밖으로 빠져나왔을 때에는 몸이 얼마나 떨리는지 서 있을 수조차 없었다. 엠마가 내 옆에 주저앉았고 나는 엠마의 품에 안겼다.

내가 죽였어. 정말 내가 죽인 거야. 그동안 두려워하기만 했는데, 내가 괴물을 실제로 죽일 날이 오리라고는 꿈에도 생각 못했는데!

갑자기 기운이 솟았다. 이제 나는 나 자신을 지킬 수 있었다. 할아버지처럼 강하진 못해도 겁 많은 애송이도 아니었다. 나도 괴물을 죽일 수 있었다.

어느새 생각하는 것을 말로 내뱉고 있었다. "놈이 죽었어. 내가 죽였어."

내가 웃었다. 엠마가 자신의 뺨을 내 뺨에 세게 누르며 나를 끌어안았다. "에이브가 보았으면 네가 정말 자랑스러웠겠다." 엠마가 말했다.

그리고 우리는 키스했다. 다정하고 기분 좋은 키스였다. 코에 떨어진 빗방울이 막 열린 우리의 입 속으로 스며들며 따스해졌다. 너무 이르다 싶은 순간에 엠마가 내게서 떨어지며 속삭였다. "아까 한 말, 진심이었어?"

"여기 있을게. 페러그린 원장님이 허락하신다면." 내가 말했다.

"원장님은 허락하실 거야. 내가 그렇게 만들 거야."

"그런 걱정 하기 전에 얼른 내 정신과 의사 찾아서 총을 빼앗아야지."

"맞아. 이러고 있을 때가 아니야." 엠마의 표정이 굳었다.

우리는 빗줄기를 뒤로하고 다시 연기와 소음의 풍경 속으로 들어섰다. 루프는 아직 새로 정비되지 않았다. 늦은 폭탄 구멍으로 얼룩졌고 하늘은 폭격기가 뒤덮었고 멀리서 오렌지색 불길이 숲 쪽으로 전진하고 있었다. 오늘이 내일이 되어서 이 모든 것이 사라질 때까지 기다렸다가 집으로 돌아가자고 말하려는 순간 억센 팔이 나를 덥석 안았다.

"살아 있었구나!" 브로닌이 소리쳤다. 에녹과 휴가 그녀 곁에 있었다. 브로닌이 물러나자 두 사람이 내게 다가와 악수를 청하며 내 모습을 살폈다.

"아까 배신자라 불러서 미안해. 살아 있어서 정말 다행이다." 에녹이 말했다.

"동감이야." 내가 대답했다.

"사지는 멀쩡하고?" 휴가 내 몸을 살피며 물었다.

"팔 두 개. 다리 두 개." 온전함을 증명하기 위해 내가 팔다리를 흔들었다. "그리고 할로개스트는 더 이상 걱정 안 해도 돼. 우리가 죽였거든."

"겸손 떨기는! 네가 죽였잖아." 엠마가 자랑스럽게 말했다.

"다행이다." 휴가 말했다. 그런데 휴도 다른 두 아이들도 웃지 않았다.

"왜? 무슨 일 있어? 가만! 너희 왜 다 나와 있는 거야? 페러그린 원장님은?" 내가 물었다.

"사라졌어." 브로닌이 입술을 떨며 말했다. "애보셋 원장님도. 와이트가 데려갔어."

"세상에!" 엠마가 말했다. 우리가 한 발 늦었다.

"총을 갖고 왔더라." 땅만 바라보며 휴가 말했다. "클레어를 인질로 잡으려고 했는데 클레어가 뒤통수 입으로 그자를 깨물었어. 대신 날 잡았지. 달아나려고 했더니 개머리판으로 내 머리를 내리쳤어." 그가 귀 뒤를 만지고 나서 내게 피 묻은 손을 보여주었다. "아이들을 전부 다 지하실에 가두고는 페러그린 원장하고 애보셋 원장한테 당장 새로 변신하지 않으면 우리 머리에 구멍을 뚫겠다고 했어. 그래서 두 분이 새로 변했고, 그자가 바로 새들을 새장에 가두었어."

"새장을 갖고 왔어?" 엠마가 물었다.

휴가 고개를 끄덕였다. "옴짝달싹도 못할 만큼 아주 작은 새장이었어. 다시 사람으로 변할 수도, 날아갈 수도 없도록. 이제 총 맞아 죽겠구나 싶었는데, 우릴 지하실에 밀어 넣고 새들을 데리고 달아나버렸어."

"우리가 왔을 땐 이미 일이 벌어진 뒤였어. 겁쟁이들처럼 지하실에 숨어 있더라고." 에녹이 씁쓸하게 말했다.

"숨어 있던 게 아니었어! 놈이 우릴 가두었다니까! 반항했으면 총을 쐈을걸!" 휴가 소리쳤다.

"그만해." 엠마가 말을 가로챘다. "어디로 갔어? 왜 쫓아가지 않았어?"

"어디로 갔는지 모르겠어. 우린 혹시 너희가 봤을지도 모른다고 생각했는데……." 브로닌이 말했다.

"아니, 우린 못 봤어!" 엠마가 화가 나서 돌멩이를 발로 걸어차며 말했다.

휴가 셔츠 안에서 무언가를 꺼냈다. "와이트가 떠나면서 이걸 내 주머니에 넣어주었어. 자길 쫓아오면 이런 일이 일어날 거라면서."

브로닌이 휴에게서 사진을 빼앗아서 보더니 신음했다. "아, 레이븐 원장님인가?"

"크로 원장님 같은데." 손으로 얼굴을 문지르며 휴가 말했다.

"이제 두 원장님은 죽었다. 이런 날이 올 줄 알았어." 에녹이 신음했다.

"집을 비우지 말았어야 했는데……." 비참한 목소리로 엠마가 말했다. "밀라드 말이 옳았어."

늪에 폭탄이 하나 떨어졌고 소리가 삼켜진 폭발에 하늘에서 흙비가 내렸다.

"잠깐! 일단 우리는 이게 크로 원장인지 레이븐 원장인지 확실히 몰라. 어쩌면 그냥 평범한 까마귀 사진일 수도 있어. 만약 골란이 페러그린 원장님과 애보셋 원장님을 죽일 생각이었다면 왜 굳이 납치를 했겠어? 바로 죽였겠지." 내가 엠마를 바라보며 말을 이었다. "만약 우리가 집을 떠나지 않았다면 다른 애들하고 같이 지하실에 갇혀 있었을 거고 아직도 괴물이 밖에 돌아다니고 있었을 거야."

"괜히 위로하려 애쓰지 마. 이렇게 된 건 다 네 탓이야!"

"10분 전에는 그렇게 좋아하더니!"

"10분 전에는 원장님이 납치된 걸 몰랐으니까 그렇지!"

"그만들 해! 지금 중요한 건 새가 사라졌고 우리가 새를 구해야 한다는 사실이야!" 휴가 말했다.

"알았어. 생각을 좀 해보자. 만약 네가 와이트라면 납치한 임브린 둘을 어디로 데려가겠어?" 내가 물었다.

까악 까악 까악 CAW CAW CAW

"임브린들을 데리고 무얼 할 계획이냐에 따라 다르지. 우린 그 계획이 뭔지 모르고."

"먼저 이 섬 밖으로 데려가려 할 거야. 그러려면 보트가 필요하고." 엠마가 말했다.

"하지만 어떤 섬? 루프 안의 섬? 아니면 밖의 섬?" 휴가 물었다.

"루프 밖의 섬에는 폭풍이 몰아치고 있어. 거기선 보트를 타고 멀리 나갈 수 없어."

"그럼 루프 안에 있겠네. 여기서 떠들고 있을 때가 아니야. 어서 부두로 가보자!" 조금 희망적인 목소리로 엠마가 말했다.

"어쩌면 부두에 있을지도 몰라. 아직 출발하지 않았다면. 하지만 설령 아직 섬을 떠나지 않았고 우리가 어둠 속에서 가까스로 놈을 찾는다고 해도, 그리고 놈한테 다가갈 때까지 총알이 우리 창자를 관통하지 않는다고 해도, 놈은 총을 갖고 있어. 너희 제정신이냐? 차라리 새가 납치되는 게 나은 거 아냐? 우리 앞에서 총 맞아 죽는 것보단?" 에녹이 말했다.

"알았어. 그럼, 다 포기하고 집으로 가면 되겠네. 잠자리에 들기 전에 따듯한 차 한 잔 마시고 싶은 사람? 우릴 지키는 새가 없는 동안에는 차 대신 술이나 마실까?" 휴는 울면서 말하다가 화난 듯 눈물을 닦은 뒤 말을 이었다. "그동안 원장님이 우릴 위해 그렇게 애쓰셨는데 어떻게 구하려는 시도조차 안 해보고 포기할 수가 있어?"

에녹이 미처 대답을 하기도 전에 늪 저편 길가에서 누군가가 부르는 목소리가 들렸다. 휴가 얼굴을 찌푸리며 소리가 들리는 쪽으로 가다가 잠시 후 이상한 표정을 지었다. "피오나야." 그때까지 나는 피오나가 숨소리 이상의 소리를 내는 것을 본 적이 없었다. 폭격기 소리와 멀리서 들려오는 폭발음 때문에 그녀가 무슨 말을 하는지 알아들을 수가 없어서 우리는 서둘러 늪을 가로질렀다.

큰길에 이르렀을 때 우리는 숨이 턱까지 찼고 피오나는 고함을 지르느라 목이 쉬어 있었다. 그녀의 눈빛은 머리카락만큼이나 혼란스러웠다. 그녀는 우리를 마을 쪽으로 끌면서 아무도 알아듣지 못하는 아일랜드 억양으로 정신없이 떠들었다. 휴가 그녀의 어깨를 잡고 천천히 말해보라고 했다.

그녀는 심호흡을 하고 가랑잎처럼 부들부들 떨면서 뒤쪽을 가리켰다. "밀라드가 그자를 쫓아갔어! 우릴 가둘 때 숨어 있다가 뒤따라갔어."

"어디로?" 내가 물었다.

"배가 있는 곳."

"봤지? 부두야!" 엠마가 소리쳤다.

"아니! 부두로 간 게 아니라 네 카누를 탔어. 너 말곤 아무도 모를 거라고 생각하고 네가 뭍에 숨겨놓았던 카누 말이야. 그자가 새장을 들고 카누를 타고 섬 주위를 왔다 갔다 하다가 물살이 너무 거세니까 등대 바위로 갔어. 지금도 거기 있고."

우리는 정신없이 등대가 보이는 곳으로 달려갔다. 등대가 보이는 절벽에 이르러 보니 다른 아이들도 절벽 끝에 모여 있었다.

"숙여!" 밀라드가 소리쳤다.

우리는 무릎을 꿇고 그들 쪽으로 다가갔다. 아이들은 번갈아 등대 쪽을 바라보면서 수풀 뒤에 쪼그리고 앉아 있었다. 아이들은 모두 극심한 충격에 빠진 것 같았다. 특히 어린아이들이 그랬다. 마치 지금 펼쳐지고 있는 악몽을 제대로 이해하지 못하는 듯한 표정이었

다. 조금 전에 우리가 가까스로 빠져나온 악몽에 대해서는 아무도
알지 못했다.

나는 수풀 사이로 절벽 끝까지 기어가서 앞을 내다보았다. 난파
선 뒤쪽에 엠마의 카누가 바위에 묶여 있었다. 골란과 임브린들의 모
습은 보이지 않았다.

"저기서 뭘 하는 거지?" 내가 물었다.

"뻔한 거 아냐? 누군가 와서 데리고 갈 기다리거나 아니면 바
다가 잠잠해져서 노를 젓고 나갈 때를 기다리거나."

"저 작은 배를 타고?" 믿을 수 없다는 듯이 엠마가 말했다.

"그야 아무도 모르지."

귀가 먹먹할 정도의 폭발음이 연달아 들려왔고 하늘이 오렌지빛
으로 물들자 우리 모두 몸을 숙였다.

"여기도 폭탄이 떨어져, 밀라드?" 엠마가 물었다.

"내 연구는 인간과 동물들에만 국한되어 있어. 폭탄이 아니라."

"퍽도 도움이 된다!" 에녹이 말했다.

"여기 다른 카누 숨겨놓은 건 없어?" 나는 엠마에게 물었다.

"없어. 아무래도 헤엄쳐서 가야 할 것 같아."

"헤엄쳐서 간 다음엔? 총에 맞아 벌집 되기?" 밀라드가 말했다.

"일단 가서 방법을 찾아봐야지."

엠마의 말에 밀라드가 한숨을 쉬었다. "멋진 생각이네. 아주 훌
륭한 자살 방법이야."

"더 좋은 생각 있는 사람?"

"내 병정들만 있었어도……." 에녹이 입을 열었다.

"있어봐야 다 물에 빠져 죽었겠지." 밀라드가 말했다.

에녹이 고개를 떨어뜨렸고 다른 아이들은 모두 잠자코 있었다.

"그럼 결정된 거지? 누가 갈래?" 엠마가 물었다.

내가 손을 들었다. 브로닌도 들었다. "와이트의 눈에 띄지 않는 사람이 필요할걸. 꼭 갈 생각이면 나도 데려가." 밀라드가 말했다.

"넷이면 충분해. 너희 다 수영을 잘했으면 좋겠다."

망설일 시간도, 긴 작별 인사를 나눌 시간도 없었다. 남아 있는 아이들이 행운을 빌어주었고 우리는 출발했다.

우리는 검은 우비를 벗고 마치 게릴라 부대원들처럼 두 줄로 수풀 사이를 달려서 마침내 바다로 내려가는 비탈길에 이르렀다. 우리는 주저앉아서 미끄러져 내려갔고 우리의 발과 바지 자락 주위로 모래가 흩날렸다.

갑자기 머리 위에서 쉰 개의 전기톱이 한꺼번에 돌아가는 것 같은 소음이 들렸고, 우리는 폭격기가 지나갈 때까지 몸을 숙였다. 바람에 머리카락이 미친 듯이 휘날렸고 모래 폭풍이 일었다. 나는 이를 악물고 폭탄이 우리를 찢어놓기를 기다렸다. 그러나 폭탄은 떨어지지 않았다.

우리는 계속 움직였다. 마침내 바다에 이르자 엠마가 우리를 가까이 모이게 했다.

"이곳하고 등대 사이에 난파선이 있어. 날 따라와. 물속에 낮게 잠겨 있어야 돼. 눈에 띄면 안 되니까. 난파선에서 놈이 어디 있는지 파악한 다음에 어떻게 할지 결정하자."

"우리 임브린들을 데리고 와야지!" 브로닌이 말했다.

우리는 밀려오는 파도 속으로 처음에는 기어 들어가다가 차가운 물속으로 미끄러져 들어갔다. 처음에는 순조로웠지만 헤엄을 치면 칠수록 거센 파도가 자꾸만 우리를 해안으로 밀어냈다. 전투기 한 대가 머리 위로 지나가면서 수면에 파장을 일으켰다.

마침내 난파선에 이르렀을 때에는 모두 숨이 턱까지 찼다. 선체에 매달려서 머리만 수면 위로 내놓은 채 등대와 등대가 있는 조그만 바위섬을 바라보았지만 내 이상한 정신과 의사는 보이지 않았다. 보름달이 하늘에 낮게 걸려 있었고 포화 속에 비치는 달빛이 또 하나의 등대처럼 환했다.

우리는 난파선을 따라 섬에서 가장 가까운 선체 끝으로 움직였다. 등대가 있는 바위섬까지는 45미터 남짓 남아 있었다.

"내 작전을 말해볼게. 그자는 브로닌이 얼마나 센지 알고 있고 그래서 브로닌이 가장 위험해. 제이콥하고 내가 골란을 찾아서 그의 관심을 끄는 동안 브로닌이 몰래 뒤로 다가가서 놈의 머리를 내리치는 거야. 그동안 밀라드가 새장을 회수하고. 반대하는 사람?"

그 질문에 대답하듯 총성이 울렸다. 처음에는 총성의 진원지를 알지 못했다. 우리가 듣던 아득하고도 요란한 대포 소리와는 사뭇 달랐다. 분명 총소리였다. 쾅!이 아닌 탕! 소리였고 두 번째 총알이 날아와 가까운 수면에 파장이 일어나자 그제야 골란이 총을 쏘고 있음을 알 수 있었다.

"뒤로!" 엠마가 소리쳤고 우리는 선체로 올라가 난파선 뒤쪽으로 달려가서 물속으로 뛰어들었다. 잠시 후 모두가 숨을 헐떡이며 수면 위로 고개를 내밀었다.

"놈을 뒤에서 치는 계획은 물 건너간 거 같다." 밀라드가 말했다.

골란은 총 쏘는 것은 멈추었지만 등대 문 옆에 총을 들고 서 있었다.

"악랄한 놈이긴 해도 멍청한 놈은 아냐. 우리가 올 거란 걸 알고 있었어." 브로닌이 말했다.

"이젠 못 가게 됐네. 놈이 우릴 쏠 테니까!" 엠마가 물을 찰싹 때리며 말했다.

밀라드가 난파선 위로 올라갔다.

"안 보이는 걸 쏠 수는 없겠지. 내가 갈게."

"멍청아. 넌 물속에선 투명인간이 아니잖아." 엠마가 말했다. 사실이었다. 물속에서 그가 있는 자리가 사람의 형상으로 비어 있었다.

"그래도 너보단 나아. 섬에서부터 저자를 계속 뒤쫓아왔는데도 내가 있는 걸 알아차리지 못했잖아. 앞으로 얼마간은 더 버틸 수 있을 거라고."

더 이상은 실랑이할 시간이 없었다. 우리에게 남은 선택은 완전히 포기하느냐, 아니면 총탄 속으로 달려가느냐, 둘 중 하나뿐이었다.

"좋아. 네가 정 그러고 싶다면."

"누군가는 영웅이 되어야 하잖아." 그렇게 말한 뒤 밀라드가 선체 위를 걸었다.

"너무 자신만만한 거 아냐?" 내가 중얼거렸다.

바로 그때 뿌연 연기 속에서 골란이 무릎을 꿇고 앉아 등대 난간에 팔꿈치를 받치고 총을 겨누는 모습이 얼핏 보였다.

"조심해!" 내가 소리쳤지만 한 발 늦었다.

총알이 날아왔다. 밀라드가 비명을 질렀다.

우리는 난파선 위로 기어 올라가서 그에게 달려갔다. 다음엔 내가 총에 맞을 차례라고 확신했고 잠시 동안 우리 발밑에 이는 물결이 우리 쪽으로 날아오는 총탄이라고 생각했다. 그런데 총소리가 멈추었다. 장전을 하는 거라면 잠깐이나마 시간이 있을 것이다.

밀라드는 물속에 엎드려 있었다. 멍한 표정이었고 몸에서 피가 흘렀다. 나는 처음으로 붉게 물든 그의 몸을 제대로 볼 수 있었다.

엠마가 그의 팔을 붙잡았다. "밀라드! 너 괜찮아? 뭐라고 말 좀 해봐!"

"미안한데, 아무래도 총을 맞은 거 같아."

"출혈을 막아야 해. 뭍으로 데려가야겠어." 엠마가 말했다.

"말도 안 돼. 이번에 물러나면 여기까지도 다시 못 와. 지금 돌아가면 페러그린 원장님은 못 구해." 밀라드가 말했다.

총탄이 또 날아왔고 그중 하나가 내 귓가를 스쳤다.

"이쪽으로! 뛰어내려!" 엠마가 소리쳤다.

처음엔 그녀의 말뜻을 이해하지 못했다. 우리는 난파선의 가장자리에서 30미터 정도 뒤로 물러나 있었다. 그 순간 나는 그녀가 어디로 향하고 있는지 깨달았다. 선체의 블랙홀, 화물칸으로 연결된 문이었다.

브로닌과 내가 밀라드를 데리고 엠마의 뒤를 따랐다. 선체로 총탄이 날아왔다. 마치 누군가 쓰레기통을 걷어차는 소리 같았다.

"숨을 참아!" 밀라드에게 말하고 화물칸 쪽으로 내려갔다. 우리는 발부터 넣고 사다리를 타고 내려가서 매달려 있었다. 눈을 뜨고 있으려 애썼지만 소금물이 너무 따가웠다. 물에서 밀라드의 피 맛이 났다.

엠마가 튜브를 내밀었고 우리는 번갈아가며 튜브를 빨았다. 헤엄을 치느라 지쳐 있었고 몇 초에 한 번씩 튜브를 빠는 것만으로는 충분치 않았다. 폐가 아팠고 현기증이 났다.

누군가가 내 셔츠를 잡아당겼다. 올라가! 나는 천천히 사다리를 타고 올라갔다. 내 뒤로 브로닌, 엠마가 올라왔다. 우리가 수면 위로 올라가 숨을 쉬고 이야기를 나누는 동안 밀라드는 혼자 튜브를 물고 있었다.

우리는 등대를 바라보며 속삭였다.

"여기 있을 순 없어. 밀라드가 출혈로 죽을 거야." 엠마가 말했다.

"다시 뭍으로 데려가려면 20분은 걸려. 가는 길에 죽기가 더 쉬워." 내가 말했다.

"그럼 어떻게 해!"

"등대가 더 가까워. 거기로 데려가자." 브로닌이 말했다.

"곤란한테 우리 모두 출혈로 죽을걸!" 내가 말했다.

"아니. 그렇겐 안 돼." 브로닌이 말했다.

"어떻게? 넌 방탄복이라도 입었냐?"

"어쩌면." 브로닌이 묘한 표정으로 대답한 뒤 숨을 들이켜고 사다리를 타고 도로 물속으로 들어갔다.

"쟤가 도대체 무슨 소릴 하는 거야?" 내가 말했다.

엠마도 걱정하는 표정이었다. "도무지 모르겠네. 하지만 뭐가 됐든 서둘러야 할 텐데……." 브로닌이 무얼 하는지 보려고 물속을 들여다보았지만 사다리 밑에는 호기심 많은 섬광 물고기에 둘러싸인 밀라드만 보였다. 그때 발밑에서 진동이 느껴졌고 잠시 후 브로닌이 한쪽에 동그란 구멍이 난 직사각형 모양의 철판을 들고 수면 위로 떠올랐다. 화물칸의 문을 떼어온 모양이었다.

"그걸로 뭘 하려고?" 엠마가 물었다.

"등대에 가려고." 그녀가 일어서서 우리 앞에 철판을 들었다.

"브로닌! 그자가 쏠 거야!" 엠마가 소리쳤다. 때마침 총탄이 날아왔다가…… 문에 맞고 튕겨나갔다.

"멋진데! 방패구나!"

내가 소리쳤고 엠마도 웃었다. "브로닌! 너 천재다!"

"밀라드를 내 등에 업혀주고 너희들은 방패 뒤에 숨어."

엠마는 밀라드를 물에 끌어올려 양팔을 브로닌의 목에 감아주었다. "저 아래 정말 아름답더라. 엠마, 천사들 얘기 왜 안 했어?" 밀라드가 말했다.

"천사라니?"

"저 아래 아주 예쁜 초록색 천사들이 살고 있던데? 날 천국으로 데려다주겠대." 떨리는, 꿈꾸는 듯한 목소리였다.

"아직은 아무도 천국에 갈 때가 아니야. 브로닌한테 꼭 매달려 있어. 알았지?" 걱정스러운 표정으로 엠마가 말했다.

"잘 알았어." 그가 덤덤하게 말했다.

엠마는 뒤에 서서 밀라드가 브로닌의 등에서 미끄러져 내리지 않도록 붙잡았다. 나는 엠마의 뒤에 서서 이상하고 짧은 우리 콩가(아프리카에서 전해진 쿠바의 춤-옮긴이) 대열의 후방을 맡았다. 그렇게 난파선을 가로지른 다음 등대 바위 쪽으로 향했다.

우리는 눈에 띄는 표적이었고 골란은 곧바로 총알을 퍼부어대기 시작했다. 문을 맞고 튕겨 나가는 총탄 소리에 귀가 먹먹했지만 한편으로는 그 소리가 위안이 되었다. 열두 번 쯤 총탄이 날아오다가 멈추었다. 그러나 총알이 떨어졌다고 생각할 만큼 낙관적인 상황은 아니었다.

난파선 끝에 이르자 브로닌이 조심스럽게 우리를 물 쪽으로 이

끌었다. 거대한 철문은 우리 앞쪽에 고정하고서. 우리의 콩가 대열은 브로닌을 뒤따르는 개헤엄 대열로 바뀌었다. 엠마는 헤엄을 치면서 밀라드가 의식을 잃지 않도록 계속 이것저것 물었다.

"밀라드! 영국 수상 이름이 뭐지?"

"윈스턴 처칠. 너 왜 그래? 돌았어?"

"버마의 수도는 어디게?"

"젠장, 내가 그걸 어떻게 알아! 랑군인가?"

"잘했어! 네 생일은 언제야?"

"제발 소리 좀 그만 지르고 나 좀 평화롭게 죽게 내버려둬!"

난파선에서 등대까지는 그리 멀지 않았다. 브로닌이 어깨에 방패를 멘 채 바위를 타고 올라갔고 골란은 몇 번 더 총을 쏘았다. 총탄 때문에 브로닌도 중심을 잃었다. 우리는 그녀의 뒤에 서서 몸을 숙이고 올라가다가 브로닌이 비틀거리며 하마터면 넘어질 뻔했을 때 그녀의 체중과 철판의 무게에 모두 깔려 죽을 뻔했다. 엠마가 브로닌의 등 뒤에 손을 대고 앞으로 밀었고 마침내 브로닌과 철문은 마른땅에 내려설 수 있었다. 우리는 차가운 밤공기에 몸을 떨며 그녀의 뒤에서 기었다.

등대섬은 너비가 45미터 정도에 불과한 아주 작은 섬이었다. 녹슨 등대 건물 밑에 열 개 남짓한 돌계단이 문으로 이어졌고 바로 그곳에 골란이 우리 쪽으로 총을 겨누며 서 있었다.

나는 용기를 내어 철문의 현창을 들여다보았다. 비좁은 새장 안에 새 두 마리가 가까스로 웅크리고 있는 모습이 보였다. 두 마리 새가 거의 구분이 되지 않았다.

총알이 날아왔고 나는 얼른 몸을 숙였다.

"한 발짝만 더 오면 새들을 죽여버릴 거야!" 골란이 새장을 달각거리며 소리쳤다.

"거짓말이야. 골란한텐 저 새들이 필요해." 내가 말했다.

"단정할 수 없어. 미친놈이잖아." 엠마가 말했다.

"그래도 넋 놓고 있을 순 없잖아."

"일단 들이받자! 지가 별수 있겠어? 하지만 이 작전이 성공하려면 빨리 해야 해. 지금 당장!" 브로닌이 소리쳤다.

미처 생각할 겨를도 없이 브로닌이 등대 쪽으로 달려 나갔다. 브로닌이 방패를 들고 있었기 때문에 우리도 따라가는 것 말고는 달리 방법이 없었다. 잠시 후 총알들이 철문에 튕겨 나갔고 주위의 바위들이 총알에 깎였다.

마치 폭주하는 기관차 뒤에 매달려가는 것 같은 기분이었다. 브로닌은 무시무시했다. 야수처럼 포효했으며 목의 힘줄이 도드라졌고 밀라드의 피가 그녀의 팔과 등에 흘렀다. 문득 나는 내가 철문 건너편에 있지 않다는 사실이 너무도 다행스러웠다.

등대 가까이에서 브로닌이 고함을 질렀다. "등대 뒤로!" 엠마와 나는 밀라드를 부축하면서 등대를 왼쪽으로 돌아 뒤로 향했다. 우리는 달리면서 브로닌이 철문을 머리 위로 번쩍 들었다가 골란을 향해 던지는 것을 보았다.

우레와도 같은 굉음이 들렸고 곧바로 비명 소리가 이어졌다. 잠시 후 얼굴이 벌겋게 달아오른 브로닌이 숨을 헐떡이며 뛰어왔다.

"정통으로 맞은 거 같아!" 흥분한 브로닌이 말했다.

"새들은? 새들이 어떻게 될지는 생각했어?" 엠마가 물었다.

"새장을 떨어뜨렸어. 새들은 무사해."

"우리 모두의 목숨을 위태롭게 하면서 돌진하기 전에 우리 의견도 좀 물어봤어야지!" 엠마가 소리쳤다.

"조용히 해! 이게 무슨 소리지?" 내가 소리쳤다. 삐거덕거리는 소리가 들렸다.

"계단을 올라가고 있어!" 엠마가 말했다.

"어서 가봐……." 밀라드가 힘겹게 말했다. 우리는 놀라며 그를 쳐다보았다. 밀라드는 벽에 축 늘어져 있었다.

"네 상처 먼저 보고 나서. 지혈대 만들 줄 아는 사람?"

내 말에 브로닌이 자기 바지 밑단을 뜯었다. "나 할 줄 알아. 내가 지혈할 테니까 너희가 와이트를 맡아. 내가 쓰러뜨리긴 했는데 완전히 보내버리진 못했나봐. 다시 살아나지 못하게 해."

"할 수 있겠어?" 내가 엠마에게로 돌아서며 물었다.

"와이트의 얼굴을 녹여버리는 거라면," 엠마는 양쪽 손 사이에 동그란 불꽃을 일으키며 "할 수 있고말고."라고 덧붙였다.

☙

엠마와 나는 구부러진 채 떨어진 자리에 그대로 뒹굴고 있는 난파선의 철문을 기어올라 등대 안으로 들어갔다. 등대 건물은 30미터 높이에 달하는 길고 좁다란 원통형 공간이었다. 그 공간에 거대한 나선형 계단이 있었고 계단 끝에는 석조 난간이 있었다. 계단을 올라가는 골란의 발소리가 들렸지만 어디쯤 올라가고 있는지는 가늠하기 어려웠다.

"보여?" 현기증 나는 계단을 올려다보며 내가 물었다.

내 질문에 대답이라도 하듯 총알이 내 옆의 벽을 맞고 튕겨 나왔고 또 하나가 내 발치에 박혔다. 나는 놀라서 펄쩍 뛰었다. 심장이 방망이질했다.

"이쪽으로 와!" 엠마가 소리치며 내 팔을 잡아 골란의 총알이 닿지 못하는 계단 난간 안쪽으로 끌었다.

몇 걸음 올라갔을 뿐인데도 계단은 마치 궂은 날씨의 보트처럼 흔들리기 시작했다. "너무 무섭다!" 손이 허옇게 되도록 힘주어 난간을 잡으며 엠마가 소리쳤다. "우리가 여기서 구르지 않고 올라간다고 해도 놈이 총을 쏘겠지."

"우리가 올라가지 못하면 놈을 내려오게 하면 되잖아." 나는 서 있던 자리에서 계단을 앞뒤로 흔들었다. 난간을 잡고 흔들면서 발을 굴러서 계단 꼭대기까지 진동을 올려 보냈다. 엠마는 잠시 미친 사람 쳐다보듯 나를 쳐다보다가 내 말뜻을 이해하고 나와 함께 발을 구르고 계단을 흔들었다. 머지않아 계단 전체가 미친 듯이 흔들렸다.

"이러다가 등대 전체가 무너지면 어떻게 해?" 엠마가 소리쳤다.

"그러지 않길 바라야지!"

우리는 더 세게 계단을 흔들었다. 나사와 볼트들이 튕겨져 나왔다. 난간이 휘어져서 더 이상은 붙잡고 있기조차 힘들었다. 골란이 욕설을 내뱉는 소리가 들렸고 무언가가 난간 근처로 떨어졌다.

제발 새장만은 아니기를! 그것이 그 순간에 바로 떠오른 생각이었다. 나는 얼른 엠마 곁을 지나 계단 밑으로 뛰어 내려갔다.

"뭐 하는 거야? 그러다가 총 맞아!"

"이제 총 못 쏴." 내가 말하며 의기양양한 표정으로 골란의 총을 들어 보였다. 한참을 쏘아서인지 아직 따뜻하고 묵직했다. 총알이 남아 있는지, 심지어는 어둑어둑한 등대 안에서 총알을 어떻게 확인해야 하는지조차 나는 알지 못했다. 할아버지가 예전에 데리고 갔던 총기 사용법 강좌의 기억을 되살려보려 애썼지만 이내 포기하고 엠마에게로 다시 달려갔다.

"놈은 꼭대기에 갇혔어. 지금부턴 여유를 갖고 이성적으로 놈을 설득해야 해. 잘못하면 새들한테 해를 끼칠지도 모르니까."

"이성적으로 설득할게. 단, 난간에 바짝 밀어붙이고서." 엠마가 이를 악물며 대답했다.

우리는 계단을 오르기 시작했다. 계단이 너무 비좁은 데다 심하게 흔들렸기 때문에 위쪽 계단에 부딪히지 않도록 머리를 숙이고 한 줄로 겨우 올라갈 수 있었다. 우리가 튕겨나가게 만든 나사들이 중요한 부분을 고정하고 있던 것이 아니었기를 기도했다.

계단 꼭대기에 오르자 감히 밑을 내려다볼 수가 없었다. 오직 계단 위에 놓인 내 발과 흔들리는 난간을 붙잡은 내 한 손과 총을 들고 있는 또 다른 손이 있을 뿐, 그 외에는 아무것도 없는 것 같았다.

잠복 공격에 대비하며 앞으로 나아갔지만 예상했던 공격은 없었다. 계단이 끝나면서 머리 위로 탁 트인 석조 난간이 보였다. 밤공기가 차가웠고 휘파람 소리 같은 바람 소리가 들려왔다. 나는 그 틈으로 총을 겨눈 다음 고개를 내밀었다. 잔뜩 긴장한 상태였고 싸울 준비가 되어 있었지만 골란이 보이지 않았다. 두꺼운 유리에 갇힌 거대한 등대의 불빛이 한 차례 훑고 지나갔다. 불빛이 너무 가까워서 눈이 부셨고 훑고 지나갈 때는 눈을 감아야 했다. 등대 뒤쪽으로 허술한 난간이 있었고 그 뒤로는 아무것도 없었다. 10층 높이의 빈 공간, 바위들, 그리고 출렁이는 바다뿐이었다.

나는 좁은 공간으로 올라선 다음 돌아서서 엠마에게 손을 내밀었다. 우리는 따뜻한 등대 집에 등을 기댄 채 찬 바람을 맞았다. "새가 가까이에 있어. 느껴져." 엠마가 속삭였다.

그녀가 손목을 흔들어서 동그랗고 분노에 찬 붉은 불길을 일으켰다. 불빛과 강도로 보아 이번만은 조명으로 쓸 불이 아니라 무기로 쓸 불임을 알 수 있었다.

"찢어지자. 넌 이쪽으로 가. 난 반대편으로 갈게. 그래야 놈이 달아나지 못하지."

"나 무서워, 제이콥!"

"나도 무서워. 하지만 놈은 다쳤고 총도 우리한테 있잖아."

엠마가 고개를 끄덕이고 내 팔을 잡았다가 놓고 돌아섰다.

나는 천천히 등대를 돌았다. 어쩌면 장전되었을지도 모르는 총을 꼭 움켜쥐고서. 등대 뒤쪽이 서서히 드러나기 시작했다.

머리를 숙이고 난간에 등을 기댄 채 쪼그리고 앉은 골란의 모습이 보였다. 새장은 그의 다리 사이에 있었다. 이마의 상처에서 흐르는 피가 마치 눈물처럼 그의 얼굴을 뒤덮었다.

새장의 철망에는 조그만 빨간 전구가 달려 있었고, 몇 초에 한 번씩 깜빡였다.

내가 다가가자 골란이 고개를 들어 나를 쳐다보았다. 그의 얼굴은 온통 피범벅이었다. 한쪽 하얀 눈에는 핏줄이 섰고 입가에서 침이 흘렀다.

그가 한 손에 새장을 들고 비틀거리며 일어섰다.

"내려놔."

그는 내 말을 듣는 척하며 몸을 숙이다가 갑자기 돌아서서 달아나기 시작했고 나는 소리를 지르며 뒤따라갔다. 그러나 맞은편에서 엠마의 불길이 솟아오르는 것이 보였고 잠시 후 골란이 다시 내 쪽으로 달려왔다. 그의 머리카락에서 연기가 피어올랐고, 그는 한 팔로 얼굴을 가리고 있었다.

"거기 서!" 내가 소리를 지르자 그제야 골란은 자신이 포위되었음을 깨달았다. 그는 새장으로 몸을 가린 뒤 새장을 난폭하게 흔들었다. 새들이 날카롭게 울었다.

"원하는 게 이거냐? 와서 가져가. 날 태워! 그럼 새들도 불타 죽겠지! 총을 쏴. 새장을 던져버릴 테니까."

"머리를 쏘면 얘기가 다르지."

내 말에 그가 웃었다. "넌 총을 쏘고 싶어도 쏠 수가 없는 아이야. 너의 그 불안정하고 나약한 심리 상태에 대해서 내가 훤히 꿰뚫고 있단 걸 잊었나? 그래서 넌 늘 악몽에 시달렸지."

상상해보았다. 손가락으로 방아쇠를 감고 당기는 순간을. 그 반동과 끔찍한 결과를. 그게 뭐가 대수라고. 그런데 왜 생각만 해도 이렇게 손이 떨리지? 할아버지는 도대체 이런 와이트들을 몇 놈이나 죽였을까? 수십? 수백? 할아버지가 여기 있었다면 골란은 이미 죽은 목숨일 텐데. 조금 전까지만 해도 그는 몽롱한 상태로 새장 뒤에 쪼그려 앉아 있었다. 나는 그 기회를 놓쳤다. 겁에 질린 나의 우유부단함이 임브린들의 생명을 위태롭게 만들고 있었다.

거대한 등대 불빛이 또 한 차례 지나가면서 우리를 반짝이는 하얀 동상들로 만들었고 우리는 얼굴을 찌푸리며 고개를 돌렸다. 또 한번 기회를 놓쳤군.

"새장을 내려놓고 우리하고 같이 가. 다치는 사람 더 만들지 말고." 내가 말했다.

"글쎄. 만약 밀라드가 죽기라도 한다면 난 생각이 달라질 거 같은데?" 엠마가 말했다.

"날 죽이겠다고? 좋아. 빨리 끝내. 하지만 그래봐야 피할 수 없는 운명을 지연시키는 것뿐이야. 더 악화시키는 건 물론이고. 우린 네가 어디 있는지 알고 있어. 나 같은 와이트들이 널 찾겠지. 그들이 너한테 되돌려줄 고통에 비하면 내가 네 친구들한테 준 고통은 아주 자비롭게 느껴질걸."

"빨리 끝내라고? 누가 빨리 끝내준대?" 엠마가 말했다. 엠마의 불길이 하늘로 작은 불꽃을 날려 보내고 있었다.

"난 분명히 말했어. 그러면 이 새들은 죽는다고." 그가 새장을 가슴에 대고 말했다.

엠마가 그에게 한 걸음 다가섰다. "난 여든여덟 살이야. 나한테 아직도 보모가 필요할 거라고 생각해?" 그녀의 표정은 차가웠고 무슨 생각을 하는지 읽을 수가 없었다. "내가 얼마나 그 여자 날개 밑에서 벗어나고 싶었는지 알아? 그런데 때마침 이렇게 호의를 베풀어주겠다니 정말 고맙군."

골란이 긴장한 표정으로 고개를 흔들며 우리를 바라보았다. 진심일까? 골란은 잠시나마 진짜 겁에 질린 표정이었지만 이내 "헛소리하고 있네!"라고 말했다.

엠마가 손바닥을 문지르다가 천천히 간격을 벌려서 불의 올가미를 만들었다. "헛소리인지 아닌지, 어디 한 번 확인해볼까?"

엠마가 어디까지 밀어붙일 생각인지 확실히 알 수 없었지만 새들이 불길에 휩싸이기 전에, 혹은 난간 밖으로 떨어지기 전에 내가 나서야 했다.

"임브린들을 데리고 가서 무얼 할 생각인지 털어놓으면 엠마가 널 봐줄지도 몰라." 내가 말했다.

"우린 단지 시작한 일을 끝내고 싶은 것뿐이야. 그게 우리 모두 가 원하는 일이지." 골란이 말했다.

"그 실험? 이미 한 번 시도했고 결국 어떤 일이 벌어졌는지 똑똑히 봤잖아. 너희는 괴물이 됐어!"

"맞아. 하지만 한번 해보고 포기하는 건 너무 비겁한 자세 아닌가?" 그가 미소를 지었다. "이번 실험에는 세계 최고의 시간 관리자들을, 그러니까 여기 이 둘의 능력을 이용할 거야. 또다시 실패하진 않아. 지난 100년 동안 뭐가 잘못된 건지 철저히 연구했으니까. 단지 더 큰 폭발력이 필요했던 거였어."

"더 큰 폭발력? 지난번에도 시베리아의 반을 날렸잖아!" 내가 말했다.

"실패를 하더라도 기왕이면 웅장하게 실패하는 게 낫지!"

나는 호러스의 예지몽을 떠올렸다. 잿빛 구름과 불타는 대지. 그제야 호러스가 무얼 보았는지 알 것 같았다. 와이트와 할로개스트들이 또다시 실험에 실패한다면 이번에는 텅 빈 숲 800제곱킬로미터보다 훨씬 더 광활한 지역이 파괴될 것이다. 실험이 성공해서 그들이 그토록 원했던 불멸의 존재가 된다면…… 생각만 해도 섬뜩했다. 그들의 통치하에 사는 것은 그 자체로 지옥일 게 뻔했다.

다시 한 번 등대의 불빛이 훑고 지나가면서 골란의 시야를 가렸다. 긴장하며 달려들 채비를 했지만 그 순간은 어이없이 휙 지나가버렸다.

"상관없어. 임브린들을 전부 다 납치한다 해도 그들은 널 돕진 않을 테니까."

"도와야 할걸. 돕지 않으면 한 마리씩 죽일 거야. 그래도 돕지 않으면 너희를 하나씩 죽이면서 그 광경을 지켜보게 할 거고."

"완전히 돌았군!" 내가 말했다.

겁에 질린 새들이 울어대자 골란이 소리를 질렀다.

"아니! 미친 건 바로 너희야. 세상을 통치할 수 있는데도 숨어 사는, 죽음을 초월할 수 있는데 죽음에 굴복하는 너희라고! 인류의 유전자적 쓰레기인 평범한 인간들에게 세상 밖으로 밀려난 너희! 너희는 그들을 노예로 만들 수도 있었어! 그들은 당연히 노예가 되었어야 했어! 바로 그런 걸 미친 짓이라고 하는 거야!" 골란이 한마디 할 때마다 새장을 흔들며 소리쳤다.

"그만해!" 엠마가 소리쳤다.

"신경 안 쓴다더니 결국 신경을 쓰는 거였군."

그가 새장을 더 세게 흔들었다. 그 순간 새장의 철망에 붙어 있던 조그만 빨간 불빛이 두 배로 밝아졌고, 골란은 어둠 속에서 두리번거리며 무언가를 찾았다. 그러고는 갑자기 엠마를 바라보면서 "이걸 원해? 그럼 가져!"라고 말한 뒤 새장을 엠마 앞에 휘둘렀다.

엠마는 비명을 지르며 몸을 피했다. 골란은 마치 원반던지기 선수처럼 엠마의 머리 위에서 새장을 휘회 돌리다가 어느 순간 갑자기 놓았다. 그의 손을 떠난 새장이 난간 밖 어둠 속으로 날아갔다.

나는 욕을 내뱉었고 엠마는 비명을 지르며 난간 쪽으로 달려가 이미 바다로 날아간 새장을 잡으려 손을 뻗었다. 그 혼란을 틈타 골란이 나를 쓰러뜨렸다. 그는 주먹으로 내 배를 힘껏 친 다음 턱을 올려쳤다.

어지럽고 숨을 쉴 수가 없었다. 그가 총을 잡았고 나는 총을 빼
앗기지 않으려고 온 힘을 끌어모았다. 총을 빼앗으려는 것으로 보아
장전된 것이 틀림없었다. 총을 난간 밖으로 던지려 했지만 혹여 그의
손에 넘어갈까봐 손을 놓을 수 없었다. 엠마가 "개자식!"하고 소리를
지르고는 양손에 불을 일으켜 뒤에서 그의 목을 졸랐다.

뜨거운 그릴 위에 놓인 차가운 스테이크처럼 골란의 살이 타는
소리가 들렸다. 그가 괴성을 지르며 내게서 떨어졌고 그의 가느다란
머리카락에 불이 붙었다. 그런데 이번에는 그가 엠마의 목을 조르기
시작했다. 엠마를 죽일 수만 있다면 자기 살이 타는 것쯤은 상관없다
는 듯이. 나는 벌떡 일어나 양손으로 총을 잡고 그를 겨누었다.

잠시 동안 시야가 확보되었다. 나는 마음을 비우고 팔을 고정하
는 데에만 정신을 집중했다. 그리고 내 어깨에서 목표물인 그의 머리
까지 가상의 선을 그었다. 그것은 사람의 머리라기보다는 타락한 영
혼의 머리였다. 하나의 물체였고 하나의 힘이었다. 내 할아버지를 죽
게 만든 힘이었고 비록 보잘것없고 한심했어도 내 평범한 삶을 한순
간에 날려버린 힘이었으며 나를 오늘 이 순간에 이르게 한 힘이었다.
내가 무언가를 결정할 수 있을 나이가 된 이후, 비록 그보다는 덜 부
패하고 덜 폭력적이었지만 내 삶의 중요한 결정들을 나 대신 해주었
던 힘은 늘 있었다.

손에 힘을 빼. 심호흡을 해. 총을 겨눠.

그러나 이제 나에게 그 힘을 거스를 기회가 주어졌다. 어쩌면 이
미 빠져나가고 있을지도 모르는 실낱 같은 기회가.

당겨!

손안에서 총이 튕겨 올랐다. 세상이 두 쪽 나는 것처럼 요란한 소리에 나는 두 눈을 질끈 감았다. 눈을 떠보니 모든 것이 이상하게 얼어붙은 것 같았다. 뒤에서 엠마를 두 팔로 감고 난간 쪽으로 끌고 가던 골란의 몸이 갑자기 동상으로 변한 듯 뻣뻣해졌다. 임브린들이 인간으로 변해서 마법을 걸었나? 그러나 엠마가 골란에게서 벗어나는 순간, 골란이 뒷걸음치기 시작하면서 정지 동작이 풀리기 시작했고 그는 비틀거리며 난간에 기대었다.

그가 놀란 표정으로 나를 바라보며 무언가 말을 하려 했지만 말이 나오지 않았다. 골란은 내가 그의 목에 만들어놓은 동전 크기의 구멍을 두 손으로 감쌌다. 구멍에서 쏟아져 나온 피가 그의 손가락과 팔 위로 철철 흘렀다. 그는 몸에서 힘이 빠져나가자 난간 뒤로 넘어갔고, 그렇게 사라져버렸다.

우리의 시야에서 사라진 순간 그는 바로 잊혔다. 엠마가 바다를 가리키며 소리쳤다. "저길 봐!" 그녀의 손가락을 따라가서 눈을 가늘게 떠보니 파도 속에서 깜빡거리는 빨간 불빛이 보였다. 우리는 끝도 없이 이어지는 나선형 계단을 미친 듯이 뛰어서 내려갔다. 새장이 가라앉기 전에 구하지 못할까 두려워하면서.

밖으로 뛰어나가 보니 밀라드는 지혈대를 매고 있었고 브로닌이 그의 곁에 있었다. 밀라드가 고함을 질렀다. 무슨 말인지 알아들을 수는 없었지만 살아 있는 것만은 확실했다. 나는 엠마의 어깨를 잡고 "카누!"라고 소리치며 바위에 묶여 있는 카누를 가리켰다. 그러나 너무 멀었다. 카누는 등대 맞은편이었고 거기까지 갈 시간이 없었다. 엠마가 나를 바다 쪽으로 끌었고 우리는 달렸다.

추위조차 느끼지 못했다. 내 머릿속에는 오직 새장이 파도에 휩쓸려 사라지기 전에 구해야 한다는 생각뿐이었다. 우리는 물속으로 뛰어들어서 얼굴을 때리는 검은 파도를 삼키고 또 내뱉었다. 등대에서 얼마나 멀리 왔는지도 알 수 없었고 오직 어두운 수면 위에 떠 있는 작은 불빛 하나 말고는 아무것도 생각할 수가 없었다. 불빛은 파도에 휩쓸려 왔다 갔다 했고, 두 번이나 우리의 시야에서 사라지는 바람에 멈추어서 불빛의 위치를 확인해야 했다. 거센 파도가 새장을 점점 더 멀리 밀어냈고 우리도 함께 떠밀려갔다. 빨리 새장을 잡지 못하면 우리도 지쳐서 익사할 것이다. 되도록 나쁜 생각을 하지 않으려 애썼지만 불빛이 세 번째로 사라졌을 땐 아무리 둘러보아도 도대체 어느 쪽 바다가 새장을 삼켜버렸는지 알 수 없었다. "그만 돌아가야 해!"

엠마는 내 말을 들은 체도 하지 않고 더 멀리 헤엄쳐 나갔다. 내가 엠마의 발을 붙잡았지만 그녀가 나를 걷어찼다.

"사라졌다고! 새장은 못 찾아!"

"닥쳐!" 거친 숨소리로 보아 엠마도 나만큼이나 지친 것이 분명했다. "닥치고 찾기나 해!"

나는 그녀를 붙잡고 이제 그만하라고 얼굴에 대고 소리쳤다. 그녀는 나를 발로 찼다. 그래도 내가 놓아주지 않자 울음을 터뜨렸다. 절망의 눈물이었다.

나는 엠마를 등대 쪽으로 끌었지만 엠마는 마치 돌덩어리처럼 나를 물속으로 끌어내렸다. "빨리 헤엄쳐! 안 그러면 우린 죽어!" 내가 소리쳤다.

그리고 그 순간 나는 보았다. 바다 위에서 깜빡이는 가냘픈 빨간 불빛을. 새장이 수면 바로 위에 떠 있었다. 혹시 헛것을 본 게 아닌가 하는 생각에 잠시 아무 말도 할 수 없었다. 그런데 그 불빛이 또 한 번 깜빡였다.

엠마가 기쁨의 비명을 질렀다. 새장은 마치 또 다른 난파선 위에 안착한 것 같았다. 어떻게 저렇게 얕은 수면이 있을까? 저렇게 조금만 물에 잠긴 상태라면 새들이 아직 살아 있을 수도 있었다.

우리는 헤엄을 치며 새장을 잡을 채비를 했다. 그런 기운이 어디서 났는지 알 수 없었다. 둘 다 완전히 탈진한 상태였었는데. 그런데 이상하게도 새장이 우리 쪽으로 다가오는 게 아닌가!

"어떻게 된 거야? 난파선인가?" 내가 소리쳤다.

"그럴 리가 없어. 이 근처엔 난파선이 없거든."

"그럼 도대체 저게 뭐지?"

수면에 떠오르는 고래 같기도 하고 무덤에서 솟아오르는 유령선 같기도 한 물체가 갑자기 바다에서 힘차게 솟아올랐다. 우리는 그 물체로부터 벗어나려 했지만 파도에 휩쓸린 낙엽처럼 무기력했다. 어느 순간 그 물체가 우리의 발밑에 닿는가 싶더니, 우리도 그 물체의 등에 올라탄 채 함께 솟아올랐다.

물체는 거대한 기계 괴물처럼 쉭 하는 소리와 철커덩 소리를 내며 수면 위로 솟아올랐다. 우리는 물체의 표면에서 부서지는 거센 파도에 휩쓸려 쇠창살 같은 것 위로 나동그라졌다. 바다로 쓸려가지 않도록 쇠창살을 꽉 움켜잡았다. 물보라 속에서 나는 새장이 괴물의 등에 솟아난 두 개의 지느러미 사이에 끼어 있는 것을 보았다. 하나는 길고 하나는 짧았다. 그 순간 등대의 불빛이 지나갔고, 불빛 속에서 나는 그것이 지느러미가 아니라 사령탑과 거대한 기관총임을 깨달았다. 우리가 타고 있는 것은 괴물도 난파선도 고래도 아니었다.

"잠수함이야!" 내가 소리쳤다. 잠수함이 우리 바로 밑에서 떠오른 것은 결코 우연이 아니었다. 골란은 바로 이 잠수함을 기다리고 있었던 것이다.

엠마는 벌써 일어서서 기우뚱거리는 갑판을 가로질러 새장이 있는 쪽으로 갔다. 나도 가까스로 일어섰다. 그때 갑판에서 파도가 밀려와 우리 둘을 한꺼번에 쓰러뜨렸다.

총성이 울려 퍼졌고 고개를 들어보니 회색 제복을 입은 군인이 사령탑의 뚜껑 문을 열고 나와 우리에게 기관총을 겨누고 있었다.

총탄이 빗발치며 갑판을 때리기 시작했다. 새장은 너무 멀리 있었다. 새장을 잡기도 전에 갈기갈기 찢길 것이 확실했지만 엠마는 그래도 새장을 잡을 생각인 것 같았다.

나는 달려서 엠마를 잡아 쓰러뜨렸고 둘이 같이 갑판에서 굴러 물속으로 풍덩 빠졌다. 검은 바다가 우리를 집어삼켰다. 총탄이 수면 위로 빗발치면서 수면에 파장을 남겼다.

다시 수면 위로 떠올랐을 때 그녀가 나를 잡고 소리쳤다. "왜 그랬어? 거의 잡을 뻔했는데!"

"널 죽이려고 했어!" 내가 말하며 엠마의 팔을 뿌리쳤다. 새장만 보고 있느라 엠마가 군인을 보지 못했으리라는 생각이 그제야 들었다. 내가 엠마에게 갑판 위를 가리켰다. 군인이 새장 쪽으로 다가가서 새장을 흔들고 있었다. 그 바람에 새장 문이 열렸고 새장 안에서 무언가가 움직이는 것을 본 것도 같았다. 어쩌면 그저 나의 바람일 수도 있었다. 바로 그 순간 등대의 불빛이 모든 것을 씻어냈고 군인의 얼굴도 환한 불빛에 드러났다. 섬뜩한 미소를 짓고 있는 일그러진 입, 깊이를 알 수 없는 하얀 눈동자……

그가 새장 안으로 손을 넣어 젖은 새 한 마리를 꺼냈다. 사령탑에서 또 다른 군인이 그에게 휘파람을 불었고 그가 새를 들고 사령탑으로 갔다.

잠수함이 흔들리면서 요란한 소리를 내기 시작했다. 우리 주위의 물이 마치 끓는 듯 출렁거렸다.

"빨리 헤엄치지 않으면 우리도 물살에 휩쓸려서 가라앉을 거야!" 내가 엠마에게 소리쳤다. 그러나 엠마는 내 말을 듣지 못했다. 엠마의 눈은 오직 선미 쪽의 어두운 물체에만 집중되어 있었다.

엠마가 헤엄을 쳤다. 아무리 말리려 해봐도 그녀는 계속 나를 밀어냈다. 잠수함의 소음 속에서 높고 날카로운 새 울음소리가 들렸다. 페러그린이었다!

파도 속에서 페러그린이 허우적거리고 있었다. 한쪽 날개는 퍼덕거렸고 다른 날개는 부러진 것 같았다. 엠마는 새를 품에 안았고 나는 빨리 헤엄쳐야 한다고 소리쳤다.

우리는 남아 있는 온 힘을 끌어 모아 헤엄을 쳤다. 우리 뒤쪽으로 거대한 소용돌이가 휘몰아쳤다. 잠수함 때문에 밀려났던 물이 잠수함이 가라앉으면서 생겨난 빈 공간을 채우려고 밀려왔다. 바다가 잠수함을 집어삼켰고 우리마저 집어삼키려 했지만 우리의 승리를 상징하는, 적어도 절반의 승리를 상징하는 날개 부러진 한 마리 새가 우리 품 안에서 울고 있었다. 그 새가 우리에게 자연을 거스르는 급류와 싸울 힘을 주었다. 어느 순간 우리의 이름을 부르는 브로닌의 목소리가 들렸고, 우리의 늠름한 친구는 파도를 헤치고 다가와 우리를 등대섬으로 데리고 갔다.

우리는 개어가는 하늘을 바라보며 바위에 널브러진 채 숨을 헐떡이며 피로에 떨었다. 밀라드와 브로닌은 궁금한 게 많았지만 우리는 그들의 질문에 대답할 기력이 없었다. 그들은 골란이 추락하는 것과 잠수함이 떠올랐다가 가라앉는 것, 페러그린 원장이 새장에서 나오는 것을 보았고 애보셋 원장은 보지 못했다. 그리고 나서 친구들은 자신들이 해야 할 일이 무언지 깨달았다. 그들은 우리가 떨지 않을 때까지 우리를 꼭 안아주었고, 브로닌은 원장을 옷 속에 품어서 따뜻하게 해주었다. 조금 정신을 차린 뒤에 우리는 엠마의 카누를 타고 뭍으로 향했다.

아이들이 얕은 물가로 뛰어나와 우리를 반겨주었다.

"총소리 들었어!"

"그 이상한 배는 뭐였어?"

"페러그린 원장님은 어떻게 됐어?"

우리는 카누에서 내렸고 브로닌이 셔츠를 들어 새를 보여주었다. 아이들이 모여들었고 페러그린 원장이 부리를 들고 울면서 비록 몹시 지쳤지만 무사함을 알렸다. 환호성이 울려 퍼졌다.

"너희가 해냈어!" 휴가 소리쳤다.

올리브는 춤을 추면서 "새! 새! 새가 돌아왔네! 엠마와 제이콥이 새를 구했네!"라고 노래를 불렀다.

그러나 환호는 오래가지 않았다. 머지않아 아이들은 애보셋 원장이 없다는 것을 알아차렸고 밀라드의 상태가 좋지 않다는 것도 알게 되었다. 밀라드는 지혈대를 대긴 했지만 출혈이 심해서 점점 기운이 빠지고 있었다. 에녹이 밀라드에게 코트를 벗어주었고 피오나가 울모자를 씌워주었다.

"마을 의사한테 데려가줄게." 엠마가 말했다.

"말도 안 되는 소리야. 그 사람들은 투명인간을 본 적이 없어. 설령 본다고 해도 어떻게 치료해야 할지 모를걸. 엉뚱한 데를 치료하거나 비명을 지르며 달아나거나 둘 중 하나일 거야." 밀라드가 말했다.

"비명을 지르면서 달아나면 어때? 루프가 새로 시작되면 어차피 하나도 기억 못 할 텐데." 엠마가 말했다.

"주위를 봐. 루프는 이미 한 시간 전에 다시 시작되었어야 해."

밀라드의 말이 옳았다. 하늘은 고요했고 전투는 끝났다. 그러나 폭탄의 연기가 여전히 구름과 섞이고 있었다.

"큰일이네." 에녹이 말했고 모두가 조용해졌다.

"어쨌든 지금 나한테 필요한 건 전부 다 집에 있어. 아편을 좀 주고 상처를 알코올로 닦아줘. 적어도 뼈는 안 다쳤으니까. 사흘이면 괜찮아지겠지."

"그래도 아직 피가 나는데!" 브로닌이 모래 위로 떨어지는 핏방울을 가리키며 말했다.

"그럼 이 망할 지혈대를 좀 더 조여!"

브로닌이 지혈대를 조이자 밀라드가 숨을 헉하고 들이켰고 모두가 움찔했다. 밀라드는 브로닌의 품에서 그대로 기절했다.

"괜찮을까?" 클레어가 물었다.

"잠깐 기절한 것뿐이야. 아닌 척해도 사실 지금 상태가 좋지 않아." 에녹이 말했다.

"이제 어쩌지?"

"페러그린 원장님한테 물어보자!" 올리브가 말했다.

"맞아. 얼른 내려놔봐. 사람으로 변할 수 있게. 새의 모습으로 있으면 우리한테 설명할 수가 없잖아."

브로닌이 마른 모래밭에 새를 내려놓았고 우리는 모두 서서 기다렸다. 페러그린 원장이 몇 번을 깡충깡충 뛰고 다치지 않은 날개를 퍼덕거리고 머리를 흔들었다. 그러나 아무 일도 일어나지 않았다. 그녀는 여전히 새였다.

"좀 창피하신가 보다. 우리 모두 돌아서자." 엠마가 제안했다.

그래서 우리는 모두 원장을 감싸고 선 채 돌아섰다. "이제 아무도 안 봐요, 원장님!" 올리브가 말했다.

그러나 잠시 후에 휴가 슬쩍 돌아보고는 "아직도 새야!"라고 말했다.

"너무 지치고 추워서 그런가봐."

클레어가 말했고 다른 아이들도 그런 것 같다고 했기 때문에 우리는 일단 집으로 돌아가기로 했다. 밀라드를 치료해주고 조금 휴식을 취한 뒤 원장과 그녀의 루프가 정상으로 돌아오기를 바라면서.

제 11 장

chapter eleven

우 리는 전투에 지친 병사들처럼 고개를 떨어뜨린 채 가파른 산길을 일렬로 행진했다. 브로닌이 밀라드를 안았고 페러그린 원장은 피오나의 머리를 둥지 삼아 앉았다. 곳곳에 폭탄으로 팬 구멍이 생겨 연기가 솟아올랐고 마치 커다란 개가 파헤쳐놓은 것처럼 여기저기 땅이 뒤집혀 있었다. 집이 어떻게 되었을지 모두가 궁금해했지만 감히 누구도 대놓고 말하지 않았다.

숲을 벗어나기도 전에 그 대답을 알 수 있었다. 발이 무언가에 걸려 넘어질 뻔하며 에녹이 바닥을 보았다. 반쯤 타다 만 벽돌이 뒹굴고 있었다.

두려움이 밀려들었다. 아이들이 달리기 시작했다. 집 앞 정원에 이르자 어린아이들이 울음을 터뜨렸다. 사방에서 연기가 났다. 폭탄은 늘 그랬던 것처럼 아담의 손가락 위에서 멈추지 않았다. 곧장 정원 한복판에 떨어져 폭발했다. 어린이집의 정원은 온통 패고 연기 나는 폐허로 변했다. 숯이 되어버린 두 개의 방에는 아직 작은 불씨가 타고 있었다. 아담이 있었던 곳에는 사람 하나를 똑바로 파묻을 수도 있을 정도로 깊은 구멍이 뚫려 있었다. 몇 주 전에 내가 발견했던, 그 슬프고 끔찍한 폐허였다. 바로 그 악몽의 집이었다.

페러그린이 피오나의 머리카락에서 뛰어내려 놀란 듯 울어대며 그을린 잔디를 돌아다녔다.

"원장님, 어떻게 된 거예요? 왜 아직 그대로세요?" 올리브가 물었다.

페러그린은 새 울음으로만 대답할 수 있었다. 그녀 역시 우리처럼 혼란스럽고 겁에 질린 것 같았다.

"빨리 변신하세요!" 클레어가 그녀 앞에 무릎을 꿇고 앉았다.

페러그린은 날개를 퍼덕거리며 깡충깡충 뛰면서 몸을 움츠렸지만 여전히 사람이 될 수가 없었다. 아이들이 걱정스러운 표정으로 모여들었다.

"뭔가 잘못된 게 분명해. 사람으로 변할 수 있었으면 벌써 변하셨을 거야." 엠마가 말했다.

"아무래도 그래서 루프가 무너졌나봐. 케스트렐(황조롱이-옮긴이) 원장님 얘기 생각나? 자전거 타고 가다가 자동차에 치여서 머리를 다치는 바람에 일주일 내내 새로 지냈잖아. 그때 루프가 무너졌고." 에녹이 말했다.

"그게 페러그린 원장님하고 무슨 상관이야?"

엠마가 묻자 에녹이 한숨을 쉬었다. "원장님이 머리를 다쳐서 다시 정신을 되찾으려면 일주일을 기다려야 할지도 모른다고."

"달리는 자동차에 치이는 거하고 와이트들한테 학대를 당하는 건 아주 달라. 우리가 구출하기 전에 그 자식이 무슨 짓을 했는지는 아무도 몰라." 엠마가 말했다.

"와이트들이라니? 여러 놈이란 거야?"

"애보셋 원장님을 데려간 것도 와이트들이었어." 내가 말했다.

"그걸 어떻게 알아?" 에녹이 물었다.

"그들이 골란하고 같이 일하고 있었어. 우리한테 총을 쏜 자의 눈을 봤어. 와이트가 확실해."

"그럼 애보셋 원장님은 죽었겠다. 분명히 죽었을 거야." 휴가 말했다.

"어쩌면 안 죽었을지도 몰라. 적어도 아직은."

"내가 와이트에 대해 아는 게 한 가지 있다면, 놈들은 이상한 사람들을 죽인다는 거야. 그게 놈들의 본성이야." 에녹이 말했다.

"아니, 제이콥 말이 맞아. 와이트가 죽기 전에 왜 임브린들을 괴롭히는지 설명해주었어. 할로개스트들을 더 강하게 만들기 위한 폭발 실험에 임브린을 동원할 거랬어." 엠마가 말했다.

누군가가 숨을 헉 들이켰고 모두가 잠잠해졌다. 나는 페러그린 원장을 찾아보았다. 원장은 아담의 분화구 가장자리에 쓸쓸하게 앉아 있었다.

"우리가 막아야 해. 놈들이 임브린들을 어디로 데려가는지 알아내야 해." 휴가 말했다.

"어떻게? 잠수함을 추적해서?" 에녹이 말했다.

내 뒤에서 누군가 헛기침을 했고 돌아보니 호러스가 책상다리를 하고 바닥에 앉아 있었다. "그들이 어디로 갔는지 난 알아." 호러스가 침착하게 말했다.

"알다니? 어떻게?"

"어떻게 알았는지가 중요한 게 아니고 안다는 게 중요하잖아. 호러스, 그들이 임브린들을 어디로 데려갔지?" 엠마가 말했다.

그가 고개를 저었다. "지명은 몰라. 하지만 분명히 봤어."

"그럼 그려봐." 내가 말했다.

그가 잠시 생각에 잠겼다가 자리에서 일어났다. 찢어진 검은 슈트 차림의 호러스는 마치 거지 전도사 같았다. 호러스는 집이 폭발하면서 쌓인 잿더미 쪽으로 가서 손바닥에 검댕을 가득 묻혔다. 그리고 여린 달빛 아래, 굵은 선으로 벽에 그림을 그리기 시작했다.

우리는 모여서 그 광경을 지켜보았다. 그는 굵은 세로선을 몇 개 그린 다음 그 위에 꼬불꼬불한 가로줄을 그렸다. 마치 말뚝과 철망 같았다. 철망의 한쪽 끝은 어두운 숲이었고 바닥에는 검게 물든 눈이 쌓여 있었다. 그게 다였다.

호러스는 그림을 다 그리고 나서 비틀거리며 뒷걸음치다가 풀밭에 털썩 주저앉았다. 그의 눈빛이 아련했다. 엠마가 그의 어깨를 잡고 물었다. "호러스, 이곳에 대해 더 아는 게 있어?"

"아주 추운 곳이야."

호러스가 그린 그림을 찬찬히 살펴보려고 브로닌이 앞으로 나섰다. 브로닌은 올리브를 한 팔로 안고 있었고 소녀의 머리는 브로닌의 어깨에 편안하게 기대어 있었다. "내가 보기엔 감옥 같은데." 브로닌이 말했다.

"우리 언제 가?" 가냘픈 목소리로 올리브가 물었다.

"가긴 어딜 가!" 에녹이 말한 뒤 양손을 들고 "저건 그냥 낙서일 뿐이야!"라고 덧붙였다.

"저런 곳이 분명히 있을 거야." 엠마가 돌아서서 그를 바라보며 말했다.

"무작정 눈 쌓인 곳으로 가서 감옥을 찾을 순 없어."

"그렇다고 여기 가만히 있을 수도 없잖아."

"왜?"

"우리 집을 봐. 그리고 원장님을 봐. 여긴 아주 살기 좋은 집이었지만 이젠 끝장났어."

에녹과 엠마는 잠시 서성거렸다. 아이들은 의견이 갈렸다. 에녹은 그들이 너무 오랫동안 세상을 떠나 있었고 이제 와서 나가봐야 전쟁에 휩쓸리거나 할로개스트들한테 잡힐 게 뻔하기 때문에 차라리 지리라도 아는 이곳에 남아 있는 편이 안전하다고 주장했다. 다른 아이들은 이제 전쟁과 할로개스트들이 그들을 덮쳤기 때문에 다른 선택이 없다고 했다. 할로개스트들과 와이트들은 페러그린 원장을 잡으러 다시 올 거고 이번에는 훨씬 더 많이 올 거라고, 그리고 원장님도 생각해야 한다고 했다.

"다른 임브린을 찾으면 돼. 원장님 친구 분들 중에 원장님을 도울 사람이 분명히 있을 거야."

"하지만 다른 루프들도 전부 다 무너졌다면? 다른 임브린들도 전부 다 납치되었다면?" 휴가 말했다.

"그렇게 생각하지 말자. 분명히 남아 있는 루프가 있을 거야."

"엠마 말이 맞아." 부서진 돌을 베개 삼아 누워 있던 밀라드가 말했다. "여기 넋 놓고 앉아서 더 이상 할로개스트들도 안 올 거고 원장님도 회복될 거라고 생각하면서 막연히 기다리는 건 대안이라고 말할 수가 없어."

반대하던 아이들도 마침내 동의했다. 어린이집을 떠날 것이다. 짐을 꾸릴 것이다. 부두에서 보트 몇 척을 마련해서 내일 아침 모두 떠날 것이다.

나는 엠마에게 어떻게 항해를 할 거냐고 물었다. 아이들은 80여 년 동안 이 섬을 떠난 적이 없었고 페러그린 원장은 말을 할 수도, 날 수도 없었다.

"지도가 있어. 아직 불타지 않았다면." 연기 나는 집을 바라보면서 그녀가 말했다.

나는 엠마가 지도를 찾는 것을 돕겠다고 했다. 우리는 젖은 천으로 얼굴을 감싸고 무너져 내린 벽을 타 넘어 집 안으로 들어갔다. 유리창은 부서졌고 실내에는 연기가 자욱했지만 엠마가 손에서 일으킨 환한 불빛에 의지하며 서재로 가는 길을 찾을 수 있었다. 책장이 도미노처럼 무너져 있었지만 우리는 바닥에 쪼그리고 앉아 책 더미를 뒤졌다. 운이 따라주어서 책은 쉽게 찾을 수 있었다. 서재에서 가장 큰 책이었다. 엠마가 환호하며 책을 들어 보였다.

나가는 길에 알코올과 아편과 밀라드를 위한 붕대도 찾았다. 우리는 밀라드의 상처를 소독한 뒤 붕대로 묶은 다음 지도를 펼쳐놓고 살펴보았다. 지도라기보다는 지도책이었다. 짙은 자주색의 퀼트 가죽으로 제본이 되어 있었고 페이지마다 양피지처럼 보이는 종이 위에 섬세하게 지도가 그려져 있었다. 오래되었고 자세했으며 엠마의 무릎을 다 덮을 정도로 커다란 지도였다.

"이건 시간의 지도라는 건데, 현존하는 모든 루프의 위치가 기록되어 있어." 엠마는 터키의 지도인 것 같은 페이지를 펼쳤지만 도로명이나 경계선이 전혀 표시되어 있지 않았다. 대신 곳곳에 조그만 나선 모양 기호가 있었다. 아마도 그 기호로 루프의 위치를 표시해놓은 것 같았다. 루프 기호 안에는 제각기 다른 또 하나의 기호가 있었고 그 기호는 페이지 하단의 범례와 연결되어 있었다. 범례에는 줄표로 연결된 일련의 번호들이 있었다. 내가 '29 - 3 - 316 / ? ? - 399' 라는 번호를 가리켰다. "이게 뭐야? 일종의 암호 같은 건가?"

엠마도 손가락으로 그 번호를 따라갔다. "이 루프는 서기 316년 3월 29일이라는 뜻이야. 399년 어느 날까지 존재했는데 사라진 날짜와 달은 알려지지 않았어."

"399년에 무슨 일이 있었는데?"

엠마가 어깨를 으쓱했다. "그 얘긴 안 나왔네."

내가 책장을 넘겨서 그리스 페이지를 펼쳤다. 나선 기호와 숫자들이 더 빼곡했다. "이렇게 기록해놓는 게 무슨 의미가 있어? 옛날 루프에 어떻게 접근해?"

"목말 넘기로." 밀라드가 말했다. "아주 복잡하고 위험하긴 한데, 루프에서 루프로 이동하는 기술이야. 예를 들어서 50년간을 목말 넘기하면 지난 50년 동안 없어진 모든 루프에 접근할 수가 있는 거지. 목말 넘기 기술만 터득하면 루프들을 얼마든지 찾을 수가 있어."

"말하자면 시간여행이네! 진짜 시간여행!" 내가 놀라며 말했다.

"그렇게 볼 수 있지."

"그럼 이곳에 가려면," 호러스가 벽에 재로 그린 그림을 가리키면서 내가 말했다. "이게 어디 있는지뿐만 아니라 언제인지도 알아야 하겠네?"

"안타깝게도 그래. 그리고 애보셋 원장님이 정말 와이트들한테 붙잡혔다면, 와이트들은 워낙 목말 넘기에 능하기 때문에 애보셋 원

장과 다른 임브린들이 갇혀 있는 곳은 과거의 어느 곳일 확률이 상당
히 높아. 그래서 찾기가 더 어렵고 더 위험한 거지. 과거 루프들의 위
치는 우리의 적들도 알고 있고 그래서 입구마다 지키고 있을 수도 있
거든."

"좋아. 그렇다면 더더욱 내가 함께 가야 되겠다."

내 말에 엠마가 홱 돌아보았다. "정말!" 엠마가 소리치며 나를 끌
어안았다. "근데 정말 그럴 수 있겠어?"

나는 그렇다고 대답했다. 지친 아이들도 휘파람을 불며 박수를
쳤다. 에녹마저도 다가와 악수를 청했다. 그러나 다시 엠마를 보았을
때 그녀의 얼굴에서는 미소가 사라져 있었다.

"왜 그래?" 내가 물었다.

엠마는 불편한 듯 자세를 고쳤다. "네가 알아야 할 게 있어. 이
사실을 알게 되면 마음이 바뀔지도 몰라."

"안 바뀔걸." 내가 그녀에게 말했다.

"이곳을 떠나면 루프는 닫혀버려. 어쩌면 네가 태어난 시간으로
는 다시 돌아갈 수 없을지도 몰라. 설령 돌아갈 길이 있다고 해도 결
코 쉽진 않을 거야."

"거긴 가봐야 아무것도 없는걸. 돌아갈 수 있다고 해도 돌아가고
싶지 않아."

"지금은 그렇게 말하지만 일단 잘 생각해봐."

내가 고개를 끄덕이고 자리에서 일어섰다.

"어디 가?" 그녀가 물었다.

"산책."

멀리 가지는 않았다. 그저 정원 주위를 천천히 걸으면서 어느덧

고요해진 하늘을 바라보았다. 수억 개의 별들이 반짝이고 있었다. 별들도 시간여행자들이었다. 저 오래된 별들 중 얼마나 많은 별들이 이제는 죽어버린 태양의 마지막 메아리일까. 이미 태어났지만 아직 이곳까지 닿지 않은 빛은 또 얼마나 많을까. 만약 우리의 태양 말고 다른 모든 태양이 사라진다면 얼마나 많은 사람의 생이 다해야 이 우주에 오직 우리뿐이라는 사실을 알게 될까? 하늘이 온통 미스터리로 가득차 있다는 사실은 이미 오래전부터 알고 있었지만 지구 역시 그렇다는 것은 이제야 알았다.

어느덧 나는 숲으로 난 오솔길에 서 있었다. 이 길을 따라가면 나의 집, 내게 익숙한 모든 것들, 신비롭지 않고 평범하고 안전한 삶이 기다리고 있었다.

아니, 그렇지 않았다. 앞으론 그렇지 않을 것이다. 괴물들이 할아버지를 죽였고 나를 쫓아왔다. 조만간 다시 나를 찾을 것이다. 어느 날 집으로 돌아와서 피 흘리며 쓰러져 있는 아빠를, 혹은 엄마를 발견하게 될까? 한편 이곳에서는 아이들이 기대감에 들떠 작전을 짜고 계획을 세우고 있었다. 그 아이들은 난생 처음으로 기억 속에 미래가 존재할 것이다.

나는 엠마에게로 돌아갔다. 엠마는 여전히 커다란 지도책을 들여다보고 있었다. 페러그린이 곁에서 지도 여기저기를 부리로 찍고 있었다. 내가 다가가자 엠마가 고개를 들었다.

"마음 완전히 정했어." 내가 말했다.

엠마가 미소를 지었다. "다행이다."

"그런데 가기 전에 할 일이 있어."

동이 트기 직전에 마을로 돌아갔다. 마침내 비가 그쳤고 수평선이 맑은 하루의 시작을 예고하고 있었다. 빗물에 자갈이 씻겨 내려가는 바람에 힘줄이 드러난 팔처럼 길이 군데군데 기다랗게 파였다.

나는 여관으로 돌아가 빈 술집을 가로질러 방으로 올라갔다. 커튼이 드리워져 있었고 아빠의 방문은 닫혀 있었다. 아빠에게 어떻게 말해야 할지 아직 몰랐기 때문에 방문이 닫혀 있는 것이 차라리 다행이다 싶었다. 나는 앉아서 펜과 종이를 들고 아빠에게 편지를 쓰기 시작했다.

나는 전부 다 설명하려고 노력했다. 이상한 아이들과 할로개스트들에 관한 얘기, 할아버지의 이야기가 모두 사실로 판명된 과정, 페러그린 원장과 애보셋 원장이 당한 일을 모두 설명했다. 내가 왜 떠날 수밖에 없는지 아빠를 이해시키고 싶었다. 그리고 아무 걱정 말라고 아빠를 안심시켰다.

쓰기를 멈추고 내가 쓴 글을 읽어보았다. 마음에 안 들었다. 아빠는 절대로 믿지 않을 것이다. 할아버지처럼 미쳤거나, 내가 어디론가 도망쳤거나, 납치되었거나, 낭떠러지에서 떨어졌다고 생각할 것이다. 어느 쪽이건 나는 아빠의 삶을 완전히 무너뜨릴 참이었다. 나는 종이를 구겨서 쓰레기통에 던졌다.

"제이콥?"

돌아보니 아빠가 문가에 서 있었다. 눈이 퀭했고 머리는 헝클어졌고 진흙이 튄 셔츠와 바지 차림이었다.

"아빠!"

"내가 아주 간단하고 쉽게 물어보마. 너도 간단하고 쉽게 대답해 다오. 어젯밤에 어디 갔었니?" 아빠가 평정을 잃지 않으려고 애쓰는 것을 느낄 수 있었다.

거짓말이라면 할 만큼 했다는 생각이 들었다. "전 무사해요. 어 젠 친구들하고 있었어요."

내가 수류탄의 핀을 뽑은 모양이었다.

"네 친구들은 상상일 뿐이랬잖아!" 아빠가 소리치고는 벌겋게 달아오른 얼굴로 내게 다가왔다. "그 돌팔이 의사 말을 듣고 널 여기 로 데려오는 게 아니었어! 여기 있는 내내 아빤 정말 끔찍했다! 거짓 말은 그걸로 됐어! 당장 짐을 싸! 다음 배로 출발할 테니까!"

"아빠?"

"돌아가선 그런 돌팔이 말고 제대로 된 의사를 찾을 때까지 집 에서 한 발짝도 못 나갈 줄 알아!"

"아빠!"

지금 당장 여기서 달아나야 할까? 아빠가 나를 잡아서 미친 사 람들한테나 입히는 조끼를 입히고 강제로 배에 태우는 모습을 상상 해보았다.

"전 안 가요." 내가 말했다.

아빠가 눈을 가늘게 뜨고 고개를 비스듬히 했다. 마치 내 말을 제대로 못 들었다는 듯이. 다시 한 번 말하려는 찰나 노크 소리가 들 렸다.

"꺼져!" 아빠가 소리쳤다.

그런데 다시 노크 소리가 들렸다. 이번에는 조금 더 집요했다. 아 빠가 문을 확 열어젖히자 문 앞에 엠마가 손에 불꽃을 일으킨 채 서 있었다. 옆에는 올리브가 있었다.

"안녕하세요. 제이콥을 만나러 왔는데요." 올리브가 말했다.

아빠는 어쩔 줄을 모르며 그들을 쳐다보았다. "도대체 이게……."

소녀들이 아빠 곁을 지나 방 안으로 들어왔다.

"너희는 어쩐 일이야?" 내가 물었다.

"인사드리려고." 아빠를 향해 환한 미소를 지어 보이며 엠마가 말했다. "최근에 아드님하고 아주 친해졌거든요. 인사를 드려야 할 거 같아서요."

"그래?" 아빠가 그 둘을 번갈아 쳐다보며 말했다.

"제이콥은 정말 착한 아이예요. 용감하기도 하고요!" 올리브가 말했다.

"그리고 미남이고요." 내게 윙크를 하며 엠마가 말했다. 그리고 마치 장난감처럼 불꽃을 가지고 놀기 시작했다. 아빠는 최면에 걸린 듯 멍하니 그 장면을 바라보았다.

"그, 그래. 얘가 좀 그, 그렇긴 하지." 아빠가 더듬거리며 말했다.

"신발 좀 벗어도 될까요?" 올리브는 이렇게 묻고선 답을 기다리지 않고 신발을 벗었고, 곧바로 머리가 천장에 닿았다. "고맙습니다. 한결 편하네요."

"제 친구들이에요. 제가 말씀드리던 친구들. 얘는 엠마고요, 천장에 있는 애는 올리브예요."

아빠가 비틀거리며 한 걸음 뒤로 물러섰다. "난 아직 자고 있는 거야. 아마 너무 피곤해서……."

의자 하나가 공중에 떴다가 아빠 쪽으로 다가왔고 꽁꽁 맨 붕대가 공중에서 까닥거렸다. "자, 앉으세요." 밀라드가 말했다.

"그래." 아빠가 대답하고 앉았다.

"넌 또 어쩐 일이야? 누워 있어야 하는 거 아니야?" 내가 밀라드에게 속삭였다.

"근처에 나올 일이 있어서." 그가 현대적으로 보이는 약병을 들어 보이며 말했다. "미래 인간들이 아주 훌륭한 진통제를 만들었더라."

"아빠, 얘는 밀라드예요. 아빠는 볼 수 없어요. 얘는 투명인간이거든요."

"만나서 반갑다."

"저도요." 밀라드가 말했다.

아빠에게 다가가서 무릎을 꿇고 곁에 앉았다. 아빠는 고개를 살짝 흔들고 있었다. "아빠, 저 떠나요. 한동안은 절 못 보실 거예요."

"그래? 어딜 가는데?"

"여행요."

"여행이라……. 언제 돌아오는데?"

"그건 정말 잘 모르겠어요."

아빠가 고개를 저었다. "꼭 네 할아버지 같구나." 밀라드가 세면대에서 물을 한 잔 받아왔고 아빠가 받아서 물을 마셨다. 공중에 떠다니는 물잔 따위는 하나도 이상한 일이 아니라는 듯이. 정말 꿈을 꾸고 있다고 생각하는 모양이었다. "그럼 잘 자라." 아빠가 말하고는 일어서서 의자에 기대어 잠시 균형을 잡은 뒤 방을 나섰다. 아빠는 문간에 서서 잠시 나를 돌아보았다.

"제이콥?"

"네, 아빠."

"조심해라. 알았지?"

내가 고개를 끄덕였다. 아빠가 문을 닫았고 잠시 후 아빠가 침대에 쓰러지는 소리가 들렸다.

나는 앉아서 얼굴을 문질렀다. 이 기분을 어떻게 표현해야 할까.

"우리가 좀 도움이 됐어?" 올리브가 천장에서 물었다.

"나도 잘 모르겠어. 아무래도 도움이 안 된 거 같아. 나중에 깨어나면 다 꿈이라고 생각하실 거 같네."

"편지를 써보는 건 어때? 하고 싶은 말을 다 해. 사실대로 말한다고 해서 너희 아빠가 우릴 쫓아올 수 있는 것도 아니니까." 밀라드가 제안했다.

"벌써 썼어. 하지만 내 편지는 아무런 증거도 될 수 없어."

"아, 골치 아프겠다."

"그런 일로 골치 아파서 좋겠다. 우리 엄마 아빠도 내가 집을 떠날 때 걱정할 정도로 날 사랑했다면 얼마나 좋았을까?" 올리브가 말했다.

엠마가 양손을 꽉 움켜쥐었다. "이게 증거가 될지도 몰라."

엠마가 말하며 허리에 차고 있던 조그만 지갑에서 사진을 한 장 꺼냈다. 할아버지가 젊었을 때 엠마와 함께 찍은 사진이었다. 엠마의 관심은 온통 할아버지에게 쏠려 있었지만 할아버지는 어딘가 다른 곳에 있는 것 같았다. 슬프고도 아름다운 사진이었다. 두 사람의 관계에 대해 내가 알고 있는 것들이 그 사진 속에 고스란히 담겨 있었다.

"에이브가 전쟁터로 떠나기 직전에 찍은 사진이야. 네 아빠가 날 알아보시겠지?"

"넌 정말 하나도 더 안 늙었다!" 내가 웃으며 엠마에게 말했다.

"멋지다! 그걸 증거로 쓰면 되겠네!" 밀라드가 말했다.

"늘 이걸 갖고 다녔어?" 엠마에게 사진을 돌려주며 내가 물었다.

"응. 하지만 이젠 필요 없어." 그녀가 탁자로 가서 내 펜을 들고 사진 뒷면에 편지를 쓰기 시작했다. "너희 아빠 이름이 뭐야?"

"프랭클린."

다 쓰고 나서 엠마가 내게 편지를 주었다. 나는 사진을 앞뒤로 한 번씩 보고 나서 쓰레기통에 버렸던 편지를 꺼내 반듯하게 펼친 뒤 사진과 함께 탁자 위에 놓았다.

"준비됐어?" 내가 물었다.

내 친구들이 문간에 서서 나를 기다리고 있었다.

"너만 오면 돼." 엠마가 대답했다.

우리는 산으로 향했다. 어디까지 왔는지 돌아보곤 했던 지점에서도 나는 계속 걸었다. 때로는 돌아보지 않는 편이 더 낫기도 하다.

돌무덤에 이르자 오랫동안 사랑했던 애완동물을 쓰다듬듯 올리브가 돌멩이를 어루만졌다. "안녕, 늙은 루프. 넌 그동안 정말 좋은 루프였어. 네가 정말 그리울 거야." 엠마가 그녀의 어깨를 어루만졌고 두 사람 모두 몸을 숙이고 동굴로 들어갔다.

동굴 안쪽에서 엠마가 불을 붙여서 내가 한 번도 보지 못했던 것을 보여주었다. 바위에 새겨진 긴 목록이었다. "이 루프가 사용된 시기들을 적어놓은 거야. 루프가 뚫려 있었던 시간."

자세히 들여다보니 'P. M. 3-2-1853'과 'J. R. R. 1-4-1797' 그리고 거의 알아보기 힘든 'X. J. 1580' 같은 암호들이 눈에 들어왔고 맨 위에는 내가 거의 해독할 수 없는 이상한 글자가 있었다.

"룬 문자야. 아주 오래된 거지."

밀라드가 날카로운 돌멩이를 하나 주운 다음 망치로 쓸 또 하나

프랭클린 씨,

만나뵙게 되어서 정말 반가웠습니다.
이 사진은 저와 함께 이곳에 살던 시절, 당신의 아버지와 제가 함

께 찍은 사진이에요.
이 사진을 보시고 제가 아직도 살아 있다는 것, 제이콥의 이야기

가 결코 환상이 아니라는 것을 믿어주시기 바랍니다.

제이콥은 당분간 저를 포함한 친구들과 함께 여행을 떠납니다.

저희는 서로를 안전하게 지켜줄 거예요.

저희처럼 이상한 아이들은 늘 그렇게 서로를 지켜준답니다.

언젠가 위험이 사라지면 제이콥도 집으로 돌아갈 거예요.

제 말 믿으셔도 돼요.

엠마 블룸 올림.

P.S. 오래전에 제가 프랭클린 씨의 아버지에게 보낸 편지를 보셨다고

전해 들었습니다. 그것은 아주 부적절한 편지였고, 제가 분명히 말씀

드리는데 에이브러햄은 저에게 어떤 식으로도 그 편지에 대한 답장

을 주지 않았습니다. 에이브러햄은 제가 지금껏 만난 사람 중 가장 형

편없는 남자였어요.

의 돌을 찾아 한 줄의 기록을 남겼다. 'A. P. 3-9-1940'

"A. P. 가 뭐야?" 올리브가 물었다.

"알마 페러그린." 밀라드가 말한 뒤 한숨을 쉬었다. "내가 아니라 원장님이 이걸 썼어야 했는데."

올리브가 거친 글자를 손끝으로 어루만졌다. "언젠가 다른 임브린이 이 루프를 찾아올까?"

"그랬으면 좋겠다. 꼭 그랬으면 좋겠어." 밀라드가 말했다.

우리는 빅터를 묻었다. 브로닌이 빅터가 누워 있는 침대를 통째로 들고 밖으로 나왔다. 풀밭에 아이들이 전부 다 모여 있었다. 브로닌이 시트를 젖히고 빅터의 옷매무새를 매만진 뒤 그의 이마에 마지막으로 키스했다. 남자아이들이 마치 관을 들듯 그의 침대를 들어서 폭탄이 만든 구멍에 내려놓았다. 그러고 나서 아이들은 모두 밖으로 나왔지만 에녹은 끝까지 남았다가 주머니에서 진흙 병정 하나를 꺼내 그의 가슴 위에 놓았다.

"내가 제일 아끼는 병정이야. 빅터가 외로울까봐." 진흙 병정이 일어나 앉자 에녹이 엄지손가락으로 밀어서 그를 눕혔다. 진흙 병정은 한 팔로 팔베개를 하고 돌아누워 잠을 청했다.

구덩이가 채워지자 피오나가 무덤 위에 풀을 심어 키웠다. 우리가 여행을 떠날 짐을 다 꾸렸을 때 아담은 다시 예전에 있던 자리로 돌아왔고 이번에는 빅터의 무덤을 가리키고 있었다.

저마다 집과 인사를 나누며 기념품으로 벽돌 조각을 줍거나 꽃을 꺾은 다음, 마지막으로 섬을 한 번 둘러보았다. 연기가 피어오르는 검게 그을린 숲을 지나고, 폭탄 구멍으로 곳곳이 팬 늪을 지나 또 산을 넘고, 토탄 연기 자욱한 마을을 지나며 곳곳에 모여 있는 사람들을 보았다. 모두가 너무도 지치고 충격을 받은 상태라 이상한 아이들이 지나가는 것을 거의 알아차리지 못했다.

우리는 조용했지만 한편으로는 흥분한 상태였다. 잠 한숨 못 잤지만 아이들의 모습에서는 전혀 그 낌새를 찾을 수 없었다. 9월 4일이었고 아주 오랜만에, 하루가 지나갔다. 그 차이가 느껴진다고 말하는 아이들도 있었다. 폐에 공기가 더 꽉 찬 것 같고 혈관의 피가 더 빨리 흐르는 것 같고 더 기운이 나고 더 살아 있는 것 같다고 했다.

나도 그랬다.

늘 평범한 삶에서 벗어나길 꿈꾸었지만 내 삶은 결코 평범하지 않았다. 단지 나에게 주어진 삶이 얼마나 이상한지 내가 알아차리지 못했을 뿐이었다. 마찬가지로 내가 살던 그 익숙한 집이 앞으로는 내가 그리워할 곳이 될 줄은 꿈에도 몰랐다. 아침이 밝아올 무렵 보트에 올라타면서 다시 한 번 내 삶을 이전과 이후로 가를 갈림길에 서서, 나는 이제 곧 내가 등지려 하는 것들에 대해 생각해보았다. 부모님, 고향, 한때 가장 친했던 친구. 그들을 떠나는 것이 내가 생각했던 것처럼 무거운 짐을 털어내듯 홀가분하지는 않았다. 그들과의 추억은 너무도 선명하고 묵직한 것이었고 나는 그 추억을 가져갈 생각이었다.

그러나 나는 이제 예전의 삶으로 돌아갈 수 없었다. 폭탄을 맞은 아이들의 집처럼. 우리가 살았던 새장의 문은 완전히 날아가버렸다.

열 명의 이상한 아이들과 이상한 새는 보트 세 척에 나눠서 겨우 탈 수 있었다. 그나마 짐을 많이 내려놓았기에 그 정도였다. 출발 준비를 마치고 엠마가 우리 앞에 놓인 여행을 위해 한마디를 해야 한다고 제안했지만 미리 준비한 사람이 없었다. 그래서 에녹이 페러그린의 새장을 높이 쳐들었다. 페러그린은 길게 울었고 우리는 환호성으로 답했다. 그것은 우리가 잃은 모든 것과 앞으로 얻게 될 모든 것에 대한 애도이자 승리의 함성이었다.

휴와 내가 첫 번째 보트를 저었다. 에녹이 선미에 앉아 노 저을 차례를 기다리며 우리를 바라보고 있었고 엠마는 모자를 쓴 채 멀어져가는 섬을 바라보았다. 바다는 물결치는 유리처럼 우리 앞에 끝없이 펼쳐져 있었다. 따스한 날이었지만 수면에서는 차가운 바람이 일었고, 적어도 몇 시간은 행복하게 노를 저을 수 있을 것 같았다. 전쟁 중에 어떻게 이런 고요가 가능한지 알 수 없었다.

다른 보트에 앉아 있던 브로넌이 손을 흔들며 페러그린의 카메라를 눈에 대었다. 나는 미소를 지어 보였다. 낡은 사진 앨범은 가져오지 않았으니 이 사진이 새로운 앨범의 첫 장을 장식할 것이다. 언젠가 빛바랜 사진들을 뒤적이면서 미심쩍은 표정을 짓는 손자에게 나의 신비로운 이야기들을 들려줄 생각을 하니 기분이 묘했다.

그때 브로넌이 카메라를 내리고 팔을 들어 우리 뒤쪽의 무언가를 가리켰다. 멀리 떠오르는 태양을 배경으로 검은색 전함들이 수평선에 구두점을 찍으며 소리 없이 전진하고 있었다.

우리는 더 빨리 노를 저었다.

이 책에 들어 있는 모든 사진은 진본이며, 오래전에 발견된 사진들이다. 최소한도로 후처리를 한 몇몇 장을 제외하고는 전혀 변조되지 않았다. 나는 열 명의 수집가가 개인적으로 소장한 사진들을 빌려왔다. 원래 주인인 수집가들은 역사적인 의미가 있는 이미지를 구하고, 그 사진들이 잊히거나 먼지에 삭는 사태를 막기 위해 셀 수 없는 시간 동안 벼룩시장과 골동품 시장과 마당에 내놓고 파는 개인 물품 장터를 돌아다니면서 거대한 스냅 사진 무더기를 파헤쳤다. 극소수의 탁월한 사진을 찾기 위해서. 그들의 작업은 사랑의 노동이고, 그들이야말로 사진 세계의 숨은 영웅들이다.

빛바랜 옛날 사진을 바라보면서 시간여행을 했던 기억이 있는
지. 오래된 사진이 품고 있는 시간과 공간은 그 자체로 하나의 마법이
며 이야기이다.

『페러그린과 이상한 아이들의 집』도 그렇게 시작되었다. 첫 페이
지부터 나를 사로잡은 이 매혹적인 이야기는 천부적인 재능을 지닌
신예 작가가 빛바랜 옛날 사진들을 들여다보며 마치 홀린 듯 써내려
간 소설이다. 요즈음처럼 사진조작 기술이 대중화되지 않았던 시대의
사진들이어서 이상한 사진들에는 당연히 이상한 이야기가 깃들어 있
었다.

열여섯 살 소년 제이콥이 "자신의 삶을 두 동강 낸 사건"으로 독
자들을 안내하는 서두에서는 솔직히 조금 걱정이 되었다. 이 무모한
작가가 어쩌려고 이렇게 일을 크게 벌이는지. 마치 멀쩡한 표정으로
우스운 이야기를 하는 개그맨처럼 그는 특별한 능력을 지닌 아이들
이 살고 있는 신비의 섬으로 천연덕스럽게 독자들을 안내한다. 독자
들은 시간을 지배하는 새, 아무 때고 손에서 불을 일으키는 소녀, 투
명인간 소년, 밧줄로 묶어놓지 않으면 하늘로 올라가버리는 소녀의 이
야기에 완전히 빠져든다. 수리수리 마수리.

『페러그린과 이상한 아이들의 집』은 현대와 과거를 넘나드는 타
임머신이고 아이들의 세계와 어른들의 세계를 넘나드는 성장소설이

다. 유머와 휴머니즘이 녹아 있는 신비롭고 매혹적인 사진첩이고 현실과 공상, 사진과 글이 어우러진 어른들의 동화이다.

그러나 그 어떤 묘사도 이 책을 실제로 만나는 기분을 표현할 수는 없다.

이 책에 실린 수집가의 사진들처럼 『페러그린과 이상한 아이들의 집』 자체도 오래도록 간직하고 싶은 독특하고 아름다운 작품이다.

한 권의 소설을 고르면서 우리는 많은 것을 기대한다. 현실을 잊고 싶은 사람도 있겠고 몰랐던 무언가를 알아가고 싶은 사람도 있겠다. 웃고 싶은 사람도 있겠고 울고 싶은 사람도 있겠다. 오랫동안 번역일을 하면서 작업할 책을 고를 때 나는 꼭 한 가지만을 나 자신에게 묻는다. 그 소설에 파묻혀 몇 달을 보내도 지루해지지 않을 정도로 강렬한 이야기인지.

이 책을 선택할 때 단 1분도 주저하지 않았다.

이제 독자들과 그 기쁨을 나누려 한다.

일정 문제로 망설이는 나를 몰아쳐서 불가능해 보였던 작업을 가능하게 만들어준 폴라북스 편집부 여러분들께 깊이 감사드린다.

놓쳤더라면 두고두고 후회할 뻔했다.

페러그린과 이상한 아이들의 집

초판 1쇄 펴낸날 2011년 11월 30일
초판 22쇄 펴낸날 2024년 10월 1일

지은이 랜섬 릭스
옮긴이 이 진
펴낸이 김영정

펴낸곳 폴라북스
등록번호 제22-3044호
주소 06532 서울시 서초구 신반포로 321(잠원동, 미래엔)
전화 02-2017-0280
팩스 02-516-5433
홈페이지 www.hdmh.co.kr

ISBN 978-89-93094-55-8 03840

* 폴라북스는 (주)현대문학의 종합출판 브랜드입니다.
* 책값은 뒤표지에 있습니다.
* 파본은 구입처에서 교환해드립니다.